JN226408

風の演劇

評伝別役実

日本経済新聞編集委員
内田洋一

白水社

風の演劇　評伝別役実

装幀＝芦澤泰偉

目次

はじめに

電信柱とベンチ。

たったそれだけの舞台で、宇宙的な広がりをもつ不思議な芝居がはじまる。男1、女1という名前をもたない、さまよえる民が現れ、いつしか奇妙なお茶会やコントのようなお遊びがくりひろげられる。それが電信柱のある宇宙ともいわれる、別役実さんの不条理劇である。風の気配がたちこめる虚空はどこから生まれてくるのか。その謎にひかれ、私は別役実へのあてどない旅に出た。

無明の闇にいつしか人間の声がしてくる。そんな瞬間が訪れるのをひっそりと待つ。その人影が体温を宿すようになると、あとは手が自由に書いてくれる。

それが不条理劇を書きつづける別役実さんの自ら明かす執筆の仕方だ。資料を調べつくす井上ひさしさんの対極にいたから「無勉強派」と呼ばれたこともある。私はその書き方を別役実式自動筆記と名づけてみた。別役さんの「手」が筆記するあの人たちは、夢のような時間のなかを生きている。

別役さんには故郷と呼べる場所がない。敗戦で崩壊した満洲から引き揚げ、高知、清水、長野をめぐり、東京に居ついた。東京という大都会に定着はしたが、街から街へと転々とした。借家暮らしは生涯変わらなかった。定住を嫌った。

いつも「よそ者」なのだった。湿潤な島国の風土に違和感を覚え、見せかけの優しさを撃つ。あるいは笑いにくるめて批評する。別役さんという宿命的な「よそ者」はデラシネのたましいをもち、風に吹かれて生きてきたのである。原稿を書く場所はたいがい喫茶店だったが、執筆自体がたぶん、つかのまの漂泊の旅なのだった。

私がはじめて観た別役劇は手の会が一九八四年に上演した『街角の事件』だから、その人と仕事を語るには欠落が多い。三十年以上にわたって数え切れないほどインタビューしてきたとはいえ、やはり遅れてきた観客というほかない。そこで二〇一二年の春からくりかえし話を聞く機会をもった。お会いする場所ははじめのうち白水社の会議室や喫茶店だったが、やがて入院先の病院となり、老人ホームへと変わった。パーキンソン病というやっかいな病気の進行と向き合いつつも、私は折々の別役さんと濃密な対話をつづけた。

特に断りがないかぎり、このあと引用される本人の言葉はそれら連続インタビューから随時引かれることになる。構成の都合上、日時をたがえて聞いた話を一つにまとめているところがある。ただし証言の部分については眼を通してもらったり、私が読み上げたりして、すべて本人から了承をいただいた。病が進行してからの別役さんは「野垂れ死にしたい」と盛んに口にしていた。松尾芭蕉の「夢は枯野を……」ではないけれど、最後は荒野をさまよい歩きたいと念じていた。いや、本当に流浪していたのかもしれない、少なくとも夢の時間のなかでは。

いつ観ても、舞台には風が吹いていた。別役さんの不条理劇にくりかえしかようファンが多いのは、宇宙的な広がりをもつ、あの風があるからだろう。風の音に誘われるまま別役実への旅をはじめよう。

第一章　風の演劇

別役実の劇にはいつも風が吹いている。

いや、正確にいえば、すべての作品で風が吹くと指定されているわけではない。けれど湿った感情を吹き消す風の痕跡は舞台の上に確かに感じられる。その場は必ずといっていいほど乾いた空気につつまれているのだ。

この不思議な風の源はなんだろう。

その場所は日本のどこなのか、いつの風景なのか、過去なのか未来なのか、時間も状況もはっきりとしない。たとえば宵闇迫る夕刻、乾いた風が舞台を吹きぬける。すると存在を不安にさせずにはおかない、しんしんとした虚空が広がり、別役実空間とでもいうほかない、奇妙な異界がふっと姿を現す。

たとえば、こんなト書きがある。

> 下手に電信柱。その下にベンチ。あとは何もない。夕方である。風が吹いている。犬の遠吠え。夜まわりの拍子木の音と《火の用心》の声。
>
> （『にしむくさむらい』）

典型的な別役実空間であろう。電信柱とベンチはあっても、そこは地名をもたない、どこでもない場所。人間にも名前はない。登場人物は男1、男2、男3、女1、女2の五人、記号のように表される人たちである。どこまでも固有名詞のない世界なのだ。

女1は下手からリヤカーにがらくたを積んで現れ、上手寄りに寝床をこしらえはじめる。そこへ鞄とコーモリ傘をもった男1が上手から現れ、声をかける。

男1　こんばんわ。

女1　（仕事をしながら）こんばんわ。

男1　風が出てきましたよ。

女1　ええ、いつもです。いつもこの時間になると、風が出てくるんです。

と、こんなふうに劇はさりげなくはじまる。男1が女1にうながされ、電信柱のロープをゆるめると、風変わりなしかけが現れる。女1の夫である男2が考えだした乞食を捕まえる装置なのだ。男2は会社に行くふりをしてぶらぶらしていたが、本当にやりたいことをやったらいいと妻に勧められ、自称発明家になった。両側からはけるサンダルを思いついたのはいいが、すでに同じ考えの人間がいたらしく、特許はとれなかった。

話すうち男1も明日こそ会社に行こうと思いつづけ、公園で時間をつぶす無為の人間だとわかる。赤ん坊をおぶった妻の女2が現れると、家賃滞納でもう家に帰れない暮らしぶりがわかる。なんとこの男1にも発明家願望があり、味の素をしみこませた爪楊枝を考えついていたのだが、同じようなものは既にあると男2にさとされる。

現実をみない男たちに対し、お金が必要という女2の訴えは悲痛だ。赤ん坊はすでに餓死していたのである。が、子供の死という危機に気づいていたのは乞食の男3だけだと妻の女2は告げる。女2がロープを切ると男3の上に石がゆっくり落ちる。捕獲装置にかかったのだ。長い悲鳴。そして風の音……。ト書きを追えば、この舞台には途中九度風が吹く。風は次第に強さを増すかにみえる。

一度目は、女1が夫の特許申請が間に合わなかったと嘆いたあと。二度目は、公園のベンチでぼんやりしていたと話す男1を女1が詰問したあと。三度目は、女2が夫の無断欠勤の事実を知っていたと明かしたあと。四度目は男1がエジソンの偉大さをまくしたてたあと。五度目は男1が発明願望の嘘くささを妻に抗議されたあと。六度目は乞食を捕獲しようと女たちが男たちに求めたあと。七度目は戸惑う男たちを制し、女2が乞食をつれてくるとき。八度目はロープを切ったとき。九度目は終幕の音として。

まるで生き物が意志を示すかのように風は吹く。人は風のなかにぽつんと立ち、それまで気づかなかった自身の孤独と向き合わなければならない。風が吹くたび劇は転調し、虚空が深まる。交わされるのは卑俗な言葉なのに、宇宙の広がりまで感じられてくる。人間の孤独がきわまる別役実空間に魔力をもたせるもの、それが風なのだ。

ちなみに題名の『にしむくさむらい』は一年のうち二十八か三十で終わる小の月、二、四、六、九、十一の月を指す言葉。西向く侍と書くこともある。西は日の沈む方角であり、日本人は古来その先に死の国を感じとってきた。生が滅んでいく方向性を象徴する題名といえるだろう。文字どおり受けとればマイナーな月のマイノリティーたちの死を待つ物語ということになろうが、題名は内容に深く関連したものではなく、言葉自体の手触りのなさ、語感のはかなさを気に入っての命名には違いない。

さて、この作品で別役は何を書いたのか。一九七七年に文学座のアトリエで初演された舞台（藤原新平演出）は百四十を超える作品群のなかでも代表作の一つに指折られる。当時高校生だった私は観ていないが、劇評からふりかえってみよう。

この乞食は何者なのか。女2の状況を知り、当然のことに仕掛けのからくりをも知りながら、あえて殺されるためにふとんに横になる男とは——おそらく、「キリスト」であろう。人々の苦悩と罪を一身に背負い、すべてを見通しながら、犠牲羊となって人々の手にかかって殺される「キリスト」である。そして、四人の男女は、抑圧された暗い怒りのおもむくままに仕掛けをつくり、自分たちのふしあわせとみじめさをすべて乞食に背負わせて殺害することによって、はじめて被害者から加害者に転じ、その血と残酷の儀式を通ることによって、生のみじめさをすべて引き受けてくれるより大きな存在への回路をつけることができたのだといえるだろう。

（扇田昭彦『新劇』一九七七年七月号）

乞食を「キリスト」と見るかどうかはともかく、マイノリティーのすべてを引き受け、自らを犠牲にすることによって、彼らに新たな「決意」を促す人間を超えた存在であるのは確かだろう。その「死」の向こうに、われわれは厳粛ともいえる励ましの声を聞く。

（大笹吉雄『現代日本戯曲大系10』解説）

発明の夢にとりつかれる男たちは、一体なんの比喩なのだろうか。乞食はやはり何かの徴（しるし）と感じられるが、救済者なのか、密偵なのか、あるいはその双方なのか、定かではない。ただの乞食に勝手な妄想をいだき、偶発的に殺人が起きてしまったのかもしれない。

いずれにせよ、救済は決して訪れない。大きな「夢」が崩壊したあとの白々とした光景だと一応はいえるが、救済から見放された者たちの不条理な殺人に何をみるかは観客の想像にゆだねられる。別役の三歳下の扇田昭彦、四歳下の大笹吉雄は年齢が近く、ごく初期から舞台を注視し、もっとも深い理解を示した演劇評論家である。その二人の見解でさえ、決定的なものではないのだ。別役劇はたいてい、観客に謎を残して終わる。

別役は一九六七年の『カンガルー』を皮切りに文学座へ書き下ろし作品を提供しつづけた。『にしむくさむらい』は文学座で形をなすことになる、いわゆる小市民シリーズの記念碑的な作品である。写実的な演技が身についた文学座の役者たちと築き上げた実り豊かなシリーズを象徴する舞台だっただろう。

ちなみに文学座はこの作を劇団の財産とみて、創立七十周年を迎えた二〇〇七年、後日譚といえる書き下ろしを受けている。こちらは『犬が西むきゃ尾は東』という題名で、同じ小林勝也、角野卓造、田村勝彦、吉野佳子、倉野章子が出演し、これも藤原新平が演出した。題はあたりまえすぎることの喩えで深い意味はなさそうだが、やはり西への志向は感じられる。ホームレスと化した人たちはもはや記憶を失いかけており、だるまさんがころんだ、と数え歌をうたえないと旅をつづけることさえできなくなっていた。冒頭から棺桶が出てくるのだが、死を待つ彼らはなんのためにどのようにして死んだらいいのか、もうわからなくなっている。西には進んでいるらしいが、東を向いているようでもあり、死に方すらわからない、それが『にしむくさむらい』の三十年後の世界なのだった。

名前のない人たちがどこでもない場所に吹き寄せられ、つかのま奇妙な関係を結ぶ。別役劇は作者自身何度も語っているとおり、かつてあった「共同体」の秩序が崩壊し、漂流しはじめた人間の姿を映しだす。夕日の方角へ向かって旅をする日本人の「楽園喪失」の物語とでもいえようか。『犬が西むきゃ尾は東』にいたって、舞台はすべてが溶融した、混沌の空気に覆われる。そこでは世俗的な会話だけが不思議に成りたっている。

いかにして死を待てばいいのか。死が迫っているのに死を認識できない。その戯画が社会の似姿だとすれば、なんと虚しい生を日本人は営んでいることか。

この宇宙にただ一人。そう思い知らせる風の酷薄さ。人間の孤影を際だたせる別役劇の風はさりげないけれど、おそろしい。

別役劇の登場人物は少数の例外をのぞき、男1とか女1、あるいはAとかB、せいぜいが妻とか夫というように、数字やアルファベットや抽象名詞で示される。田中さんとか木村さんとか、具体的な手ざわりが名前ににじむのが嫌なのだという。

事件や歴史的事実がそれとわかるように引かれることも余りない。題材となることはしばしばあっても、事実の劇化という形をとることはまずない。劇はどこかわからない場所で、誰ともつかぬ奇妙な人たちが交わす不可思議な会話として進んでいく。意味で解釈されることをこばむ不条理劇を日本語ではじめて大成したといわれるゆえんである。

そもそも不条理劇とは、なんだろうか。たとえば、こんな説明がある。

「絶望的な人間の状況を笑いに変えてその無意味さを訴えかける演劇」（堀真理子『改訂を重ねる「ゴドーを待ちながら」』）

舞台における場所の一致、時間の一致、行動の一致という三一致の法則に裏打ちされた自然主義的な近代リアリズム演劇と異なり、場所も時間も一致しないことがしばしばで、人間の行動には一貫性がなく、突発的な衝動がむしろ前面に出てくる。

一般的にいえば、そうした劇のありようはサミュエル・ベケット（一九〇六〜一九八九）、ウジェーヌ・イヨネスコ（一九〇九〜一九九四）、ハロルド・ピンター（一九三〇〜二〇〇八）といった海外の作家たちが築きあげたということになる。人間はそもそも不可解で説明のつかない存在だという意識が彼らに共通している。

人間の意志と行動によって状況が変化し、さまざまな葛藤を生むのが近代演劇の考え方だとすれば、不条理演劇はその定理を破る。人間はもはや主体的に判断し、状況を打開する存在ではない。閉塞状況は所与のものとして最初から「ある」のであり、人はそのなかで出口を見いだせない。混乱したり、かみ合わない会話をしたり、コント役者のようにじゃれあったりして、いたずらに時を過ごす。言葉が次々とすれ違って奇妙な関係が生じ、行き詰まって破綻を迎えることもある。言葉への不信から出発するともいえる。

神は死んだと宣言した哲学者ニーチェや、ある朝人間が毒虫になってしまう『変身』で知られるユダヤ人作家フランツ・カフカ、第二次大戦で荒廃したヨーロッパに出現した実存主義のジャン＝ポール・サルトル、アルベール・カミュらの思想が不条理演劇に色濃く影響を与えたといわれる。先駆的作品に一八九六年にパリで初演されたアルフレッド・ジャリの『ユビュ王』がある。それは悪辣なユビュ親爺が王位を簒奪し、むちゃくちゃな愚行をくりかえし、追放される物語だった。

不条理劇の象徴としてことに有名なのはベケットが一九五二年に発表し、翌年パリで初演された『ゴドーを待ちながら』（二幕）だ。文学座アトリエの会が東京の都市センターホールで日本初演したのは一九六〇年五月。安保反対のデモが国会を包囲する一月前のことだ。別役自身はその記念碑的舞台を観ていないというが、そのころ二十代前半、多感な青年であった。演劇にかかわりはじめるそのときにベケットのテクストに出合ったのは、まさに運命的であった。

田舎道。一本の木。
夕暮れ。

この余りに有名なト書き（安堂信也・高橋康也共訳）は、これ以上ないほど簡潔だ。これが別役劇のト書きに啓示を与えたことは明らかだろう。

この場に現れる男ふたり、エストラゴン（ゴゴー）とヴラジーミル（ディディー）は会ったことのないゴドーを待っている。家も仕事も食うものもなく、退屈しきって運動ごっこや他愛のない会話をつづける。そこへ鞭をもつポッツォと綱につながれた従者のラッキーがやってくる。獣のように扱われるラッキーは「考えろ」と命じられると、奇妙な演説をはじめる。少年が現れ、今日は来られないが明日は来るというゴドーの伝言をもたらす。

二幕も同じ場所で演じられるが、やはりゴドーは現れない。再び出てきたポッツォは目が見えず、ラッキーは口をきかない（なにか悲惨な光景をみたのだろうか）。ゴドーが来ないなか、エストラゴンとヴラジーミルはズボンの紐で自殺しようとするが、失敗する。エストラゴンの有名なセリフはこうだ。

「なんにも起こらない、だあれも来ない、だあれも行かない。全くたまらない」

この謎めいたゴドーについては、ゴッド（神）のことではないかとかねて論議されてきた。が、ベケット自身は「私もそれを知らない」と答えたといわれる。

訪れない何かを待ちつづける人間の滑稽さ、虚しさ、その状況だけを喜劇としてクローズアップするベケットの不条理劇は日本の現代演劇に衝撃を与えた。別役に限らず鈴木忠志、唐十郎、つかこうへい、北村想、鴻上尚史らの舞台にさまざまな形で姿を現すことになった。それぞれの代表作といえる唐十郎の『ジョン・シルバー』、つかこうへいの『熱海殺人事件』、北村想の『寿歌（ほぎうた）』、鴻上尚史の『朝日のような夕日をつれて』はいずれも『ゴドーを待ちながら』の変奏だったとさえいえる。七〇年代以降に登場した劇作家で影響を受けなかった例はまれといっていいほど、ベケットのドラマトゥルギーはインパクトをもっていた。ことに別役は不条理劇の試みを日本語の文法で継承したポスト・ベケットの位置にたつ劇作家ともいえるのである。

別役実空間にもどろう。

それを象徴するものを風のほかにもう一つ挙げるなら、電信柱ということになる。昭和を知る人なら懐かしく思い出すだろう、笠をつけただけの電球がすえられている柱だ。その素朴な光はいかにも小さく、周囲にひそむ闇をむしろ深々と感じさせる。ベケットの一本の木は、別役実によって電信柱に置きかえられたとみることもできる。

そうした電信柱が別役劇のト書きにはじめて姿を見せるのは、一九七〇年に初演された『スパイものがたり』からだ。処女作『AとBと一人の女』を発表した九年後のことである。それはほかならぬ別役の手によって日本語による不条理劇が確立する時期でもあった。

ト書きはこうだ。

> 舞台中央に、赤いポストがひとつ、奇妙な形をした電信柱が一本、ベンチがひとつおいてある。電信柱からは、電話の受話器がブラ下がっている。

空から降ってきた自称スパイが街に突然やってきて、オジョウサンやオマワリサンと珍妙な会話をくりひろげる。ナンセンス・コメディー『スパイものがたり』は、別役にしては珍しいミュージカルであった。劇中歌の作曲は同時代に輝いていたフォーク・グループ六文銭を率いた小室等である。

私はそれらの歌の一つ「雨が空から降れば」を演劇にオリジンがあるとは知らず、高校時代にギター片手に愛唱していたものだ。ときは一九七〇年代半ば、六文銭の持ち歌をフォークのスター吉田拓郎が歌って世に広めていた。孤独な自意識や怒りを飼い慣らすことが大変だった十代の私にとって、その歌は胸にすっと落ちる気がしたものだった。

雨が空から降れば
オモイデは地面にしみこむ
雨がシトシト降れば
オモイデはシトシトにじむ

この歌が劇中歌だと知ったあとも、実際の舞台と出合う機会はなかなかなかった。はじめて観たのは遅れに遅れ、二〇一四年七月に東京のシアターグリーンでPカンパニーが上演した舞台（林次樹演出）だった。スパイが地球を買ってしまうという人を食った話もさることながら、歌と踊りで一気にみせる作劇におどろいた。「雨が空から降れば」は黒いコーモリ傘をさしたスパイがベンチにしゃがみ、洗面器に釣り糸をたらす場面で、コーラスとして歌われるのである。

あの街もこの街も雨のなかであり、電信柱もポストも雨のなかだ。雨の日はしょうがない。公園のベンチでおさかなをつれば、おさかなも雨のなかなんだ……。

それは雨で世界の輪郭がにじんでいく虚無感を簡潔な言葉でとらえた優れた詩であった。コーラスを耳にして高校時代の自分がよみがえり、高度成長期を終える一九七〇年代の虚無的な時代感覚が切なくよみがえった。

二〇一七年九月、私は東中野のライブ会場で小室等にインタビューした。フォークソングが演劇によって存在を確かにした時代があったことを教えられた。「雨が空から降れば」はフォークのスタンダード曲となって長い間生きつづけた。その歌詞にははじまりも終わりもない。大衆的な歌謡曲や演歌とは異質の世界だ。不条理劇に通じる歌詞が一つのきっかけになって、フォーク、ついではニュー・ミュージックと呼ばれるジャンルができ、数多くのシンガー・ソング・ライターが登場することにもなった。

小室は別役の詩との出合いに深く感謝していた。

「くしくもフォークというジャンルであの『雨が空から降れば』が世に出ていって、森山良子さんやかぐや姫も歌ってくれました。いまでもライブではリクエストが多いです。世のなかのほかの歌と比べればわかるように、歌詞がまったく別です。はじまりもなければ、終わりもない。別物であるにもかかわらずフォークのなかに違和感なく存在していて、スタンダード化した。ということはフォークの世界にある自覚の高さがあったからでしょう。あの別役さんの詩にインスパイアされてフォークの詞の世界に入ってきた人は多いんじゃないですか、谷山浩子さんは確実に別役さんの詩に触発されて、自分の音楽がはじまっていると思います。中学生の時分、僕らがレコーディングしているときレコード会社のつてをたよって見学にきたことがある、それは別役さんの詩の世界に彼女が惹かれていたから。僕は別役さんと出会うことができ、自分の歌作りにとってラッキーでした。もし出会っていなかったら、フォークの曲の作られ方のレールから外れたかもしれない。別役さんの詩のおかげで、フォークの世界に居つづけられた」

不条理劇は音楽の分野でも見逃しがたい影響力をもっていたのである。一九九七年にいまはなき東京の青山円形劇場で「別役実の世界」という催しが開かれた。プロデューサーの能祖将夫が企画した連続上演の要が『スパイものがたり』で、ゆかりの六文銭が舞台で生演奏した。新聞社でデスクという役についたばかりで、演劇記者の現場をはなれざるを得なかった私は残念ながら観逃してしまった。だが、別役にとって早稲田大学の学生劇団で後輩にあたる古林逸朗が演出したその舞台が大きな話題を呼んだことは記憶に残っている。パンフレットに小室等の談話が載っている。

かつて、「雨が空から降れば」の詩は神が微笑まなければ作れないと言ったのは、山田太一さんでした。僭越を承知で補足するなら、そこには神が微笑むに足る詩人がいなければなりません。二七年前、「スパイものがたり」でそのような詩人に出会えたことは、ぼくの音楽生活の中で本当に幸運なことでありました。（青山演劇フェスティバル「別役実の世界」公演パンフレット）

風に対する雨。

一方は大地を乾かし、他方は湿らせる。雨もまた別役実の舞台で象徴的な効果を生むものだった。たとえば『スパイものがたり』の三年前、一九六七年に初演された『赤い鳥の居る風景』には、こんなセリフがある。

女　（ボンヤリ）雨が降っている。いろいろなものをぬらしてゆく。こうして雨の中に立っていると、雨というものが目の前に現われて、お前は、そう悪いものではないと、云ってくれそうな気がする……。

雨を愛した詩人、八木重吉の詩がそのまま「女」のセリフになっている。二十九歳で夭折した八木重吉は妻とどもキリスト教徒であり。詩の言葉は「必ずひとつひとつ十字架を背負ふてゐる」と吐露していた。とりわけよく知られている「雨」にこうある。

雨のおとがきこえる
雨がふっていたのだ

あのおとのようにそっと世のためにはたらいていよう
雨があがるようにしずかに死んでゆこう

（八木重吉「雨」）

詩人が雨にみた救済のイメージは、おそらく別役に強い霊感を与えた。八木重吉の詩編には、街の曲がり角に人魂のような「ぬらりとさびしいもの」がふらついているという想念をうたった断章がある。別役はそのものに「或る永遠性」を見いだし「たましいのすまい」という言葉をあてている。（「八木重吉氏について」『別役実評論集・言葉への戦術』）

だが、この「たましいのすまい」は別役劇に入りこむと、時として人を裏切る「偽りの救済者」となるから、一筋縄ではいかない。同じ「別役実の世界」のパンフレットには「別役実氏への100の質問」というページがある。そこにこんな受け答えがある。

Q　子どもの頃のヒーローはなんでしたか
A　スパイ

ヒーローがスパイ？

誤解をおそれずにいえば、別役少年は野口英世やエジソンといった立志伝中の人物をヒーローとすることに飽き足りなかった。本人によれば、故郷をもたない寄る辺なき人間にどうしても関心が向いてしまうのである。実際のところ、百の質問への回答は後からの自己解釈といういきらいがないわけではない。本当にスパイに興味をいだいたのは大学生になったころからということだ。

ロシア革命史上最大のスパイだったユダヤ人エヴノ・アゼフはなかでも大のお気に入りだった。帝政ロシアの秘密警察に内通する一方で、革命運動のテロリストとして勇名をはせた。党の査問で正体がばれそうになると逃亡し、ベルリンやニューヨークで株の仲買にたずさわり、大もうけする。アゼフのような得体のしれない人間への興味、それが別役実の不条理劇のおおもとにあるだろう。

二重スパイだったアゼフの真意はむろん誰にもわからない。激しい非難を浴びて死んだが、その直前、ノートに「わたしは無辜(むこ)な人間」と書いていた。祈禱も欠かさなかった。一体、アゼフは何に向かって祈っていたのか。

別役はそこに孤独な「たましい」をみてとる。人間は生きていくために、しばしば対立する双方とつきあう。その意味では多かれ少なかれ誰しも二重スパイなのだ。人はそのことを知っているがゆえに本物の二重スパイを怖れ、怖れから逃れるためにその存在を異常と決めつける。スパイは抹殺されねばならない、寄る辺なきたましいの象徴なのである。『スパイものがたり』初演のパンフレットに別役はこう記していた。

……集団は、集団のための暗黙の了解に安住しようとしない、この名づけようもない自由なたまし

ひを、常に蔑視してきた。その蔑視の激しさは、自分も又、そうなり得ると云う事への恐怖にささえられているのである。(中略)

私は確信している。スパイこそ、神様のおぼしめしにない、人間の創り上げた人間であり、考えられ得る最も自由なたましひであると。

(「スパイ礼讃」『言葉への戦術』)

スパイという言葉には裏切りという意をふくんだ後ろ暗い響きがあるが、それを「自由なたましひ」の徴へと逆転させている。黒いコーモリ傘をさし、公園のベンチで洗面器にぼんやりと釣り糸をたらすスパイは社会の目に見えないルールから離脱した、共同体の一員になれない(ならない)放浪者である。詩想きらめく『スパイものがたり』に出てくる黒いコーモリ傘をさす男はその後もさまざまに姿を変え、世紀を超えたのちも、くりかえし登場する。というより、別役はその変遷を書きつづけた。

コーモリ傘をもつ男はおそらくは神から見放された永遠の追放者だ。雨を待ちつづけ、救済の手前にいる旅人であり、いつも雨をつれて歩いている。嘘をつき、裏切ることを宿命とする放浪者は救いなきイロニーの世界をさまよう。そんなコーモリ傘をもつ男が立ちどまる止まり木のような場所、それが電信柱のある宇宙であろう。

そうしたコーモリ傘をもつ男がもっとも印象深く登場する作品に、二〇〇九年に初演された一人芝居『風のセールスマン』がある。俳優、柄本明のために書かれた芝居で、別役劇のエッセンスが凝縮された小編だ。風に吹かれる紙くずのように街から街へ旅するセールスマンがバス停、ベンチ、電信柱のある街角にやってくる。観客に面白おかしく我が身の情けなさを語りかけながら「流れるのをやめて住まおう」とするのだが、うまくいかない。このセールスマンはまさに『スパイものがたり』以来、さまざまな姿をとってくりかえし劇中に現れてきた流浪する男なのである。

私はこのセールスマンにある源流をみる。別役自身が受けた衝撃を明かしているアメリカ演劇の巨匠アーサー・ミラーの代表作で、一九四九年に初演された『セールスマンの死』である。一九五〇年代の終わりに早稲田大学で演劇と出合った別役にとって、ヨーロッパの不条理演劇に匹敵する影響力があったのは、アーサー・ミラーやテネシー・ウィリアムズに代表される戦後アメリカ演劇であった。

『セールスマンの死』はこんな話だ。全米各地をまわる有能なセールスマンだったウィリー・ローマンは年老いて厄介者扱いされ、ローンの支払いにも窮するようになる。希望の星だった長男は盗癖から自滅し、人生の落伍者になってしまった。年下の雇い主にお払い箱にされるウィリーは自らの命を絶つという無残な結末を決心する。マイホームを支えるため懸命に働く小市民の「父」はみじめに失墜し、行き場を失い、胸かきむしるような叫びをあげる。

このウィリーにささやきかける幽霊のような男がいる。旅行鞄と傘をもって放浪している謎めいた男、伯父ベンだ。アラスカで一旗揚げようとして、なぜか南へ歩いてアフリカで金持ちになった幻の成功者なのだが、失われた兄のようでもあり、不幸なウィリーが妄想するもう一人の自分のようでもある。小市民のウィリーをここではない「どこか」へ誘おうとするベンは、死に神なのか救済者なのか。私は幽霊のような、この世ならぬ存在のベンに「ぬらりとさびしいもの」の一つの故郷をみる。

舞台に現れるコーモリ傘をもつ男のモデルを作者が明らかにすることは決してない。だが、そのイメージのもとにアメリカ演劇があったことは確かだ。『セールスマンの死』のほかにもう一作あげるなら、これも別役に啓示を与えたソーントン・ワイルダーの『わが町』（一九三八年初演）ということになる。架空の街グローバーズ・コーナーズを舞台にささやかな人生の断面を切りとったこの名作の三幕で、産褥で命を落としたエミリーは墓場の死者たちと出会う。そのとき葬列にくわわる人たちはコーモリ傘をさしている。『わが町』のコーモリ傘も、生者とこの世ならぬ存在をつなぐ通信装置を思わせる。

コーモリ傘をもつ男は劇作家の心の深層に刻みこまれた演劇的イメージをまといつつ、けれど、どこまでいっても謎めいた存在なのだ。彼は荒野のような観念の虚空に棲んで、終わりのない旅をつづけているのである。

黙然と立つ電信柱。

これを舞台に出した理由を問えば「カネがなかったから」という答が返ってくる。思わず力が抜けるような、身も蓋もない話なのだが、動員の限られる小劇場で舞台装置に予算をかけられなかったというのは切実な要請ではあった。一九七〇年代から八〇年代にかけ高校演劇で盛んに別役劇が上演されたのも、装置が安く簡単に造れるという他の作家の戯曲にない特質があったからだ。

が、むろんのこと電信柱のある風景にはもっと深い意味がこめられていた。自らこう評したことがある。日本劇作家協会が開設に深くかかわった東京の杉並区にある劇場、座・高円寺で二〇一五年八月九日、協会が開いた公開講座「別役を待ちながら」で映写されたビデオのなかでのことだ。

「舞台に一本、垂直を予想させるオブジェがあったほうがいい。バス停にしてもね。要するに何か垂直線を入れないと。西洋の場合は垂直の構図がそもそもあるけれど、日本の場合、垂直に対する意志、関心が弱いんだよね。そこを刺激しないと、宇宙に対して一人ポツンと立っていますよって感じがつかめない」

別役を敬愛する劇作家ケラリーノ・サンドロヴィッチとの対談に残る評言だ。

垂直線への志向は別役劇に一貫したもので、二〇一六年七月に新国立劇場で上演された『月・こうこう、風・そうそう』の竹林にいたるまで変わらない。

いっとき所属劇団の代表をつとめた兵庫県の尼崎ピッコロシアターで演劇教室を開いた際には、垂直線についてこう解説していた。

「秋来ぬと、目にはさやかに見えねども、風の音にぞ驚ろかれぬる」という歌があるように、我々にとって「目にさやかに見える」事情は、おおむね横軸を推移するのであり、ふと立ち止って天空を見上げ、そこを吹き抜けてゆく風に気付いた時、「秋」を感じとることが出来るように、それを遮断して縦軸に気付くことによって、我々は「虚空」と関係を結ぶと言っていい。つまりこの「一本の木」は、そのためのものでもあり、「虚空」の受信装置と言ってもいいであろう。

信州の諏訪神社には、その境内に「神柱（しんばしら）」という巨大な柱が立っている。これは、飛来する神がそれによりつくための「よりしろ」と説明されているが、これとベケットの「一本の木」は、よく似ていると言っていいであろう。

（『別役実の演劇教室　舞台を遊ぶ』）

どこまでも観念的な別役実空間にとって電信柱は何もない虚空を支える柱であり、天に通じている。それはまた人間をかろうじて文明につなぎとめる寄る辺なのだった。舞台空間の縦軸が電信柱であり、横軸が風だとひとまずは記しておこう。

こうした電信柱のある宇宙がはっきりと打ちたてられたのは一九七三年の『移動』からである。家財道具を山と積み上げた家族の移動を描きだしていた。舞台に現れたのは果てしなくつづく電信柱。男は「こんなもん。こんなもん」と荷をたたき、荷車の片方を持ちあげ、地面にぶちまける。移動するうち荷物は一つ二つと捨てられていき、やがて男と女と赤ん坊が黙々と移動していく。

先に文章を引いた演劇評論家の大笹吉雄は『移動』の舞台をこう解いている。

……わたしがここで見たのは、荷車に積まれていた家財道具が、移動の過程で一つ二つと捨てられていき、エピローグでは、すっかり荷物が貧弱になった車を引いて、男と女と赤ん坊が、黙々と移って行ったたったそれだけの姿に過ぎない。しかし、それを、わたしは忘れることが出来ない。男と女と子供というのは、存在態としてのわれわれ人間の原型であり、それがどこかへ移って行くのは、多分、人間が背負いこんでいる宿命としての時空のすがただったのである。そうだとすれば、この三人の移動の姿は、人間の存在としての原型的なイメージであり、それだからこそ、そこに意味を読みとるよりも、それをただ見ていることがはるかに重要だったのである。

（大笹吉雄「風と電信柱と裸の人間」『同時代演劇と劇作家たち』）

ちなみに『移動』の電信柱はコンクリート製だったが、大笹によれば以降はおおむね木製となる。なにしろ劇中のビラ貼り屋の夫婦はこんな会話を交わしているのである。

夫　どうだろうねえ、いつも考えるんだが、このコンクリートの電信柱って奴は、何とも味がない。

妻　ありませんねえ、味が。ツルンとしてて。やっぱり電信柱は木ですね。

夫　木さ。やっぱり電信柱は木に限るよ。

『スパイものがたり』ではじめて登場した電信柱は『移動』にいたって無数に現れた。それは高度経済成長期に現実の風景から消えていった木の電信柱として別役実空間に定着する。もはやリアリズムを超えた幻想の電信柱であり、記憶の原風景を呼びさますドラマの依り代ともなったのである。

さて『風のセールスマン』で、柄本明との共同作業を喜んだ別役は初演時、こんな言葉を残していた。虚空を喜劇する。

いわく役者が舞台に「たたずまうこと」自体がおかしいのであり、喜劇なのだという。電信柱くらいしかない舞台空間をいかに虚空として印象づけるか、ただ「ある」ことを際だたせることができるのか、ただ「ある」ことがおかしくなるのは、どういうことか。

先に挙げた不条理劇の定義を思い返しておこう。

「絶望的な人間の状況を笑いに変えてその無意味さを訴えかける演劇」

まさに、このことを日本語でつかまえることが別役にとっての不条理劇のありようとなっていった。それは言葉が文字どおりには届かない、さまざまな取り違えが多発する、それまでにない日本語のありようであった。劇の言葉が説明のつかない奇怪な事件や現実社会の不条理を映し、不思議なリアリティーを醸しだしたのである。

別役の文体はのちの劇作家たちに強烈な影響を与えた。演劇史からみれば、この事実はきわめて重要である。『熱海殺人事件』や『蒲田行進曲』で一九七〇年代の旗手となった、つかこうへいとの対談で別役はこんなことを話していた。

> 言葉に対する有効性というものは、センテンスを短くしてからほとんど重きを置いてないよ。名ぜりふとか内から出てくる言葉というものはなるべく排除する。舞台に役者がポンといることによって空間の裏表がはっきりしてくる。そこで具体的な作業、めし食うならめし食う、それが生活感としてどれだけリアリティーをもち得るか、それが演劇性として問題であるという感じがする。

（中略）

いまは、「それちょっと取って」とか「それこぼれそうだから向こうへやって」とか、それだけで芝居ができるかできないかということなんだよ。そのせりふだけが信頼できる言葉なんだ。

『つかこうへいによるつかこうへいの世界』

それちょっと取って。向こうへやって。

そうした何気ない言葉だけで成り立つ芝居。社会や思想を声高に語る言葉ではなく、生活に即した所作だけを頼りとする芝居。別役実の不条理劇はそのように転回した。

人間がただ「ある」ということ、そのとき演劇でしかありえない形で浮かびあがってくる、おかしみ。それをつかまえることは、やがて現代演劇の大きな潮流となった。つかこうへいに限らず、岩松了、宮沢章夫、平田オリザ、ケラリーノ・サンドロヴィッチらの戯曲は別役がいなければ生まれなかったとさえいえるのである。

その作劇の根について、本人があからさまに語ることはない。文学座の別役実作品をことごとく演出している藤原新平によれば「訊いても、自分にもわからないという答が返ってくるだけ」という。その点もベケットと同じである。

けれども私はこうみておきたいのだ。人間の誇大な幻想が産み落とした偽りのユートピアたる満洲（中国東北部）で生まれ育った劇作家は、その皮肉な崩壊を少年の眼で見とどけた。引揚者として帰還した戦後日本にも同胞として入りこむことはできなかった。いつまでも何かから追放された者であり、どこへ行ってもよそ者なのであった。故郷喪失者はいつしか孤独なたましいをつれた人生の旅人となった。

一九八〇年に刊行されたエッセイに、こんな言葉を残している。

「舞台には電信柱が一本。夕暮れ。風が吹いている」と、最近の私の芝居は、たいていこのト書きではじまる。そう書いておいて私は、そこに漂う時間の陰影に目をこらし、耳を傾け、やがてそこからにじみ出るようにして現れる登場人物が見えてくるのを待つのである。

（「なぜ、夕暮れなのか」『電信柱のある宇宙』）

二〇一五年、一六年はともに演劇界にとって別役イヤーであった。不条理劇を書きつづける別役実がいかに敬愛されていたか。その証となる催しが一五年三月から一年半近くにわたり開かれた。文学座、俳優座、民藝、青年座、演劇集団円、昴ザ・サード・ステージ、テアトル・エコーといった劇団に新国立劇場や北九州芸術劇場までがくわわった催し「別役実フェスティバル」である。新旧二十一作品が上演され、雑誌の特集やシンポジウムなども相次いで、時ならぬブームが起きた。

本人はパーキンソン病の進行によって、外出もままならない状況だった。ところが、フェスティバル開幕に際し開かれた制作発表に病身をおして、車いすで現れた。二〇一五年三月十七日、七十八歳の誕生日（四月六日）まで間もないころだ。座・高円寺に設けられた会見の場に顔をみせると、天然のユーモアを交え語りはじめた。

「子供のころから病気をしたことがなかったんですけれど、パーキンソン病という得体のしれない病気にかかりまして。お医者さんによると、よくわからないそうですね。神経内科にかかっていますから神経にかかわる病気なのでしょうが、お医者さんの第一声が、これで死ぬことはないよ、でした。パーキンソン病では死なないんですね、がんと違って。いずれ寿命がくれば死ぬんでしょに、これで死ぬことはないという病気らしい。薬の投与違いだと思うんですけれども全身に水ぶくれが出まして、去年の夏二か月ばかり入院するということがありました。まあ、はじめての大病でしたから我ながらびっくりして、かなりのショックだった。

退院してからこのフェスティバルの話をうかがいました。僕の芝居をやってくださるというので大変勇気づけられまして、もしこれがなかったら退院と同時に芝居をやめてたんじゃないかと思われますけれども、おかげさまでなんとか芝居をつづける勇気が出てきました。新作（文学座の『あの子はだあれ、だれでしょね』）もそろそろ書きはじめておりますけれども、なにしろ書くのが非常に遅くなりましてね、四百字の原稿用紙を埋めるのが昔は一時間だったのが、今はそうですね、二日三日くらいかかるようになりました。けれども書くことは書きはじめています。

これは素朴な感想なんですけれども、入院していると芝居がもっている集団性とか共同性というものが欠落してくる。心細くなってきますし、はじめての経験だったから、孤独感を骨の髄まで味わった。この企画の話を聞いて救われた感じがしました。これがなかったら、病院出るときは芝居をやめて推理小説でも書こうかという感じがあったんですけれども、また芝居をやる気になったんですからね。芝居をやってるもの同士の共同性、集団性がきわめて具体的に感じとれました。

入院中、書く気持ちが折れそうになったことがありました。完全に一人になるし、妄想がわき出てきますし、かなりの試練だった。本も読めない。妄想にまかせていた。発狂するにはいたりませんでしたが、発狂するのはこういうことだろうなと理解できるところまではいった。病気しないと、そこまでの心境にはなれないでしょうね。（中略）

今は介護保険でデイサービスのセンターに行って体操する日が週二回、それからお風呂に入れてくれる人たちが家にやってくる日が週二日くらいあり、そのほかお医者さんに行ったり看護婦さんがリハビリにきたりで、一週間に一日くらいしか空く日がない。それに追われている。合間に原稿用紙にひょいと書く。今はデイサービスも減らしてきていますし、家のお風呂に入れるようになれば、書く時間もとれるでしょう」

入院先だった阿佐ヶ谷の河北総合病院は演劇人の間で寺山修司が療養していたことで知られ、別役にとってはかかりつけ医のいる病院であった。歩いていける距離に自宅がある私は頻繁に見舞いにいった。狂人の一歩手前というふうにこのとき表現した言葉に頷かざるを得ない二か月だった。

それゆえといっていいだろう、退院一か月後に名取事務所が上演した『背骨パキパキ「回転木馬」』は、精神の破調をそのまま表したような奇作となった。にもかかわらず、私は渾身の演劇詩に感動を覚えた。その舞台は、不条理の地獄めぐりとでもいうほかない超現実的舞台だったのである。題材とされたモルナール・フェレンツの戯曲『リリオム』はミュージカルにもなった有名な作品だが、回転木馬の呼びこみ役が事故死したあと一日だけ地上にもどってくるという話である。別役はこれを死の想念がぐるぐる回る、いわば「死の笑劇」に置きかえていたのだった。

退院した別役はまさに地獄から生還した思いだったのではないだろうか。その後は自宅療養しつつ、私のインタビューにもたびたび応じてくれた。ところが、二〇一八年一月はじめにまたも衰弱し、河北総合病院に再入院した。いつ谷に落ちこむかしれないパーキンソン病はとらえどころのない、実にやっかいな病なのである。小康を得たあと、今度は病院近くの介護つき老人ホームに入居した。

演劇という営みにはやはり毒があるのだろうか。

私は一九六〇年代演劇の旗手たちの老年にふれ、そんな感慨をいだかざるを得なかった。別役の三つ下、状況劇場の紅テントで一世を風靡した唐十郎は二〇一二年五月、自宅前で転倒した。脳挫傷の大けがを負い、劇作家としても役者としても再起不能に陥った。一つ上にあたり、社会変革の夢と挫折を鮮烈に描いた劇作家、清水邦夫は二〇〇一年の『夢幻家族』を最後に精神不安に陥り、やがて外出もままならなくなった。二つ下の太田省吾は二〇〇七年、六十代にして肺がんで逝った。

これも二つ下で早稲田時代の仲間だった鈴木忠志、六つ下で黒テントなどを主導した佐藤信は健在だったが、彼らも病気と無縁ではなかった。激しく揺れ動く日本社会の転形期に新しい演劇を目指した者たちに訪れた酷薄な現実。

二つ上の演出家、蜷川幸雄に対しても病魔は容赦なかった。「別役実フェスティバル」が開かれていたころには肺に水がたまり、車いすに乗って酸素吸入しながら稽古をしていた。心臓のバイパス手術をかさねた体はぼろぼろだった。

「刀折れ矢尽きだよ。まったくオレたちは」

蜷川はそううめいていたものだ。

「いつ死ぬかわからないんだ、オレは。時間がないんだよ。もっと激しく!」

彩の国さいたま芸術劇場の稽古場で、さいたまネクスト・シアターの若い役者に罵声を浴びせる蜷川のやせ細った姿は壮絶だった。彼らの出演した『リチャード二世』(シェイクスピア作)がしっかり演出できた舞台の最後となる。これを二〇一五年四月にさいたま芸術劇場で上演したあと衰弱は激しくなり、十二月はじめに納豆の誤嚥(ごえん)から入院、もう現場にもどることはなかった。翌年五月十二日、八十歳で不帰の客となった。

別役実は蜷川や唐のような熱い演劇とはかけはなれた、静かな劇を手がけてきた。それでも文学を超えた、演劇でしかあり得ない表現にこだわりぬいた点で一九六〇年代演劇の同志とはいえたのである。フェスティバルの制作発表では、自らの演劇の軌跡や社会的な意味についても言葉が継がれた。

「僕の芝居はね、気の毒なんですが、お金にならない。小劇場でやることが多いから経済的に大変苦労する。ただ僕は芝居ってのは二百人くらいの小屋でやるのが正統だと考えている。小劇場の芝居が少しでも社会に定着する、そのための刺激になれば嬉しい。一九六〇年代にベケットやイヨネスコが我が国に紹介されたとき、不条理劇は一つの主張だった。反逆でした。ところが七〇年代、八〇年代をへて、そういう要素はなくなってきたんです。一方で不条理は東洋思想のなかに以前からありましたし、そういうものに順応する能力が東洋人にはあった。かつての近代がもたらした合理主義とか近代的なヒューマニズムとか民主主義とかへの批評性が不条理を通じて明らかにできるような、そういう時代になったと感じます。かつての反逆的な姿勢はとらえどころがなくなったんですけれども、近代の枠組みへの批評として不条理は役に立っているのかな、と思う。若い人たちの本を読むと、不条理であることがごく自然になっている。不条理はある程度の役割を果たしていると今は考えています。

そうね、演劇そのものの形式が反社会的だという感じがするんですよ。観客を集めるにしても、一回二百人しか集められないというのは、芸術がもつ限界性を如実に現している。映画やテレビが一回百万人に向けてコピーできる消費財だとすれば、演劇は消費できない。消費できないことに有効性がある。伝達の方法もコピーして百万人に観せるのではなくて、五十人とか二百人とかに観せ、それが波状攻撃のように伝播していく。伝播することで伝わる。そうすることで消費されるのではなく、蓄積される文化財になっていくだろう。表現の仕方も電気で拡大するのではなく、等身大の人間が機械によらない声やしぐさによって伝達する。伝達の仕方も反近代です。近代がつくった合理性や拡大性を排除する。演劇を浸透させることが現代の無味乾燥性とか非人間性を解消する手立てとなっていく。そういうふうに考えています」

その作品は二〇一八年秋に名取事務所が上演する『ああ、それなのに、それなのに』までで百四十四本。個々の作品もさることながら、その持続にこそおどろくべきであった。作品群からは七十年つづいた「戦後」の時間を感じとることができるのである。

別役実という人は酒を飲まないし、のぞき見事件の寺山修司や乱闘事件の唐十郎のように世間をあっといわせる騒動を起こすこともなかった。煙草をくゆらせながら超然と日をおくった演劇人である。私は新聞社の演劇担当になったばかりの一九八〇年代半ばから何度となくインタビューしてきたが、怒りにまかせた言葉を耳にしたことが一度もない。原稿を頼めば、締切に遅れることもなかった。

私はここでまた行きすぎた推測をしておくことにしよう。

別役実は会話の途中でえっと訊き返すことが多い。片方の耳の聞こえが悪いためである。どこからくるのか、その呼吸はある淋しさをともなっていたが、相手の言葉をはなれ夢のなかをさまよっていたかのようでもあり、気のぬけた言い方をすれば質問が耳に入っていなかったかのようでもある。そんなときでもこの劇作家の飄々（ひょうひょう）とした居ずまいは、不思議なユーモアをにじませている。宇宙人とさえ評されることさえあるゆえんだ。

あてもなく書きはじめれば、あとは手が書かせてくれる……。

その文体は何より劇作家の身体性の反映にほかならない。別役を敬愛する劇作家、演出家、俳優の野田秀樹は「手が書かせてくれる」という話を本人から聞き、その影響で戯曲執筆に際してはパソコンを遠ざけ、手書きに徹するようになった。別役の不条理劇を支えているのは、実のところ天与の茫洋とした身体感覚といっていい。

遅れてきた人間である私は別役実へのあてどない旅の支えとするため、お気に入りの喫茶店だった吉祥寺のルノアールや自宅近くにあるレストラン不二家、さらには入院時の病院や老人ホームでくりかえしインタビューをした。それは過去への時間旅行であった。

医師の言いつけに従ってあっさり煙草を吸わなくなったくらいで、会えば雰囲気も口調もまったく変わらない別役実がいた。はじめに記したように、特に断りがないかぎり、引用される本人の言葉はそれら連続インタビューから引いたものである。

満洲をふりだしに流浪の日々をおくった人の演劇的故郷は一体どこにあるのか。

裸舞台、つまりここは何処でもないのである。舞台中央に電信柱が一本と、バス停留所の標識と、バスを待つお客のためのベンチがひとつあるから、或る街の一角のようにも見えるが、沙漠の真中にそれらのものが配置されているようでもある。

（『そよそよ族の叛乱』）

舞台下手寄りに古びた電信柱が一本。中央にペンキのはげかかったベンチがひとつ。その脇にバス停留所の標識。上手奥に赤い郵便ポスト。他は何もない。夕暮れ近く。

（『場所と思い出』）

公衆便所と電信柱のある街の一角。

（『天才バカボンのパパなのだ』）

電柱とベンチ、他は何もない。夕暮れである。

（『マザー・マザー・マザー』）

電信柱が一本。その下に、壊れたダンボールを敷いて、古い茶ダンスと、茶ぶ台と、何冊かの本、その他いくつかの家財道具が、捨ててある。

（『赤色エレジー』）

舞台やや下手に電信柱が一本。その下に花ゴザが敷いてあって、オママゴトの用意がしてある。夕方である。

（『太郎の屋根に雪降りつむ』）

舞台には電信柱が一本。その下に、汚れたポリバケツが一個。夜である。

（『ハイキング』）

舞台には電信柱が一本。その下に、使い古した動物用の檻が、車つきの台に乗って、置いてある。

（『夕空はれて——よくかきくうきゃく——』）

青空である。下手寄りに電信柱が一本立っていて、そのテッペンから汚れた万国旗が、上手方向へ一本斜めに張ってある。椅子がひとつ、ころがっている。

（『白瀬中尉の南極探検』）

荒野の一角。枯れ木が一本立っている。

（『諸国を遍歴する二人の騎士の物語』）

電信柱が一本。ベンチがひとつ。バス停の標識が一本。ポストが一個。あとは、青空。

（『とうめいなすいさいが』）

ト書きをたどれば、不条理の風が感じられてくる。それは一体どこから吹いてくるのだろうか。

第二章　満洲に生まれて

どこまでも、どこまでもトウモロコシ畑がつづいていた。新京（いまの長春）と呼ばれたかつての満洲国の首都から、ロシア文化のたたずまいを残す北方のハルビン（哈爾浜）へ向かったときのことだ。車窓を眺めながら、思わずため息が出た。

山はどこにも見えず、いつまでもなだらかで、人家はまれ。ドイツのドレスデンからプラハに向かう特急電車でボヘミアの大平原を横切ったときの心細さがふとよみがえった。ああ、こんなところで行き暮れてしまったら、どんなにかおそろしいことだろう。それは二〇一四年夏の短い旅だった。

日本のそれより速いという新幹線「和諧号」で疾駆しても、トウモロコシのほとんど均一な穂並みは尽きることがなかった。このトウモロコシをコーリャン（高粱）に置きかえれば、そのまま戦前の風景となるに違いない。別役実はこの満洲で生まれ、新京とハルビンに住んだ。両都の間に広がる風景について、こう話していた。

「もうコーリャン畑はないのかなあ。昔はなんといってもコーリャン畑が印象的だったんだ。地平線まで全部コーリャン畑でした。その畑の向こうに大きな夕日が沈んでいく。そういうところを満鉄で走っていった。コーリャン畑とあとは荒野という感じがしました。その荒野に電信柱が立っていてね、風が吹くと、ひゅーん、ひゅーんと音がするんだ。その音をね、なんとか芝居に出したいと思っていたんだけれども、なかなか出ない。違うんだよ、なんとなく。満洲と日本とでは風の音が違うのね。満洲の風は、なんというのかな、金属的な音なんです」

あの別役実空間を印象づける風と電信柱、その故郷はやはり大陸の満洲なのであった。戯曲の登場人物の名を男1とか女1にする理由は、宇宙に対する個という厳しい関係をつくりたいからなんだ。あるとき、そう説かれたことがある。絶対的な孤独をかみしめる感性もやはり満洲に発していたのである。

「集落からちょっとはなれると、もう荒野なんです。荒野のなかで満人の集落が土塀に囲まれてある。それらの集落と集落の間を荷馬車でいく。その間には何もない。けれど何もなくても電線があると安心するんです。荷馬車の荷台に腰かけながら、電線に人間のよりどころみたいなものが感じられた。買い物だったかなんだったか、荷馬車に乗っていった。とても歩ける距離じゃない。定期的に走っていたんだろうね、荷馬車の後ろに親父と二人で乗せてもらっていた記憶があります。

石がごろごろしていたり、雑草がはびこったりしているくらいで、本当の荒れ地。新京より北の方、開拓団の入った荒れ地は畑にするまでが大変だったということです。春になると蒙古風が吹き、黄砂が降ってくる。ネコヤナギが芽をふいて春になる。あのころはネコヤナギが春の徴だった。

実のところ、電信柱の装置については意識的ではなかった。あるとき評論家が満洲の風景だと言いだし、言われてみればそうだなあという感じでした。はじめのうち、お前の芝居は電信柱とベンチばかりじゃないかと悪口をいわれたものですが、原風景とみなされてからは悪口言われなくなった。満洲の風景のなかに立っているとコーリャン畑の地平線がある。電信柱だけがあって周囲には何もない。あるとき、岩手に行く用があり、高原を歩いたら電信柱だけつづいていて、なんとなく満洲に似た感じがあった。反対に満洲から引き揚げ船に乗って佐世保に着いたときは違和感があった。湿地帯で気持ち悪い。びちゃびちゃのところを裸足で歩けなかった」

ちなみに本人は引き揚げたあと、一度も満洲を訪ねていない。機会をのがしてしまったためというが、なんとなく気が進まなかったのかもしれない。いずれにせよ、満洲で体感した「電信柱の宇宙」は劇作家の想念のなかで膨らみつづけた。「電信柱と風と男1」というエッセイに次のように書いていた。

見渡すかぎりの荒野、もしくはコーリャン畑の中に、道が一筋伸び、それを保証するように電信柱が、一本、そしてまた一本と続く風景は、確かに満洲では見なれたものである。もしそこに電信柱がなかったら、人はその風景にどう対応していいか、わからなかったに違いない。

それからまた、風のことがある。強風の日には、電線がビョーン、ビョーンと鳴って、風景が風景であることをうめいているようなおもむきがあった。「電信柱と風」と言えば、私にとってこれはもうつきもので、以前はよく「電信柱」と書きこむ度に、「風が吹いている」と注文をつけたのだが、近ごろはしなくなった。

舞台での風は音で創るのだが、日本での風が本来そうであるせいか、それは「どこかあっちの方で吹く風」のようにしか聞こえないからである。満洲で電線をうならせたのは、いわゆる「地を巻く」という風で、もちろんそうなると、音だけではどうしようもなかった、ということもある。

（「電信柱と風と男1」『満洲とは何だったのか』）

別役はこの文章で男1とか女1とかいう登場人物の設定は自分が満洲生まれであることを証明するものだと明かし、その理由を風景と人との関係が「乾いている」からだと説明する。湿った内地にあったのは「土」ではなく「泥」であり、そこに裸足で踏みこむことに恐怖を感じ、人間の尊厳が脅かされる不安を覚えたという。

満洲にいた日本人の引き揚げは千差万別だった。もっとも過酷だったのはソ連国境に近い荒れ地に入植した開拓団の人たちで、駐屯していた関東軍に置き去りにされたあげく、恐怖の逃避行を余儀なくされた。官吏の家族だった別役家は開拓団のように荒野で死線をさまよう日々を送ったわけではない。むしろ空襲で焦土と化す内地よりソ連侵攻までは平穏な日々を送っていた。近代の先駆けといえた満洲でパンや洋食を食べて育ち、洋風のモダニズム文化に浸っていた面もあったのである。が、信じこまされていた満洲国が瞬時に瓦解し、支配者が侮蔑される敗戦国民に落ち、いわば難民の立場に追いやられた運命の皮肉は、少年の心にいやおうなく無常の思いを残しただろう。

ちなみに大陸で暮らしたのち戦後になって演劇にかかわった人に小説家で劇作家の安部公房、劇作家の山崎正和、演出家の太田省吾がいる。別役実もふくめ、戦後日本の根本的な変革をいったんは志し、政治と芸術の相克のなかでドラマの源を考えた点で共通するところがある。安部も山崎も一時は日本共産党に入党したし、別役や太田は六〇年安保の反対運動にくわわっていた。別役は安保後の新島闘争にまで参加した。それぞれ立場を異にしていたとはいえ、自明と思われている社会がいかにもろく、人間存在がどんなに危ういものか目の当たりにした経験が演劇の創作に生かされていた。

奉天（いまの瀋陽）で少年時代を送った山崎正和は別役の二つ上、同じように大陸で父親を失い、貧困と向き合いながら勉学にいそしんだ。かつて私のインタビューに応え「文明は政治的な制度も含めて、ほんの薄皮一枚剝いだら、後はアナーキーと人殺しと大混乱ですよ」と語気を強めたことがある。そのとき、こう言葉を継いだ。

「例えば、満州がどういう状態だったかを言うとね、女の人は外に板を打ちつけて要塞のようになったアパートの中に籠もる。男でさえ、外では命がけでものを買いに行く。そんな中で子供たちを十人くらいのグループで学校に行かせた。私なんか歩いていると、ソ連兵が面白がって自動小銃でバリバリ足元を撃ってきた。犬とすれ違うと人間の赤ん坊をくわえている。もし、くわえてなかったら、私は死んでいたかもしれない。ある日、学校の前の席に首吊りの死体がぶら下がっていた。それでも私は別に何ともなかった」

（山崎正和「極限状況の中でこそ守り、闘う」『阪神大震災は演劇を変えるか』）

劇作家としてセリフ術を重んじる山崎と別役は一九七二年にその名も手の会という演劇集団をつくった。二人は打ち合わせなどでたびたび会うと、満洲時代をふりかえった。あるとき「我々の芝居の舞台は都会ばかりだね」という話になった。山崎の回想記『舞台をまわす、舞台がまわる——山崎正和オーラルヒストリー』によると、別役は「それはそうだ。満洲では一歩街を出ると別世界で、怖いところだ。だから人間が安心して暮らせるのは都市の中だけだということが骨身に染みついている」とこの話をひきとってみせたという。山崎はなるほどと頷いている。

山崎も別役同様、コーリャン畑に異様な印象を受けていた。人間の背丈ほどあるコーリャンが一面に広がり、風でいっせいになびくと敵が攻めてくるように感じられるほどだった。秋に赤い実をつけるから穂先も赤く、そこへ夕陽が沈んでいくと見渡す限り燃えるような赤になったのである。

沈黙劇という特異な舞台表現をつくり、世界的に評価されながら二〇〇七年に亡くなった太田省吾は別役の二つ下、済南市で生まれ、北京で暮らし、天津から引き揚げた。『水の駅』『地の駅』『風の駅』の三部作をはじめとする太田の沈黙劇には、トランクを提げたよれよれの人たちがいつも現れた。その姿は引揚者を彷彿とさせたものである。

私は生前の太田に何度か新聞エッセイを書いてもらっている。こんな文章が寄せられたことがある。沈黙に支配されたすし詰めの貨車で引き揚げる際、石油カンの便所に向かうとわずかな緊張が走ったという記憶から書き起こされていた。

あのとき一歩間違えば残留孤児になっていた。もし、大陸に残っていたら、その「もう一人の自分」はどんな人生をおくっていただろう……。

> わたしの引揚げの記憶の断片のもう一つに、地平線を見ながら歩いた長い道がある。多勢が荷物を担いで列になって歩いたのだが、列になって歩く者の顔を後年になって思い出し、想像を加えてみると、それは〈もう一人の自分〉を抱えながら歩くといった顔に思える。
>
> （太田省吾「もう一人の自分」日本経済新聞一九八六年九月二十一日）

日常風景にふっと大陸の幻がよぎる。それは「もう一人の自分」かもしれない。太田は「自分を見る自分」がつきまとう、戦後の時間について考えていた。

安部公房が自身の劇団（安部公房スタジオ）で演劇活動をしたのは一九七三年から八二年まで、私が新聞社に入る前のことだから取材する機会はなかった。戦前、満洲医大の医師だった父親のもとと内地とを行ったり来たりした安部は敗戦後、瀋陽で家を追われ、サイダー製造などで暮らしをたてたのち、引き揚げた。過酷な没落を経験したはずだが、別役同様、私小説的作品はいっさい書かなかった。

が、たとえば『城塞』（一九六二年初演）という喜劇には、ソ連軍が攻めてくる切迫した満洲の状況が描かれる。軍部と結託して成り上がった実業家の父が戦後にとらわれた妄想の世界だとやがてわかる。危機に瀕した人間の浅ましさを笑い飛ばすドラマには、引揚者ならではのシニカルな眼差しがあった。息子（男）はわざと妄想につきあい、満洲の時間のなかにいる父親を指弾する。

男　ここには、天皇も警察も、軍隊もない……しかし、ちゃんと、生きている。空気と食べるものさえあれば、国家なんてどうだっていいんだ。

父　（皮肉に）まあ、満腹しているあいだは、なんとでも言っていられるさ。（安部公房『城塞』）

特権を利用して手に入れた飛行機の切符二枚で息子と脱出しようという状況だ。ソ連の戦車が迫り、外では暴動が起きている。冷酷な父は妻と娘を置き去りにしようとし、息子がそれにあらがっている。この父のように独善的な戦争協力者たちが戦後日本を指導したという、歴史への批評がこの劇にはある。後年、別役実は安部公房の戯曲を厳しく批判した。小説家として高名だった劇作家が演劇に対する文学の優位性を疑わなかったことに反発したのである。が、それはともかくとして、没落の悲哀をなめた引揚者の演劇人には懐疑という共通の傾向があるようだ。戦後の価値観の転倒はすべての日本人が共有する体験であったが、王道楽土の極端なユートピア幻想をふりまいた満洲国の崩壊はその逆転現象をひときわ激しく印象づけただろう。守ってくれるはずの大日本帝国は瞬時に消え、ソ連軍の略奪や暴力におびえて暮らさねばならなかったのである。

成田空港から瀋陽に入った私は次に長春へ向かった。かつての呼び名に従えば、奉天から新京へ。

「和諧号」で一時間半、時速は三〇七キロまで上がった。それでも新幹線より乗り心地はいい。改革開放路線を開始した鄧小平が訪日し、新幹線に試乗したのは一九七八年のことだ。それから三十五年と少し、中国の急速な発展に目を見はらざるを得ない。車窓の風景はトウモロコシ畑ばかり、大陸の大きさが体感される。

長春は森と湖の街だった。一八〇〇年に清朝が行政庁を置いたのが吉林省の省都、長春のはじまりで、日本の傀儡国家、満洲国が建国されるや新京と改称され、首都になった。満洲国が存在したのはわずか十三年五か月。一九三二年三月一日に誕生し、玉音放送が流れた三日後、四五年八月十八日に消滅した。新京という幻の首都もそれだけの時間を生きながらえたにすぎないが、現地に行ってみると、おどろくほど当時の遺構が残っている。整然と整備された緑豊かな街区には他都市のような高層ビルがない。建物の独立したシルエットが青空のなかで映える。中国共産党はこれらいかめしい顔をした満洲国の植民地建築物を破壊せず、そのまま重要な施設に転用した。そのため幻の人工国家が生んだ空虚な威風がそっくり保存されているのである。

それにしても異様なシルエットではあった。旧関東軍司令部（現在、中国共産党吉林省委員会）などは安土桃山風の天守閣であり、大陸にむりやり「日本」を持ちこもうとした帝国の美的な屈折がひしひしと感じられる。最高行政機関だった国務院（現在、吉林大学基礎医学院）は日本の国会議事堂によく似ているが、中国風の屋根がついている。司法府（現在、吉林大学医学部）も和漢折衷、最高検察庁（現在、人民解放軍の医院）は中国風の屋根の下に煉瓦の教会堂のような建物がそびえる。

空襲にさらされた東京で軍国主義時代を感じさせる建物を探しても神宮絵画館や九段会館くらいしか見あたらないが、長春に行けばそこかしこに「大日本帝国」の遺産を目にすることができる。日本の意匠に西欧文化や中国文化を混ぜ合わせ、ある普遍化を試みた形なのだが、不協和な感じがあらわにされている。都市南方に広大な南湖公園が往時のままあり、その北側にはかつて満洲国政府に勤める官吏のための官舎があった。

別役実は一九三七年四月六日、父憲夫、母夏子の長男として、その官舎街で生まれた。姉に咲枝、妹に杏、雪、弟に東がいる。二男三女の長男である。

杏は満洲の春を告げる花の木であり、雪は大陸の冬を思わせる。ともに父と母が話し合って決めた名だが、実は知人に頼んでつけてもらった。父も母も平凡すぎて気に入らなかったらしい。しかたなく受け容れた名前なんだよ、と本人はおかしがる。

事前に官舎街の記憶を尋ね、それとおぼしきあたりを歩いてみたが、探しあてることはもはや困難だった。現地で買い求めた戦前の古地図を見るかぎり、整然と造成された近代的な住宅街だったことがしのばれる。むしろ内地にはない、モダンな雰囲気につつまれた新興住宅街だったに違いない。いわば近代的な団地であり、縁側があって障子があってという日本家屋ではなかった。

戦後の高度経済成長は満洲における土木事業、都市建設の経験があったからこそできたという見方がある。開拓民はまったくの別世界だっただろうが、満洲の都市に住む日本人は戦後の暮らしを先取りしていた面さえあっただろう。官吏の子供たちは隔離された官舎街のなかで遊び、そこから荒野に出ることは人さらいに遭うからと禁じられていた。

別役は春になるとねずみ色の穂が出る南湖のネコヤナギをよく覚えていた。市民の憩いの場になっている南湖公園は都市とその外を隔てる境界のようなところだったのだろう、ひとたび都市をはなれればコーリャン畑か荒れ地であり、計画的に造成された新京は突如出現した近代都市なのだった。

この新京で働いた父、憲夫は文弱の徒であった。別役によると、青春時代にカトリックの修道士になりたいと願うような人だったらしい。高知で生まれ、上京したのち東京外国語学校（現・東京外国語大学）でロシア語を学んだ。いったんは銀行員になったが、ロシア文化の窓でもあった満洲にあこがれたようだ。

おそらく一九三〇年代半ばごろ、建国間もない満洲に渡る。現地で学びなおし、国務院総務庁の官吏となった。五族協和、王道楽士といった標語で示された満洲国の精神を他民族に伝える宣伝工作が主任務だった。甘粕正彦の指揮する国策映画会社、満洲映画協会（満映）に出入りし、満洲の文学サロンにかかわっている。日系の劇団で、時には俳優もやっていた。南国育ちに寒さがたたったのか、当時は不治の病だった結核にかかり、一九四五年三月三十一日、三十九歳であえなく命を落とした。そのとき別役実は八歳になる直前、生活の支え手だった父を失い、母子家庭の長男となった。

大陸雄飛に人生をかけたこの憲夫について語るとき、別役はきわめて素っ気ない。底の浅い男だとか、単純なロマンチストだとか、軍国主義の宣伝をしてまわった男だとか、辛辣な言葉がくりだされる。本人が覚えていることも多くない。

「親父はいい加減だった。大学時代のあこがれはキリスト教の修道士になることでしたが、結局、外語を出て銀行員になった。何銀行かわからないんですが、満洲に渡った。お袋は静岡の造り酒屋の娘。東京で働いていたんじゃないかな、そこで親父と知り合ったのでしょう。親父は新京で大同学院という満洲の役人養成学校に入りなおし、国務院の総務庁に入った。そのなかの弘報処です。宣撫工作と言っていましたが、満映で国策映画をつくり、田舎まわりをして宣伝して歩く仕事だった。それで満映の人たちと近しかったんですね。満映にいた長谷川濬（しゅん）という作家や文化人たちと仲良くしていて同人誌を作ったり、芝居をしたりしていた。五族共和といわれた時代で、大陸にロマンを求めていたのでしょう。親父の前の時代には馬賊になろうと大陸に渡った人たちがいたらしい。

親父は満映とつるんで、そのサロンに出入りしていた。そういうことが好きだった。随筆を読んだことがありますが、非常に幼い。満洲文学を起こそうと『白想（バイシャン）』という同人雑誌を作ろうとしたらしい。雑誌を志賀直哉に送ったら、ありがとうとはがきをもらった。親父はそれが嬉しくてしかたなかった。はがきは引き揚げの最中にどこかへやってしまったんですけれどね。

幼い私には親父が何をしているかわからない。いってみれば、弘報処はスパイの一派だから、そのような人たちを知ってはいたし、友達にはいただろう。あとになってスパイみたいなことをしていたのだろうとは思った。ノモンハン事件のとき、捕虜の尋問のため出張したと聞いています。親父はロシア語が専門だから通訳のため暫く出張したとお袋に聞いたことがある。妹が生まれたときだったのかな。素人劇団をつくって芝居もやっていた。新京に有名な喫茶店があって、そこで別役憲夫に会ったとやはり満洲にいた檀一雄が書いています。相撲をよくとらされました。相撲をとって、いい勝負をすると、よくやったと絵はがきをくれた。けんかしてかえってきたときも、くれた。絵はがきをいっぱいもっていた。ただ勉強ができる子よりけんかの強い子の方がいいと言っていたのは、自分がそうではなかったからなんでしょうね」

憲夫が飛びこんだ満洲とは、どんな国家だっただろうか。

その建国理念に大きな影響力をもったのは満洲事変を主導した陸軍の異端児にして関東軍参謀、石原莞爾である。石原が日米戦争を歴史の必然とみていたことはよく知られている（『最終戦争論・戦争史大観』）。数千年にわたって進化を遂げた東洋文明と西洋文明が日本とアメリカを代表として雌雄を決する。そうした、今日からみれば誇大妄想としかいいようがない終末論的な維新思想は国家社会主義者、大川周明らの言論と共振した。東京裁判で東條英機の頭をたたいて精神異常を疑われた大川はアングロサクソンの世界制圧に対抗し、世界新秩序を実現する日本の使命を説いたのである。

アメリカの民主主義とは異なる万世一系の「王道」によって東洋の合衆国（八紘一宇）をつくろうとくわだてたのが新天地たる満洲国であり、当初は五族協和を奉じる理想主義的傾向が強かった。多くの若者がその理想に共鳴し、大陸に渡った。

大陸浪人といわれた一群の人たちのなかには、たとえば指揮者、小澤征爾の父開作がいる。もともとは歯科医だったが、石原莞爾にほれこみ、新京で満洲協和会をつくって宣撫工作にあたっていた。満洲事変を画策した板垣征四郎と石原莞爾から一字ずつもらって、息子を征爾と名づけた逸話は有名だ。五族協和の熱烈な信奉者であった。ところが開作の理想主義は次第に時局の現実と相容れなくなる。中国人を日本人と同等に扱うようはからいつづけたから、のちの日中戦争には反対している。

開作がそうだったように内地で閉塞感に駆られていた青年の多くが大陸に夢を見たのである。別役によると、母親の夏子は憲夫に話がおよぶと、よく冗談まぎれに「馬賊になるつもりで満洲に渡ったのよ」と口にしていたという。文弱の徒とはいえ、大陸浪人の気質を色濃くもっていたようだ。

新京とハルビンで暮らした憲夫の軌跡ははっきりしない。小澤開作とも知り合っていたはずだが、どんな会話をしたのだろうか。石川啄木の「我は知るテロリストの悲しい心を」を愛誦していたというから、左翼的心情さえもつ理想主義的青年だったのだろう。

憲夫が奉職した弘報処の考え方をしのばせる文書がある。別役実が生まれた一九三七年に弘報処が刊行した『宣伝の研究』がそれである。高邁な理想をうたっている。

我満洲国は三千万民衆の総意に基き、順天安民の大旨によって王道政治を実施し、民族協和を具現し、人類永遠の福祉を増進するために生まれた新興国家である。満洲国の建国理想と精神とは世界歴史にその比類を見ざるほど崇高なものであって……満洲国の出現は、世界の政治形態に最も新鮮にして道義的な模型を新たに附加した事象で、世界の政治学者は満洲国の為に新しき政治学説を生み出さねばならなくなっている。

（満洲国総務庁弘報処『宣伝の研究』）

だが、現実の満洲はこの文章が発表されたころ建国の理想からかけはなれた日本の傀儡国家になりさがっていた。二キ三スケと呼ばれた面々、星野直樹（総務庁長官）、東條英機（関東軍参謀長）、岸信介（産業部次長、総務庁次長）、鮎川義介（満洲重工業総裁）、松岡洋右（満鉄副総裁）による、いわば満洲の植民地化が進められていたのである。

総務庁の官吏だった憲夫はコスモポリタンの集まりだったといわれる満映に次第に活動の軸を移したようだ。その背景には小澤開作を失望させたような時代の推移があったのかもしれない。むろん、それは推測でしかない。なぜなら憲夫についての記述はさまざまな満洲の記録を繰ってもわずかしかないのだ。満洲文学を追跡調査した文芸評論家、川村湊に『満洲崩壊――「大東亜文学」と作家たち』という労作がある。その詳細な調査によると「劇作家・別役実の父である別役憲夫は、文学・芸術趣味を持つ満洲国の官吏（哈爾濱高等検察庁思想科勤務）であり、ハルピンの西欧風のハイカラな街の様子が気に入っていたらしい」ということになる。新京で宣撫工作にかかわっていた憲夫はハルビンでは検察の思想科にいたようだ。

満映のスターだった李香蘭こと山口淑子の半生記にも記載がある。満映理事長の甘粕正彦は映画以外にも、歌舞伎、演劇、音楽などの興行を盛んにおこない、満映系の大同劇団を支援していたが、憲夫はこの大同劇団の幹部だったという。

憲夫のハルビン時代についてはよくわからないが、別役によれば一九三九年に満洲国とソ連の間で起きた国境紛争、ノモンハン事件の捕虜尋問にあたっているから、そのことと関係するかもしれない。これについては別役にかさねて訊いても断片的な記憶しか語られない。洋風の家に住んで、ロシア料理のピロシキなどを食べていたこと。雪のなかを歩くフェルトの靴を買いにいったこと。手伝いにきていた家政婦らしきおばあさんが白系ロシア人で、そのようなつながりからクリスマスになると白系ロシア人の家に遊びにいき、一緒に祝ったこと。それくらいの思い出しかない。

満洲演劇なるものがどういうものだったか、これも今日知るすべはほとんどない。大同劇団のほかにも興亜劇団や協和劇団があったことは確かであり、内地の移動演劇のように国策にそった上演をしていた。誇大な構想と理想主義を大陸という新天地に打ちたてようとくわだてたものではあったようだ。

当時『藝文』という満洲文化総合雑誌があり、一九四三年二月号に島田敬一という内地からきた新劇役者の論考「満洲演劇のために」が載っている。そのなかで島田は憲夫がいたとみられる大同劇団の『情天壮志』という芝居を観た感想を述べる。婉曲な表現ながら舞台が面白くなかったとわかる文章で、卑俗な職業演劇の模倣やアマチュア主義を捨てていまこそ正規の訓練を積むべきだと強調している。つまりは素人芝居だったのである。

戦時下にあって「自主解散」にやがて追いこまれる内地の新協劇団や新築地劇団、さらには文化座が満洲に来演した（文化座は敗戦を現地で迎えた）ことは演劇史上よく知られた事実だが、島田は内地の劇団に頼らず、満洲独自の日系劇団を弘報処とともに創設したいと勇ましく記す。国家総動員体制下にある内地の演劇人が満洲に活路を見いだし、満洲演劇のゆるさを問題にしている気味が感じられる。

この島田敬一は新劇草創期の役者で、築地小劇場にくわわり、その分裂後は新築地劇団に転じた。新築地にいた女優、沢村貞子の回想記『貝のうた』に出てくる。昭和初期、プロレタリア演劇が隆盛をきわめた新劇の世界では「ブルジョア的恋愛」とか「階級的同志愛」とかいう言葉で恋愛が語られていたが、小道具部屋などでこうした難解語をあやつり「君とぼくは、絶対に、階級的に統合すべきなんだよ」などと女優をくどく輩もいた。島田は劇団の査問会の場でそうした青年に怒号を浴びせたという。

「かかる革命的言辞を弄して、婦女にいどむとはなにごとか……」

プロレタリア演劇の言葉と国家主義的演劇の言葉が相似形であるのが、今日からみると面白い。島田の論文「満洲演劇のために」は「大東亜建設の聖業を翼賛せんとする大いなる民族的理念の表現」だとか「國家と演劇との間に強靱な内的一致が存在してゐることが必須な條件」だとか「國體理念の明白なる指示と生命化」といった大言壮語で飾られている。いわゆる転向者だったのだろうか。それもまた定かではないが、謹厳な人ではあったようだ。

さて大同劇団のゆるさの一因だったかもしれない憲夫だが、この『藝文』の同じ号でエッセイ「白系露人點描」を発表している。島田の檄文とは対照的に、憲夫のエッセイは戦争などどこ吹く風、あきれるほどナイーブなのである。そのころのハルビンにはソ連の社会主義革命を逃れてきた亡命ロシア人がたくさん住んでいた。一九一七年以前の、古き良き十九世紀文化が満洲で保持されているのは奇跡だとたたえていた。

白系露人は満洲の野に咲いたただ一輪のヨーロッパ風な花のやうなものである。少くとも濡れた様に鮮かな自然の風物の中に育つた日本人が乾燥した黄塵とたれこめた曇天の満洲に渡つて来て、ぱつと明るい思ひをするのは白系露人と彼等の作りだす雰囲気に接した時である。

松花江の濁水にも彼等の色とりどりな水着と健康な肢體を點ずると忽ち南佛の海岸になつてしま

ふ。軒の傾いた貧民街の陋屋の窓にもレースのカーテンが西欧的な清潔感をただよはし、大蒜(にんにく)臭い電車やバスの中でも軽い抑揚の饒舌や高い笑聲で何かしら初夏の様な清新な空気を醸し出す。ドストエフスキーやトルストイやチエホフのそれの如き世界的憂愁の文學を孕んだ國の人々も、ここ東洋人の巷に来り住んでは矢張り花の様な西欧的明るさを周囲に撒き散すものであらうか。

（別役憲夫「白系露人點描」『藝文』一九四三年二月号）

満洲の野に咲く一輪の花。白系ロシア人への恋にも似た思いが吐露されている。亡くなる二年前、三十代後半で書かれた文章はいかにも甘い。娘の名に咲枝、杏、雪、つまり花と雪をあてた憲夫の詩情もまた、満洲の精神文化にあった一面だったか。

そう思うにつけ、大陸雄飛の夢を象徴するあまりに有名な一行詩を思い起こさずにはいられない。

てふてふが一匹韃靼海峡を渡つて行つた。

（安西冬衛「春」）

憲夫はこの詩になぞらえれば、一匹の蝶なのであった。

かつて音楽記者もしていた私は戦時中ハルビン・オーケストラにいた指揮者、朝比奈隆から満洲時代の話を聞いたことがある。国粋色を強める内地では考えられないほど西洋文化に大きな窓が開かれ、貴重な演奏機会を積むことができたと快活に話してくれたものだ。朝比奈にとってハルビンの思い出はどこまでも甘美なものだった。この朝比奈の経験があったからこそ、戦後の大阪フィルハーモニーは地歩を築き得たのである。

朝比奈ら若い音楽家の後ろ盾となったのは、関東大震災に際し無政府主義者、大杉栄を殺したといわれる甘粕正彦だった。甘粕が擁護したのは音楽に限らない。満映に西洋の最新技術を持ちこんで内地で撮れない映画人たちに仕事を与え、演劇や演芸も支援した。能吏だったといわれる。震災後にフランスに渡っていたこともあり、こわもてである半面、西洋文化に通じた教養人でもあり、満洲では芸術の頼もしい守護者であったのだ。

憲夫にはロシア人ヴェ・ヴィシネフスキの論文「トルストイの書いた映画シナリオに関する概説」の邦訳もある。ロシア語に通じた憲夫の夢想的文明開化は、むしろ内地の翼賛体制からはかけはなれていたのではないだろうか。

日本が膨張する時代、多くの人をひきつけた満洲をめぐるロマン主義的心情を子供だった別役はもちろん知るよしもなかった。ただ荒野に囲まれた満洲の閉ざされた「日本」で、買い与えられたアンデルセンやグリムの童話、ピーターパンなどを一心に読んだ。もちろん憲夫の考えによっていただろう。

その幼児体験が童話作家としても名をなす別役の精神形成に大きな影響をおよぼしたことは疑いない。また翻訳文の日本語が身体にすりこまれたことは、のちの戯曲執筆に少なからぬ影響を与えたに違いない。満洲の「日本」には方言がなく、NHK的な標準語が共通の言葉であった。別役にとってなにより標準語こそが体になじむ言葉だったのである。この感覚は引き揚げたのちに味わう湿った日本語への違和感となって表れる。

風吹きすさぶ荒野に囲まれた標準語の「日本」で、身の縮むような怖い話を読む、その光景は童話が自在に引用される別役実空間をやはり彷彿とさせるものだ。別役は父がいだいた西洋への憧憬を満洲という人工的な世界でその身に受け、幼時をおくったのではないだろうか。それは内地への不適応という形でのちに反転するのだが……。

さて、憲夫のロマン主義を想像するうえで欠かせないのが長谷川濬との交遊である。少し立ち入った説明が必要だろう。

佐渡出身で明治、大正、昭和を生きた長谷川淑夫（もと清）という硬骨のジャーナリストがいた。楽天、世民とも名のった。自由なコスモポリタンである一方、天皇をいただく王道も疑わない「文章報国」の烈士であった。函館で「北海新聞」主筆となり、反体制的な論陣をはった。佐渡中学で英語教師をしていたときの教え子に北一輝がおり、大きな精神的感化を与えたといわれる。

北一輝は社会主義から国家主義に転じ、国家改造運動を主導したいわくつきの人物である。日本の軍国主義形成において決定的な影響力をもち、二・二六事件で刑死した。淑夫はくわえて国家主義者の大川周明らとも親交を結んでいた。

この淑夫には四人の男子があった。長男の海太郎はアメリカを放浪したのち、日本移民に取材した「めりけんじゃっぷ」もので人気を呼ぶ流行作家になった。林不忘の筆名で「丹下左膳」シリーズを書き、他の筆名で「世界怪奇実話」シリーズをものするといった具合で、八面六臂の活躍をした文人である。次男の潾二郎は二〇一〇年代に入ってにわかに注目を浴びた画家で、静まりきった画面に猫や静物などを配した独創的絵画で知られる。四男の四郎は満洲の大連図書館に勤務し、ついでシベリアに抑留された。その体験をもとに書き起こした『シベリヤ物語』は戦争文学の名著として今日も読み継がれている。

さて、三男の濬である。二十歳でカムチャツカ漁場行きの漁師となり、ロシア語を学んで一九三二年、満洲に渡る。満洲国国務院外交部、国務院総務庁弘報処に勤めたのち官吏をやめ、満映に入って小説も書きはじめた。ロシア系の亡命作家バイコフのシベリア虎の物語『偉大なる王』の翻訳者として有名だ。満映理事長の甘粕正彦に従い、敗戦後の服毒自殺の現場にも居合わせた。戦後も小説や詩を書きつづけたが、注目されることはもうなかった。満洲という魔物に翻弄された数奇な人生だったというほかない。

この濬が憲夫の満洲における無二の親友なのであった。文芸評論家の川村湊は先述の『満洲崩壊』で、戦前の知識人青年の間で流行したロシア熱を憲夫とともに長谷川濬にも見いだしている。濬は一九四二年二月、ソ満国境に近いウェルフ・ウルガまで行き、ロシア人になったつもりで『或るマクシムの手記』を書いた。川村はこう解いている。

……長谷川濬は、亡命ロシア人の村へ入り、そこに住み込み、名前をロシア人のものに変えて、そこで「自己の文学を切り拓」こうとしたのである。異民族、異文化との協調と協和。まさにそこに貫かれているのは「五族協和」という満洲国のスローガン通りの多民族国家、複数民族国家の理念に忠実であろうとする心情なのであり、彼は日本人のほとんどいない村において、白系ロシア人にまさに「同化」しようという決意を「或るマクシムの手記」として書いたのである。

(川村湊『満州崩壊――「大東亜文学」と作家たち』)

この『満洲崩壊』に限らず、大陸浪人の気質をもった長谷川濬については優れた調査研究がいくつかある。なかでも「青鴉」と名づけられた百三十冊のノートを調べあげた大島幹雄の『満洲浪漫――長谷川濬が見た夢』がきわだった労作である。サーカス・プロモーターである大島は興行師、神彰の評伝を書き進めるうち、ドン・コザック合唱団を神とともに招聘した濬を知る。夢に翻弄された人生に深く魅せられたのである。

その著書によれば、濬は弘報処で知り合った憲夫とともに文芸総合誌『満洲浪曼』を発刊する。濬は白系ロシア人へのあこがれを映す誌名の雑誌『白想(バイシャン)』を出す構想をもっていたが、それを発展させたものだった。保田與重郎が主宰する「日本浪曼派」の同人だった北村謙次郎が満映にいて、喫茶店にたむろする新聞記者や映画人にも文芸運動の輪が広がっていたのである。

戦後になって戦争協力的心情が批判される「日本浪曼派」は古代賛歌、近代批判を核とする文学運動の旗印となった機関誌である。やはり「日本浪曼派」の同人だった檀一雄もその後満洲にきて原稿を寄せているところをみると『満洲浪曼』はその大陸版でもあっただろうか。濬はこの『満洲浪曼』が自慢の種で、新京まで講演にきた文芸評論家の小林秀雄を相手に酔っ払い、からむように吹聴したという。

濬は飲むと石川啄木の詩を高歌放吟する憲夫が大好きだった。別役によると、憲夫が酒を飲めるようになったのは満洲に行ってから。濬たち文学仲間に教えられたのだろう。ちなみに別役自身も酒は苦手である。ビールで練習したことがあるというが、すぐ肩がこってしまうといい、早々に諦めている。

濬にとって新国家で満洲文学を建設する夢、その実現にともに邁進する同志がロシア語に通じた憲夫なのだった。バイコフの『偉大なる王(ワン)』の原著を濬に贈ったのは憲夫であった。濬がウェルフ・ウルガに到達し、ロシア人との同化を宣誓したおよそ一年後に憲夫があの「白系露人點描」を雑誌に載せたことを考え合わせれば、ふたりの精神はうりふたつだった。

濬は憲夫の死を自己の分身の喪失と感じとった。『満洲浪漫——長谷川濬が見た夢』によれば、戦後二十年三十年たっても、濬はその死を悼みつづけ、ノートに書きつづっていた。「ゆるして　別役よこの通り俺は死人の如く生きているのだ　ゆるしてくれ給え」(「青鴉」一九六八年四月)などと。

濬は結核に倒れた憲夫の臨終を看とることができなかった。枕頭に駆けつけた濬に末期の憲夫はユーモア交じりに話しかけ、動くな、動くな、とささやいたという。ところが死を悟った憲夫の顔が急にこわくなり、濬はその場を逃げ出してしまった。一九六五年九月の「青鴉」にはこうある。

別役の臨終を思い浮かべて、痛恨切なり。気息奄々たる死にのぞむ彼に死の恐怖をおぼえし私はその苦しさと落ち着きと死にのぞむ漠たる風貌に接していたたまれず、そして彼のもとを抜け出し、友人に報せに走り、帰り来る時、すでに息を引きとり。妻女のなげき悲しむさまを目のあたりに見て、呆然と立ちすくみし。当時の状況を思い出して、彼にすまないことをしたと後悔の情に堪えず。死に行く彼の手を握りしめてやればよかったとつくづく思うのである。

（大島幹雄『満洲浪漫──長谷川濬が見た夢』）

病床の憲夫をめぐる別役の記憶は淡く、奥の一室に一年ほど伏せっていたことを思い出すばかりだ。結核の特効薬ストレプトマイシンはまだなく、栄養をつけることが唯一の回復の手だてと考えられていたから、母の夏子はスッポンを手に入れては食べさせていた。買ってきたスッポンがよく台所のたらいに入れてあった。まず首を切って血抜きするのだが、別役少年は血をみるのが嫌だった。それなのに、なぜか見させられたという。父親の病気の大変さを思い知らせるためでもあっただろう。

そんな別役も長谷川濬についてはよく覚えていた。長谷川家と別役家はペチカのある官舎の団地で近所同士であり、家族同然のつきあいだったからだ。実の姉咲枝と長谷川家の長女嶺子は同級生、実も長谷川家の長男満と同い年だった。

戦後、濬は実が劇作家として世に出たことを誰より喜んだ。幼い実がコザックの防寒帽をかぶり防寒靴をはかされた姿を思い出しつつ「別役よ、君の息子、実君は新進詩人、劇作家として君の生をうけて伸びんとす。清らかに安んぜよ。君の舞台姿をしのびつつ、君のめい福を祈るのみ」（「青鴉」一九六五年九月）と書いている。

一九七三年になって、別役は吉田喜重監督の映画『戒厳令』で脚本を担当している。満洲建国の精神的支柱ともいえる北一輝を扱ったことに濬は偶然以上の意味を感じていた。しかも撮影は自分の弟である四郎の息子、長谷川元吉なのであった。

ちなみに別役は戦後、六本木の街頭で千田是也とつれだって歩いていた四郎に出くわし「オレ、お前を抱いたことがあるぞ」と告げられ、おどろいている。長谷川元吉には父をスパイと疑った『父・長谷川四郎の謎』という著書がある。別役実も長谷川元吉も、スパイだったかもしれない「幻の父」に複雑な思いをいだき、そうであればこそ日本の近代を疑う懐疑の人となった面があるのではなかろうか。

アート・シアター・ギルド（ATG）が製作した実験的映画『戒厳令』では、三國連太郎が演じる北一輝があたかも天皇のごとくただ影のように存在する。直接的な指示はなにもくださない。空洞の権力としての天皇制を自ら演じることで、革命を成就させようと考えている。「高天原（たかまがはら）」と尊称された思想家、北一輝は戒厳令にはそれにふさわしい「厳粛さ」こそが必要と考え、雰囲気によって天皇制革命を顕在化させようとするのである。

シナリオ執筆の背景を自ら解説した評論で、雰囲気だけが増殖する日本語のありかたについて、こう指摘していた。

> 一つの言葉に対して、直接言葉を対応させるのではなく、その対応の仕方を変え、さり気なくそれをすれ違わせる事によってもっと多くの事を言おうとするのである。（北一輝の用いた・引用者注）この「戦術」は、それが健康に機能すれば、言葉を豊かにするが、同時に或る危険をも内包している。「戦術」について余りに巧妙になり過ぎると、この「戦術」を使う事により、「言うべき多くの事」がないままに、「言うべき多くの事」を言っているように、見せかける事が出来る。言葉の意味に対して限りなく相対化されながら、自らはどんどん空洞化されてゆくのである。

(『戒厳令　伝説・北一輝』)

この国にあっては、伝統的に最高の権力は御簾の向こうにいて姿を見ることができない。権力が空洞であるがゆえに、ただ存在するだけで統治することができる。見えない天皇制が日本人ひとり一人の内側にあり、小さな「天皇」たちがその見えない何かに触れる言葉を発するだけで、ものごとが奇妙に進行していく。

この見方を進めれば、日本は高天原こと北一輝があまねく遍在する社会ということになるだろう。政治学者の丸山真男は軍国主義ファシズムを上から下まで誰も責任をとらない「無責任の体系」と解き明かしたが、別役実の不条理劇は同じことを日本語のメカニズムによって解析したといえないだろうか。こうした日本語のあり方から、のちに別役は犯罪やいじめを読み解いていくことになるのである。

むろんのこと、北一輝について戯曲を書き、それに付随して評論までまとめるようになったきっかけは吉田喜重のシナリオ執筆依頼であり、父憲夫や長谷川濬の存在を意識したものではなかった。が、結果として北一輝は生涯を貫く主題となったのである。

一九八三年に世に出たインタビューでは、北一輝とその感化によってテロリズムに走った西田税(みつぎ)のような人物を書けさえすれば「もう芝居やめてもいいなっていう感じがするね」とまで答えている(扇田昭彦編『劇的ルネッサンス』)。別役は北一輝に天皇をなぞらえ、日本の「父」の幻像をみていたのだろう。雰囲気として君臨する「父」なる「天皇」にこだわり、その崩壊を戯曲で書きつづけたともみえるのだ。

そう考えれば、二〇一六年の七月に新国立劇場で上演された七十九歳の作『月・こうこう，風・そうそう』(宮田慶子演出)は、日本的な父性のメカニズムを描きさろうとした野心的な作であったことが想像できる。難解にすぎ、一般の観客が狐につままれたような気分になった舞台ではあったが、なんの指令も発しない「天皇（ミカド）」には「幻の父」たる北一輝の「雰囲気」がある。竹取物語に仮託しつつも、天皇制とその周辺を描こうとした渾身の作意があったに違いない。

別役の酷薄な見方に沿っていえば、満洲建国のロマンに身をゆだねた父、憲夫は見えない天皇制にからめとられて大陸に吸い寄せられ、利用されてしまった男1なのである。

私は『満洲浪漫――長谷川濬が見た夢』の著者、大島幹雄に紹介してもらって、長谷川濬の次男、寛に会った。六歳で引き揚げたから、満洲の記憶は薄かった。

「今日は別役さんのところに行ってきたよ、と父はよく話していました。それくらいしか思い出せない。戦後、父は戦争の記憶を消し去った感じでした。ほどんど話しませんでした。軍国主義に加担したという反省の思いがあったのではないでしょうか」

戦後、長谷川濬は幾度か別役家を訪れている。別役も東京の杉並、大宮八幡近くの森にあった長谷川家を訪ねたことがある。「お前の親父も俺も植民地主義者だ」とか「満洲時代のことは反省している」などと話していたという。別役はそれらの言葉に、ちょっとした違和感を覚えたようだ。

別役憲夫は日本の敗戦も、満洲国の崩壊も、ソ連の侵攻も目にすることなく逝った。代わりに見届けたのは濬であった。大島幹雄の記述をもとにたどってみよう。

長崎に原爆が投下される一九四五年八月九日、ソ連は日本に宣戦布告し、怒濤の侵攻を開始した。満洲国の首都は騒然となる。荷を負う人々が新京駅に殺到する。満映の甘粕理事長は八月十一日、号令をかけた。

「本日午後七時、日系全社員は家族を帯同して本社に集合せよ。歩行困難な老人、病人も担架で運ぶこと。すべて衣服は清浄なるものを用い、男子は武器を携行すること」

満映にいた映画監督、内田吐夢の回想によれば、たすき十字にうしろ鉢巻き、日本刀を斜めに背負って小脇に銃剣棒というまるで西南戦争を思わせるいでたちが続々撮影所にかけつけた。満映社員と家族の籠城がはじまる。

同じ日の夜、大講堂で最後の宴が開かれた。甘粕秘蔵の高級酒が運ばれ、一同で「海ゆかば」を合唱し、家族ごとに杯が交わされた。翌日にはソ連軍が侵攻してくるとみられていたのである。社員の家族たちは豚汁の炊き出しをし、籠城戦に備えた。

十三日、関東軍司令部は一個師団を増強し、二個師団で首都防衛にあたり、市街戦も辞さない方針を示す。甘粕は即座に列車を手配し、満映社員と家族を後方の奉天（瀋陽）に逃した。行き先は満映が経営する映画館であった。終戦が告げられたあと、奉天に退いた大半の満映社員と家族は新京に引き返している。心細くも母子家庭となっていた別役家は長谷川濬らの手引きで、この間ずっと満映の人たちと行動をともにした。

さて玉音放送が流れる八月十五日正午、濬は友人の清野剛宅にいた。清野は甘粕の遠縁にあたっていた。弘前高校時代に左翼運動に走ったが、転向。東大で経済学を学んで甘粕のつくった大東協会という研究組織の専務理事をしていた。甘粕の施策を支えていたが、結核で瀕死の床についていた。かたわらにはもう一人、三村亮一という謎めいた男がいた。弾圧され資金難に陥った日本共産党による大森銀行襲撃事件（一九三二年、赤色ギャング事件とも）にかかわって獄中生活をおくった筋金入りの党員である。三村は満洲で檀一雄の妹と結婚していた。

長谷川濬の日記によれば、甘粕はこの三村亮一を殺そうとしていた。濬自身が記述しているとおり、中国共産党八路軍と連絡をとっていたようなのだ。甘粕は「三村を殺すから湖西会館の庭におびき出せ」と命じたというが、濬はこばんだという話になっている。

甘粕は満洲国が滅亡すれば自決すると公言していた。それゆえ腹心たちはピストルや刃物を彼の身辺から遠ざけていた。その特別護衛役の一人が誰あろう濬（ほかに作家、赤川次郎の父である映画プロデューサー孝一ら）であり、自決の場に居合わせることになる。

濬が一九四六年の『文藝春秋』十二月号に発表した回顧録「甘粕氏の死」によれば、自決するのは八月二十日。前日の夜、甘粕は軽い読み物を二、三もってきてくれ、と濬に頼んだ。資料室に適当な書物がなく、自宅にもどって永井荷風の『おもかげ』を持参する。甘粕はソファーと椅子を寄せ集めた寝室で横たわり、読みふけった。濬は三メートル先でじっと見守っていた。

翌八月二十日早朝、甘粕は『おもかげ』を手にし「これ、君の本かね」と尋ねた。「そうです」と答えると、甘粕はそのまま部屋に入り、真新しい白のワイシャツを着た。そこへK氏が起き、甘粕に「おはようございます」とあいさつした。濬の回想はつづく。

朝の散歩に私が同伴するつもりで、甘粕さんの出て来るのを待つてゐた。やがて、小柄な甘粕さんは服装を整へて出て来た。私の方へ、伏目勝ちで、肩を振つて近付いたが、何か忘れ物に気が付いたやうな様子で、突然、くるりと踵を返へして部屋へ戻つた。ぷんと香水の匂を残して。私は自分の帽子をつかんで、今か今かと甘粕さんの現はれるのを待つた。一向に出て来ない。三分、四分……。すると突然、「おい！」と呼ぶやうな妙な声が聞へたので、Oが立つて部屋へ入つた。Oは忽ち引き返へして早口に「理事長が変だ」と小さく叫んだ。私は飛び込んで行つた。

ソファーに端然と坐した甘粕さんは姿勢を崩さず、硬直し、小刻みに震へてゐた。私は手を取つて「理事長！」と叫んだが、固く結んだ唇から「うー」と苦しげな声をしぼり出してぶるぶると震へた。目は瞬きもせず、鈍く光つてぴくりともしない。香水の匂がつんと私の鼻をついた。「理事長、理事長」と叫んでゆすぶつたがぴくりともしない甘粕さんは、胸の底から「うー、うー」とうなつて、そのまま動かなくなつた。どやどやと理事や内田叶夢さんやK氏等が入つて来た。長靴を脱がし、服のボタンを外し、長椅子に寝かせ、盥水を呑ませたがもはや呑み込む力はなかつた。それから床に寝かせ、内田さんが馬乗りになつて胸をさすり乍ら、「吐いて下さい、吐いて下さい」と叫んだが、甘粕さんは、動かず、刻一刻顔色が変り、冷たくなつて行つた。すでにこと切れたのである。青酸加里をのんだらしい、固いカラーにそり立ての丸いあごを埋めた甘粕さんの胸から香水の匂のみが放たれてゐた。時に八月二十日七時二十分である。
（長谷川濬「甘粕氏の死」）

事務机の上には「みんな仲よくやってくれ」と走り書きがあったという。遺書はこれも荷風の『濹東綺譚』に挟まれていたといわれる。濬は甘粕の荷風好きを思って『おもかげ』を差し入れたのかもしれないが、よくわからない。

底知れぬ闇につつまれる甘粕正彦の、けれどあっけない死は満洲滅亡を象徴するドラマだった。濬はのちに「新東亜の夢、満洲国も、アジア復興も、日満一特一心も、生命線も、東亜連盟も民族協和も王道主義も満洲浪曼も関東軍も協和会も一切がっさい完了」（「青鴉」一九六九年）と回想している。

いうまでもないことだが、別役少年にこうした事態の推移がみえていたわけではない。ただスパイを探せといった標語が飛び交う満洲の空気は肌身にしみていた。敵味方の間にたつスパイの二重性にその後興味をひかれるようになる背景には、この満洲時代の緊迫感があったかもしれない。

別役一家はソ連侵攻後、集団行動をする場合は必ず満映の人たちと行動をともにした。はじめ春光小学校、終戦後は順天小学校にかよったという別役の記憶は途切れ途切れだが、こういうものだった。

「家族で満映のスタジオにいた。一度ね、満映の人たちと奉天に逃げる。そこで終戦を知ります。たぶん八月十五日か十六日、奉天は土砂降りの雨でした。兵隊が一人我々の乗った無蓋貨車に乗りこんできて、終戦の詔勅を雨のなか、読み上げた。まわりの大人たちがしくしく泣きはじめた。よくわからなかったんだけれど、あとでお袋が日本は負けたんだよ、と教えてくれた。奉天の駅前にあった映画館に二、三日泊まって新京にもどりました。奉天に家はないし。新京ではお袋が街頭でネッカチーフみたいなものを売って商売しながら昔の官舎で生活していた。

ソ連軍が来たし、八路軍と国民党軍がドンパチやったりしていましたね。ソ連の兵隊はたちの悪い強盗みたいでね、あの当時は強姦されるから女が女として町を歩けない。お袋も髪をきって男装していた。親父の服を仕立て直して男の格好で歩いていた。違和感があったなあ。女はみな髪を短くしていた。ソ連兵が一度我が家へ入りこんできたことがある。親父の骨壺を振り回して脅かしていたね。でも何もないというのがわかって引き返した。こわい思いをしたのはそれくらいかな。

ただ街頭で撃たれて死んだ人は目にしました。強姦とか強盗とか、悲惨な事件がいっぱいありました。満映の人たちのなかにもシベリアに抑留される人がいた。とにかくね、満映の人たちはよくしてくれました。総務庁の偉い役人たちは先に逃げていたんですよ、汽車に乗って。ところが、出ていった汽車が危ないからもどってこない。帰ろうにも貨車がない。つまり満洲で取り残された。お袋は日本軍を信用していなかった。先に逃げてしまったんですからね。軍隊のなかでも遠方にいた隊は開拓村の人たちをつれて帰ってきたのもいるんですよ。ただ、それは下っ端の兵隊でね。上の方で情勢を知っているヤツはさっさと逃げちゃった。役人の偉い人たちは終戦のときにはすでに日本に帰っていた。それをお袋は亡くなる最後まで怒っていたね。

話はもどりますが、ソ連軍が入ってくるので満映のスタジオにこもったとき、そこで討ち死にをしましょうという話があった。ソ連軍が入ってくるので満映のスタジオにこもったとき、いざというときは皆で死にましょうということで立てこもった。家族全員に青酸カリの袋を渡されて、いざというときは皆で死にましょうということで立てこもった。僕はもらっていなかったんだけれどね、お袋がおそらく預かっていました。青酸カリを見たかったんですが、覚えがない。ちょっと何かが足りないからと家まで荷物を取りにいったりしていたから、割合に切羽詰まった感じでもなかった。ただ阿鼻叫喚ではなかったけれども、悲惨。

ソ連軍がくるぎりぎりになって、どこかからトラックを調達してきて、これで逃げられるということになった。鉄道の線路まで運んでもらって、奉天へ行った。僕は新京の満映で立てこもったときに甘粕大尉が自殺したという話をつい最近まで信じていた。けれど、そのときは死なかったらしいね。皆が奉天に出て、新京にもどってからでしょう、甘粕大尉が自殺したのは。そうね、僕自身は甘粕大尉を見なかった」

ソ連軍の蛮行については多くの記録が残されている。殺到したソ連兵は我先にと日本人の家に押し入り、時計、貴重品、衣類などを略奪する。ことに腕時計がお気に入りで、手首から肩まで腕時計をつけている者もおり、女とみれば老若問わず強姦した。抵抗する者は射殺する。合唱しながらトラックを横づけし、女たちを運んでいくこともあった。

別役少年はそうした地獄図をつぶさに見たわけではない。とはいえソ連との国境に近い開拓村から逃げてきた農民の悲惨な運命は痛いほど感じた。

ソ連侵攻の前、同じ満洲であっても都市ではデパートに商品があふれ、洋酒が買えた。「ぜいたくは敵だ」の内地とは違って、社交ダンスの催しや音楽会が頻繁に開かれ、テニスやスキーも盛んだった。

ところが開拓団の入植地は鉄道の駅から遠い辺境でラジオさえないところが多かった。ノモンハン事件以降、対ソ防衛のため軍事施設近くに入植する例が増える。肝心の軍隊はくしの歯が抜けるように南方戦線へ転戦していったため「大陸の鍬の戦士」ならぬ案山子（かかし）の兵隊となってソ連軍の機関銃にさらされることになった。

一九四五年八月当時の在満日本人は百五十五万人、うち開拓移民は二十七万人だった。「千里の沃野は招く、土の戦士を！」の呼びかけに応じた農民たちである。

葛根廟事件というのがあった。終戦の前日、満洲西部の興安にいた日本人約千三百人がラマ教寺院葛根廟（現在、中国内モンゴル自治区）へと逃げたが、その行列にソ連軍は迫撃砲や機関銃を乱射したのである。十四台の戦車は容赦なくキャタピラで避難民を圧し殺した。背後からは女や子供をふくむソ連軍歩兵隊が自動小銃で逃げ惑う避難民を射殺していった。日本人のほとんどは女、子供、老人の弱者だった。成人男子のほとんどが現地召集されていたからである。

戦車は避難民をなぎ倒し、機銃掃射を浴びせた。正確な実態はわからないが、生き残ったのは百数十人、うち三十人以上が残留孤児となった。虐殺そのものは逃れたとしても、その後の運命は凄惨をきわめた。幼い妹の喉をついた兄、刺し違えて命を絶った親子、青酸カリをあおぐ家族、手榴弾で自爆をはかった一群……。

私がこの闇に埋もれた事件を知り得たのは、李香蘭の自伝をまとめた藤原作弥から『葛根廟事件の証言』という記録集を譲り受けたからである。自身引揚者で、過酷な体験をした藤原は時事通信の経済記者から日銀副総裁に転じ、劇団四季のミュージカル『李香蘭』を浅利慶太が創作する際に大きな力となった異色のジャーナリストだ。戦後七十年を前にして、事件の生存者たちと証言の収集にかかわった藤原によれば、貝のように口をつぐんでいた生存者たちは余命を考え、ようやく言葉を発したのである。

このような悲劇が七十年もたってから日の目をみる。満洲の大地には日本の戦後が直視することを避けてきた重い重い真実が無数に眠っているのである。

葛根廟事件がまざまざと示しているように、満洲の北方では目を覆いたくなるような惨劇が繰り広げられた。辺縁の各地から命からがら逃げのびた避難民たちは都市を目指す。山崎正和の回想『舞台をまわす、舞台がまわる』は奉天にたどりついた避難民の過酷な運命を伝えている。ソ連軍が一九四五年の十一月末に引き揚げると、歩いて逃げてきた開拓団の人たちが増える。はじめのうちは在留日本人が物を出し合って助けていたが、そもそも略奪されているから物資はすぐに尽きる。

市場のようなところで寝泊まりしていた避難民たちは厳冬期にはひとたまりもない。一晩で全滅することもあった。駆りだされた男たちが鉄の棒で凍った床から遺体を引きはがし、馬車で運んで運動場に埋めていた。二メートルの高さの土まんじゅうができたという。新京にとどまった別役も、難民になった開拓団の惨状を目に焼きつけている。

「北から新京に引き揚げてきた人は悲惨でした。小学校の講堂なんかに家族もろとも来ていましたが、子供を殺してきたり、おばあちゃんを殺してきたり、阿鼻叫喚の世界を経験していた。日本軍に対するうらみというのは大変なものだったね。民を棄てるということ、棄民です。悲惨な話を聞きましたし、目にしています、難民の姿を。割とまとまりがあって強盗したりすることもなく、日本人らしい礼儀正しさがあった。嘆いたりうめいたりしていましたね。なんというのかな、群れとして維持されている、ある和やかさ、安堵(あんど)感というのも一方でありました。いきなりアナーキーにはならない。

阪神大震災直後に尼崎で芝居を上演したとき、被災地を歩いたんですが、空き地にビニールを敷いて人々が寄り添っている光景を見たとき、僕はすぐに満洲を思い出した。被災地でも満洲でも動物的ないたわり方を感じました。コミュニティの意識がそういうときは出てくるんじゃないかな。

開拓村というのはすごいコミュニティ。群れの力を感じました、凄惨さよりも。悲惨になって身の寄せ方が見えてくるのが独特なんですよ。高校演劇で精神の不安定な子たちが詩のようなものを朗読しながら、集まったりはなれたりしている舞台を見たことがありますが、満洲の難民も身の寄せ方がね、弱い獣の身の寄せ方に見える。大震災もそうだった。それは近代的なコミュニティじゃない、獣があったまろうとして身を寄せ合うという、身の寄せ合い方。それが印象的でした。

僕の芝居も電信柱の下にござを敷いて夫婦が背中を合わせて座ったりする。単に互いが向き合うんじゃない。別々の方を向いているんだけれども背中だけ触れあっている、そんなコミュニケーションが交わされている。

新京から南側は割と良かった。終戦後の新京でもコミュニティは維持されていました。散発的にソ連当局に日本人が引っ張られたり、ものがかっぱらわれたりはしていましたが。我が家は兄弟みんな元気なんだよ。官舎の中に住んでいましたからね。文学座の松下砂稚子さんが同じ順天小学校にいました。あちらがお姉さんでしたね。

お袋は人民解放軍には良い印象をもっていた。規律がとれていましたから。水をもらいにくるときも、すみませんが水をくださいと台所から入ってきた。ところが国民党は勝手に入ってきてじゃぶじゃぶ出す。国民党軍の方が良くなかった。窓から人民解放軍と国民党軍がぱちぱちと撃ち合うのが見えましたが、のどかだった。そこへいくとソ連軍は乱暴で、すぐ機関銃を撃ってくる。囚人の兵隊がいたから、ものも盗る」

電信柱の下にござを敷いて夫婦が背中合わせになる。まさにそんな光景が結晶化した舞台を二〇一七年三月、私は文学座のアトリエで観た。金内喜久夫、本山可久子の二人芝居『この道はいつか来た道』（藤原新平演出）で、座の有志が企画して上演したわずか四十五分の小品であった。電信柱の下にあるポリバケツに段ボールを背負う女が話しかけ、ふらふら歩いてきた男と出会って段ボールの上にござを敷き、お茶を飲む。拾ったものを交換しながらの、奇妙なお茶の時間がはじまる。

どうやらふたりとも浮浪者のような暮らしをしているのだが、記憶は失われていて、かつて夫婦だったようでもあり、幽霊のようでもあるのだ。男が女にやおら結婚を申しこむのに女は戸惑い、けれどいつしか背中を合わせて体温を感じ合うようになる。自分が犠牲になって相手の命を救う、その痛みが愛であるのならナイフで命を絶つことが愛の証となる。転倒した論理を男が述べると、世界が応えるようにちらちらと雪が降ってくる。

『この道はいつか来た道』は一九九五年六月、阪神大震災の五か月後に木山事務所が初演した。筋をたどれば終末期医療の施設から逃げ出した老女に訪れる哀しい死の世界といえるが、震災被災者と満洲の引揚者のイメージがかさねられていたのではないか。私は自ら命を絶つことで愛する者を救済するという会話の成りゆきに引揚者のかげを感じとらざるを得なかった。家族を救うために犠牲になった無辜のたましいを金内、本山の滋味あふれる演技が慰めているように感じられたのである。舞台には、しみじみと老いの孤独を醸しだすように風が吹いていた。

さて、終戦後の新京、いや長春は食糧事情がきわめて悪かった。関東軍が荒野に囲いをつくって食糧をためていたという情報を誰かが聞きつけ、隣近所で誘いあって奪いにいったこともあった。どうせ日本人のものだから罪にならないというわけだった。コーリャンや梅干しをそのようにして手に入れた。

敗戦からおよそ一年たった一九四六年七月、別役一家は佐世保へ引き揚げた。軍事機密というわけか、景色の写った写真や絵葉書は携行を禁じられ、リュックサックを背負うだけの旅となった。満映の人たちはばらばらになっていたが、官舎の居住区ごとにグループ分けされ、移動する。瀋陽と北京の間に日本軍が築いた軍港コロ島（葫芦島）から、アメリカの貨物船アレキサンドリア号に乗った。

コロ島では滞在が長引いた。同じグループに下痢をしている者がいると、出発が引き延ばされるというので皆ひた隠しにした。溝に板を渡しただけの便所の汚さと下痢へのおそれが、別役少年の身をこわばらせた。連合国軍最高司令官外交顧問ジョージ・アチェソンの当時の声明によると、将兵帰還はポツダム宣言の条項に従って行われたが、一般日本人の送還はまったくの人道的見地からなされたものであった。引き揚げには、現金千円と自力で運べる若干の荷物をもつことだけが許された。乗船すると母の夏子が言った。

「これでもう、まわりは全員日本人ですよ」

「貨車は駅ごとに恣意的にとまりました。すると匪賊（ひぞく）がおそってきて荷物をかっさらう。無蓋貨車に丸太の屋根をつけているので、荷が積んであるのを狙いすましている。カギのついた棒で、荷物をひっぱりおろそうとする。

給水、石炭の補給で停車するのですが、避難民はそこを見計らって水筒に水をいれにいく。一家のはしっこいのが水道の水をくみにいくのですが、それは僕の役目でした。貨車は何の前触れもなく突然走り出す。それで、あわててとびのる。あるとき、ちょっと遅れて置いていかれそうになった。二、三両あとの貨車に何とか飛び乗った。混雑している車内で皆が僕をおくっておくって、ようやく母親に会えた。母親は乗りおくれたと思ったらしい。実際、置き去りにされた子もいたんです。家族もろとも置き去りとか数限りなくあって、うちが母親一人で家族全員をつれて帰ったのは珍しかった。置いていかれたら、年寄りなんかまず死んだでしょうね。慈悲深い中国人に救われた子供は残留孤児になった。日本人は優秀だというので売られたのです。いいとこの農家だったら買いますからね。荒野に置き去りにされたら、野垂れ死にです。

置いていかれそうになって怖かったんですが、恐怖そのものは大人ほどには感じなかった。お袋、大変だったと思います。修羅場を抜けてきたのですから。だいぶ長生きして八十二歳まで生きました。子供を五人つれて帰ってきて、何とか生きぬいた」

別役家がたてこもった満映の建物はいまなお長春にある。旧官舎街あたりから歩けば三十分くらいか。中国共産党が工農大路と名づけた大通りから紅旗街に入り、繁華街を進むと左手に「長春電影城」という看板の電飾が眼に入る。入り口からかなり奥まったところに箱型をした三階建ての近代建築がある。甘粕正彦や李香蘭がかつて仕事をし、別役憲夫が出入りしていたその建物は確かに要塞風であり、籠城にはもってこいだと思わせた。中国共産党は接収後、東北電影制片廠（のち長春電影制片廠）とし、映画づくりをつづけた。残留した日本人技術者が現場で指導したとされている。

訪ねたときは土曜の夜で、界隈は若者たちであふれかえっていた。何をするでもなく、そぞろ歩きをしている。トウモロコシ売りが道ばたに出ていた。トウモロコシが焼けるにおいを漂わせる大陸の夜風だけは昔と変わらないだろう。かつて我が物顔で歩いていたこの目抜き通りに、日本人の姿を見かけることはもうまれである。

父の遺骨を胸にさげた別役少年は船上からはじめて日本を目にした。海青く、山は緑だった。

「きれいだなあ。こんなにすごい国だったのか、日本は」

美しい自然におどろいた。が、その印象はやがて違和感に変わる。日本の地面は土ではなく、泥だと感じた。どうにも湿っていたのである。

あの荒野の風は記憶の底に深く沈み、やがて劇のなかで吹きはじめることになる。

第三章　引揚者家族

明治の物理学者で夏目漱石門下の名随筆家だった寺田寅彦は故郷の高知でいまも大切に語り継がれている。高知城の城山からほど近い城西公園の向かいにある記念館（高知市小津町）が旧宅のあった地だ。紫陽花咲く季節に訪ねたことがあるが、縁側から入ってくるそよ風が心地よかった。

「夏でもクーラーがいらないんですよ」

二〇一四年六月の一日。管理人の歳月を平成とともに歩んだ伊東喜代子さんの声も涼しかった。

第二次大戦末期、一帯は空襲で焼かれた。寅彦旧宅も離れの勉強部屋をのぞき、失われた。地元の「復元する会」の尽力で茶室と主家が復元され、記念館として開場したのは昭和も末の一九八四年になってからである。

縁側にたたずんでいると、明治の家は城山までひとつながりの緑のなかにあった。寅彦は東京生まれだが、ここで三歳から十七歳までの幼少年期をすごした。陸軍軍人である父の利正とは別れて暮らしていたから、母と祖母との心細い暮らしであった。寅彦は物の怪におののく病弱な少年で、自然を友としていた。お城の森でかぶと虫を捕り、榎や椋の実をひろって食べる。南国土佐の自然に抱かれるように育ち、買ってもらった顕微鏡でいろいろなものを夢中になって観察した。

伊東さんは来館者の質問に答えるため、全集のどこに何が書いてあるか書きだしていた。まさに生き字引のような人だったが、寅彦の魅力を尋ねるとこんな答が返ってきた。

「君、これ不思議と思いませんか。それが口癖で、何事も決めつけることなく問いかけた。そこがたまらない魅力です」

なぜ寅彦の少年時代にここで触れたかというと、満洲から引き揚げた別役実の眼に映じた世界を彷彿とさせるからである。

敗戦から一年ほどたった一九四六年七月、母の夏子につれられた姉の咲枝、妹の杏と雪、弟の東とともに別役実は日本の土を踏んだ。一家は亡くなった憲夫ゆかりの家にまず身を寄せた。ほかならぬこの寅彦旧宅である。およそ一年暮らすうち、小学生だった別役少年は寅彦と同じように城山で虫捕りをした。寒い大陸とは大きく異なる南国の風土に接したが、満洲育ちの少年にはどこかおそろしい色彩の国だった。したたる緑は濃すぎるし、桂浜の海は青すぎると感じた。

一家六人全員そろって満洲から帰還できた例はまれといってよく、多くの場合は家族のなかから残留孤児を出している。運がよかったのはもちろんだが、夏子という気丈な母親がいかに機転のきく女性だったかを想像させる。佐世保では兵舎のような施設に入り、衣服といくばくかのお金を支給された。引揚者の名札をつけていると汽車はただで乗れたが、ニュース映像で知られるとおりの満員すし詰め。広島を通過するときは被爆の惨状を見せないという進駐軍の方針によって窓を閉めさせられた。宇高連絡船で高松に出て、土讃本線で高知へ向かう。高知駅前にところてん屋があり、夏子がそれを食べたがった。ときあたかも夏の盛りであった。

「実のあるものを食べたかったんだろうが、実があったかどうか……」

別役はやっと一息ついた夏子の夏を思い出しつつ、うっすらと笑みを浮かべたものだ。

高知は戦争が終わる直前、一九四五年の六月から七月にかけて何度も焼かれた。写真をみれば、中心部はなんとまあ一面の焼け野原だ。七月四日の大空襲では死者が四百人を超えた。そんな高知に敗戦から一年たってたどりついたとき、持ち物は憲夫の遺骨とわずかな手荷物だけ、まさに着の身着のままだった。それが一家の戦後のはじまりなのだった。ただ別役には焦土の記憶はない。焼け跡には草が生い茂っていたからだ。真夏の湿潤な気候に息苦しさを覚え、満洲とはまるで異なる自然に戸惑いを覚えた感覚の方が強く残っている。

新京の家には寅彦の描いた油絵があったが、持ち出すことはできなかった。小さな静物画で、赤い色の本やペンのある書斎を俯瞰して描いていた。大事にしていたのに、新京に置いていくほかなかった。絵は寅彦の家に帰ることができなかったのである。

さて、寅彦の旧宅に到着すると、老いてなおかくしゃくとした別役駒が出迎えた。別役の曾祖母である。寅彦の実の姉であり、別役の父、憲夫にとっては母親代わりの祖母であった。一家は寅彦旧宅に住むこの駒ばあさんをまず頼ったのである。

「ただいま帰りました」

夏子の第一声を受け、駒はきりりと居ずまいをただした。

「憲夫は出世しましたか」

別役の記憶によると、その語調に維新の雄藩だった土佐の気風が端的に表れていた。遺骨になった孫を惜しむ前に、出世の二文字が口をついて出たのである。家には、ほかに二人の叔母（駒の孫娘）である、とし、ふみもいたから、六人家族は漬物小屋を改造した物置のような場所に住んだ。別役自身の言葉でふりかえることにしよう。

「美しい自然の日本には溶けこめない思いがあった。親父は四人兄妹の長男。親父のお袋だった祖母はかずえという自由奔放な人でした。夫の励夫が亡くなったあと英語教師をしていたイギリス人の男と駆け落ちし、高知の大スキャンダルになった。お前は高知に足を踏み入れてはならぬ。そう駒ばあさんはかずえに厳しく命じた。だから親父たちは母のない子になり、駒ばあさんが育てたんです。母親に会ってはならないと戒められていた。かずえは当時のモダンガールで、神戸でしばらく生活していた。そのイギリス人と別れたあと別の日本人と一緒になって戦時中は北京にいた。親父は駒ばあさんの命令に背き、しょっちゅう母親と会っていたようです。

駒ばあさんというのは偉い人でね、九十二まで生きたのかな、庭に筵をしいて吉川英治の宮本武蔵を読んでいるような豪傑だった。長男として期待された親父は生活力がまるでない。外面ばかりよくて優柔不断だったようです。造り酒屋の娘だった母の夏子は親父の妹に言わせると、たくましかった。文学青年の親父と東京で出会って婚約したようです。親父たちはいったん高知に行きはしたものの、すぐ満洲に渡っている。動機ははっきりしないんですが、おそらく高知の因習的な風土がやりきれなくて逃げたんじゃないか。

墓参りをすると、寺田寅彦のものがありました。別役家の墓は寺田家の墓地にあった。寅彦はあの界隈では一家の自慢でね、あこがれの人だったんですよ。自分が物書きになる下地にも、なんとなく寅彦の影響があった。随筆を読んでみると、感覚が似ている。寅彦もいってみれば土佐では軟弱の口でしょう」

国家第一、男性優位の富国強兵政策は高知でとりわけ大きな刻印を残した。その精神風土に違和感をいだく軟弱者の声として郷土の文学が生まれた面がある。

私は自伝連載を担当したことから、高知出身の安岡章太郎とは生前よく話す機会があった。その文学はどうにも屈折した劣等感から出発していた。戦時中の鬱屈した青春を描いた『悪い仲間』、結核で軍隊から除かれたのに給与をもらいつづける『陰気な愉しみ』などはひね者の文学といってもいい。一族の歴史を近代史のなかに流しこむ代表作『流離譚』をもちだすまでもなく、私小説作家の章太郎にとって高知の風土は愛憎半ばする文学の故郷なのだった。

夫人にゴリちゃんと呼ばれていた章太郎はとても気難しい人だったが、寺田寅彦の話さえしていれば機嫌がよかった。寅彦の伯母（寅彦の父利正の姉）が章太郎の曾祖母にあたる。世田谷の自宅で「劇作家に別役実ってのがいるだろう、あれも遠い親戚なんだ。会ったことはないんだが」と切りだされたことがある。寅彦を介して、ふたりは細い糸でつながっていたのである。寅彦の文才に背中を押されるようにして物書きになったという点でも共通するものがあったから、知らぬ仲とはいえ不思議な親近感を覚えていたようだ。そのときは私が別役の近況などをかいつまんで話し、なごやかな時間をおくった。章太郎は別役のおばあさんに話題がおよぶと、いかにも懐かしそうだった。

章太郎のいう別役のおばあさん、つまりは駒について『流離譚』をもとにもう少し触れておこう。封建時代の感覚が遠くなってしまった現代では想像することがもはや困難だが、維新の激動を生き抜いた文字どおりの烈女であったのである。

土佐では山内家の入封とともに外からやってきた家臣団らが上士となり、長宗我部時代の地侍、郎党は郷士となって徳川時代に明確に身分が分かれた。郷士は軽格だったが、土着の誇りを失わず、抵抗する精神を保ちつづけたともいう。別役駒と寺田寅彦の父、利正は郷士のうちでも足軽の家の生まれだ。

井口村刃傷事件というのがあった。維新の七年前にあたる一八六一（文久元）年三月四日のことだ。上士で小姓組の山田広衛と茶道方の益永繁斎が友人宅で節句の酒に呼ばれた帰り、井口村の永福寺門前で郷士の中平忠次郎と肩がぶつかった。雨降る暗い夜道であり、故意ではなかった。中平は同じ小高坂（こだかさ）

という土地の郷士、宇賀喜久馬をつれていた。喜久馬はまだ元服前の少年だった。山田は肩に触れた相手を格下の郷士と見るや酔いも手伝って、存分にののしった。

口論の末逆上した山田が刀を抜き、中平も応戦する。鬼山田の異名をもつ剣客の山田は中平を斬り殺した。宇賀喜久馬は雨中を走って中平の兄、池田虎之進に急を告げた。駆けつけた虎之進は小川の水を飲んでいた山田を斬り、ついで繁斎も殺した。

上士たる山田家は収まらず、虎之進の身柄を要求する。いっときは上士と郷士の家が全面対決しかねない様相だったが、表沙汰になるのをおそれた郷士側は一族あいはかって虎之進を切腹させることとした。使者にたっただけの喜久馬少年もともに腹を切らされた。藩の裁定では、上士の山田側が父親謹慎となったもののほぼお咎めなし。ところが、郷士側の池田と中平の家は格禄没収となった。身分の差から、郷士は理不尽な屈服を強いられたのである。坂本龍馬ら郷士たちは憤激した。

さて、十三年のはかない命を散らした喜久馬少年には兄がいた。寺田寅彦の父利正その人である。利正は十六歳にして実の弟を介錯しなければならなかった。別役駒はだから弟の首をはねた男の娘なのである。そうした顚末を『流離譚』執筆のため調べていた安岡章太郎は高知の親戚に電話する。

すると従兄は、

「ああ、宇賀のとんとの話か」

と、まるで近所の誰かの噂ばなしでもする口調でこたへた。「とんと」といふのは土佐言葉で稚児さんのことである。――さうか、喜久馬は中平忠次郎のとんとであつたといふわけか。私は、それで中平が山田に向つて刀を抜いた理由が以前よりも一層心情的にわかるやうな気がした。おそらく山田は、中平が稚児さんを連れてゐるのを見て、口汚くそれをからかつたのではないか。当時、男色はべつに禁じられてはゐなかつたものの、それはやはり男の羞恥心に触れられる事柄ではあったわけだ。従兄は話をつづけた。

「宇賀のとんとが腹を切つた話なら、別役のおばアさんがしよつ中、言ひよつた。——みんなが喜久馬にいうて聞かせたもんぢや『腹を切つても痛いというて泣いちやいかん、見ともないきに泣かれんぜよ。泣いたらとんとぢやというて、また、てがはれるきに（からかはれるから）』……」

私は、従兄の話をきいてゐるうちに、おぼろげながら別役のおばアさんといふ人の顔が浮かび出て、自分も子供の頃に何だかそんな話を聞かされたやうな気がしはじめた。（安岡章太郎『流離譚』）

安岡章太郎は少年のころ別役駒に何度か会っている。寺田寅彦の話となれば、この駒ばあさんが思い出されるというわけだった。幕末の修羅場を知る駒は敗戦から五年たった一九五〇年十二月五日に「行年九十三歳」で大往生をとげている。

ところで、井口村刃傷事件について寅彦自身はあまり多くを記していない。陰惨過ぎて書く気がしなかったのであろうと章太郎は考えたが、一方でわずかな記述を『流離譚』に引いている。大正時代、寅彦が松根東洋城の俳句誌に寄せたコラムの一部であった。

それによると、喜久馬少年が親族立ち会いのもと詰め腹を切らされるとき、その祖母にあたる人が失神しそうになった。

居合せた人が、あわてて其場にあつた鉄瓶の湯をその老媼の口に注ぎ込んだ。

老媼は、その鉄瓶の底を撫で回した掌で、自分の顔をやたらと撫で回したために、顔中一面に真黒い斑点が出来た。

居合せた人々は、さういふ極端な悲惨な事情の下にも、やはりそれを見て笑つたさうである。

（『同』）

寅彦がどういうつもりで、こんなことを書き残したのかはわからない。ただ高知文学とでもいうものがあるとするならば、悲惨な状況のなかにさえ笑いを見いだす眼差しにその徴があるのではないか。たとえば「笑い」と題された随筆で、寅彦は自らの不思議な性向を分析する。笑うべきときでないのに笑ってしまうというのだ。

ことに医師の診察を受けているとき、それが顕著だった。脈をとられていると早くも笑いの前兆がある。「妙なくすぐったいようなたよりないような感覚」が起こって体中を駆けめぐる。聴診となって深呼吸しようと空気を吸いこんだとき、それが爆発し立派な笑いとなって現れる。この「理由なき笑い」は医者が一緒に笑ってくれたりすると、すうと消滅してしまう。父親から「男というものはそうむやみになんでもない事を笑うものではない」と叱られるが、治らない。

笑うべきことと笑うことが一致しない。酒席の隠し芸に皆が笑っていても、おそろしいばかりでとても笑う気がしない。かと思うと、台風で木の枝がちぎれ飛ぶのを見ると突然、笑いがこみあげてくる。あるいは人から誤解されて弁明しているのに、その弁明が無効だとわかってくると笑いたくなる。こう書いている。

ある時、火事で焼け出されて、神社の森の中に持ち出した家財を番している中年の婦人が、見舞いの人々と話しながら、腹の底からさもおかしそうに笑いこけているのを、相手のほうでは驚き怪しむような表情をして見つめているのを見かけた事もある。

戦争の惨劇が頂点に達した時に突然笑いに襲われるという異常な現象もどこかで読んだ。これらはむしろ狂に近い例かもしれないがしかしともかくもこんないろいろの事実を総合して考えると、一般に「笑い」という現象の機能や本質について何かしらあるヒントを得るように思う。笑いの現象を生理的に見ると、ある神経の刺激によって腹部のある筋肉が痙攣的に収縮して肺の中の空気が週期的に断続して呼び出されるという事である。息を呼出する作用にそれを食い止めようとする作用が交錯して起こるようである。ところがある心理学者の説を敷衍して考えるとそういう作用が起こるので始めて「笑い」が成立する。笑うからおかしいのでおかしいから笑うのではないという事になる。

私が始めてこの説を見いだした時には、多年熱心に捜し回っていたものが突然手に入ったような気がしてうれしかった。

（寺田寅彦「笑い」）

私はこの文章を読んで、有名なパブロフの犬の実験を思い浮かべた。犬にえさを与える際、ベルの音を聴かせる。それを繰りかえすと、ベルの音を聴いただけで唾液を出すようになったというものだ。条件反射という、いまでは誰もが知る無意識の反応を笑いにあてはめれば、どんなに悲しい場面であってもある特定の条件があれば笑いは起きる。

帝政ロシアの生理学者イワン・パブロフが犬の実験をもとにした条件反射理論でノーベル医学・生理学賞を受賞したのが一九〇四年、寅彦が「笑い」を書いたのがその十八年後だから、「ある心理学者」というのはもしかするとパブロフのことかもしれない。

そんな想像にくわえ、私はさらに演出家の蜷川幸雄が俳優修業をしていた時代、安部公房から似たような話を教えられていたことを思い出した。開成高校を出て劇団青俳に入った蜷川はそこで勉強会に参加する。一九五〇年代半ばのことだ。

青俳は映画スターでもあった岡田英次、木村功を擁した劇団で、芸術面の指導者は英文学者の倉橋健だった。倉橋の肝いりで座学にも力を入れ、当時気鋭の劇作家だった安部公房を講師に招いていた。蜷川の自伝『演劇の力』では、安部公房がパブロフの犬を例にあげ「人間は悲しいから泣くんじゃない、涙が出るから悲しいんだ」とか「おかしいから笑うんじゃない、あれはただの筋肉のけいれんだ」といった説を唱えたことになっている。心理が外面を決定するという近代演劇の真逆の考え方に接し、蜷川は衝撃を受けている。

寅彦の「理由なき笑い」はいわば近代演劇の逆側にある不条理劇に接近するものであっただろう。別役実は寅彦の随筆が自分と似ていると直観的に感じていたが、その感覚には不条理なものと共振する傾向、あるいは不思議なことを素どおりせず、これはなんだろうと分析する性癖が潜んでいたかにみえる。

のちに犯罪をモチーフとする戯曲をしばしば書いた別役は、一九五二年の「荒川放水路バラバラ殺人事件」について徳川夢声が「悲惨な事件でもあるが、どうしても笑ってしまうところがある」と語ったことに我が意を得た体験を明かしている。それは戯曲『舞え舞えかたつむり』の題材となった事件だった。小学校教師だった犯人の女は巡査だった内縁の夫を殺し、バラバラにした遺体を自転車の荷台に載せ、交番の前で「ごくろうさまです」とあいさつし、荒川に捨てにいった。こう書いている。

「視点を変えると、犯罪は喜劇にも見える」ということが、以後私の「犯罪」に対する見方に、新たなものを加えた、という気がするのである。そしてまた、私は本業である劇作において、昭和における小市民のありようについて書き続けてきたように思われるのであるが、その最初の主人公を、この事件で見つけたとも言える。

（「私にとっての昭和」『東京放浪記』）

別役の寺田寅彦への親しみには、どこか因縁めいたものが感じられる。寅彦が自覚していた笑いの不条理性は時を超えて、別役劇に宿ったようにも思えるのだ。

別役と寅彦の縁をあからさまに示す逸話はほとんどないが、こんなことがあった。早稲田大学に在学していたころ、寅彦の長男で物理学者だった寺田東一からある本への抗議をもちかけられたのである。東一はそのとき五十代前半だっただろう。寅彦の私生活を暴く内容に怒って、東京にいた遠縁の別役に「お前も抗議しろ」と言ってきたのである。戦後になっても、高知の血縁は根強い力をもっていた。

二〇〇二年の暮れ、別役は高知県立文学館で講演した。「嘘の付き方」という題だったが、そのあと関係者と食事をともにしながら寺田寅彦談義に花を咲かせている。文学館で開かれていた寺田寅彦展も見学し、別役駒の写真や寺田家の家系図に見入ったようだ。案内した鈴木堯士という地元の寅彦研究家がそのときの印象を書き留めていた。

別役さんは講演でも個人的な会話でもそうであったが、実に物静かで誠実な方という印象を強く感じた。寅彦ファンである私は、別役さんが寺田家について語られる時、別役さんの体の中に寅彦の血が流れているなと感じ、時には寺田先生と直接話している錯覚さえ覚えた。

（鈴木堯士「寺田先生と別役実さん」）

寺田寅彦記念館の友の会が発行する会誌『槲（かしわ）』の36号に掲載されたエッセイである。「鼻の下に髭をはやせば、寺田先生の面影が浮かんでくる」とまで書いているのには我田引水の気味があるが、飄々とした語り口に寅彦の面影をかさね合わせる見方にはなんとなく頷けるものがある。

ところで別役という珍しい姓のことだが、これは高知に集中的にみられる。ものの本によれば課役のほか地所開拓の別の任にあたるという意味の「別役」から生じ、南北朝時代にはすでにあった古代氏族の名だという。土佐で「べつやく」がなまって「べっちゃく」になったという記述もあるが、土佐人にすれば「べっちゃく」が本当である。

この姓は高知県香南市にとりわけ多い。別役七左衛門重忠が築いたと伝えられる別役城跡が当地にある。別役氏は豊臣秀吉の九州征伐にもくわわったが、臣従していた長宗我部氏の滅亡とともに帰農した。山内氏入封のあと郷士となった。別役氏は各所に散って、地名ともなったようだ。いずれにせよ、一族は土佐にあって「敗者」の系譜にある。

早稲田大学で学生劇団「自由舞台」に入ったあとのことだが、後輩に先祖の主筋にあたる長宗我部家当主の息子、友親が入ってきたことがある。別役は「僕の名前は本当はべっちゃくなんだよ」と教え、別役氏の来歴を知らないかと尋ねている。長宗我部ゆかりの神社に別役七左衛門の碑銘があり、それが先祖だと聞かされている。

「高知には親戚でない別役がいっぱいいる。かつて俳優座に別役という苗字の女優がいましたが、親戚でもなんでもない。それからニューヨークのメトロポリタン・オペラにも別役という名の女性歌手がいたが、これも関係ない。あるとき調べたら、東京の電話帳には十七例ありました。東京では半分がべつやくで半分がべっちゃくだった。べっちゃくと言っても東京では理解してもらえないから、それで、べつやく、べつやくと自分でも言っていた。本当はべっちゃくです。高知はやゆよが、ちゃちゅちょになる。高知にはこんな、からかい唄がある。『べっちゃく弁当くつがえし、いわしのこっこが三つ出た』こっこは鰯の丸干しのこと。貧乏人の食べ物です。親戚とはいっても安岡は裕福で市街から離れた山北にある安岡の旧家は立派だし、界隈の名士です。同じ郷士でも別役は裕福ではなかったんです」

いわしのこっこが三つ出た……。

別役が口ずさんだ、そのからかい唄にはどこかさびしい響きがあった。貧しい郷士ゆえの屈辱を身にしみて知る別役駒は、家族の出世を願う気持ちがひときわ強かったのであろう。それだけに子や孫は重圧を受けた。満洲に夢を見た別役の父、憲夫のナイーブな感受性はそうした家風へのひそやかな反逆でもあっただろうか。

山内一豊以来の土佐藩は質実で聞こえ、城下には遊女屋はもちろん料理屋も芝居小屋も許さなかった。土佐の女は政談を好み、男を出世させようと情熱を注いだといわれる。よく知られた坂本龍馬の姉はその典型である。遊郭や芝居小屋の禁制が解けるのは明治に入ってからで、一気に自由な生き方が開けた。免疫のないところに遊興所が急にでき、身を持ち崩す者も少なくなかった。そのありさまは宮尾登美子の小説にあるとおりだ。

憲夫の母、平尾かずえは奔放な女だった。高知の山林技師だった夫、励夫が一九一四年九月、三十八歳で亡くなると、すぐに女学校の英語教師だったイギリス人男性マラバーと出奔し、メリーさんと呼ばれる娘を産んだ。駒ばあさんは、かずえに「二度とくるな」と土佐追放を命じた。土佐の精神風土に逆らうようにモダンな西洋文化のなかへと身を投じた、いわば「新しい女」だったのである。

ミスター・マラバーはそのあと横浜に出たようで、なんと文豪、谷崎潤一郎の英語教師になっている。谷崎の末弟だった終平の回想記『懐しき人々――兄潤一郎とその周辺――』に、その交遊の様子が書き残されている。それをもとに、家族ぐるみのつきあいだった谷崎家とマラバー家の奇縁をしばらくたどってみよう。

谷崎は日本橋蠣殻町生まれだが、一時横浜に住んだことがある。関東大震災の二年前にあたる一九二一年には本牧海岸の家に越している。谷崎と千代夫人、それと夫人の妹おせいちゃん（女優、葉山三千子）は外国人にソシアル・ダンスを習い、毎日が明るい家庭舞踏会だった。千代夫人はのちに佐藤春夫夫人となって社会の耳目を集める有名な女である。

谷崎がマラバーに英語を習いはじめたのは、本牧時代のことらしい。が、暴風雨（台風だろう）で家がめちゃくちゃになったのにこり、ミスター・マラバーの姉妹が住んでいた横浜山手の家を家具つきで借り、引っ越した。まわりは外国人ばかりだった。谷崎はモダニストぶりをいかんなく発揮し、万事が洋風の生活。千代夫人はマラバー家のコックにイギリス風の家庭料理を習っていた。スープからデザートまで本式のテーブル料理だった。食前の祈りをくわえれば、そっくり、かずえの食卓になるだろう。

一九二三年の関東大震災で横浜は壊滅的被害をこうむった。京都への避難を機に谷崎の関西時代がはじまる。阪神間に住んで傑作の『細雪』や『蓼喰ふ虫』が書かれることになるが、マラバー夫人こと平尾かずえも横浜から神戸の高台に移っていたので交際はつづいた。かずえはしっかり者であり、神戸で高級下宿屋をはじめている。おせいちゃんはその下宿に住むことになった。

谷崎邸に寄宿していた末弟の終平は憲夫と神戸で親友になる。神戸の本山村北畑にあった家ではじめて会ったというから、憲夫は母のかずえと訪ねた日があったのだろう。終平の記述にはないが、谷崎の謦咳にも接していたに違いない。

終平が十七、八歳、憲夫が二つほど上だった。寺田寅彦ばりというべきか、谷崎邸の前にあった原っぱで、憲夫は終平にキリギリスの捕り方を教えた。提灯の胴回りに真綿を巻きつけると、灯に誘われたキリギリスが面白いように着いた。

東京外語大に進んだ憲夫と法政に学んだ終平は東京でも親しくつきあった。憲夫は鼻の高い立派な顔だちの大男で、背が五尺八寸（約一七五センチ）以上あったという。あるとき一緒に銀座をぶらついていて、ショーウィンドウに飾られたとても長い柄の靴べらを見たが、最初はなんだかわからなかった。暫く歩いて行くうちに別役君が、「ウン、判った！　あれは長靴の靴ベラだ」といったものだ。彼は真面目な人だが、そういうユーモアのある人で、未だに忘れられない。そうかと思うと、彼の行きつけの喫茶店の女の子を説得して、「君はこんな処で働いていてはいけない」と国元へ送り返したりした。

その彼が、丸の内の生命保険会社から出て来る一人の女の人を、どうしても嫁に欲しいと悩んだ。一度見て呉れと言うわけで、その女の人の退社時間を見計らって、私かに行き過ぎるのを待った事があった。高知人は矢張り南方民族なのか、情熱的なのか、ちゃんとその人を奥さんにして、学校を卒業すると直ぐ満州国の外務省の様な処へ就職して、二人で汽車に乗って行ってしまった。それが彼との今生の別れであった。二人でドストエフスキーに夢中になって、その頃確か三銭だった切手を四枚も貼った手紙に互いに感想を書いて送った。彼は寺田寅彦氏の甥だった。彼は芸術家になるべき素質の人だったが、官吏で早逝してしまった。今劇作家の別役実氏は彼の長男である。親父が生きていたら……と私は思う。

（谷崎終平『懐しき人々――兄潤一郎とその周辺――』）

ここに描かれた憲夫の生真面目さとユーモアはどこか別役実を感じさせないだろうか。本人は父親に対しては「単純なヒューマニスト」と一貫してつきはなし、素朴であるがゆえに国家主義にからめとられてしまった無防備さへの抵抗感を隠さない。けれどもその一方で「どこか自分と似ているかもしれない」とも口にしている。

終平はメリーさんをメアリーさんと書いている。「大変怜悧なブロンドのそばかすだらけの……」と懐かしんでいる。皆に愛されていたようで、谷崎潤一郎も好意をもち「子供だからといって、いい加減には出来ない。約束したのだから」と人形かなにかを買い与えたこともあった。憲夫もハーフだった義理の妹をたいそうかわいがっていた。

こうして記録をたどってみれば、憲夫は谷崎潤一郎を通じて文学への親しみをいっそう募らせただろうと想像できる。谷崎家の範ともなった母の洋風生活を通して日本のなかの「西洋」と出合い、あこがれを膨らませたかもしれない。

いずれにせよ、憲夫の心は高知の母代わりの祖母だった別役駒の圏内から、実母かずえの圏内へと青春期に移行したようだ。なんの記録もないが、憲夫が駒から幕末のあの悲惨な事件を聞かなかったはずはない。江戸時代の理不尽な差別の話が、憲夫を素朴なヒューマニズムに向かわせる誘因になったのではないかと思えるのである。別役の「因習的な風土がやりきれなくて逃げたんじゃないか」という見方の背景には、そんなこともあったのではないか。

憲夫が一目惚れした妻の夏子も大正期としてはモダンな丸の内のオフィス・レディだった。姉が一足先に東京に出ており、それを頼って清水から上京したようだが、当時の開明的なモダンガール（モガ）であったに違いない。その証拠に若き日の夏子は水着を恥ずかしがる時代にあって、ぬきんでた水泳の選手でもあった。姉が関東大震災で亡くなったあとも東京で働いていたのである。

こんな想像がわきあがってくる。生まれる前の別役実には知るよしもないが、血塗られた幕末維新の記憶や江戸時代の因習からの逃走がかずえ、憲夫の母子にとっては暗黙のテーマになっていた。谷崎同様の、和から洋へ急旋回する大正モダニズムの力学が憲夫の高知からの離脱にも働いていたのではないか。実際、かずえとメリーさんという「日本の西洋」は満洲引き揚げ後の夏子を引き寄せる。その引力は小学生から高校生にいたる別役少年の精神世界にも、少なからぬ影響をおよぼしたことだろう。

はっきりしないが、いずれかの段階でミスター・マラバーと別れた（死別とも）かずえは犬の調教師をしていた日本人男性と一緒になり、大陸に渡った。外地でも憲夫に会っていたようだ。敗戦とともに北京から引き揚げ、戦後は娘のメリーさんと東京の目黒に住んだ。高知、清水、長野と転々とした別役一家は、その目黒の家を目指すことになる。

さて、夏子を頼みとする別役一家はやはり高知の気風と合わなかった。たとえば高知では長男を大事にするから、おかずが一品多くなるのが普通だった。けれど夏子はなんでも平等にする。すると「別役家の当主である実に対して何だ」と親戚がうるさかった。

夏子は食っていくために別役駒の家の門前で雑貨屋を開いた。が、思ったようには商売が成りたたない。しだいに居づらくなり、生まれ故郷の清水へ向かう。

「決して高知を忘れちゃいけませんよ」

駒ばあさんに釘をさされたという。

激動の時代を生きた父の憲夫や母の夏子はいま、鎌倉の墓所に葬られている。高知にある別役家累代の墓を一緒に移す話もあったが、親戚ともはかって結局そのままにした。高知で暮らし、高知で亡くなった人たちだから無縁仏になってもそこに置いておいた方がいいと考えた。別役の家の歴史は遠い遠い高知の物語となっていく。

ここで引揚者の戦後についてふりかえってみよう。

膨張した近代日本は台湾、朝鮮半島、満洲、サハリン（南樺太）、千島列島、南洋諸島に人を送りこんだ。それらの地域には忽然と移住社会が誕生した。敗戦によってこれも突然に消滅し、外地の日本人たちは内地に帰還する。その数、およそ六百六十万人。軍人、軍属と民間人がほぼ半々であった。彼らは故郷の村や町、あるいは縁もゆかりもない町に流入し、農民たちのなかには山野の新しい開拓地に入植する集団もあった。

関西学院大学先端社会研究所の共同研究をまとめた『引揚者の戦後』（島村恭則編）によると、引揚者はそれまで存在しなかった社会空間と文化を生みだした。やがて引揚者マーケットは駅前のショッピングセンターに、引揚者住宅は公営住宅に、引揚者援護施設は老人福祉施設に、というように引き継がれていった。一番わかりやすいのは食で、餃子、ラーメン、明太子などは引揚者がもたらしたものといっていいほどだ。

たとえば、東京の上野と御徒町の間にあるアメ横ことアメヤ横丁は敗戦直後の闇市に起源があるが、引揚者が主要な担い手であった。寄り道になるけれど『引揚者の戦後』をもとに、その軌跡をたどってみる。あたりはもと住宅密集地であった。東京大空襲で焼け野原となり「ノガミの闇市」と呼ばれる露店の密集地となった。朝鮮人、華僑、引揚者、復員兵、テキヤ、ヤクザが入り乱れ、縄張りを争っていた。そのなかで引揚者は「下谷引揚者更生会」を組織し、上野で列車待ちをする乗客にアイスキャンディーを売る商売をはじめ、成功した。が、冬は売れない。そこで思いついたのが飴売りで、錦糸町界隈の飴業者に発注し、高架下で売った。

なぜ高架下だったかというと、引揚者には満鉄出身者が多く、満鉄から国鉄に就職した人たちとコネクションがあったからだ。それで国鉄用地の高架下で商売ができた。街ゆく人たちは砂糖不足で甘い物に飢えていたから、高架下の飴屋は大繁盛した。これがアメヤ横丁の始まりである。満洲ゆかりの民間人は助け合って戦後を生き抜いた。

アメ横だけではない。横浜桜木町駅前の商業施設「ぴおシティ」の前身は引揚者デパートの協進百貨店であり、北海道の帯広駅前にかつてあったニューはとやデパートはもとバラック建ての満蒙第一相互館（満蒙マーケット）であった。滋賀県の彦根には満連百貨店があった。帯広の満蒙第一相互館は駄菓子、おやき、ドブロクなどを売り、彦根の満連百貨店はダンスホールを併設していた。

空襲で主要都市を焼かれた内地の住宅事情は劣悪だった。日本政府は旧軍兵舎や民間施設を応急利用し、行き場のない引揚者たちを集団収容した。その後、のちに公営住宅となる引揚者住宅も造成されていく。東京の北区にある都営桐ヶ丘アパートはもと陸軍火薬庫を転用した引揚者定着寮であり「赤羽郷」と呼ばれたところだ。一方、集団収容施設も一九六〇年に住宅地区改良法によって廃止が決まるまで存続した。

一口に引揚者といっても境遇には開きがあった。高級軍人、政治家、経済界の要人のなかには戦後社会の支配層につく例もあった。一方、没落した多くの民間人の運命は過酷だった。落魄し、日々の暮らしに追われるほかなかった。『引揚者の戦後』によれば、差別もあった。〇丁目の人、というような言い方で特別な眼差しを向けられることもあった。同書に作家、五木寛之の文章が引かれている。

私は両親と一緒に朝鮮半島に渡って、〝差別者〟として植民地にいた。その後、平壌で敗戦を迎えてからは、パスポートを持たない難民としていろいろな目にあった。三十八度線を弟の手を引っぱり、妹を背負って、という状態で引き揚げてきた。

引き揚げてくると、こんどは「引揚者」という肩書きがついた。この言葉は、九州の筑後のあたりでは差別語に近い表現だった。一転して、こんどは祖国の人たちから「引揚者」として差別される立場になったのである。

家がない、土地がないというふたつの理由で「引揚者、引揚者」と呼ばれる。たまらない思いを味わった。こんなふうに「引揚者」という差別語のなかで生きてきたことで、それ以来、私のなかにはつねに日本人であると同時に、〝在日日本人〟という意識があった。

（五木寛之『サンカの民と被差別の世界』）

五木寛之の造語にいう「在日日本人」は外地で支配者側にいたがゆえに身ぐるみはがれ、価値観が百八十度転換した内地にも居場所がなかった。在日本を縮めた在日という言葉は日本が仮の宿であることを示している。在日日本人と在日コリアンはサカサマの関係ながら相似た形をした、マージナルな存在だった。別役劇に出てくる放浪者たちにはどこか「日本」を仮の宿とする在日日本人の面影があるのだ。別役劇とは性格を異にするけれども、引揚者の演劇として思い浮かぶのは別役とも親しかった一つ年上の劇作家、清水邦夫の初期作品『明日そこに花を挿そうよ』である。引揚者のための集団収容施設の廃止が決まった一九六〇年に初演された青春の記念碑ともいうべき作だった。ト書きはこうだ。

時——現代。
所——中都会。
舞台——ある引揚者寮、例えば旧兵舎、旧倉庫等。二世帯が居住。二階に区切り、階下は修造家族、階上はお米親子の部屋。階下中央の奥の方に不恰好な窓、油紙が張ってあり、その上にX字形に板が打ちつけられてある。階上の部屋には不似合なほど立派な鳥籠。

引揚者の修造は酒びたり。保険外交員をしているが、やる気がない。「満州で三十人も使ってたわしにこんな真似が出来るもんかい」「戦争ってやつでなんもかんも狂っちまった」「わしの昔を返してみやがれ、三十人の使用人、五台のトラック、十台の馬車……」などと叫び、灸と右太という十代の息子に酒代をせびる。満洲の生活が忘れられず、くだを巻くのである。

「広かったね、実際。どっちを向いても山なんかないんだもんな。太陽が地べたに落っこって行くんだ。あそこにいると、こうなんて言おうか、手前自身がどんどん膨らんで行くって感じがしてよ」

階上に住むお米の娘チー子は病気で部屋から出ようとしない。灸はそんなチー子にカナリヤを贈るが、あるとき絶望にかられ鳥籠を床にたたきつけてしまう。カナリヤは死に、灸は父親の修造をナイフで刺す。チー子は鳥の埋葬を求め、最後に声をあげる。

「明日そこに……花を挿そうよ」

時代から取り残される引揚者の絶望を鮮烈にとらえた戯曲だった。上演したのは、蜷川幸雄のいる劇団青俳だった。日本共産党の影響が強い時代で、革命への展望を欠いたこの戯曲は劇団内で正式に認められず、特別公演として俳優座劇場で上演されている。兄の灸を木村功、弟の右太を蜷川が演じた。清水邦夫の戯曲が実際に舞台で上演されるのはこれが初めてであり、蜷川の初々しい演技はなかなかのものだったようだ。

このあと演劇史の大きなうねりとなる一九六〇年代演劇のいわば起点に「満洲」という怪物はでんと存在していたのである。敗戦とともに価値観が転倒し、急進的な民主化が進められるなか、戦争がもたらした喪失感を引揚者の姿に映しだした清水邦夫の才気を改めて感じる。事実、一九六〇年代演劇はこのあと満洲を劇の素材として多用するようになる。誇大な妄想の膨張とその無残な破裂。狂気のゆりかごとしての満洲は唐十郎らのドラマトゥルギーにも強烈な霊感を与えたのである。

むろんのこと別役の不条理劇に満洲という言葉はいっさい出てこない。男1、女1という匿名の存在が風に吹かれて漂流するだけなのだが……。

別役実の軌跡にもどろう。引き揚げによる空白があったため高知の小高坂小学校に一年遅れて二年生に編入された別役少年は三年生のころ、静岡県の清水に移った。母、夏子の生まれ故郷を次に目指したのである。実家の造り酒屋はもうやっていなかったが、夏子の母や男の兄弟たちのいる大手町の大家族のもとで同居する。二階建ての一軒家だったが、六人家族は雑魚寝であった。

転入した清水の江尻小学校には一年下に、のちに早稲田小劇場をともに創立する演出家の鈴木忠志がいた。鈴木は裕福な材木商の息子であり、苦学する別役とは対照的に経済的に恵まれた育ちだった。ただ、小学生時代の二人に面識はない。

一家はこの清水でも居づらくなった。高知に比べれば食生活は魚が豊富だった分、まだましだったが、ここでは引揚者を「よそ者」と見下す蔑視の視線があったという。一年ほど暮らしたあと次は長野へ向かった。父、憲夫の満洲時代の知り合いを頼った。別役は城山小学校の四年生になり、柳町中学、長野北高校（現・長野高校）にかよう。十代の多感な時代は長野で過ごしたのである。

「清水で入った小学校が鈴木忠志と同じだった。あちらが一年下だけどね。早稲田に入ってから、清水で仲良くしていた友達から、鈴木がいたということを聞いた。友達は早稲田のグリークラブにいたんです。清水では、お袋が闇米を買い出しにいったりしていたのを覚えています。高知では芋ばかり食べていましたが、清水は魚もあったし、食生活は豊かだった。高知、清水と苦しい暮らしがつづいた。まあ苦労は苦労ですが、当時はみんな貧しかったからね。

そう、清水では引揚者に対する差別があった。激しい差別というほどのことでもないんだけれど、あの人たちは引揚者だと線を引かれる感じがあった。そういう目線を感じました。言葉が違いますからね、引揚者は標準語ですから。行く先々で方言になじめず、また自分もなじむのを潔しとしないところがあった。引揚者には言葉のルーツがない。なんとなくほのかな疎外感がありました。

親父の友達が仕事をあっせんするから、行商の仕事があるから、というのでお袋は働くために長野へ行った。中島さんという満洲時代の知り合いが世話してくれたんです。長野では傘の配給なんかがあっても、別役さんは引揚者だからと優先的にもらえたりして、逆によくしてもらった。佐久とか小諸とか、あのあたりは村ごと満洲へ行ったりしていたから理解があったんでしょうね」

長野では長屋の一部屋に住んだ。台所のほかに部屋が一つあるだけ。そこでの六人暮らしは、はじめのうち極貧であった。母の夏子は満洲時代の知人のつてで行商のようなことをしていたというが、これも満洲仕込みの餃子屋をはじめ、見事にあたった。当時、餃子はめずらしい食べ物だったのだ。繁華街の権堂あたり、秋葉神社まで日々屋台を引き、餃子や焼き鳥を出して酒を飲ませるのである。ブレヒトの『肝っ玉おっ母とその子供たち』ではないが、リヤカーを引くたくましきお袋さんであった。

別役の妻で女優の楠侑子によると、夏子は大柄の美人で往年の原節子に似ていた。上品で良家の子女風だったが、生活力があり、ユーモアもあって客あしらいがよかった。料理もうまく、別役に「母親のものと比べ東京の餃子はおいしくなかった」と言わせるほどだ。長野時代の別役家は母が外で働き、家のなかでは姉の咲枝が万事とりしきっていた。父親不在、母と姉が差配する女系の家風となった。

長野は昔も今も文教都市として知られる。やがて屋台は風紀上よろしくないということになる。それで「憩いの街」という屋台を集めた飲み屋街がつくられた。善光寺と権堂の間あたりに鉄筋コンクリートの飲み屋のデパートができた。夏子はそこで餃子屋を開き、ようやく生活の安定を得ることができた。長野駅から善光寺に向かう途中にいまも盛り場があって雑居ビルがひしめいているが、そうした一角にその人工の「街」はあった。

なんとか食えるようになっても、一家は長野に定住するつもりはなかった。祖母のかずえが北京から東京に引き揚げてきたから、そこを頼るというのが暗黙の了解になっていたのである。かずえの娘メリーさんは三十歳を少し越したくらいだっただろうか、英語に堪能で速記もできたから進駐軍関係の仕事を得て羽振りが良かった。かずえとメリーさんが構えた目黒の家に一家の姉弟は順を追って移っていくことになった。高校卒業まで長野にとどまった別役が最後に東京に出ることになる。

文化を大切にする長野という都市の気風は流浪してきた十代の別役少年の心を柔らかくつつみこんだ。戦争中疎開してきた詩人や画家が多く居残り、街のあちこちに詩のサークル、文芸サークル、絵のサークルなどがあったのだ。憲夫がそうだったように、母の夏子も芸術に理解と親しみをもち「物書きや絵描きじゃ食えない」などとは言わなかった。むしろ文化人を尊敬し、名作映画が長野にくると率先して子供たちをつれていった。

戦後の食糧難の時代、一家六人、しかも母子家庭の暮らしが楽であるはずがない。だが、生活の苦しさをまわりに感じさせることのない心豊かな母だった。私は多くの人から、夏子の母としてのすばらしさを聞いた。別役も自分の苦労を言いつのることの決してない人だが、そこには母親の遺風が感じられるのである。

そうした文化的な雰囲気のなかで、別役は柳町中学の美術教師、上原正三と出会い、まず絵画というものに目を開かされた。知る人ぞ知る長野の画家である。背が高かったからバレーをしていた別役だが、上原先生の手引きで絵画にいそしむことになったのである。

上原は松本市郊外の農家の出で、幼少期に片目を失明する不運に見舞われながらも好きな絵の道に進み、戦前の川端画学校に学んだ。東京で放浪の画家、長谷川利行と知り合い、ダダイストの辻潤らとも交わったが、いったんは画家の道をあきらめ、信州各地の学校で教師として暮らした。太平洋戦争がはじまる前に長野に移住し、教員をしながら国画会などに出品するようになる。柳町中学には一九五〇年から六四年まで在職している。

「リンゴが美しいのではない、それがそこに在ることが美しい」

上原がよく口にしていた言葉である。セザンヌを思わせる、絵画の本質をつくものの見方だろう。それは別役に重大な影響を与えた言葉でもあった。

とにかく絵が好きで好きでしかたない純粋な芸術家であり、長谷川利行や辻潤と親しかったくらいだから、無頼の気風にも通じた自由な芸術家であっただろう。酒好きの直情の人でもあったらしい。

私の手元に長野の財団法人・八十二文化財団が二〇〇四年に企画した『上原正三展』の図録がある。長野のギャラリー82で開かれたその展覧会の出品作は風景画から抽象絵画まで幅広いが、ことに青みを背景にした裸婦像が素晴らしい。顔は輪郭だけで表され、表情はほとんどなく、描かれたとしても眼だけだったり、鼻だけだったりする。多くは海辺の設定であり、潮風が画面から感じられる。何もない空間に魂の抜けたような人間が立っている感じなのだが、不思議な生気と温かみがある。上原は柳町中学退任後に画家専業となる。その絵は奔放でありながら美しく澄んでいる。

松本市美術館長だった美術評論家の米倉守は上原作品にほれこみ、館のコレクションにくわえていた。同じ図録で、人間や風景の実在感に直観的に迫る絵画だと評している。

別役が柳町中学に入学したのは一九五一年だから、上原は四十代半ばで赴任早々だった。美術の授業でこの上原先生に絵を教えられた別役は、自宅アトリエに遊びにいくようになった。夏休みともなれば、同級生でやはりバレー部員だった小笠原昌夫とともに画材をかついで長野市内のあちこちに出かけては競って絵を描き、上原先生に見せにいった。上原先生は生徒を子供扱いせず、絵を何十分もじっと見てはていねいに批評したという。別役は自然と画家志望になる。

夕方になると自転車で信濃川水系の裾花川の川辺に行き、東京へ向かう夜汽車が遠くの鉄橋を走る姿を『銀河鉄道の夜』のジョバンニがそうしたように見送った。「内地」における原風景となった裾花川や長野の街角が画題であった。

「上原先生はもっとも影響を受けた先生です。奥さんも画家で、自宅でデッサン塾をしていた。塾に入っていたわけではないんですが、絵の好きな生徒たちとしょっちゅう遊びにいきました。中学を卒業するころだったかな、油絵をはじめようと思い、絵の道具を買いにいった。そのときも一緒に来て選んでくれました。長野は絵が盛んで、県の美術展や上原先生のかかわりのあった国画会の展覧会などがしょっちゅうあって、一緒に見にいく。絵の見方を教えてもらいましたが、この中で盗んでも持って帰りたいと思う絵があるか、それがいい絵なんだとおっしゃっていた。姉の夫が先生の絵が好きで幾つか買っていましたね。

絵描きになるつもりだったんですよ。それでデッサンの勉強をしました。東京の画学校にかよって勉強しないといけなかったが、経済的に余裕がない。それでミロのヴィーナスとか石膏デッサンを一生懸命やった。高校生のころまで描いていた。ただ絵では食えないよ、とまわりに言われるし、親戚にも反対されてあきらめました」

上原の絵は形を単純化し、簡潔に表現する。別役が演劇で大切にする「人間のたたずまい」には、どこか上原の「在る」ことの美しさを思わせるものがある。実際、一九六〇年代演劇の革新的な動きをたどった連続インタビュー『劇的ルネッサンス』(扇田昭彦編)で、別役は芝居のあり方を「在る」というキーワードに沿って語っている。

「ただね、芝居っていうのは、要するに本来在るものであって、僕の考えとしては、芝居っていうのは空間の中に本来含まれているものであって、それを探り出すということ」

東西古今の戯曲を引いてその味わいを記したエッセイ集『台詞の風景』のなかで一九三八年のアメリカ戯曲『わが町』にふれたときも、この上原先生の言葉を反芻(はんすう)していた。作者のソーントン・ワイルダーはニューハンプシャー州のグローバーズ・コーナーズで暮らす人々の恋愛、結婚、出産、死を淡々と描いた。幕も装置もないこの舞台を考えるたび、別役は「それがそこに在ることが美しい」という言葉を思い出し、そこに「在る」ことこそが演劇のもっとも原初的な感動だと述べている。

別役は高校に進んで小笠原昌夫とともに美術班に入り、公募展に出品するようになった。小笠原に会って訊くと、別役の高校時代の絵はひと目でそれとわかった。セピアや褐色を基調にした重厚な画面で、線や構図は断定的、道と家が描かれることが多かった。

簡素な舞台で明快な垂直線を表す電信柱も思えば絵画的だ。別役の年賀状や礼状にはたいてい絵が描かれていたが、果物などの形態を直感的にとらえるセンスは実に鮮やかで、それは電信柱の宇宙を特徴づけている何かに通じているようだ。別役は画家が同じ画題を執拗に追究するように、同じ舞台構造で戯曲をものしつづけたのかもしれない。

のちのことになるが、上原の絵が東京の国展で展示されると、別役は家族と連れだって必ず上野の東京都美術館まで観にいった。一九九一年に長野の出版社から刊行された『上原正三画集』には、こんな文章を寄せている。

作品の前に立って、先ず私に見えてくるのは、大きくて、骨太で、ごつごつしたその手つきである。それから、それを支えるやや怒った肩である。次に、作品を前にして時としてそうする、目を細めて頭を少し後方にそらす姿勢である。

恐らく、先生の内包する奥深い造形力は、そうした姿勢と、肩の構え方と、それからくる独自の手つきを通じて表出されつつあるに違いない。従って私は、作品の前に立つ度に思わずそれを逆さに辿ろうとするのであろう。「頭で描く」のではなく、「体で描く」のでなければならないのだということを、いつも私は教えられる。

「リンゴが美しいのではない。それがそこに在ることが美しい」と言われた先生の言葉を、私は今でも忘れるわけにはいかない。そして恐らく、その「在る」ことは「頭」で確かめるのではなく、「体」で確かめなければいけないのだろう。先生の作品の前に立つ度に、わかってはいてもどうしても「頭でっかち」になりがちな自分自身の姿勢が、すんなりと正されるような気がする。

(『上原正三画集』)

頭でなく体で、それがそこに「在る」ことを確かめる。別役は十代のころ絵で体得した手首や指先の感覚をそのまま戯曲執筆にもちこんだかにみえる。一九八四年の上原正三個展の案内状に寄せた文章でも「在る」ことの美しさに触れ「私は画家になることをやめ劇作家になってしまったが、そのことは肝に銘じている」と記している。頭でなく手が確かさを選びとってくれる、それが私のいう別役実式自動筆記というものの本質だろう。

上原正三の影響を端的に示す戯曲がある。一九六七年、三十歳の年に発表した岸田戯曲賞受賞作『赤い鳥の居る風景』である。それは上原が前年に描いた抽象的な風景画『赤い鳥の居る風景』が筆をとらせた作であった。ただ展覧会でこの絵に感動した別役はカラスをトリと取りちがえた。「先生の絵の題名を借りました」と報告しにいったら「あれはトリじゃなくてカラスだよ」と言われたという、ちょっとおかしい後日談がある。

その絵はどこかゴッホの名画『カラスのいる麦畑』を彷彿とさせるが、黒であるべきカラスの点景は夕陽なのか街の火事なのか、赤色を反射して燃えているかのようだ。形をなさない茶色の塊となった街を飛行する赤いカラスたち。澄明な絵の多い上原にしては異色の、奇怪さが際だつ画面といえる。

別役は赤いトリ（本当はカラスだったが）の姿が、街にしのびよる危機を告げる信号に感じられたという。経済成長で安逸な暮らしを得たからといって、社会の矛盾をなかったことにしていいのか。東京オリンピックを終えた日本が「昭和元禄」を謳歌する空気に別役は強い反発をいだいた。薄っぺらな善意によって社会的な矛盾が回収されることを拒絶する意志が強靱だった。そのことが『赤い鳥の居る風景』の筆をとらせた。「なれあいの平和主義」や「なれあいの優しさ」への強烈な違和感があったのである。先行する『象』や『マッチ売りの少女』もそうだが「戦後」は終わっていないとの思いが別役の初期作品を決定づけていた。

童話調の語り口でセリフが進行する『赤い鳥の居る風景は』はいわば残酷な童話だった。廃品回収業者の夫と妻が突然死に、その葬式から舞台ははじまる。委員会の男が不審をいだき調査にくるが、子供である姉も弟も事情を知らない。が、謎の旅行者がある夜現れたのは借金返済を迫るためで、その取り立てを苦に二人は命を絶ったらしい。姉は「街」の人たちの優しさをこばみ、弟を働かせお金を返しつづける茨の道を選ぶ。

この全盲の姉は弟の甘さを許さない。くたびれはてて「自分の不幸はいつか救われる」という思いから会社に行かなくなった弟を追いつめる。弟は狂犬のようにあてもなく街を走って倒れ、不良女に助けられるが、結局衝動的に盗みを働き、憤った相手が怖くなって殺してしまう。姉は不幸に堪える強さをもたない弟を責め、境遇に同情して減刑をもちかける街の人たちのヒューマニズムをもこばむ。姉に追い出された弟が街で撃たれて死ぬという、救いのない姉弟の物語である。

現実のある事件に想を得たというこの戯曲を表面的にみれば、貧困の極みに達した姉弟が偶発的な殺人事件によって悲劇的結末を迎える話である。ここに別役は盲目の女の奇怪な力をすべりこませ、おそろしいイロニーを弟に負わせる。

「あの子の中に、盗む勇気と壊す勇気と火をつける勇気ができた時、あの子にとって、盗まないで、壊さないで、火をつけないで、しかも逃げないで生活することが、大切になるはずです」

この作を執筆するとき、上原正三の絵のほかに念頭にあったのは柳田國男の「妹の力」である。それは古代社会にあった女の霊力を民俗学的に解き明かしたものだ。「いも」は女全般を指す言葉で、母、姉、恋人などを幅広くふくむ。思えば、別役はこの「妹の力」が現実の犯罪に働くさまにその後も注目し、戯曲に取りこんでいる。二〇一二年に発覚した角田美代子を主犯とする尼崎連続殺人事件を題材にした『あの子はだあれ、だれでしょね』（二〇一五年）はまさにそうした作であったが、『赤い鳥の居る風景』はその嚆矢となる戯曲だったのである。別役実式自動筆記はどうしても「姉」と「弟」の物語を探りあててしまう。「なぜだかわからないけれど姉と弟になる」と自身、深層心理を認めていた。

暗い怒りを帯びる戯曲を読んだあと、あらためて上原正三の『赤い鳥の居る風景』を図録でみると、街には火事を思わせる赤が炸裂し、上空のカラスは火に染まる貧しき人々の群れのようだ。不幸な「たましい」と「街」の物語が一枚の絵をきっかけにはじまるのである。

さて、画家を志していた十代の別役は詩や小説も書くようになる。柳町中学の三年八組は同級会をつくって「万年青（おもと）」という連絡誌を出していたが、卒業の翌年夏、第二号に『赤いセーターの少女』という小編を発表している。高校に進むと文芸班の出していた雑誌「いづみ」（第十二号）に三城実のペンネームで『足袋』という小説を書いた。

私は小笠原昌夫から「万年青」のコピーや古びた雑誌「いづみ」を借り受けることができた。『赤いセーターの少女』はバスのなかで起きたささやかなできごとをスケッチしたもので、思春期の自意識をさらりと切り取っている。けだるい空気につつまれた車内で男子学生に視線を走らせる少女が、消え入るような声で網棚に載せたリュックのなかのコートを「取って下さいませ？」と頼む。色や模様をめぐる会話があって、エンジのコートを取りだしてもらった少女はそれを着て席にもどった。学生が「もしもし」とやさしい声をかけると、少女はもっとやさしい声で「何ですの？」と答える。学生はこれほどやさしい口調があったのかと思われるくらい静かに「お礼は？……」

少女の甘ったるい自意識をばっさりと断つ、残酷さをはらんだオチがいかにも別役実風だ。一方の『足袋』はOこと小笠原昌夫をモデルにした青春小説である。まるでチェーホフの小編のような話だ。

主人公の「彼」は盆踊りの夜、白地に青い模様の細かく入ったゆかたを着た少女と一瞬眼が合った。少女は眼をキラッと光らせ、顔を伏せて歩いていった。「あの少女（ひと）だ」と彼は思い、過去に思いをはせる。少女は目鼻立ちのはっきりした、小学校の同級生だった。かつて少女の屋敷へ友達と劇の練習に出かけたことがあったのだが、彼はうっかり足袋を忘れた。引き返したものの、格子戸の前で怖じ気づく。格子戸を押しても誰も出てこない。少女がいるから、もどったのだと思われるのが嫌で、そのことをおそれた。誰にも見つからず足袋をもちだすと、駆けだした。「誰にも見つからなかった、誰にも……」と思いながら妙に悲しくなって、とぼとぼと家に帰った。

ときはもどって盆踊りの翌朝、彼は少女の家のそばを通った。すると格子戸を開け、白い服の女が現れた。彼女らしかった。彼は喜び、宿命的な縁を感じたが、二度とそこへは向かわなかった。

もしも彼がその後この坂を通って少女に会う事が出来なかったら、その日の出来事は単なる偶然になってしまう。

彼にはそれが恐ろしかったのでございます。

彼は毎朝、田の中の細い道を学校へ急ぎながら「丁度今、彼女は格子戸を開けたのだ」そう思うのでした。

（『足袋』）

淡い淡い恋の話を別役は夏休みに出かけた戸隠のバンガローで小笠原から聞きだし、小説にしたてたのである。あとがき風に「静かな夜であった。本当に、何か詩でも作れそうな夜であった」とふりかえっている。会って会話してしまえば、恋の平衡が壊れる。どこか父の憲夫を思わせるロマンチシズムに、別役ならではのイロニーが顔をのぞかせている。

高校二年の春には、この小笠原昌夫と二人だけの同人詩誌『河童』を出した。数人分のペンネームを使い分け、ガリ版で刷って旧友や女子校の文芸部で売ったら評判がよかった。入会希望者もかなり出て、第二号を翌年二月に出した。別役一家の住む長屋の向かいに二階建ての空き家があり、その物置部屋で二人は編集作業に没頭した。大陸の赤い夕陽や日々の思い出をつづった『満洲記』が別役の高校最後の作となった。残念ながら、その『満洲記』は見つからなかったが、少なくとも十代の別役の心に大陸の経験が少なからぬ痕跡を残していたとは想像できる。

小笠原は「時折りユラリとゆらめく炎と、それを取り巻く暗さ」を友に見いだした。

「彼は飛び抜けて大人っぽく、不思議なほど落ちついていました。家はとても質素な長屋でしたが、友達をつれてきて何でもないという感じでした。あからさまに反抗はしないんですが、反逆児っぽくて、体制に従順でない。気に入らないことを言ったりするとサーッと引くのがわかる。あっオレは軽蔑されてるな、と思わせられる。大学で演劇にかかわったと聞いて、びっくりしました。まるで、そういう感じのない人間でしたから。等身大の人で、中学の同級会で誰とでも打ち解けるので人気がありましたね。戯曲の登場人物はふだんと変わらない彼の姿が自然に描かれていると感じます。私は二浪が決まったあと結核にかかり、二年の療養を強いられました。彼の手紙に本当に励まされた。こちらが驚くほど心配してくれたのです。落語を考えたとネタを書いてきたり、六〇年安保の熱気のさなか全学連に同調すると消息を伝えてくれたり。優しさ満開でした。あるときには、この手紙は自分が有名になったとき価値が出るから、大切にもっておくように、なんて冗談みたいなことを書いていましたね」

病気で回り道をした小笠原昌夫は大学に進まずNHKに入って「新日本紀行」「シルクロード」「映像の世紀」などを手がける映像編集者となった。高校では絵や文芸だけでなく演劇班にもくわわり、文化祭で武田泰淳の『ひかりごけ』を上演している。その演劇班の先輩に、俳優となる二瓶鮫一がいた。高校時代の別役は演劇とはまったく無縁だったが、早稲田大学に進学したあと、この二瓶に声をかけられることになる。

別役と小笠原は清水栄一という、これも長野ではよく知られた文化人の主宰する柏与という英語塾にもかよった。そこには文学書が豊富にあり、別役は父も愛読したドストエフスキーを読みふける。

上原正三とともに恩師として名のあがるこの清水栄一はそのころ三十代半ば、もと旧制長野中学の英語教師で、終戦と同時に地元の柏与印刷（現・カシヨ）に勤めていた。のちに社長、会長を歴任、タウン誌の『月刊ながの情報』の創刊や長野市民教養講座の開講などを手がけた。清水の遺訓を受け、いまもカシヨという会社は文化支援に熱心な社風を保っている。清水は無類に面倒見がよく、お金をとらずに英語を教えるばかりか、印刷会社の校正などの仕事をあてがい、高校生にアルバイト代までくれた。

清水栄一のもとでドストエフスキーの読書会に参加し、『地下室の手記』などを味読していた別役は宮沢賢治をはじめ、キリスト教詩人の八木重吉、貧困と病苦のなかで孤独死した尾形亀之助らの詩を読みあさっていた。やがてプロテスタントの長野教会で聖書研究会に顔を出すようになる。ドストエフスキーの作品を深く理解するにはキリスト教を知らなければいけないと考えたからだ。そのころ七十代半ばだった小原福治牧師から聖書の講義を受けた。

小原もまた長野文化人の典型といえる名士であり、戦前の柳町小学校で校長をつとめた教育者である。戦時下にあって「柳町教育」といわれた自由主義教育を実践したが、時局の右傾化にともなって職を追われ、教会活動に専念する。『律法の彼方に』などの著書があり、面白い説教で知られていた。

小原牧師の説教は別役に消えがたい印象を残した。たとえば、モーゼの十戒についての講義で「汝、姦淫するなかれ」が話されたときのことだ。小原は「これはイロニーだ。人間とはどうしようもなく姦淫してしまうものだということを指摘したのだ」と説いたという。こうした考えをとれば、ドストエフスキーの『罪と罰』でナポレオンを夢想しながら、金貸しの老婆を殺すラスコーリニコフという存在もまたイロニーであろう。

そのような受けとり方をしたものだから、キリスト教に近づいても入信することは決してなかった。唯一絶対の神にぎりぎりまで接近し、けれどもそれを信じない。神をもたずに信仰家でありつづけること。どこにもからめとられない自由な「たましい」を求めること。キリスト教への接近をへて、別役はむしろ神からの追放者（堕天使）に自分をなぞらえ、救いなきイロニーに堪える絶対的な孤独をあえて選んだかにみえる。

それでも別役一家がキリスト教の祈りの空気のなかで暮らしていたことは確かなことなのだった。祖母のかずえもその娘メリーさんも熱心なカトリック信徒であり、ことに「日本の西洋」を象徴するような女性だったメリーさんは修道女になって神とともに生きた愛の人だったのである。敬虔で真摯なメリーさんに感化され、やがて母の夏子も姉の咲枝もクリスチャンになる。別役実ただ一人が外側にいた。

ささやかな食卓やお茶の時間は別役劇のおなじみの場面といえるが、そこにはいつも厳粛な祈りの気配が兆している。日々をつつましく勤勉に生き、祈りをささげて食卓に向かうキリスト教社会の庶民がその場に投影された。絶対者への眼差しが別役劇にはあるけれど、そこには必ずといっていいほど残酷な裏切り、脱出不能のイロニーが潜んでいる。

生真面目ともいえる長野の精神文化にひたった高校生の別役は、進路をめぐって心が千々に乱れた。芸術に殉じて生きたいが、食える職業を意識せざるを得なかった。中学時代からつづけていた絵画に未練はあった。ただ東京芸術大学は超難関で二、三年の浪人は覚悟しないといけないし、それだけのゆとりはない。長男として働かなければならないのに画家では食べていけないではないか、と親戚たちも反対だ。やはり父親のあとを継いで東京外語大学に入り、新聞記者にでもなろうかと考えた。ところが、不合格。一浪して早稲田大学の政治経済学部に進んだ。早稲田なら新聞記者になるにはちょうどいい。もちろん、このとき演劇のえの字もなかった。

ただ、漠然とした予感はあった。

「やっぱり絵は純粋な世界なんですね。あまりに純粋に美術一筋だとか、そういうのは自分には向かないのではないかという自覚があった。もう少し俗世間的に生きた方がいいんじゃないかと思ったんです。それで新聞記者というわけなんですが、早稲田に入ったら美術よりももっと食えない演劇なんかやることになってしまった。絵描きは自分ひとり食えないだけだけれど、演劇は親戚中食いつぶすじゃないかと言われたものです（笑）」

つかみどころのない謎を追って別役実への旅に出た私は、その人となりをあちこちで聞いてまわった。本人に「気持ちよくないですか」と尋ねたら「そうでもないよ」と答があって胸をなでおろしたものだが、たいそう迷惑な話だ。

感慨深かったのは人柄の誠実さとまじめさを愛する人ばかりだったということだ。「づくしもの」と呼ばれる一連のエッセイでは、虫やもののけや道具をいろいろあげて寺田寅彦ばりに論評しているが、多くの場合は真っ赤な嘘である。まじめな調子で書かれているからついつい信じてしまうが、やがてだまされたことが快く思えてくる。別役実的としかいいようがない、飄々としたユーモアが行間ににじんでいるからであろう。

別役はべたついたヒューマニズムを嫌った。一方でケセラセラ、なるようになるさ、と底抜けにのんきなところがあった。劇作家の身体感覚には残酷で暗い情念と、それを打ち消していく天性の明るさという、相反する性向がはからずも備わっていたようだ。

さて、あらためて別役の足跡を地名でたどってみよう。

新京（長春）、ハルビン、新京、奉天（瀋陽）、新京、コロ島、佐世保、高知、清水、長野、東京。東京に出てからは渋谷の円山町、目黒、東久留米、目黒、六本木、広尾、永福町、そして最後に阿佐ヶ谷。

一人娘、怜の通学を考え、五十歳を前に永福町に落ち着くまでどこにも定着せず、転々とした。定住することができない人生なのであった。

二〇一二年十二月、両国のシアターX（カイ）で演劇集団円によって上演された『魔女とたまごとお月様』は子供のための芝居だったが、別役実という劇作家の基層が表れた作でもあった。漂泊の魂をあつかっていたのである。孤独でいじっぱりな魔女がある日、卵からかえった雛のノンノを育てはじめる。母子ごっこをしているうち他人に無関心だった魔女に人への信頼という感情が芽生える。

「この作品では渡り鳥が本能的に渡らざるを得ない不思議さを書いています。本当なら、魔女のお母さんへの愛情から渡りたくない。渡りたくないんだけれども、体が渡ってしまう。本能と意志との違いといいますか。渡り鳥は不思議ですね、我々から見ると。生存率が低いらしいのに、渡っていく。ヒマラヤを越える鶴の話とか、渡り鳥の不思議さを私は好きなんですね。最近は鳥も横着になって越冬ツバメとか渡らなくなった鳥もいるらしいが、本来移動するのが生物なんだという感じがしないでもない。鮭なんかも里帰りするし、アフリカのサバンナでは動物が大移動しますからね。定着することによって文明が成立するけれども、それで人間が悪くなっている感じがしないでもない。放浪する人は人間の世界では差別される。それでも日本の場合は西行や芭蕉でわかるように尊ぶところもある。貴種流離譚というのがありますね。尊いものがよそからやってくると考える。日本人は世界的にも旅する回数が多いらしい。昔のお伊勢詣りとか。自分自身、満州から引き揚げてきてから定住しない、というより、定住したくないというところがありましてね、定住していると不安になってくるんですよ。五木寛之さんが根無し草とよく言っていましたが、根無し草の良さと根無し草の不安が私のなかに同居しているところがありますね。イスタンブールが好きなのも、根無し草を受け入れる街だから。あそこはビザンチンからオスマン帝国までの複雑な歴史があって、なんか寂しい感じがありますよね。言葉が通じなくても通用する。恥じる必要がない。そうしてみると、自分でも故郷がないと思いますね」

私は新聞の美術欄の取材でイスタンブールに二週間ほどいたことがある。古代ローマから初期のキリスト教、イスラム教までの宗教文化が地層のように街を形づくり、ヨーロッパでもなくアジアでもない無国籍の境界のような土地だった。バザールにまぎれこめば、白い人も黒い人も浅黒い人も黄色い人もいて、まさに吹きだまりに吹き寄せられた心地になる。別役はそんなイスタンブールの場末で薄暗い水煙草の店に入り、何をするでもなくたたずんでいるのが好きだったという。

潮の気配がどこにいても感じられる海峡の街はやはり風が強い。見晴らしのよいところに立てば、たった一人、ボスフォラス海峡の水に囲まれ、風に吹かれているようだ。そこは満洲の反対側にあるアジアの端だ。別役はあの海風をどんなふうに聴いただろう。

第四章　政治の季節

別役実のユーモアはそこはかとなくおかしい。誰も思いつかないようなことがその手からわきだし、玄妙な言葉がつむがれる。思いこみや盲点をひょいと突いて、読む者をクスリとさせる知的な遊びなのだ。別役の小話集は世にたくさん出ているが、そのなかに『当世病気道楽』という傑作がある。病気をひとつあげ、珍妙な解説をしたあと「教訓」が述べられる。別役実式教訓なるものを少し引いてみよう。

花粉症

花粉症が、異なる種同士の性的コミュニケーションの可能性を予感させるものであることは、今のところ誰にも否定出来ない。そして、そうである以上、当面少しばかりわずらわしいというだけの理由で、これを拒絶し、そこから逃避しようとするのは、生物としていささかわがままであるとのそしりを受けても、やむを得ないであろう。

喫煙症

「喫煙症」というのは、まだ公認された病気とは言えないのだが、喫煙行為そのものが「人間として本来あってしかるべきでないもの」と見なされる風潮の中で、喫煙者の側が敢てそれを「病気の一種」と宣言し、世間一般にもそう思いこませようとしているものと言えよう。つまり、そう思いこませた上で喫煙者は、「病気だからしょうがないじゃないか」と、開き直ろうとしているのだ。企みとしてはかなりアサハカであるが、それだけ喫煙者たちは追いつめられているということでもある。

（『当世病気道楽』）

エッセイだけではない。向かい合って話していても、ふいに笑いを誘うおかしな評言が混入する。別役が「べつやく」なのか「べっちゃく」なのかという話題になったとき、私はうかつにも「戸籍ではどちらなんですか」と愚問を発してしまったことがある。答はこうだ。「ま、カナふってないからね」

『虫づくし』という虫についての嘘八百をならべたエッセイ集に「なめくじに適量のヨウモトニックをふりかけると、ほぼ一ヵ月で毛がはえてくる。これが、けなめくじである」というくだりがある。ここまでは別役実式ユーモアとはいえない。しかし、警視庁では猥褻物取締法違反に問えないかどうか検討しつつある、となると怪奇な幻想の領域に入りこみ、まさしく別役実ワールドと化してくる。

早稲田の学生だったころ『ホクロソーセージ』という短編小説を書いたことがあった。本人によると、貧乏学生が行方不明になり、田舎から家族か誰かが捜しにくる。肉屋で働いていたことがわかり、探索するとソーセージにほくろが見つかり、その真ん中から産毛が生えていたことから、行方不明の学生だとわかる……という、とんでもない奇想であった。海外で人間をソーセージにした猟奇的事件があったと知って奇怪な短編にしたてたもので、むろん未発表である。

この話には異説があって、早稲田大学でともに演劇にかかわることになる演出家の鈴木忠志の記憶だとソーセージになるのは肉屋の女房である。原稿は鈴木がもっているとのことだったが、行方不明のままだった。いずれにせよ人を食った天性のユーモアが一連の不条理劇にはりついていることは、いうまでもない。

ふらふらと別役実への旅をつづける私がそんなことを思い返すのは、これから一九六〇年代の政治の季節に触れなければならないからだ。息が詰まるような政治論議と演劇とが隣り合わせにあり、観劇を終えると否も応もなくデモにつれていかれることもあった時代である。なかには政治の闇に沈んで明るい場所にもどれなくなった人も少なからずいた。

政治的なものに取りこまれずに演劇をつづけることは今日では考えられないほど困難だった。日本は共産主義社会ではなかったのだけれど、それでも政治的人間から自由意志の人間に移行することが必死に模索されたのである。別役実のなんともいえないユーモアが遊びのない政治的演劇を揺さぶったことはやはり記憶されていい。

さて、長野に住んでいた一家はだんだんと東京へ移ることになる。北京から引き揚げた祖母のかずえ、叔母のメリーさんが身元を引き受けた。かずえはイギリス人の英語教師マラバーと出奔するというスキャンダルによって高知の縁戚から放逐され、四人いた息子や娘とは離ればなれになっていたが、別役の父、憲夫とだけはよしみを通じていた。その縁でかずえ、メリー母娘と別役家の親交はつづき、東京暮らしの道が開けたわけである。

目黒にあった母娘の家を頼って妹や弟たちが一足先に上京した。一九五七年春、高校を卒業した別役と母の夏子が最後に長野をあとにした。夏子が渋谷のロシア料理店サモワールに職を得て、二人は円山町の本店にあった従業員宿舎で暮らしはじめる。円山町はその後ラブホテル街となるが、当時はまだ芸者の置屋もあり、さびれた三業地の風情だった。はじめ一家は目黒と渋谷に別れて住んでいた。

ロシア料理が得意な夏子の生活力にくわえ、満洲の交友関係がまたしても力を発揮した。サモワールの経営者は父、憲夫の満洲時代の知り合いだったのである。別役の回想によれば、サモワールには満洲のにおいが立ちこめていた。仮の宿とはいえ「ところを得た」という実感があったという。まだソ連の社会主義が多くの日本人に好意をもたれていたころであり、戦前のハルビンを知る人が昔味わったボルシチやピロシキを懐かしがって食べにくることもしばしばだった。

前章で触れたように別役は父にならって東京外語大のロシア語学科を受験したが失敗し、浪人生活を東京でおくることになる。サモワールは同じ渋谷の恋文横丁と日本橋に支店があり、夏子は恋文横丁、浪人中の別役が日本橋で働いた。日本橋勤務となった別役のおもな仕事は出前で、丸善の裏にあった店から近くの会社にピラフやボルシチを配達する。サモワールの店員はルパシカというロシアの服装をするのだが、その格好でビジネス街を歩くと異様に目についた。店が暇なときはロシア料理に欠かせないジャガイモの皮むきをした。店の横のどぶ川に蓋をした路地に椅子を出し、ルパシカを脱いで皮むきをしていると、そのときだけは気持ちが安らいだそうだ。

「レストランでコックになるためには、じゃがいもの皮むきから始めるんだ」とコックのチーフに言われて、私は別にコックになるつもりはなかったものの、「そうした人生」の片鱗でも理解しようとしてやってみたのであり、やってみるとなかなか手強いことを知って、続けることになったのである。私は、大学受験に失敗してアルバイトをしている浪人生ではなく（他の場面ではそう見てもらいたいと思っていたのだが）、田舎から出てきてコックの修業をしている若者として、あたかも平然と路地に坐っていることが出来たというわけだ。

驚いたことに、暫くすると私は、その路地に紛れこんでくる女や男を、その土地の者がよそ者を見るように、うるさそうに見上げることが出来るようにすらなった。奇妙な話だが、これが何とも言えない「快感」だったのであり、そこは居住地の渋谷ではなく日本橋だったが、その土地の「内側に入りこんだぞ」という気がしたのである。（『東京放浪記』）

満洲育ちならではの、よそ者が「街」に入りこむ感覚とでもいえようか。別役はそれを「内側に居直っている」感覚と書く。人間には「流れる者」と「住みつく者」の二種類があり、自分はやはり前者に属する種族なのだと東京で再認識することになった。

一九五八年春、一浪したあと早稲田大学の第一政治経済学部の政治学科に入った。そのとき二十一歳。ときをほぼ同じくして目黒に移る。

日英ハーフでブロンドの髪をした長身の叔母、メリーさんは良家の子女を教える家庭教師のような端然とした雰囲気をもっていた。英語とフランス語に堪能でタイプライターもできたから、進駐軍のエビス・キャンプで好待遇の仕事をしていた。中目黒にあったキャンプはもと海軍技術研究所だったが、敗戦後に接収され、イギリス連邦軍（オーストラリア軍）が駐留していた。いまは航空自衛隊の幹部学校や陸上自衛隊の駐屯地になっている。メリーさんの家はキャンプから遠くない下目黒にあった。目黒駅から権之助坂を下り、目黒川を渡って左に曲がった谷底のような地だ。

終戦からほどなく建てられたその家はごくふつうの二階建てだったが、トイレだけは一風変わってそのころ珍しい洋式であった。くみ取り式ながら、便器は大工に特注した木製の洋式便座なのだった。遊びにきた友達が面白がって用もないのにのぞきにくることもあり「ベッヤク君のトイレ」として有名になった。一階の居間と寝室が洋室で、別役は二階の六畳和室に居候した。一階の四畳半に画家の卵が下宿していたこともある。

一家はそれからも渋谷と目黒に別れて住んでいたが、誰がいつどちらに住んだか、いまとなってはよくわからない。別役自身はサモワールの従業員宿舎だけでなく、その後抽選にあたった東久留米の都営住宅に母と住んだ時期もあるが、ベースはあくまで目黒のメリーさんの家であった。目黒の部屋の空き具合や姉妹たちの就職によって組み合わせがそのつど変わったようだ。母の夏子は旅館の手伝いや保険の外交員をして家計を支えた。

メリーさんの家では食べ物も飲み物も万事が洋風であった。ちなみに別役一家の食卓もハルビン暮らし以来、洋風となってパン食であった。それで転居のたび、おいしいパン屋を探し求めるのがならいとなる。戯曲に頻出するお茶の時間はチェーホフ劇に出てくるサモワールの風景を思い起こさせるものだが、大陸の洋風文化やメリーさんの家に流れていた空気がそのまま投影されていた。

かずえもメリーさんも熱烈なカトリック信徒だったから、柱には十字架がかかっていた。朝はお祈りからはじまる。その影響を受け、別役の姉や妹たちは日曜日になると、ともに教会にかようようになった。母の夏子も亡くなる前、カトリックに入信しているが、長野時代に聖書研究会にまで入っていた別役だけは教会に行かなかった。彼は生来絶対なるものを信じない、救いなき世界を生きるたましいの漂泊者なのである。

娘の稼ぎで建てた家で悠々と暮らしていた祖母のかずえはイギリス人の男と日本にいながら西洋文化にひたった人だから、明治生まれとしては異例なほど垢抜けていた。美人ではなかったというが、頭がよく、誰としゃべっても歯切れがいい。目黒では時々出かけては賭け麻雀をしていた。大変な達筆で、手紙は立て膝ついて巻紙に書いた。留守中にとどく友達の手紙を勝手に読んで「これは蚊の鳴くような字」とか「これは字じゃなくて記号だね」とかいって批評するものだから、別役はやりきれない思いをさせられた。が、その最期については「かわいそうだったんだよ」とふりかえり、哀惜の念を隠さない。

一九六〇年代はじめのことだったろう、波乱に満ちた生涯をおくったかずえは交通事故で命を落とす。

権之助坂下で車にひかれた。別役は車道の向かいにある質屋によく行っていたのだが、横断歩道がなく、権之助坂を下りてくる車で何度も危ない目に遭っていた。事故の懸念が現実になった。病院に搬送されたかずえは一命をとりとめたものの助からなかった。母娘ともにカトリック信徒だったゆえ土葬をのぞみ、別役は許可を得るのに奔走した。

残された独身のメリーさんはどうしただろうか。谷崎潤一郎の末弟が少女のころ「怜悧」と評していたように生真面目で礼儀正しい人だったが、母かずえの死後、俗世を捨て神と生きる道を選んだ。千葉にあった修道院の施設に入ってシスターとなり、最後は兵庫県明石市の修道院で命を閉じた。別役の童話の熱心な読者で「実さんの童話は人が死にすぎる。人が死なない話を書いて」と頼んでいたという。

修道女となったメリーさんに別役は何度か面会しているが、多くは語られない。ただ高知の土着的世界から放逐されたかずえ、メリー母娘の支えとなったのは強いキリスト教信仰であり、そのことが大陸に夢をいだいた憲夫、ひいては流浪する別役一家に精神的感化を与えたことは疑いないのである。

かずえもメリーさんも近代日本にあって、日英のはざまに生きた「流れる者」だった。故郷を喪失し、土地にしばられないコスモポリタンの生を支えるものは精神の領域にあり、神に祈る声がその証となったに違いない。ちなみに『メリーさんの羊』という戯曲があるが、修道女となったメリーさんとは直接には関係しない。

一九六〇年代、このメリーさんの家には早稲田の演劇仲間や友人たちがしょっちゅう訪ねてきて泊まり場所ともなった。夏子の手料理や朝のパンが楽しみだったという話を随分耳にした。来客は玄関から入らず、庭からいきなり入ってくることも多かった。

珍客のひとりに暗黒舞踏の創始者、土方巽がいた。演劇人にも多大な影響を与えた伝説的舞踏家である。目黒には土方が本拠としたアスベスト館というアトリエがかつてあった。私も一九八六年、土方没後に弟子たちが開いた追悼舞踏の会を観にいったことがあるが、ひんやりとした板張りの稽古場のようなところだった。はじめ別役は知り合いにつれられ、その館へ遊びにいった。土方から「弟子が入ってきたら、まずデタラメを踊ってみろと言うんだ」とやおら聞かされ、面食らっている。

「わかるだろう、人間というものは、どんなにあがいてもデタラメを踊ることはできない」

それからというもの、奇怪なイメージを投げかける土方は幾度か目黒の家にやってきた。夜中に木戸を通って奥の居間にいきなり入ってくることもあった。篤実な別役を気に入っていたのだろう。あるとき、出身地である東北の飢餓について話した。

「自殺者が出るんだが、そいつらはみんな、高圧線にぶら下がって感電死するんだよ」

回想記『東京放浪記』にある話だ。

『スパイものがたり』で舞台づくりをともにしたフォーク歌手、小室等は一度だけ、このしもた屋風のメリーさんの家を訪ねたことがある。一九六九年か七〇年のことだ。編集工学を唱導した著述家、松岡正剛につれられていった。先客に土方巽がいた。テーブルの上に一升瓶があり、酒を飲まない別役、松岡を尻目に小室と土方がさしでやりはじめた。土方の話はまるで詩だった。

小室等はそのときの訪問の日にちをはっきり覚えていないが、松岡正剛の編集企画の一環ではあった。早稲田の学生新聞を編集していた松岡は学生劇団に出入りし、別役とは旧知の間柄だった。その後編集にかかわった高校生向けの読書新聞（the high school life）で「六文銭挽歌集」なる連載企画を手がけ、小室等のオリジナル作曲譜集を載せることにしていたのである。その第一回が別役実の「ヒゲのはえたスパイ」であり、一九七〇年四月、その曲をもとにミュージカル『スパイものがたり』ができる。

ちなみに六文銭挽歌集の詩のなかには、唐十郎が『少女仮面』の劇中歌に用いた「ひなまつりのうた」や大岡信の「私は月には行かないだろう」があった。唐十郎の状況劇場には小室等の音楽が欠かせないものとなっていったし、クラシック音楽からも林光、一柳慧らが演劇活動に足を踏み入れていた。美術家の横尾忠則、平野甲賀、宇野亜喜良らもポスターや舞台美術で活躍した。

一九六〇年代から七〇年代にかけ、演劇人の家は芝居を核に何かがはじまる場所でもあったのだ。打ち合わせやあいさつなどで人の家を訪ねることがまだ日常茶飯事だったから、じかに相対して出会っていたのである。メリーさんの家は住まいであると同時に出会いの舞台でもあった。

小室等本人の言葉でふりかえっておこう。

「あのとき初めて別役さんに会ったんだったかなあ、そうかもしれないですね。曲を作ったということもあって、松岡正剛さんに別役さんの家に行きましょうと誘われて行ったんだったかな。先客に土方巽さんがいるのをまったく知りませんでした。家に入っていったらね、いたんですよ。一升瓶が置かれていた。別役さんは飲めないし、松岡さんも飲まない。まだ口が開いていなかった。土方さんが待ちかねたように『あんた、酒は飲まれますか』と訊くので『まあ、ほどほどに』とお答えした。『じゃ、飲みましょう』となって、湯のみ茶碗でふたりで飲みながら、問わず語りに土方さんが話をする。伝説的な土方さんが磔(はりつけ)になる舞踏は観ていましたが、肉声は知らない。その土方さんが目の前にいて、ほとんど別役さんがどういう様子だったかは覚えてない。たぶん余り話さなかったんじゃないか。あとで土方さんのオハコのネタだとわかったんですけれど、土方さんが秋田弁でこういうことを語るんです。『あーたねえ、私は私の背中で死んだ姉を飼ってるんですよ。その姉がですね、ある日突然、背中で転ぶんですよ。姉が転んだとき私はね、すっくと大地に一本足で立ちすくんだ。それが私の舞踏です』

なに、コレー！　衝撃的でした。土方さんはすっと飲んでいた。『あーた、歌うひとなんでしょ、歌ってみてください』といわれて、でも気後れしちゃって、童謡みたいなものを歌った。そしたら土方さんが言った。『あなたの歌もいいけれども、あなたの顔の方がいいですね』。これは歌が良くなかったんだなと思った。家に帰って鏡を見て、ヒゲをはやした自分の顔がいけないんだと、その晩ひげをそりました。別役さんの『ヒゲのはえたスパイ』と僕のヒゲ？　まったく関係ない。最初に歌詞をいただいたとき、別役さんにはまだお会いしてませんから。たぶんその歌が『スパイものがたり』の音楽を僕に依頼する理由の一つになったはずです。

家はちょうど坂の途中にあった。僕の曖昧な記憶のなかでは薄暗がりのなかで、土方さんの話を聞いた感じです。床は土間だったんじゃないかなあ。生活空間ではなかったですね。家に入ったとたん異空間で、いかにも別役さんが設定した場という感じがした。別役さんの家に行ったとき、そういうことが起こるということがね、意外でもなんでもなくて、まるで別役さんが書いたホンを土方さんが演じてでもいるようでしたね」

目黒の家はメリーさんが家を出たあと、別役一家に託された。満洲から転々としてきた家族の貴重な寄る辺であった。一九七〇年に別役は女優の楠侑子と結婚することになるが、その際もこの家に居間と台所を増築して新居とした。けれど、思い出深きメリーさんの家の運命ははかなかった。建てかえに際し「よくわからない詐欺のようなこと」に巻きこまれ、失ってしまったという。

話を早稲田入学にもどそう。新聞記者になるつもりで門をくぐったはずが、キャンパスで思いがけず長野時代の知りあいに出くわし、運命が劇的に変わるのである。声をかけてきたのは長野北高校の先輩、二瓶鮫一だった。学生サークル劇団の名門、自由舞台に入っていた二瓶は新入生を勧誘していたのである。たまたま高校の後輩が目の前を通ったのを見つけた。背が高いから目立ったのだろう。二瓶はテレビの『水戸黄門』の悪役や舞台の名脇役として知られ、のちには別役劇を演ずる常連ともなる。ひょんなことから演劇人生が始まった。それまでは演劇になんのかかわりもなかったのに授業に出るまもなく熱中する。同期にはチュウこと鈴木忠志、オノちゃんこと小野碩(ひろし)がいた。別役を入れて劇作家、演出家、俳優という関係で早稲田小劇場（その後SCOT）を旗揚げする三人だ。

鈴木はやせぎすの別役に最初会ったとき「カマキリみたいな男だ」と思ったという。学生劇団はサークル活動だからふつうの学生は四年すれば引退する。演劇の道に進むなら、俳優座、民藝、文学座の三劇団をはじめとする既成劇団を受験するのが順当だった。ところが彼らは学生OBによる新劇団「自由舞台」をつくり、それを母胎に一九六六年、早稲田小劇場を結成することになる。

別役は入学から二年で中退する。正確にいえば授業料未納による抹籍だった。奨学金と家庭教師のアルバイト代をあて学費（別役の記憶では年間三万六千円）を一年払ったが、授業に出られないほど忙しいから単位はとれない。二年目から授業料も納めなくなり、新聞記者の道も早々とあきらめた。

大学生活は演劇とデモに明け暮れ、あっけなく終わった。ときあたかも六〇年安保、日米安全保障条約に反対する空前の大衆運動が広がっていた。新劇団「自由舞台」と早稲田小劇場には中退したあと、働きながらかかわった。

六〇年安保は演劇青年たちにとって精神的な流浪の季節であった。のちの鈴木は早稲田小劇場で人間の深奥の言葉を照らしだす前衛劇を追求し、世界的な名声を博する。小野は人間の孤独を体現できる優れた俳優だったと語り継がれるが、自ら命を絶ってしまうことになる。別役は小説か詩を書いて生きていこうと思っていたのだが……。

別役は偶然の入団をよく覚えていた。

「自由舞台に入ったのは偶然です。二瓶鮫一さんという長野北高校の先輩が入学式の日に、大隈重信の銅像のあるところで机をすえ、新入生の募集をしていた。おいおい、と呼びとめられた。お前、背が高いから役者やれよ、と誘われた。それで入っちゃった。入ったときは芝居をそんなに熱心にやるつもりはなかった。ほかに現代文学研究会というのにも入ったんですが、自由舞台というのは束縛がきつくてね、あっという間に巻きこまれてしまった。それまでは全然、演劇青年ではなかった。高校時代に二瓶さんが劇団をつくっていて、飯沢匡のおとぎ話みたいな芝居を観たことはある。どちらかというと、演劇は幼くて子供っぽい遊びみたいな感じがしていたんです。

自由舞台では最初の年に勉強会があって、そのとき全員役者をやる。僕もやった。下村正夫さんがチェーホフの短編を劇化した喜劇でした。将軍と花嫁が出てくるんですが、僕は将軍をやった。批評会でこちらの顔がゆがむほど糞味噌に言われました。あれは独り芝居だとかね。それで役者はあきらめた。あとは下級生の勉強会につきあって民話劇『三年寝太郎』だったかをやったけれど、役者としては勉強会だけ。向いていないと思わせられた。自意識過剰でした。アルバイトで家庭教師をやっていたから、学生としては珍しく背広をもっていた。それを着ていたら、お前、背広もっているのかとおどろかれ、制作にまわされた。切符を売ったり広告をとったりする役です。芝居の現場からは若干はなれた、そっちへ回されちゃった。広告取りが一番の思い出ですね。満映にかかわった親父の関係をたよって東映か何かの広告を八重洲の裏に取りにいったりした。自由舞台には社会科学研究会とかいろいろな研究会が内部にあった。典型的な左翼劇団でしたからね。

早稲田にはそのころ確か七つ劇団があって、自由舞台と劇研（演劇研究会）が大きかった。劇研にはのちに世田谷パブリックシアターの館長になる永井多恵子さんがいた。美人だったから、花形スターでした。アーサー・ミラーの『るつぼ』なんかやっていたな。自由舞台はガチガチの左翼だったので汚い芝居ばかり、労働者がいっぱい出てくるんだけど美人なんか少しも出てこないんですよ。当時の大学生はほとんど社会主義だから劇研にも左翼色はありましたが、自由舞台に比べてはなやかでした。そこへいくと自由舞台は政治運動や討論会を盛んにやる男っぽい劇団でした。

自由舞台は新入生だけで百人も入りました。入った最初の年にやったハウプトマンの『織工』という芝居なんか登場人物が百二十人のものすごい芝居、職業劇団でもやれないような舞台でした。大集団です。渡辺浩子さんとか秋浜悟史さんとかは僕らの四年上かな、僕らが入ったときはもう卒業していましたが、時々くる。まるで天皇陛下みたい。渡辺浩子さんは怒って役者に弁当箱を投げつけたとか、蹴ったとか、伝説が語られていた。今日は渡辺浩子先生がいらっしゃいますとなると、皆ウワッと緊張した」

私は別役が先輩に声をかけられ、自由舞台に誘いこまれた話を聞いて、五木寛之の大河小説『青春の門』を思い起こした。筑豊から上京し、早稲田に入った主人公の伊吹信介はひょんなことから演劇青年緒方と出会う。労働者や農民を目覚めさせる演劇活動をしようと緒方について北海道まで行くが、挫折する。『青春の門』は六〇年安保前夜、演劇と政治のただなかで生きる青年のありようを生々しく映しだす小説だった。別役より五つ年長の五木も数か月自由舞台に在籍したことがあり、小説にはその経験が反映されていた。

新劇運動の草分けだった坪内逍遥ゆかりの早稲田はなんといっても「演劇の早稲田」である。文学部に演劇科をもち、演劇博物館もあって、昔もいまも学生演劇の一大拠点だ。別役が入学した一九五八年といえば、まさに六〇年安保前夜。戦争によって上の世代が退場していた日本は、大学生の早熟な活動がそのまま社会に受けいれられる時代を迎えていた。自由舞台も玄人はだしの学生劇団だったのである。失われたときを求めて別役実への旅をつづける私はその演劇体験に近づくため、ちょっぴり回り道をしよう。時計の針はいったん戦後間もないころにもどる。

新劇はもとをたどれば、旧劇（歌舞伎など）に対して新しい演劇を打ちたてようとした明治大正の演劇運動であり、坪内逍遥と島村抱月の文芸協会、小山内薫と二代目市川左団次の自由劇場がそのおこりだった。イプセンやストリンドベリらのセリフ劇が近代的な対話劇を日本で確立するお手本ともなった。関東大震災後の一九二四年にできた築地小劇場が拠点となるが、プロレタリア演劇が盛んになるにつれて分裂し、戦時中は治安維持法のもとで厳しく弾圧された。いじめ抜かれただけに敗戦直後の復活は「奇跡的」とか「不死鳥のような」とたたえられたのである。

私は抵抗の精神をもちつづけた詩人、宗左近のもとへ晩年よく出入りしたが、ある酒席でどういうわけか演劇の話になったことがある。戦争が終わって最初に復活した芸術活動が演劇であり、それがいかにまぶしく見えたかを教えられた。

「文学なんかより、よほど演劇の方が先だった。他の芸術にかかわる者たちが戦争のショックでうちひしがれているなかで目立っていた。皆が競って観にいったものですよ」

文芸評論家の奥野健男が『現代日本戯曲大系』の第一巻に寄せた解説は、そんな宗左近の見方を裏づける。一九七一年の記述だ。

ながかった破滅的な戦争が終って、廃墟の中に新文化の胎動がみられはじめたとき、〝新劇〟の復活ぐらい、人々にとって輝しく感じられたものはなかった。新劇は自由と平和の時代の到来を象徴するものであり、民主主義（デモクラシイ）、民主革命へのこれからの日本の新文化を象徴するもののように感じられた。（中略）不思議にも文化や芸術への欲求は今日よりも熱烈だった。芋のつるやかぼちゃの花で飢えをしのぎながらも、映画や芝居を見、組合や文化運動に熱中した。
（奥野健男『現代日本戯曲大系』第一巻解説）

戦後の新劇は時代の寵児になった。浅利慶太、山崎正和、寺山修司、蜷川幸雄、清水邦夫、別役実、鈴木忠志、太田省吾、佐藤信ら一九六〇年代の演劇を牽引した演劇人たちは敗戦後に到来した「演劇の時代」の余熱を受け継ぎ、世に出てきたといえる。というより、六〇年安保へと流れこんでいく「演劇の時代」がなかったら、彼らの多くは芝居の世界に入ってくることさえなかったのではないか。

戦中戦後から一九六〇年代まで、演劇は政治と密接にかかわって展開した。いまとなっては戦後の日本共産党が文化各界にどれほどの影響力をもっていたか想像するのはたやすくないが、劇団前進座の座員が集団入党し、高校生だった山崎正和が党員になった（その後、反左翼に変わる）ように、ほとんどの青年や文化人は社会主義革命に幻想をもち、党に畏敬の念をもっていた。

戦後の革命幻想はいわゆる五五年体制（与党の自由民主党と野党の日本社会党という均衡）による政治の安定によって終焉に向かい、つづく六〇年安保闘争の「敗北」（条約の自然承認）で打ちくだかれた。別役が自由舞台に入った一九五八年は六〇年安保をきっかけに日本共産党の学生劇団支配がついえる間際のことだった。

一九六〇年代演劇と呼ぶべきものがあるとするならば、それは政治で燃焼しきれなかった革命的エネルギーが形づくったのだという指摘がある。寺山修司は「あの時期の活動の中で、なんかが変わるという幻想を持ち続けていた人っていうのは、映画や、演劇にそれを引き継いでいったのではないかと思いますね」（扇田昭彦編『劇的ルネッサンス』）とふりかえったものだ。人間のたたずまいも作品の基調も物静かな別役実とて、同時代にあって例外ではなかったのである。

長野では思索的な日々をおくっていた別役だったが、自由舞台に入ったとたん激しく振りまわされる。入団早々の一九五八年春に上演されたゲルハルト・ハウプトマンの『織工』は学生劇団としては空前の群衆劇だった。ドイツのシュレージェン地方で起きた機械破壊の暴動を題材にした労働者の演劇である。はじめて体験する演劇の現場として強く胸に刻まれたが、おかしいことに「嫌で嫌でしょうがなかった」というのである。

大作ゆえセットが六杯か七杯もあり、くる日もくる日も肉体労働で「これが演劇活動かよ」と内心でののしっていた。背広をもっていたので制作にまわり、ポスターの広告取りに会社まわりをする。学生演劇のひとりよがりな立場を思い知らされ「絶望的な仕事」をつづけた。「今回はおつきあいできませんね」と相手の会社にいわれると「ごもっともです」と素直に思えたという。

セット六杯となると場面ごとにセットを六度も作りなおす。転換稽古を何度もやったはずなのに本番で幕間に三十分もかかってしまったりする。あきれた客が帰りはじめる。そこで別役たち制作の出番となり「まもなくはじまります」と必死に引きとめる。舞台監督に「あとどのくらいですか」と訊きにいくと「もうすぐです」。もどると「もうすぐじゃわからん、あと何分か訊いてこい」と怒鳴られる。

こうした体験をした後、ようやく開幕のベルを鳴らすことが出来、ゆっくりと次の幕が始まるのを眼のあたりにすると、芝居といら奇怪なしろものが、ごそりと動きはじめたような気がするのである。これは展開される芝居の内容とは関係ない。役者の上手下手とも関係ない。舞台上の美術や効果音とも関係ない。芝居そのものに対する感じ取り方である。（中略）

芝居をなりわいとし、そのことに熱中すればするほど、それが演劇という特異ないとなみであり、その存在自体が、もしかしたらそれのみが、あらゆる内容を超えて目的であるということを忘れがちである。つまり、「いい芝居だったよ」というほめ言葉以前に、「芝居だったよ」という確かめがなくてはならないのであり、私の場合、『織工』にはそれがあった、ということである。

（「芝居だった芝居」）

記録集『早大劇団・自由舞台の記憶　1947―1969』に寄せられた文章である。嫌で嫌でしかたなかったのに、なぜ辞めなかったのだろうか。

別役は演劇というものの「得体の知れなさ」をあげ、そこに魅力を感じてしまったと述懐している。画家志望をあきらめた理由に「絵は純粋な世界で、それ一筋は自分に向かない」という直観があった。望まずして演劇の道に入ってみたら、俗世間的なあれこれを呑みこみつつ「ごそりと動きはじめる」魔力にとりつかれてしまったのである。

舞台『織工』では加藤剛、中野誠也、二瓶鮫一らが学生とはいえ役者としてはじめて存在感を示し、新入生の鈴木忠志も出演した。二歳下の鈴木は清水の江尻小学校で別役と偶然一緒になっているが、そのときは面識といえるほどのものはなかった。自由舞台にはチェーホフがやりたくて入ってきたのだが、こちらも仰天している。

扇田昭彦編『劇的ルネッサンス』の別役実、鈴木忠志の項や『早大劇団・自由舞台の記憶　1947―1969』をもとにたどると……。

『織工』で鈴木が演じたのは一人の労働者であった。暴動に際して飛び出していったが「眼がちがう」と怒られた。飢えた労働者の眼を実地に見てこいといわれたが、どうしていいかわからない。劇団員に崇敬されていた先輩、秋浜悟史が観にきたが、もらした感想は手厳しかった。

「ほとんど文学の香りを感じない舞台というのはこんなものだろうな」

小林秀雄や福田恆存に傾倒していた文学青年の鈴木は劇団のなかで反動あつかい。なんでメーデーのデモに行かなきゃいけないのかと総会で騒ぎ、自由参加にもちこんだ。「チュウには困ったなあ」と左翼系の先輩たちがため息をついた。

従順でない鈴木はその後、木下順二の『赤い陣羽織』で殿様（加藤剛が演じた）の浮気の手引きをする子分役をやらされる。新島のミサイル基地反対闘争に随伴する地方公演だった。鈴木によれば自由舞台の演技理論はこうだ。肯定的人物の「貫通行動」に対し、その動きをはばむ否定的人物の「反貫通行動」がある。そのせめぎあいがドラマで、目指すべき未来社会をになう貫通行動を背負える人間にならなくてはいけない。当時支配的だったスタニスラフスキー・システムの演技理論を社会主義実現の道程として強引に用いていくやり方だった。それで問題児に否定的人間を演じさせ、意識を高めさせようとしたのだと鈴木は受けとる。結果、役者から演出家に転じた。

さすがに名門だけあって、自由舞台から演劇の道に進んだ者は少なくなかった。別役の先輩には劇団民藝から新国立劇場の芸術監督に転じた渡辺浩子だけでなく、同じく民藝の演出家だった内山鶉、劇作家で演出家のふじたあさや、秋浜悟史、文化座の演出家になった貝山武久、カナダ演劇の紹介に努めた翻訳家の吉原豊司らがいる。俳優を指折れば、俳優座の加藤剛、中野誠也をはじめ山口崇、大和田伸也、風間杜夫らの名が挙がる。

自由舞台を母胎とした劇団としては小劇場運動を牽引した集団の一つとなる早稲田小劇場が有名だが、先んじてふじた、秋浜がつくった劇団三十人会というのもあった。演劇評論家から岐阜県の可児市文化創造センター館長になった衛紀生も劇団末期の部員だ。

私が別役を自由舞台に引きこんだ二瓶鮫一に会ったのは二〇一三年六月、二兎社が『兄帰る』（永井愛作・演出）を上演していた東京芸術劇場シアターウエストの楽屋だった。終演後、芝居そのままの飄々とした語り口で別役との縁を語ってくれた。

「僕の一年後輩です。長野北高校でＮＨＫに入った小笠原昌夫という共通の友人がいました。別役は芝居っけがなくて、自分でも役者は向いてないと思っていた。自由舞台なんかに引っ張り込まなければ……。高校時代から背が高く、近寄りがたい雰囲気でしたが、話してると面白い。哲学者だからね、やっぱり奥深いんですよ。僕は友達が自由舞台にいたんで入ったんですが、入ってみたら仲間はとても良かった。映画プロデューサーになった岡田裕とかね。『12人の優しい日本人』の製作会社の社長です。

秋浜悟史という本当に尊敬できるすごい人がいて、僕が三十人会に行ったのは秋浜さんについていこうと思ったから。あのころは一年二年違うと色合いがぐっと変わる。僕は加藤剛、中野誠也と一緒でした。次の年が鈴木忠志、別役実、小野碩、鈴木両全。小野はいい役者でしたあ。僕はもう左翼が好きじゃないけれど、あのころ学生劇団は大体左翼で自由舞台は特に。別役も左翼的な活動をやっていたが、政治的ではありません。彼は最初に小説を書いた。おかしな小説で内容的にはふざけていて不思議な話でした。長野時代の話も何かあったんだけれど、覚えてないですねえ。だいぶ月日がたってから長野の旅公演で一緒になり、タクシーに乗っては、ほうぼう歩いたことがある。自分はここに居たんだとある場所を案内してくれた。もう建物はなかったんですが、古い井戸があったなあ。別役ね、あれはいい男です。なんか人間が一つ上ですね、なにをやっても。人を悪く思わないでしょう。やっぱり、あの大きさは満洲時代につちかわれたんじゃないかしら。日本の自然環境からはアレは出てこない」

二瓶もいうように別役には芝居っけがなかったから、役者失格なのは仕方なかった。だから絵の特技を生かしてポスターを描きつつ、制作にまわって切符を売っていた。三歳下でのちに東急文化村の社長になる田中珍彦が早稲田の演劇科にいて、猿という演劇集団（テレビ「仮面ライダー」の脚本家になる江連卓がいた）で切符販売に能力を発揮し、そのままプロデューサーの道に進んだことが思い起こされる。だが、別役は七十円だった入場料を薄利多売でいこうと五十円に値下げして大赤字を出してしまったことがあり、どうにもセールスの才はなかった。

さて、別役と鈴木には共通のガールフレンドがいた。文学部演劇科にいた自由舞台同期の川上正沙子である。旧姓が栗木だったからクリと呼ばれていた。東京の原宿に実家があり、高校時代から知り合いのつてで自由舞台に出入りしていた。学生運動がやりたくて早稲田に入り、自然と自由舞台に入ったという。二年上で著名なコピーライターになる川上嘉瑞と結婚し、雑誌編集者を長くつとめた。

なにしろ別役実という人は余計なことを口にしない。なにか青春にふさわしい話はないだろうかと尋ねまわっているうちに出会い、阿佐ヶ谷駅前の喫茶店で楽しいおしゃべりをした。二〇一四年十一月のことだ。『早大劇団・自由舞台の記憶　1947―1969』の編者の一人である。

当時の感覚をたどりたいからクリと記すことにするが、その思い出話に頷くうち、演劇の道に入った（入ってしまった）別役は詩人なのだなと改めて思い知らされた。

クリの誕生日が近づいたときのことだ。別役は訊いた。

「プレゼントあげるけれど何がほしい」

なにを思ったかクリは、

「お地蔵さんがいい」と答えた。

「わかった。でも、お地蔵さんがなかったら白い犬の骨でいい?」

誕生日は一月三日。年賀状に「白い犬の骨は何処にも無いのですよ」と書いてあった。小野碩とともに鈴木忠志の清水の実家に遊びにいったあとのことで、海岸でひろったのか、その前からもっていたのかよくわからないが、クリはそれにリボンをつけ、部屋の天井からぶらさげていた。

その後、親と住むクリに鈴木忠志が金を借りにきたとき、別役の手紙をもってきた。

「近いうちにお地蔵さんをとどけます。忠の借金のカタにしてください」

クリが感心したとおり、別役の発想はいつも詩的だった。実際、詩を一生懸命に書いていた。貸してくれたノートを読むと面白いのだった。たとえば、こんな話があった。

誰かと誰かが歩いていると血が地面に落ちている。なんの血だろう。一人がキリンの血だと言うと、相手も「そうだ」と返した。二人は友達だった……。

のちに童話作家ともなる片鱗がこのころからあった。言葉遊びにもとても敏感で、大型画面のシネマスコープはシマネコスープ、鉄筋コンクリートはテッコンキンクリートって本当は言うのよ、とふざけると、別役はその話がおおいに気に入って詩を書いた。

青年が女の子を肩車して塀のそばを通ると女の子は足で指して「ここ、ここ」という。そこには穴があって、のぞいてみると、シマネコスープと書いてあった……。

別役は「この詩を物語にして写真を撮って、日宣美に出そう」とうれしそうだった。当時、日宣美と略称された日本宣伝美術会の作品公募は新人デザイナーの登竜門といわれていた。結局、出品しなかったが、別役は意表をつく自分の発想をなんとか生かして世に出たいと思いはじめていたのだろう。

こんなふうに詩的な別役だったが、いざとなるとシンの強さをみせた。自由舞台の総会でも発言はきっちりしていた。あからさまに政治的な発言が出ると、そうではない、ドストエフスキーはこう言っているというように文学的に意見を表明していた。

クリは一年先輩の女優のため、代わりに試験に出たことがある。ところが、それが露見した。大学からはがきがきて、親と一緒にこいと呼び出しを受けたが、母は「大学生にもなって」と怒って行こうとしない。雲行きを心配した別役が「どうした」と訊いてきたので、すっかり事情を話した。

「じゃあ、僕のお袋に頼んでやる」

「嫌だ、申し訳ないし、知らない方だし」

「じゃあ、僕が行ってやるよ」

別役はクリの従兄弟になりすますことにした。二人で文学部長の部屋を訪ねた。

「栗木です。このたびは大変すみませんでした」

文学部長が別役を見やって「この人は誰？」と尋ねると、別役が口を開いた。

「友達です」

クリは焦った。打ち合わせと違うじゃない！

すると、別役は平然とつづけた。

「僕たちは事情があって独立しています。今回、親が出てくる必要はないでしょう」

ものおじせず言い放ったのだった。厳格さで知られた文学部長は顔色を変え、

「出直してきなさい」

クリは後日、本物の従兄弟をつれて再度謝りにいくはめになった。

自由舞台での別役はなにより美術の手腕で一目おかれる存在だった。クリは部屋が新しく建て増しされたとき、白い壁に「壁画かいて」と頼んだことがある。別役は「いいよ」と請け合って、ベニヤの板

一枚くらいのスペースにクレパスで何時間もかけ、抽象的な女の顔を描いた。グリーン、ブルー、黄色といろいろな色を組み合わせ、長い髪の顔を表していた。クリはお礼に当時まだ珍しかったフレンチトーストを作った。それからしばらくたって、別役と鈴木がそろって遊びにきたとき、二人は別の壁にそれぞれの詩をならべて書いた。

「いたずら心を起こして、別役さんに電話口で訊いたことがある。『ちょっと訊いておくけど、あなたお嫁をもらうなら、私をもらうでしょ』って。そしたら『そりゃそうだけど、僕は芸術家だから結婚しないよ』というの。それだから楠侑子さんと結婚したとき、うれしかった。それで、からかったことがある。そしたら『あのころ僕は有名になりたくてギラギラしてたんだ』と言っていた。別役さんは全然ギラギラなんかしていないでしょう、だから意外だった。自分にはもしかしたら才能がある、経済的に容易でない自分の境遇を考えたら、なんとかして名をあげなきゃと思っていたんじゃないでしょうか。

雑誌の編集の仕事をはじめてから、お金になるかと思ってほかの作家と一緒にカレンダーや小さな額の作品を頼んだことがありますが、時間がかかるからもういい、と言ってきました。美術ではなく、文章で生きようと思いはじめていたのでしょう。別役さんはね、神様みたいな人に下級生にみられていた、孤高の人だから、人間関係に踏みこまない。同じ役者失格の制作担当だったので、広告取りに街を二人でぶらぶら歩いたのを思い出します。渋谷を歩いていたとき、別役さんが『ちょっとお袋に会ってくる』といって、道玄坂の恋文横丁にあったサモワールの支店に向かったときの後ろ姿が忘れられません。背が高いから学生服のズボンが短くて。大学生なのにお袋に会っていくというのも、なんだか不思議な感じがしました。鈴木チュウは政治的人間だけれど政治運動はしなかった。別役さんは政治的人間ではなかったけれど政治運動をした。自由舞台で純粋であろうとすると社会主義に関心をもつのはあたりまえのことでした」

クリとチュウとベッヤクサンの日々を思い浮かべていると、六〇年安保の青春が風となって吹きぬけていくようだ。ぎりぎりとした政治討論がある一方で、世の中はいまよりずっとのどかで鷹揚だったのだ。だが自由舞台の話をつづけるためには、やはり政治向きの話もしなければならない。一九四七年、さつき座を前身として誕生し、ユージン・オニールの『あゝ荒野』を村山知義が翻案した『初恋』で旗揚げした学生劇団の雄は、別役が入団したころ早稲田最大の共産党細胞だった。長屋のような部室にはいつも機関紙「赤旗」が積まれていた。

六〇年安保のころ、演劇界を席巻していたのはソ連の演出家スタニスラフスキーの演技メソッドだった。演劇人の多くは、人間の目指す最終到達点を「超目標」などとする難解な訳語と格闘していた。役を生きるというスタニスラフスキーの考え方自体は本来教条主義的なものではないとされるが、登場人物の目標、動機、課題を発見し、サブテキスト（心理の過程）の読みこみがものをいうソ連公認の科学的理論となってからは社会主義リアリズム、つまり革命と社会主義をたたえる方向で活用された面がある。演目を決める総会などを日本共産党が支配する政治主導は学生劇団でもみられた。一九五〇年代の自由舞台はどんな空気につつまれていたか。

小池さんが平和大会とか共産党とかいろいろと政治の話をする。私は聞いていると憂鬱になる。共産党は信ずる信じないかの分かれ目で、信ずる人間が党員となる。つまり信ずると云うのは共産主義をだ。（中略）共産主義だって完全な社会ではない、だろうと考える私には、やはり共産主義社会が信じられない。現在の社会よりはすばらしい社会なのだろう。それには物の見方を変えなければいけない。自己改革が必要だ。何云ってるんだかわからない、どうも考えがまとまらない。

（渡辺浩子『わたしのルネッサンス』）

一九五五年七月十九日の日誌に残された声である。十九歳の夏であった。

毛沢東の『文芸講話』（『延安の文学・芸術座談会における講話』）にある、文学は政治に従属するという論に激しく反発を覚え、それでいて時代の要請だった政治主義に順応しないといけないのではないかと逡巡（しゅんじゅん）する、政治の季節の彷徨がつづられる。

渡辺浩子は別役にさきがけること四年、一九五四年の入団。文中の小池さんとは自由舞台でさっそうと活躍していた小池一子のことで、堤清二が率いたセゾン・グループの企業文化を支えるクリエイティブ・ディレクター、コピーライターとなる。

自由舞台史のなかでは渡辺、秋浜の一頭地を抜く鋭敏さが際だっていた。渡辺の遺稿集『わたしのルネッサンス』が出たのは二〇〇〇年、六十二歳で命を終えた二年後のことで、私はすぐさま読んだ。一九九七年秋、新国立劇場が井上ひさしの『紙屋町さくらホテル』を柿落としとして開場したとき、芸術監督だった彼女の体はがんにむしばまれ、ぼろぼろだった。遺稿を読み、自由舞台でつちかわれた演劇への真摯きわまりない姿勢が新国立劇場開場を導いたことを実感することになった。

余談になるが、私はそのころ日本劇団協議会の事務局長だった中里郁子から「新国立劇場（当時は第二国立劇場）の問題が不透明で演劇人のいさかいの種になっている、なんとかしたい」と頼まれ、千田是也以下の有力演劇人に連続インタビューし、機関誌に掲載した。そのときの渡辺浩子は立派だった。政界を通じて劇場建設を牽引した浅利慶太の人事構想（テレビ・ディレクターの吉田直哉）と千田是也率いる協議会の推薦人事（渡辺浩子）が異なって、演劇界は蜂の巣をつついたような騒ぎになっていたのである。朝日新聞に協議会の人事案が報じられると「民間の言うとおりにはできない」と文化庁が怒り、正監督に演劇評論家の藤田洋、副監督に渡辺浩子という奇妙な人事をもちだし、収拾をはかった。

こんな副監督はふつうなら受けいれがたいだが、渡辺は「戸惑いは捨て、現実に引き受けることの方が答えかたとしてはいい」とのみこんだ。所属する民藝をやめて退路を断ち、日本のナショナルシアターのため文字どおり命をなげうったのである。当事者能力を欠いた藤田洋は演劇界から反発を食い、事実上更迭されたのだから、人事が誤っていたのは明らかだった。

この渡辺が自由舞台で心から信頼していた同志がハマ、あるいはハマさんと呼ばれていた秋浜悟史（二〇〇五年没）であった。石川啄木と同じ岩手県の渋民村出身で、いまもあの東北弁が懐かしい。早稲田卒業後、岩波映画製作所をへて劇団三十人会を結成し、方言の活力をいかした喜劇で異彩を放った演劇人である。

私が頻繁に取材したのは兵庫県の尼崎ピッコロシアター（尼崎青少年創造劇場）に山根淑子館長に招かれたあとのことで、人生の終盤にさしかかったころだった。一九九四年に全国初の県立劇団としてピッコロ劇団ができたとき、秋浜は初代代表だった。脳梗塞の後遺症で足が不自由だったが、大阪芸術大学の教え子だった劇団南河内万歳一座の内藤裕敬、劇団☆新感線のいのうえひでのりらに慕われ、関西演劇界の父親的存在になっていた。

一九九五年一月十七日の阪神大震災に際し、できたてのピッコロ劇団は被災地の小学校をめぐり、子供たちとふれあう出張公演を敢行した。私は演劇批評誌『シアターアーツ』に頼まれ、秋浜をはじめ、いまは亡き沈黙劇の演出家、太田省吾やのちに『うちやまつり』で岸田戯曲賞を受賞する深津篤史、内藤裕敬を招いて震災をめぐる緊急座談会を開いたことがある。ピッコロ劇団を被災地に派遣するにあたり、秋浜は劇団員にこう告げていた。

「役者は体で記録する。体で粉塵のにおいとか、うずくまっている人の息づかいとか微細な私的なことを記録する、自分のなかに蓄える義務を君たちはもっている」

こうした秋浜の姿勢に演技のリアリズムを追求した自由舞台の刻印を感じないわけにはいかない。別役が入る二年前、自由舞台はゴーリキーの労働者演劇『敵』を秋浜演出で春に上演し、秋には秋浜の創作戯曲『火の歌』を渡辺浩子演出で上演している。折しも砂川闘争が燃え盛っていたころだ。在日米軍立川基地の拡張に反対するこの闘争では、住民運動が流血事件にまで発展した。『火の歌』は岩手山麓の山林地主が進める自衛隊誘致に反対する農民の闘いを投影したアクチュアルな戯曲であった。

在日米軍基地や自衛隊の拡大に学生たちが激しく反発するなか、自らを感性的人間と思い定めていた秋浜はいたばさみのようになったのだろう、執筆に苦しんだ。発展的人物を描かねばならない社会主義リアリズムになんとか寄り添おうと努めたと思われる。現場で感じとった砂川闘争の怒りを戯曲に噴出させたということだろうが、演出した渡辺浩子は「全然面白くないし、魅力にとぼしい」「ハマが疲れていなければもう少しいい脚本になるのに」（『わたしのルネッサンス』）とうめいている。

秋浜は翌年春、チェーホフの『ワーニャ伯父さん』を演出し、高い成果をあげた。ひるがえってあの日の震災座談会でも、秋浜は「チェーホフにかえれ」と語気を強めたものだ。目の前の強烈な現実に動揺したとき、その感触を体に入れろ、ついでチェーホフに進めというのは、自由舞台でつちかった実感に基づいていたのである。

秋浜も渡辺も政治的演劇からの脱出を手がかりに自分の演劇を見いだしていった。民藝に入った渡辺は不条理劇のサミュエル・ベケットにいちはやく着目し、宇野重吉で『ゴドーを待ちながら』、奈良岡朋子で『しあわせな日々』を上演する。秋浜は方言の根源的な力をつきつめた。この二人が東で現代演劇初の国立劇場、西で全国初の県立劇団を生んだのである。

さて秋浜、渡辺が演劇の政治主義を脱する第一波だったとすれば、第二波は別役たちの世代であった。自由舞台は春と秋に公演があり、一九五八年は『織工』のあと二年上の劇団員、秋広亮治の創作劇『破鹸』、一九五九年はイソップの寓話を題材としたフィゲレイド作のブラジル演劇『狐とぶどう』と三好十郎の『浮標』、一九六〇年がゴーリキーの『どん底』とアーサー・ミラーの『セールスマンの死』、一九六一年がチェーホフの『三人姉妹』とサルトルの『蠅』である。

このうち『浮標』の演出助手についたのが別役と鈴木忠志であり、『セールスマンの死』『三人姉妹』『蠅』は鈴木演出だった。別役は『セールスマンの死』で舞台監督をつとめている。本人の言葉でふりかえっておこう。

「四年上の秋浜悟史さんや渡辺浩子さんは社会主義系であっても党派的ではなかった。共産党と通じ合っていたのはその下ですから。鈴木忠志がキャップになって変わります。秋浜さんたちと僕らの間くらいがガチガチの左翼でした。中心メンバーは山口市のはぐるま座へ行きましたね。その当時、俳優座養成所に入ったりすると裏切り者なんていう感じで。どちらかというと、はぐるま座が左翼演劇人のメインだった。そういう意味では、彼らは純粋といえば純粋だった。はぐるま座は中国の文革のとき江青女子を支持したり、アルバニア共産党を支持したり独自の動きをした集団です。自由舞台の議論はほとんど政治討論が主でした。三好十郎の『浮標』をやるときも、これは転向者の演劇だというので、やるやらないについて、ものすごい討論があった。共産党からすれば、三好十郎はとんでもない。かなり問題になった。ただハウプトマンの『織工』なんて社会主義リアリズムの教科書みたいなものでしたから、やっぱり『浮標』をやらないといけない。そういう意味でいうと、個人の内面を描く芝居に関心を持ちはじめたという、そういう動きだったと思います。なんとか、やらせてもらえたのは、学生運動が党から離脱しはじめた時代だったから。

三好十郎はそういうわけで、よく読んだ。『浮標』で僕と鈴木忠志が演助（演出助手）だったから。特に『冒した者』には潜在的に影響されています。『斬られの仙太』には影響されなかったが、転向後の私戯曲には影響を受けています。

チュウと違って、僕には社会主義体制への拒否反応はなかった。ただ党に入るほどではなかった。ブントにも共感していました。僕らが入る前の自由舞台がかかわったのは砂川闘争なんですよ、そのころはかなり党派的だったのでしょう。チュウは僕に共産党に入ろうと誘われたと言ってるんだけれどね、誘った記憶はないんだよ。ただ僕には左翼アレルギーはなかった。ただ党に入るところまではいかなかったということ」

自由舞台が社会主義リアリズムから脱却する画期となったのが『浮標』の上演なのであった。二年上の貝山武久が演出した。三好十郎は戦争協力の問題が指摘され、事実、戦地におもむく青年の熱情を礼賛する作ものしているから、社会主義リアリズムの劇団にはあつかいにくい劇作家だったのである。なかでも『浮標』は日米開戦の一年前、弾圧で解散を余儀なくされる間際の新築地劇団が初演した、いわくつきの問題作である。千葉の海浜で死に向かう愛妻を看病しつつ、戦争に命をささげる若者を送る私小説ならぬ私戯曲（イッヒ・ドラマ）だ。

上演のきっかけは貝山が『浮標』を読み、涙を流したこと。なんとか上演したいと三好家を訪ねたが、けんもほろろだった。三好十郎本人が死んで初七日も済んでいなかったのである。一番弟子の劇作家、押川昌一から「なんですか、こんな日に」と叱責された。

それでも三好作品を諦めきれない貝山は、許可のおりた一幕劇『獅子』を地方公演にかけようと夏の暑い盛りに稽古していた。ある日、同学年で仏文科に在籍していた娘の三好まりが見学にきてくれた。藪蚊と闘いながら懸命に稽古する姿が同情され、奇跡的に『浮標』の上演が認められたという。貝山は三好作品ゆかりの文化座の門をたたき、劇団代表で三好と深い縁のあった佐々木隆から上演台本を借りることにも成功した。これが機縁となって貝山は大学卒業後、文化座に入座するのである。

ノーカット、四時間の上演となった。佐々木隆は文化座のカット案が無視されたことに怒りを爆発させたが、加藤剛、二瓶鮫一らが出演し、学生演劇としては相当の成果をあげたようだ。このとき別役は太陽がどんと描かれた抽象的なポスターを作り、皆をあっといわせた。またパンフレットに長文の三好十郎論を寄せた。それは別役のはじめての評論といえ、いま読んでも水準の高さにおどろかされる。

プロレタリア詩人として出発し、戦争をきっかけに転向したといわれる三好十郎の私戯曲をどうとらえるか。別役は数々の三好作品を読みこみ、万葉集や芭蕉を引きながら、若書きとはいえ日本的な自我について深く考えていた。こんなふうに。

日本人は生死を自然な、必然的なこととみなしてきた。その態度は奴隷的かもしれないが、奴隷にとって大切なのは生死すべてに責任を負うことだ。だから、満たされないときは「怒る」のではなく「涙する」のである。芭蕉に通じる日本人の自我は社会性のなさということで現代では否定されるが、本当にそうだろうか。三好十郎は考えたのではなく、生きたのである。日本人が血を流せば、自分個人も傷つくという深い自信がある。そのようにして三好十郎は社会性を引き受ける、そこには主体が確立していたのだ……。

戦争に赴く若者達は純粋で美しい。美しければ美しい程、純粋であればある程、戦争に対する嫌悪の情を、作者から読みとらねばならないのだ。「浮標」はこの意味での抵抗文学である。

（「三好十郎論」）

社会主義リアリズムの観点からは転向、あるいは敗北とみなされがちな三好十郎の私戯曲にあえて「抵抗文学」のありようをみていくところに着眼がある。涙を流すという「抵抗」の形はのちの別役戯曲にやはり刻印（餓死という抵抗）を帯びさせることになる。二〇〇三年、渡辺浩子のあとを継いで新国立劇場の芸術監督に就任した栗山民也がこの『浮標』を演出し、その後気鋭の長塚圭史もくりかえし演出を手がけた。いずれも命の熱さをたたえ、命を軽んずる戦争への抵抗を塗りこんでいく方向性が明らかだったが、別役の三好十郎論はそれらにさきがけて発せられた強靭な声だった。

デラシネとして生きる別役実にとって、怒るのではなく涙するという漂泊者の自我を発見したことはとても大きなできごとだった。それは西洋演劇とは次元を異にする、日本的な不条理劇を見いだす道筋ともなっただろうと思えるのである。

学生たちの間ではなお社会主義への信奉が根強かったが、懐疑も広がる時代であった。日本共産党は非合法の軍事闘争（山村工作隊）をへて、一九五五年の六全協（第六回全国協議会）で武闘路線を放棄した。六全協の一年後、ソ連ではフルシチョフがスターリン批判をして世界をおどろかせ、一方で民主化をはかる東欧のハンガリーに戦車を侵攻させた。社会主義の盟主ソ連の威信も揺らぎはじめた。

折しも自立を模索する学生運動（全学連主流派）は党から除名され、別役たちが入学した一九五八年にはブント（共産主義者同盟）を結成する。自由舞台の主導権も共産党からブントへ移っていった。『浮標』上演翌年の一九六〇年六月十五日、日米安保条約に反対する全学連主流派七千余人は国会に突入した。東大生でブントに所属する樺美智子がこの騒乱で死亡する。

激動のその年秋、自由舞台定期公演で演出家に躍り出たのが鈴木忠志である。選ばれた演目は政治的演劇ではなく、現代アメリカ演劇の巨匠アーサー・ミラーの『セールスマンの死』であった。第二次大戦後に現れたアメリカ社会のかげを過去の栄光にすがるセールスマン、ウィリー・ローマンの破滅を通して描きだした名作で、主役は小野碩が演じた。

鈴木は次のように回想している。

俺がついに劇団で、まあ、代々木系（日本共産党系・引用者注）をきって、その頃は、全学連主流派に一票違いで行くか行かないかっていう時代で、それで俺が演出になって、要するに、現代的なものをやって、体質を変えようっていうんで、『セールスマンの死』をとり上げた。別役もいたんだ、舞台監督で。

（扇田昭彦編『劇的ルネッサンス』）

早稲田の文学部講堂のある場所には解体されかかった木造の旧兵舎があった。そこで『セールスマンの死』の稽古がおこなわれていた。別役実、鈴木忠志、小野碩というトリオがこのとき誕生した。「三人いればなんでもできる」と別役が感じたほど、それぞれに自信がみなぎっていた。一年後輩だった青山勝彦は衝撃を受けた。「張り詰めた緊張と静寂の中で、故小野碩の繊細で孤独な肉体の屈曲を通じてありありと実在していた」ウィリーの狂気と苦悩とが、（『早大劇団・自由舞台の記憶　1947—1969』）という。別役にとって、この上演は生涯を左右するほどの意味があった。ウィリー・ローマンや彼を揺さぶる謎の人物ベンが無意識のうちにすりこまれたからである。彼らの転生とみられる男がのちの別役劇にはくりかえし現れることになるのだ。

一九六〇年代演劇というものは政治との距離をはかることから、オリジナリティを獲得した。蜷川幸雄が劇団青俳から飛び出す背景にも、日本共産党が主導する党派的なレパートリーや社会主義リアリズムへの強烈な反発があった。彼らにとって重要だったのは立ち位置であった。

アンダーグラウンド演劇（アングラ演劇）とか小劇場運動などと呼ばれることになる潮流は新劇批判を旗印とした。だが、その本質は新劇そのものへの批判というより、新劇を一時的に支配した旧左翼の組織がもつ体質に対する新左翼の反抗だったといえる。硬直した社会主義リアリズムという遅れた位置に封じこめられた演劇を時代の先端へと解き放つ必要があった。いまから思えばもはや信じがたいことだが、戦後の演劇界の日本共産党による支配はそれほど強固だったのである。演劇人ひとり一人が組織の決定をはなれ、自らのアイデンティティーを確かめなければならなくなっていた。

いささか気欝になるけれども、自由舞台から政治的演劇という出口なき方角に向かった人たちについても、そっと触れておこう。秋浜悟史や鈴木忠志をあきれさせた『織工』を演出した一九五五年入団の福島久嘉、翌年入団の山本卓は山口市（のち下関市）にあった劇団はぐるま座に入った。一九五二年に人民劇団として創設され、日本共産党（左派）の指導する組織となって、徹底した毛沢東主義に染まる最左派の演劇集団だ。

代表を長くつとめた藤川夏子は戦前のプロレタリア演劇運動で滝沢修や宇野重吉とともに活動した女優で『私の歩いた道』という自伝がある。拷問で死んだ小林多喜二の遺体と対面した記録などはともかくとして、毛沢東の『文芸講話』を学習し、中国で革命史跡を訪ねるあたりになると、文章にもう人間の声がない。

山本卓は二〇〇三年刊行のこの藤川の自伝をとりまとめる最中に路線問題から退団を迫られ、生活の基盤を失った。自ら作・演出を手がける劇団波を結成したとき、支えとなったのは自由舞台の後輩たちだった。私は二〇一二年十月、下北沢の小劇場しもきた空間リバティで石川啄木の妻を描く一人芝居『節子星霜』を観た。社会閉塞の状況をとらえようとする作意に左翼の闘士だった片鱗がみえた。なんと別役はひっそりと上演されたこの公演のパンフレットにまで温かい小文を寄せていた。

終演後、山本と話す時間があった。

「僕らはラジカルだったが、別役はがんがん闘う感じではなかった。アテにならないぞと思っていた。別役の芝居は人らしく生きるためのペーソス、あたたかさ、悲しみ、喜びを書いている。社会主義リアリズムへのアンチテーゼとして書いていたんじゃないか」

山本もまた目黒のメリーさんの家にたびたび泊まっていた。別役の母、夏子をしきりに懐かしんでいたのが印象的だった。

秋広亮治という少壮の劇作家もいた。一九五八年秋に大隈講堂で上演された『破繭（はけん）』（山本卓演出）の作者である。牛乳業界を舞台として中小企業が独占企業に吸収合併される物語であった。秋広の兄はペンネームを石田郁夫といった典型的な左翼作家、川口富男である。秋広や自由舞台の面々とともに大隈講堂裏の下宿屋にいた。

秋広も川口も伊豆諸島の大島出身で、より小さな新島出身の女性を妻としていた。新島は別役も参加したミサイル基地反対闘争の舞台であり、川口は石田郁夫の名で『新島　工作者の伝説』というルポをものしている。たまさかページを繰ってみたが、今日からすればとても読むに堪えない左翼教条主義の読み物というほかない。川口の妻は「新島のジャンヌ・ダルク」と呼ばれる美しい女性だったといい、秋広の妻はその妹であった。

秋広は早稲田を中退して結核となり、酒におぼれ、妻に暴力をふるった。離婚後、野垂れ死にするように息をひきとった。その死に痛恨の思いを寄せた同期の喜多哲正は学年では別役の二年上、生涯の友となった文学者である。別役に就職の世話をし、『季刊　評論』という同人誌をともにつくり、不条理劇への道をひらく案内者ともなったが、その話は次章で触れることにしよう。川上正沙子を紹介してくれたのは、この喜多である。

芥川賞候補になったこともある喜多は自由舞台の記録集をまとめた中心人物だった。社会主義リアリズムに話がおよぶと、厳しい批判の言葉がほとばしる。才能に恵まれた文学青年たちを無為の存在に落ちこませた罪深さを嫌というほど眼にしたからだろう。

秋広に優しかった喜多は『季刊　評論』にも誘ったが、彼は「別役が嫌っているようだから」とはなれていった。潔癖な別役は左翼崩れの秋広に黙殺といっていい態度をとっていたと喜多はみる。別役は安保闘争のあと、救いなきイロニーに無言で堪える強さを自らに課したかにみえる。崩れる人間に対する拒絶の強さには瞠目させられるものがある。

別役の政治運動については鈴木忠志がこうふりかえっている。

「あいつは人間関係のどろどろしたところが好きじゃない。『セールスマンの死』をやったとき、ある女優が稽古場にこないもんだから別役に電話してこいと言ったんだ。そしたら『体の調子が悪い』というので『どこが悪いんだ』と訊いたらしい。『そんなこと言えないわ』といわれて生理だと気がついたらしい。そしたらね、別役は『あいつ爬虫類だ』って言うんだよ、よっぽど意表をつかれたんだろうね。アナーキーだったね、別役は。それに過激だったんだ。自由舞台の幹部になるには共産党に入らなきゃならない。別役は共産党に入党しやすいリストのトップの方にいて早くから運営委員会に入っている。おれは最後の方。ある日オルグされて夜中にきてさ、『おい鈴木、共産党入ろうよ』というんで『やだよ』と答えた。聞いたら笑っちゃったね。『革命起こすんだぞ、共産党は』と教えてやったら何も知らない。革命って意識革命のことだと思ってたんだ。幹部にノミネートされて、でも一人じゃ嫌だから誘いにきた。そういうものでしょう。純粋というか、ぼーっとしているんだよ、詩人だから。わーっとオルグされるから、そうなる。結局入党はしなかったね。おれも新島には芝居で行ったんだけど、別役はカンパ集めなんかもちゃんとやっていた」

別役の表だった政治運動は六〇年安保の翌年春、三か月ほどにおよんだ新島のミサイル基地反対闘争で終わる。新島ではミサイルの発射、爆発の練習が漁業に打撃をあたえ、多くの家が飼育する豚の成育に支障をきたすと心配されていた。ところが港湾整備などの見返り策が示され、道路整備の現金収入で三種の神器（白黒テレビ、洗濯機、冷蔵庫）を買いたい島民も少なくなく、小さな島は賛成派、反対派に割れた。そこへ外から左翼と右翼が入った。

新島でともに過ごした文芸評論家、月村敏行の回想によると、別役は全学連派遣学生の中心だったブントの東大生を補佐する頼りがいのあるアシスタントだった。派手にならないものの東大生の発言に適切な相槌をうち、東大生もそれを期待するという風だった。

同行した自由舞台の面々からはベッチャクリさんと呼ばれ、尊敬を集めていた。背が高いので目立ち、頬がとがったように張って白い皮膚に毛細血管が赤く散っていた。新島の白砂に立ち、太平洋を遠く見はるかしている姿が印象的だったという。

一兵卒としての日々を本人に語ってもらおう。

「六〇年安保で樺美智子さんが亡くなった日、僕も国会前にいた。警官隊と衝突したあと、新宿まで逃げた。靴が片方脱げた。国会でふたり死にましたと新宿駅構内で誰かが叫んでいてね、みんなで当時のスカラ座に逃げこんで、震えていた。間違えて塀を乗り越えたら警察のなかだったり、皇居の堀に飛び込んだり。劇団員の鈴木両全はお堀に飛びこんで逃げた。僕はデモに参加して構内に飛びこみはしたが、あとは逃げた。

安保は不完全燃焼でした。国会に突入したときはやったという感じがあったんだけれど、なんにもならなかったというのがね、不完全燃焼だった。何をやったら、解消されるのか。それで新島に行かないかと誘われて、そのまま乗ったのね。自由舞台でも二、三人だけでしたね、行ったのは。

ただミサイルにはあまり関心なかった。優秀なブントの学生がいて、文芸評論家になる月村敏行君なんかと一緒にやっているのが体質的に合って、割と楽しかった。今から考えるとおとぎ話みたい。夜九時になると全棟消灯になる。そうなると星明かりだけ。星明かりの中をゆっくり歩いてね、で、警察隊が来そうなところに穴を掘って、穴のなかに入って妨害しようとしたり。翌朝、警察隊がやってきて、僕らを引っこ抜いたりとかしていた。ミサイル基地の作業隊が通るのを妨害したり、道路を造るのを遅らせたりしていたわけですね。メルヘンのなかの戦争みたい。

僕らを妨害するため右翼も島に入っている。皆、棒をもっていたんですが、左翼と右翼が危ないから棒をもつのはやめようと協議していたから、見えないように、もっこに入れてかついで歩いたんです。武器をもってはいけない。ただいざ殴り合いになれば、みな棒をもっていたんですが、結局殴り合いまでいかなかったな。新島では、暴力はいけませんと話し合いができていた。それまでの政治闘争にあった陰惨さみたいなものが消えて、左翼の明るさ、軽薄さが見えてきた。そこに好感がもてたんです。

僕らのころはおまわりが棍棒もって振りあげると、あっ暴力だ、とこっちが言えば、おまわりも恥ずかしがって、引っこめたという時代ですよ。警棒ふりあげちゃいけないんです。六〇年代半ばまではそこまでです。過激派の暴力も最初のうちは石を投げるとか、棍棒で殴るとかその程度だったのに、火をつけたり爆弾作ったりするようになる。一九六七年の羽田闘争なんか鉄橋の上を学生たちが顔に手ぬぐい巻いて棒をかついで突進していく。連合赤軍のリンチ殺人とか、そういうのには仰天したからね。

新島では新左翼の学生は主流に入れなかった。主流は労働組合で、右翼がのさばっていたときは、九州から三井三池炭鉱の組合が応援に乗りこんできたことがあってね、勢いがよくて、労働運動というのはこういうものかと思った。三池闘争がはじまったころだった。強くてね、右翼がしっぽを巻いて逃げていく。すごかったよ、やくざみたい。僕らを支援してくれたのは宿が一緒だった社青同（社会党系の社会主義青年同盟）で、お米がないとくれたり、食べ物をくれたり、デモに誘ってくれたりした。ただ闘争の中心は三井三池争議に移って、尻切れトンボに終わった」

国会に突入してみても、なんにもならなかった。「政治はその程度のもの」という冷めた眼差しが生まれた。たましいの問題は政治ではどうにもならなかったのである。

一方で、京都大学のグループから新島闘争にくわわった仲間の一部は先鋭化し、こののち交番に火炎瓶を投げるような過激派まで出てくる。新左翼の過激派に変身する彼らと共同生活してみて、直観的にわかったことがあった。過激派は政治的というより不条理的な衝動から発生するということである。「そういう連中だったからね」と。

別役一流の喩え話にこんなのがある。「薔薇が好きですか」というアンケートがあったとする。「はい」でも「いいえ」でもなく「わかりません」と答える人たちが六〇年安保のあと出てきた。「はい」の人たちが体制派となり「いいえ」の人たちが反体制の党派になったとすると「わかりません」の一派からこそ、過激派が出てくるというのである。

六〇年安保を境に政治の季節が終わると「わかりません」派のごく少数が過激派となり、残りの大多数は小市民になっていく。だが、小市民社会のなかからも動機なき犯罪というかたちで「わかりません」派の衝動が顔をのぞかせることがある。そうした別役の時代認識は新島闘争から導きだされたものだったといえる。演劇の六〇年安保は政治的には不発に終わったが、不条理劇という新しいドラマトゥルギーを生む母胎となった。

ここで思い起こされるのは、あのサミュエル・ベケットの負傷事件だ。一九三八年、パリで文筆生活の糸口をつかみかけたころのこと、ベケットは路上で見知らぬポン引きにいきなり刺された。刺した理由を尋ねられた犯人は「わかりません」と答えた。そのときの言葉が『ゴドーを待ちながら』のセリフになっている。

ベケットが負傷事件で不条理劇の感覚をつかみとったとすれば、別役実はそれを政治闘争のただなかで感じとった。それは不条理の手ざわりとでもいうものだった。

新島は夜ともなれば幻想的な星月夜が楽しめる、のどかな別世界だ。私が訪ねたのは二〇一四年春。夜、食事をとるため島の中心、本村地区をそぞろ歩きしていると、あの「電信柱のある宇宙」が思い起こされた。そこかしこに真の闇があり、足元は暗い。街灯はぽつんぽつんとあるが、都会では考えられないほど暗く、四つ辻からふっと人影が現れるかと思ったら、気配だけが通りすぎる。なんだか八木重吉の詩にある「ぬらりとさびしいもの」が現れたような。

タクシーに乗って、闘争の故地をみてまわった。島の南端にあるミサイル試験場へと向かう山中を車道が通っていた。山中のあちこちに反対派の小屋があったらしく、運転手は「このあたり」と教えてくれる。車道ができるまでは炭焼きが入るくらいで人が寄りつかない山だったというから、別役たちは本村の集落から浜づたいに歩き、細い山道をえっちらおっちら登っては、通せんぼをするため穴を掘ったりしていたのだ。そんな炭焼きの道の地図をつくって、ルートを考えたりすることに別役は熱中した。「歩くしかないんだから大変よ」と昨日のことのようにため息をついていたのが、おかしい。

別役が海を見はるかした場所はサーフィンのメッカとして知られる羽伏浦海岸でもあったか。美しいけれど、そらおそろしい。離島にただ一人ぽつんと取り残されたような心もちになってくるのだ。いつまでも、どこまでも、風ばかりがごうごう鳴っていた。

第五章　不条理劇発見

もともと演劇をやるつもりがなかったから、劇作家になる気もなかったのである。得体のしれない芝居の魅力にとりつかれはしたが、書くのはもっぱら詩のようなものばかりだった。新聞記者の道はもうない。とすれば物書きにでもなろうか。

六〇年安保の年に大学抹籍で宙ぶらりんとなったそのころ、絵、詩、小説、演劇と表現の向かう先は気ままに振れていた。そんなさまよえる別役実に、盛んに行き来する二人の友人ができた。自由舞台の二年先輩だった喜多哲正とその文学上の友、有馬弘純である。日本語の不条理劇を生みだしていく揺籃期に支えとなった仲間である。

一九六〇年代、三人はよるとさわると文学談義にふけり、ことに六〇年代後半は三日にあげず会っていた。一九六九年にはそろって『季刊　評論』の同人となっている。喜多は労働運動の第一線をにないながら小説を書いた熱血漢。年齢は同じだが後輩だった別役の才能をいちはやく見抜き、応援する役にまわった。『影の怯え』という小説で芥川賞候補となり、二〇〇七年からは住まいのある逗子で小説講座を開講して同人誌『北斗七星』を出している。有馬は演劇とは無縁の文学青年だったが、最新の文学的潮流に敏感で、別役がカフカやベケットに開眼するきっかけをつくった。映画評論を手がけ、夏目漱石論の著書もある。

一九六〇年代の日々は西荻窪の街と切っても切れない関係にある。喜多、有馬の下宿があったからである。彼らが別役のいる目黒のメリーさんの家に泊まりにいくこともあれば、その逆もあった。別役もよく喜多や有馬の下宿でごろごろしていた。一駅先の吉祥寺まで歩き、井の頭公園をぶらぶらしたり、西荻窪の「たみ」という酒場に入り浸ったりした。喜多も有馬も酒飲みで他愛ない喧嘩が絶えなかったが、別役がなだめ役になった。

別役劇は都市に暮らす小市民の世界といっていい。その登場人物は東京でみても浅草のような下町の住人ではなく、畑の多い多摩地区の人でもなく、どこか品の良さがただよう西荻窪あたりに住まう人を感じさせる。ちなみに結婚した女優の楠侑子も戦後一時期、西荻窪に住んでいた。それを知ったとき「ああ、やっぱり」と思ったそうだ。

名物女将ヤッちゃんがいた「たみ」は西荻窪駅から南へ少し歩いた住宅街の入り口あたりに、ぽつんとある。一見ふつうの民家のような酒場で、彼らの変わらぬ居場所であった。酒が進めば、言いたい放題になるのはよくあること。ところが別役はレモンスカッシュかウーロン茶を飲みながら、黙って聴いていた。あるとき、有馬が別役にからんだ。

「お前の芝居はいつもAとかBとかいう人間が出てくるが、そのセリフをAがしゃべろうがBがしゃべろうが、つまりは一緒だ。チェーホフなら、その人しかしゃべらないセリフがあるだろう。だから、つまらないんだ」

めったに怒らない別役もさすがに憤然として、ぷいと先に帰ってしまった。酔っ払いの話に素面で堪えつづけた律儀さを思わずにいられない。

一九六〇年に早稲田の文学部を卒業した喜多がつとめた先は、箱崎にあった二階建ての木造バラックだった。全海連（全日本海運労働組合）という労働組合事務局の書記になったのである。就職してまもないころのことだろう、有馬が箱崎に遊びにいくと、やはり立ち寄っていた別役がいた。喜多が有馬に別役を紹介した。

「カフカばりの小説を書いているんだ。とても才能のある男だから読んでくれないか」

その場で有馬が眼を通した草稿はおそらく『ホクロソーセージ』（本人は『人肉ソーセージ』と記憶）だった。一読才能を感じ、それから一気に親しくなったのである。仕事帰りの喜多が有馬と新橋で飲めば、目黒の別役の家に泊まりにいくのがならいとなった。

有馬から聞いた逸話にはこんなのもある。夜中の二時ごろ、突然「泊めてくれ」と別役が西荻窪にやってきた。

「目黒の家のまわりで自分に惚れたらしい女がうろうろしている、こわくなって逃げてきたんだ」

文学的に純粋だった別役に有馬のカフカ熱が伝染した。二人で『城』を手に入れるため、わざわざ京都の古本屋まで出かけていったこともある。不条理劇の代名詞であるベケットの『ゴドーを待ちながら』やアーサー・ミラーとならぶ現代アメリカ演劇の大家テネシー・ウィリアムズの『ガラスの動物園』を読むよう勧めたのも有馬だった。

いま思えば、ベケットもウィリアムズも一九六〇年代演劇に決定的な影響をあたえた劇作家である。ことに足の悪い薄幸の娘ローラが家に引きこもり、ガラスの玩具と暮らす『ガラスの動物園』の震えるような哀感は別役だけでなく清水邦夫や唐十郎にとっても、泉のような劇の故郷となったのである。

パーキンソン病にかかった別役を気遣いながら、有馬が思い出話をしてくれたのは二〇一四年九月のことだ。落ち合ったのは自宅近く、西武線久米川駅前の喫茶店だった。

「自由舞台の人たちはゴーリキーやハウプトマンをやっていたから、別役も意外と不条理劇を知らなかった。映画ではアンジェイ・ワイダを歓迎していたし、社会主義リアリズムはそもそも体質に合わなかったでしょう。カフカに『断食芸人』という、断食をショーにして見せる男の短編がありますが、それが『象』という作品の原点なんです。

引き揚げの壮絶な体験を彼、あんまり語らない。命からがら帰ってくる経験をストレートに出さない。ただ、少数者へきちんとケジメをつけるんだよ、という思いがある。社会批判的体質とつつましく暮らさなければいけないという保守的な暮らしぶりとの間で、たぶん葛藤があった。

少しは家計の助けになるなら、お前のところへ行くかと目黒の家で一年ほど下宿したことがある。お母さんは六十歳くらいだったかな。満洲料理の水餃子やピロシキを食べさせてもらい、朝はバスケットにパン。弟の東君は別役に『しょうがないんだよ、あいつ』と言われていたが、麻雀好きの本当にいい人だった。チュウ（鈴木忠志）が小野碩とふたり、夜遅く目黒にきたことがある。玄関から入ってこないんですよ。庭先にボーッと姿を現した。そういえば『別役さんて黒いコート着て歩いているとキリストみたい、すてき』と言っていた女の子がいたなあ。僕は飲み助だから、十二時ごろ帰るんですが、別役は寝ている。申し訳なくて、もといた西荻にもどった。

別役はお金には心配になるくらい無頓着ですが、小市民的で実践的なんですよ。有馬さん、卵は日持ちしないから悪くなりそうだったら、ゆで卵にすればいいんだよ、とかね。僕のつくった味噌汁を飲んで『出汁入れてるかい？』と訊いてくる。いや、と答えると『有馬さん、味噌汁には出汁を入れなきゃダメなんだよ』と教えられたりしましたね（笑）」

社会主義リアリズムと決別し、新しいドラマトゥルギーを目指した若い演劇人たちに大きな影響を与えたのは、なによりも実存主義であった。サルトルは一九六〇年代にもっともよく読まれた哲学者であり、その実存主義はマルクス主義のあとを埋める思想としてもてはやされた。いままさに生きている自分という「実存」を基礎にした哲学は社会主義リアリズムを乗りこえる手がかりと考えられたのである。唐十郎の状況劇場がその名を実存主義からとったことはよく知られている。

フランスはまた、不条理劇の発信地でもあった。アイルランド出身のベケットが定住したのはパリだったのであり、ルーマニア出身のイヨネスコもスペイン出身のアラバールもパリで活躍した。ちなみに私は一九八五年にアラバールが来日して『大典礼』をパルコ劇場で演出したとき、フランス演劇専攻の利光哲夫に通訳してもらってインタビューしたことがある。傍らの恋人とべたべたするばかりで質問をはぐらかされ、呆気にとられた。答もあちこち飛んで、収斂しない。若い記者を相手にしなかったのかもしれないが、不条理劇には作家の身ぶりが色濃く反映するという印象だけは強く残っている。

ベケットの『ゴドーを待ちながら』が発表されたのは一九五二年のことで、翌年早々ロジェ・ブラン演出によりパリの小劇場テアトル・ド・バビロンで初演された。この戯曲を初演に先駆けパリの演劇専門書店で買い求め、その晩一気に読みきった日本人留学生がいた。別役の十歳上、早稲田の演劇学で重きをなした仏文学者の安堂信也である。

安堂はおどろいた。セリフが短く、言い回しもやさしく、ふだんどおりの言葉づかいだったからだ。不思議なおかしさがあり、かけ合い漫才のように笑わせる。安堂は定員百人ほどのテアトル・ド・バビロンで一九五三年二月五日、初演舞台を観劇した。

こんなメモを残している。

> ジャンルから言っても果たして悲劇なのか喜劇なのか社会劇なのか判然としない。見ようによってはどのセーヌ（シーン・引用者注）をとってみても笑いがとまらないといったものだが、逆に見れ

ば恐ろしいばかりに悲劇的だ。うっかりしていると表面的なおかしさにつられて気がつかずに過ごしてしまいそうなところにドキッとするような恐ろしさを潜めている。

（「安堂信也、ゴドーを語る」『ゴドーを待った日々』）

一九五四年に帰国した安堂は二年後に翻訳を白水社から刊行し、そのころ上演活動にかかわっていた文学座で取りあげてもらおうと働きかけた。文学座はアトリエの創立者の一人、岩田豊雄（獅子文六）らの指導で最新の海外演劇を盛んに上演していたのだ。

色よい返事が得られず業を煮やした安堂は俳優の宮口精二に直訴した。宮口が「わけがわからんが、なんだかおもしろいよ」と請け合ってくれたおかげで道がひらけた。一九六〇年五月、安堂の訳・演出、宮口のヴラジーミルで『ゴドーを待ちながら』は日本初演された（平河町の都市センターホール）。世界初演から七年、六〇年安保のデモ隊が国会を包囲する一か月前のことだった。別役はこのアトリエ公演を観ていないが、ほどなく有馬弘純から戯曲を読むよう、もちかけられている。『ゴドーを待ちながら』の読書体験は鮮烈だった。

……私は今でも、確か安堂信也氏の翻訳だと思う『ゴドーを待ちながら』を最初に読んだ時の、異様な感動というものを覚えている。それが、それまでの演劇とどう違うのかを論理的に説明は出来なくても、我々はみんな、全く新しい「演劇」が出現したのだということを理解した。言ってみればそれは、「演劇」そのものが、生で、具体的に、我々の目の前にゴロンと投げ出されているような、そんな感触を持つものだった。

そこで、我々はこぞってベケットに夢中になった。ベケットふうの演劇的手つきを身につけるべく、我々は争ってその舞台における装いをなぞりはじめた。ベケット空間における演技者のたたずまいについて会得し、ベケット言語における非論理的ダイアローグのメカニズムについて、我々は会得しようとした。

（「ベケット空間の解体」『台詞の風景』）

一九六〇年代のいつのことだったかわからないが、状況劇場主宰の唐十郎が別役にこんな話をしたことがあった。浅草を歩いていたら、露店の食い物屋で老いてみすぼらしい男二人がアジの干物を注文していた。一方がはしで丁寧に身をほぐし、もう一方の男に食べさせていた。「これがあんた、ゴドーだよ」と唐は言ったという。

一九七一年七月に俳優座が『そよそよ族の叛乱』を上演したときのこと、主演の東野英治郎は別役の前でエストラゴンが靴を脱ぐシーンを即興で演じてみせ「ね、ここで靴のにおいを嗅ぐべきなんだ」と力説したことがあった。それぞれのゴドー体験がそれぞれの演劇をつくった時代であった。

別役の場合、ベケットの影響は処女戯曲『AとBと一人の女』に早くも表れた。直接的にはアンドレ・カイヤット監督のフランス映画『眼には眼を』（一九五七年）に想を得ているが、『ゴドーを待ちながら』の衝撃がなければ、この作は生まれなかっただろう。

映画はシリアの砂漠で、フランス人医師が被害妄想をいだいたアラビア人に延々つけまわされるという内容だ。別役劇のAとBは一方が本を読む家主、他方が劣等感から言葉をまくしたてる居候で、フランス人とアラビア人の関係を彷彿とさせる。異様に長いセリフが交わされるうち、Bのハゲが大きくなっているといった話から倒錯した欲望が膨らんでいく。BはAにハゲのところをナイフで刺してくれと衝動的に懇願する。

別役は喜多と有馬をまじえ、戯曲を練った。二人の友は観念的になりがちなセリフに「肉感をもたせろ」とか「性的な感覚を埋めこめ」といった助言をくりかえした。

AとBの二元対立では社会主義リアリズムと同じく話がすぐ決着してしまう。そうではなく三元対立にし、正、反、合が無限にくりかえされ螺旋が上昇していくように会話がつづく戯曲文体を模索したのだという。「それこそが現代なんだ」という確信が三人にはあった。別役によれば、三元対立を維持していくのにもっとも大切なのは、いってみれば文体上の運動神経なのだった。

処女作はその作家の資質をもっともよく表すという。まさにA、Bという記号を名とする意外さ、説明のつかない衝動、ふいにやってくる殺意、かみあわずにズレを広げていく会話の流れなど、別役劇の徴は一通りそろっていた。発表のあてもなく、ただ「とめどなさ」の過程を描きたいとの思いから書かれたものだったが、その書きかけの戯曲を目黒に遊びにきた鈴木忠志がたまたま見つけた。これはすごいと一幕分を自由舞台の早稲田祭公演（大隈講堂）で演出したのが一九六一年秋のことだった。新島闘争からもどった別役がアルバイトをしながら詩や小説の習作を書いていた時期である。

細かくいえば、最初に上演された別役実の台本は『貸間あり』という脚色ものだった。鈴木忠志が自由舞台同期の文才を見こんで「翻案できないか」とある戯曲をもってきた。お金に困った未亡人が下宿人を募集するが、来たのが独身男だから貸せない。なぜ貸せないのか。延々とやりとりのつづく不思議な劇で自由舞台の早稲田祭公演として上演され、これが鈴木の別役台本初演出となった。そのころを別役本人にたどってもらおう。

「安保のあと、不条理劇が出てきたということなんですね。社会主義リアリズムへのアンチテーゼとしては実存主義のサルトル、カミュがまずあった。もう少しあとにベケット。チュウもサルトルをやっている。でも僕はサルトルはだめだった。演劇が好きじゃないんじゃないかという気がした。演劇的なエッセンスというのか、きゅーっとくるものがない。得体のしれなさ、演劇性によって演劇を見せてくれるところがない。ところがベケットの不条理劇になると、得体がしれないんだけれど、これが演劇だというようなものがあった。ベケットをはじめて読んだのは安保のあと。ショックを受けた。演劇的なの。論理で構成されていないのに演劇的だった。だからベケットがお手本になったんです。

社会主義リアリズムとは別の人間性の表現を映画にも見いだすことができた。『眼には眼を』は、アラブ人とヨーロッパ人が砂漠でとめどない死闘と葛藤を繰りひろげる映画でしたが、階級闘争の葛藤とは違うものを思わせた。それで喜多さんたちと話し、これを芝居にしようと考えた。高円寺のネルケンという喫茶店で書きました。世に出る前の唐十郎もそこで書いていて、どうも見せたらしい。唐は読んだと言っています。一幕ができたところでチュウが読んで、書け、書けとけしかけるようになった。最初は一幕だけだったんですが、砂防会館で再演するとき、二幕にした。『AとB』もそのあとの『象』もチュウが演出して、小野碩が出て、僕が書くという三人の共同作業がうまくいった。この三人が出会えたのが自分の演劇的な下地を作るのに大きかった。稽古場でチュウとは論争ばかりしていました。

前の『貸間あり』は通俗的な喜劇で割と笑えたという程度でしたが、『AとB』は不条理劇をすでに意識していた。僕もチュウも近代のリアリズムから抜け出ようともがいていた。ところが割と近代劇になってしまっていた。それで『ホクロソーセージ』を芝居にしよう、しようとチュウは言っていた。あのころはとにかく不条理の材料を探していたんです。

一方でソーントン・ワイルダーの『わが町』、テネシー・ウィリアムズの『ガラスの動物園』、アーサー・ミラーの『セールスマンの死』といったアメリカ演劇には影響を受けている。『わが町』

や『ガラスの動物園』はリアリズムではあっても、宇宙の営みのなかの人間という感じがしていた。『セールスマンの死』も宇宙と対応している。ところが同じウィリアムズでも『欲望という名の電車』になると、いい演劇だとは思うが、宇宙に対してこれが人間なんだというところがない。『ガラスの動物園』ではローラを宇宙のなかにさらしている」

宇宙のなかの人間の営み。人間はただ、そこに、ある。

名を田中さんや木村さんにすると、日本の閉ざされた風土に埋めこまれてしまうが、男1、女1とすれば大きな宇宙に対する孤独な個となる。だから名前は使わない。別役は絵画の実在感を抽象画の画面で確かめるようにベケットの不条理劇を受けとった。

ゆくゆくは物書きになろうと、若き別役はいつもスケッチブックを携行していた。絵だけでなく、詩や小説の断片も書きつらねていた。ありていにいえば、別役は演劇的にあまりにも無垢だった。一九七〇年代の終わりごろ演劇評論家の岩波剛からインタビューを受けた際、シェイクスピアもろくに読んでいなかったと明かしている。「芝居を知らなかったことが、かえって効果的であったんではないかなという感じがするんですよね」(『別役実の世界』)と正直に吐露している。演劇を知らなかった分、新奇な不条理劇の衝撃が極大化したといえるだろう。

後年、有馬弘純、喜多哲正らと還暦を記念してパリ旅行をしている。そのときパリにくわしい有馬はヘミングウェイゆかりのモンパルナスのカフェ、クロズリー・デ・リラに案内したが、別役は「ここはベケットもきたところだ」と喜び、イヨネスコの『禿の女歌手』と『授業』を上演しつづけるカルチェラタンの小劇場ユシェット座を観たがった。パリの不条理劇をいかに大切に思いつづけたかがわかる逸話だろう。

処女戯曲『AとBと一人の女』の評判はよかった。さあ次をどうするか。

別役と鈴木忠志は会えば歩いていたが、そのときは高田馬場、信濃町、東京タワー、有楽町をめぐり、寒くなってきたので東京宝塚劇場近くの喫茶店に飛びこんだ。その場で新しい劇団をつくることが決まった。学生劇団「自由舞台」とは別にOBによる新劇団「自由舞台」が十三人で結成される。鈴木は卒業後も演劇をつづける気でいたし、大学を退学していた別役もくわわることができる。これが早稲田小劇場のはじまりである。

一九六二年四月、俳優座劇場で上演された新劇団「自由舞台」の旗揚げ公演は第二作の『象』であった。そのとき二十五歳、新進劇作家別役実は表舞台でデビューした。

そのころのことを鈴木忠志に尋ねると、別役は差別の問題をはじめて描いた劇作家だという答がかえってきた。

「初期の別役戯曲には差別感情の問題が根っこにある。『AとBと一人の女』なんて犯罪者の芝居でしょう。差別というのは不条理ですからね、公平なルールがあるわけじゃない。人種差別なんて基準も何もないんだから。自分の責任ではないのに社会的な差別感情があるというのは不条理なんだ。あんなに差別感情を描いたのは別役が初めてじゃないかなあ。差別用語がいっぱい出てくるし、過激な言葉で表されている。差別はぞっとするようなことなんだ。初期の別役は芝居を知らないから、おれが場面構成した。激しいセリフが書いてあるのをこう切ってこうして、とやった。そのあとの『マッチ売りの少女』のときは勝手にカットしたと思ったらしい。あそこ書いたはずだけどカットしたのか、でもいいよ、とか言ってたけどね。別役の本質が一番表れているのは『AとB』です。静岡の舞台芸術センターで久しぶりに『AとB』を演出したら、別役が観にきた。『鈴木は相変わらず純文学やってるな』というから『おまえが純文学として書いたんだろ』と答えておいたよ。実際、『マッチ売りの少女』をやったときは井伏鱒二とか安東次男がきたんだから。『AとB』がすごいから正式に劇団をつくろうと言ったのにちっとも興奮してくれないから、日比谷まで一緒に歩いたんだ。当時は芝居やるなら三劇団しかない。自分でつくる発想はなかったね」

鈴木の見方は鋭い。別役劇は一貫して共同体からはじかれるマイノリティーたちに光をあてているが、ことに初期戯曲にはむきだしの生々しさでそれが顕れている。

初期の代表作の一つ『象』は難産だったのだが、そのことに触れる前に日々の暮らしぶりを記しておこう。大学を中退して働かなければならなくなったとき、一番心配したのは自由舞台の先輩だった喜多哲正だった。就職口はないかと勤務先の全海連を通じ、仲間に声をかけていた。

一九六〇年代は労働運動に活気がみなぎっていた時代であった。中退したちょうどそのころは松川事件が社会を騒がせ、労働組合あげてその裁判の不当性を訴え、救援運動を展開していた。全海連に出入りしていた事件の当事者を通じ、支援団体の一つに職が見つかった。中央区の松川事件対策協議会の事務局づとめで、そのころ茅場町にあった日本経済新聞社の本社内、労働組合の部屋にあった。新島闘争から帰ってきたあと、一九六一年の春から夏にかけてだ。

松川事件は下山事件、三鷹事件とならぶ国鉄（現在のJR）の三大怪奇事件である。一九四九年八月東北本線の松川、金谷川駅間で蒸気機関車が転覆した。捜査当局は国鉄の大量人員整理に反対する国鉄、東芝労組の共同謀議とみて別件逮捕から検挙を進めたが、死刑判決に冤罪の疑いが強まり、全員無罪になったという特異な事件であった。作家の広津和郎が無罪を論じ、裁判を批判する労働運動が志賀直哉、川端康成ら作家たちの支援も得て全国的に盛りあがった。全海連や日本経済新聞社の労働組合はこれに熱心にかかわっていたのである。

私が別役実にはじめて取材したのは一九八五年六月のことだ。そのとき「持村さんはお元気ですか」と訊かれ面食らったことがある。私が日本経済新聞記者の名刺を出したことから、思わず口をついて出たのだろう。ラジオテレビ欄の担当だった持村孝は私がよく知る先輩で、別役が茅場町にかよっていたころ組合の事務局にいた。

持村に当時の印象を尋ねると、別役は黙々と仕事をこなす好青年だった。活動家の雰囲気はまったくなく「ブントは何の略なの」と尋ねても「何でしょうね」と答えるくらい茫洋としていた。仕事はカンパ集めや映画チケットの販売、事務連絡などで、これは自由舞台の制作の延長のようなものだった。よその組合に松川事件の話をしにいくこともあったが、実態をあまり知らず、持村を心配させた。

目立っていたのは美術のセンスで、ビラの文字が太く大きく立派だった。書いた詩を見せてくれたこともあったが、憎悪をともなう激烈な詩だったので、びっくりしたという。穏やかな雰囲気とはかけはなれていたのだ。給料の原資となるカンパが集まらないこともしばしばで、持村はポケットマネーで肩代わりしていた。ときどき食事をおごり、酒も二、三回飲ませたが、そのたび気持ち悪くなるので以後は勧めなくなったそうだ。

松川事件は一九六一年八月、仙台高裁で全員無罪の判決がくだった。対策協議会はそこで解散となり、十一月には知り合った事件当事者たちの紹介で東京土建一般労働組合港支部の書記となった。大工や左官の組合である。岸田戯曲賞を受賞するのをしおに退職するまで六年五か月、田町駅近く、芝にあった一軒家に通勤することになる。

土建の世界では町場と野丁場（のちょうば）というものがあって、町場は一軒家、野丁場はビルを手がける。野丁場は大会社が仕切るが、町場は一軒一軒のお得意さん相手の仕事だ。高度成長時代に入って町場は野丁場に侵食され、鳶職人も少なくなっていた。一軒建てるために棟梁が職人を集める旧来のやり方が成り立たなくなりはじめていた。竹を編んでわらと土をこねたものを塗りこめて作る木舞壁が壊滅する時代でもあった。追いつめられていく町場の労働者には健康保険も労災保険もなかった。そこで日雇い健康保険や労災保険を組合がつくった。日雇いでも十五日以上働くとその月の健康保険が補償される。それを証明する印紙を発行するのが別役の大切な仕事だった。

軽二輪のホンダのカブに乗って、組合員の家をまわって保険証を集め、印紙を貼ってまた届ける。印紙十五枚で一組、それがそのまま健康保険になる。毎月印紙をやりとりするのが大変な手間で、根気のいる仕事だった。別役はこれを律儀にこなしたから、大工さんや左官屋さんに頼りにされた。行くとお酒を出されることもしばしば。水だと思って飲んだら、お酒だったこともある。東久留米の都営住宅にあたって母親と住んでいた時期には、ホンダのカブで一時間半かけ、芝まで出勤していた。

組合員の生活向上に一番役だったのが協定賃金制度だった。それまでは徒弟制で給金も明確な決まりがなかったが、日当の規準を決めた。別役は「大工さんの日当は一日千八百円です」などと書かれたステッカーを貼って歩いた。若い職員たちと毎晩、ノリの入ったバケツをぶら下げ、街の電信柱にステッカーを貼って歩くのである。

そのころは右翼も左翼もビラを貼っていたが、実は非合法活動であり、警官に見つかると交番で始末書を書かされる。立ち小便と同じ軽犯罪で、立件されると六百円だかの科料をとられるのだ。「おまわりがきたら逃げろ」という示し合わせになっていた。

回想記『東京放浪記』によると、一度だけ捕まったことがあった。高輪あたりの路地裏で一仕事していたときのことだ。見張り番に「おい、きたぞ」といわれたときには電信柱に糊を塗っていた腕はもう警官につかまれていた。そのままパトカーで高輪署に連行された。ふつうなら頭をさげて始末書を書くところなのだろうが、なんと別役は黙秘権を行使した。それで一晩、留置所に放りこまれた。

「おい、おい、ビラ貼りで黙秘権かよ」

高輪署員もあきれたそうだが、好奇心から黙秘権を試してみたかったのである。組合に配布されていた「黙秘権の使い方」なるパンフレットをしっかり読んでいたから、これ幸いと思わず「行使してしまった」と回想に書いているが、さすがに「黙秘権を行使します」と口に出すときははにかんだ。

「あそこは宮本百合子も入っていたところだぞ」

あとになって体験に「色どりをそえてくれた者がいた」という。

同じ房には割れた竹で相手を殴り、顔に傷をつけた中年男がいて「女房がきてくれないんだよ」としきりに嘆いていた。「出たら女房にくるように言ってくれ」とせがまれた。翌朝、組合員が迎えにきて出られたので、むろんのこと律儀な別役は教えられた住所を訪ねた。女に男の気持ちを伝えたが、女は「そうですか」と素っ気なく言ったきり奥へ引っこんでしまった。「その街の深部に少しだけ触れた思いがした」とつづっている。

そんなビラ貼り仕事にくわえ、税金の申告用紙を書いたり、雑多な事務処理をしたりと組合づとめは肉体を酷使する忙しい日々だったが、劇作家の道を歩みはじめた別役にとっては精神の自由が保てる理想的な職場だった。

「そもそも自由舞台に入ったとき、ゆくゆくは映画でもやろうと思っていたんです。先輩のなかに映画へ行った人も多かったし、満洲で世話になった満映の人たちが東映に行っていましたからね。満映のプロデューサーだった坪井与(あたえ)さんが京都の太秦にいたので、あるとき会いにいった。東映のスタジオを見学させてもらったんですが、威張っているのが時代劇の片岡千恵蔵とか市川右太衛門で、大名行列がスタジオから出てくるんですよ。これは自分の世界じゃないな、と。映画会社の採用自体もなくなって、それなら芝居を一生懸命やらないといけないな、と思いはじめた。

早稲田をやめて最初に給料をもらったのが日経だった。持村さん、いい人でしたよ。松川事件の仙台高裁判決のとき、仙台までバスに支援者を乗せた。仙台高裁について、そこで協議会事務局は解散した。僕が添乗員みたいな形でした。

そのあと東京土建に入った。弟が大学を卒業するまでは給料取りにならなければいけなかったんです。劇作家一本で行こうと決めたのは岸田戯曲賞をとってから。働く業種は何でもよかった。そのころ組合の書記は給料が割合に良かったんですよ。月一万四千円だと思ったな、東京土建の最初の給料が。実態としては生活協同組合で、合理化反対運動などはそれほどやっていない。

芝の土建は一戸建ての家を借りて事務所にしていた。二階が会議室。女性二人と僕と書記長と四人いました。港区の組合員は全部集めれば百人くらいいたかな。町場の大工さんは新潟出身が多く、人なつこい人ばかりだった。若者はたいていオートバイに乗っていたから、トラックに引っかけられたりする。田舎から出てきている人はうまく都会の人とつきあえない。代わりに示談交渉したりした。僕は青年団担当でした。野球をしたり、オートバイ旅行をしたりした。一度、山中湖に青年団で旅行にいくことがあり、二班に分かれた。一班が先に行ったら、誰かが白鳥を捕まえて食ったという事件があった。あんなの食う気にならないと思うんだけれどもね。僕らは二班目で、新聞ダネになっていたので中止になったことがある。熱海や湯河原の大旅館を借りて大会をするのが楽しみでね。前借りはしたけれどボーナスも出たし、それほど困ることもなかった」

面白いことに別役は紹介されて入った東京土建の港支部に有馬弘純を招きいれている。有馬によれば、別役の仕事ぶりはいたってまじめで、大工さんや左官屋さんにヤクさん、ヤクさんと慕われていた。事務局がなんでも仕事をまかせるほどだったから、そのままいれば組合長になっていただろうという。

組合関係者の回想を読むと、品川支部や大田支部の若者たちと北岳や槍ヶ岳に登り、健脚ぶりをみせつけていた。疲れて動けなくなった者の荷物を代わりにもったり、こまめに世話を焼いたりし、感謝されている。多くの組合員が『象』を観にいって「あのヤクさんがねえ」と面食らったといい、岸田戯曲賞受賞の報も一同をおどろかせた。退職の際は特別に感謝状が出され、前例がないほど盛大なお別れパーティーが開かれた。そうした真面目な勤務態度からすれば、別役はまるでプラハの保険局につとめて不条理小説を書いていたカフカである。

別役はよく劇作家は書斎派ではないという話をする。芝居は一人ではつくれない。演出家や制作スタッフ、役者たちとコミュニケーションをかさね、予算の計画をたて、宣伝して切符を売る。部屋にこもってはいられないのだ。うるさかろうが、大勢人がいようが、外で書けなければならない。それは自ら実践するところでもあった。

組合時代六年五か月のうち後半は電車通勤となり、家に帰るまでに喫茶店に立ち寄った。そこで原稿を書く。目黒のスイス、中野のクラシック、高円寺のネルケン、渋谷のライオン、ランブル、田園……。西荻窪ではしょっちゅう「たみ」で喜多哲正や有馬弘純と落ち合っていたから、駅前のこけし屋に寄ることが多かった。『AとBと一人の女』や『象』が生まれた名曲喫茶ネルケンは二〇一八年現在でもなんと健在で、薄暗くひんやりとした店内はまるで一九六〇年代にタイムスリップしたかのようだ。

疾風怒濤の時代を喜多はこう回想している。

「私は早稲田を卒業したあとチュウと有馬と別役とで多摩川へ散策にいったことがあります。議論をふっかけられた。抗弁できない弁の立て方で、私には屈辱感があった。演出家はそういうものだろうと思うけれど。別役は偉いから一歩さがってチュウを立てていましたね。彼は紹介した東京土建につとめながら、我々の合評会にきていた。私と有馬とで盛んに書きなおせといって、議論してできたのが『象』という戯曲なんです。彼はすごく律儀に反省して書き直してきた。そのあと早稲田小劇場が独立し、傑作の『マッチ売りの少女』を上演した。私も物書きを志していましたが、才能のきらめきにおどろいた。『だめだ、戯曲ではかなわん』と思った。ベケットとカフカの不条理をとりこむ修業のなかから『マッチ売りの少女』ができたんです。ただ別役は生活のため書きまくらなきゃいけない。それで私は言ったことがある。小説は書かないでくれよな、と。律儀な別役が『童話ならいいか』と訊くので『いいよ』と答えたものです」

世に出る上で実質的なデビュー作となった『象』に話をもどそう。それはこんな戯曲であった。入院中の「病人」を甥である「男」がある日、訪ねてくる。「病人」は広島の被爆者で背中のケロイドを街頭で見せ、喝采を浴びた過去の栄光が忘れられない。実は「男」も被爆者であり、静かにそのとき（死）を待つべきだと主張する。妻や医師との会話から「病人」の奇妙な衝動が明らかになっていく。やがて症状の進んだ「男」も入院してくる。「あの街」へ向かおうとする「病人」と静かに堪える「男」の対比が原爆症の悲劇を喜劇的に浮かびあがらせる。ある雨の日、ついに「病人」はあの街にいく決意をする……。

この戯曲の「病人」にはモデルがあった。アメリカ人記者団に背中のケロイドを撮影させたことから「原爆一号」と呼ばれた吉川清である。原爆ドームの近くでみやげもの屋を開き、請われればケロイドをみせていた。土門拳の写真集でその存在を知った別役はケロイドが象の肌に見えた。戯曲には動物の象はいっさい出てこないのだが、イヨネスコの不条理劇『犀』のような寓意性はやはり感じられる。

この『象』も政治運動への失望から生まれた戯曲であった。初演された一九六二年は国民的運動だった原水爆禁止運動が日本共産党系と日本社会党系に分裂していくときでもあったのだ。社会主義国の核実験を容認する日本共産党系とソ連にも抗議せよという日本社会党・総評系が激しく対立し、原水協（原水爆禁止日本協議会）がもめにもめた時期である。のちに組織が分裂し、別々に大会が開かれることになるのだが、別役はむろんのこと被爆者の実感をはなれた政治の党派性に違和感を覚えていた。

つまり『象』という作品は被爆の問題を不毛な政治性から断固として解き放つ試みであった。別役が畏敬し、戦後の三大戯曲に数える田中千禾夫の『マリアの首』は長崎の被爆者の救済を政治ではなく、精神の領域に見いだそうとした名作だが、『象』をそれと対をなす歴史的成果とみなすこともできる。

初演から四十八年たった二〇一〇年、この『象』が新国立劇場で上演された。パンフレットの座談会（別役実、扇田昭彦、鵜山仁）でこう語っている。

……ある種の恨み辛みみたいなものがあって、それを純化したいというのがあった。左の回路を使っての恨み辛みは正論として有効じゃないというか、ありきたりだと。右側からいく恨み辛みはナンセンスだ。じゃあ、恨み辛みを純化するにはどうすればいいのか。そこで、モデルになったのが、「原爆一号」の男だと。あの人を通じて恨み辛みを出せば、右でも左でもない純化したものが出せるだろうと思った。「マッチ売りの少女」を通じての恨み辛みも、戦争責任だけじゃない得体の知れない恨み辛みになるだろうと。当時我々が感じていた漠然とした恨み辛みをどういう形象を通じてどう純化しようかと考えていた気がします。

誰に訊いても好青年だったとの答が返ってくる二十代の別役だったが、その心のなかには名づけようのない恨みつらみ、どろどろした怨念が澱のように沈んでいたのである。それは安保闘争で回収されることのなかった精神の曇りだった。うずくような怒りを受けとめる孤独なたましいがある詩魂となって、うごめいていたのではないか。

もともと原爆一号をめぐるはじめの着想は「赤い月」という短い散文詩に書かれた。それを戯曲化して新劇団「自由舞台」の旗揚げ公演の演目にしようということになり、鈴木忠志はお金を用立てて別役を群馬県の川原湯温泉にカンヅメにした。ところが、一週間ほどいても一枚も書けない。結局東京に帰り、高円寺のネルケンで書き進め、喜多、有馬の助言を入れつつ、なんとか完成させた。どんな助言だったのか二人に訊いてももはや定かではないが、難産だっただけに背中を押す必要があったのだろう。

ちなみにそれ以来、別役はカンヅメなるものが大の苦手となり、俳優座に頼まれた『そよそよ族の叛乱』を書くのに横浜のニューグランドホテルにこもったときもおおいに苦戦した。テレビをつけながら書くことで、少しだけ筆が進んだ。喫茶店のように、人の気配がないところでないとだめなのだ。

執筆に向けおおいに力となったのは翻訳文学で、第一にカフカ。断食を見世物にする男が人気を失い、時代から取り残される短編『断食芸人』は『象』の祖型ともいえる作である。過去の栄光にすがる叫びは『セールスマンの死』の主人公ウィリー・ローマンを思わせるし、むろんベケットの『ゴドーを待ちながら』の影響も濃厚だった。

別役は『象』で不条理劇の独自の作法を試行している。「男はゆっくりと立止る。あたかも立止ったかに見えるのである。もちろん立止ったのであるが……」といったト書きで男の実在感を強調し、人間に「位置のエネルギー」をもたせようとした。水は高いところに上げると、静止していてもある種のエネルギーがある。そのダイナミズムを演劇に取り入れられないかと考えていた。別役の不条理劇はあえていえば、演劇によって立体化される抽象画の世界なのだ。

本人の言葉で『象』上演をふりかえっておこう。

「当時、原爆問題を書くとなると政治屋が待ち構えている。どうすり抜けるか。原爆とはそもそもなんなのかを書きたかったんです。ケロイドをみせる原爆一号の行動には原水協のなかでも批判がありましたが、僕はむしろ肯定したい。有効であると考えた。あのときは素直に正直に書いた。そのあと、ああいうセリフがなかなか書けなくなった。演劇に開眼したという意味では『AとB』よりも『象』の方が自分の中身が出せている。

俳優座劇場での初演は割と酷評された。床を裸足で歩いて、そのままベッドにあがるシーンがあって、ほっぺたをひっぱたかれた気持ちになったというんだ。スリッパをはかないとシーツが汚れるじゃないかと。岸田戯曲賞の候補にも残ったんですが、否決されて落ちた。原爆を肯定しているんじゃないかという批判まであった。ただ若い人の間では評判になりました。悔しかったのはその後、作品を書くたび『象』にはおよばない、あの迫力がないと言われつづけたこと。なんだか神話になっちゃったんですね。

初演のとき、病人役は小野碩がやった。知的で繊細な演技でものすごく良かった。カミソリで腕を切る場面がありますが、シーッと金属的な声を出したりして情感と知性が収斂して一つの境地になっていた。演出のチュウとも結構いがみ合いましたけれども、三人の関係がうまくいった。そのころはみんなで議論しながら稽古をしていた。富田新一郎の装置もよくて、ギリシャ悲劇的な空間で仮面の前で演じた。チュウは病人の神秘性を出そうとした。そういう演出はそれまであまり無かったんですよ。小野の演技は本当の病人で、狂気があった。あの演技はもう一回やれといわれてもできない、内的な完成があったと思う。チュウと小野ちゃんと僕とで不条理劇の文体をつくることができた気がしました。小野碩のような役者はそのあと出てこない」

新しい世紀に入ってからだけでも『象』は新国立劇場、燐光群、俳優座、名取事務所が上演した。なかでも新国立劇場の舞台は大量の衣服が散乱する死の空間で大杉漣の病人が奇怪な衝動を体現し、強い印象を刻んだ。二〇一四年七月に惜しくも肺がんで世を去った深津篤史の代表的な演出作品であり、小野碩のあとの『象』役者ともいえた大杉漣まで二〇一八年二月、ロケ先で倒れ、帰らぬ人となってしまった。新国立劇場の『象』は早すぎる二人の死によって、消えがたい残像を私の心に焼きつけている。

別役はそんな新国立劇場の舞台をほめたたえたが、それでもなお特別な体験だった初演にはどうしてもおよばなかったようだ。小野碩を超える舞台は二度と現れない、だから褒め言葉も「二番目に良かった」が最良となったのである。

カミソリで腕を切って体中に血を塗りたくる場面。別役は「たじろぐ生理」を小野にみた。それは「清潔な生理」で、演出家が「たじろぐな」とせっつくと「そこ」へ近づいていくが、寸前のぎりぎりのところで、やっぱりたじろぐ。そうした不条理劇にふさわしいイロニッシュな演技が奇跡的に成立していたという。松岡正剛は「手の動きの美しい名優だった」としのんでいる。別役にとって初演の『象』はあの日あのとき、あのメンバーでしかなしえなかった絶対的演劇だった。

さて、夢うつつのような『象』の世界は冒頭、詩的な「男」のセリフからはじまる。別役劇に特徴的な黒いコーモリ傘をさす男の初出である。「皆さん、こんばんは。私は、いわば、お月様です。お空に、まんまるの……」とつぶやいたあと、こうつづける。

あるいは……。

あるいは、おさかなです。

いわば淋しいおさかな。

例えば、私はよく涙を流します。まるで、とめどもなく……。

つまり、私にとってみれば、哀しい時に、涙を流さないなんて、万が一にも考えられないのです。

私の涙は、細い白い糸のように、暗い深い方向へ、私をサカサマにする方向へ、流れています。

だからもしかしたら、私は涙にブラ下ったおさかなです。

私は『スパイものがたり』の歌「雨が空から降れば」をまたぞろ思い起こす。書きながら「……おさかなもまた雨の中」と口ずさんでしまったほどである。

そうして短い童話『淋しいおさかな』のページを繰れば、今度はシクシクと泣く海のおさかなが語りかけてきた。野原に住む女の子が夢に現れるおさかなが泣くので「なぜ」と尋ねると「淋しいからさ」と答を返す。女の子は月や風と話し、海を目指す。

八木重吉の詩がそうであったように、おそらくは別役実の詩心にとって雨は涙であり、おさかなも月も風も淋しさの心象スケッチなのだろう。『台詞の風景』には、こうある。「もしかしたら『お月様』も『オサカナ』も、既にそのものではなくなってしまいつつあるのかもしれない」(「お月様」)

そのものでなくなってしまった、おさかなの淋しさ。

新国立劇場パンフレットの同じ座談会で「おさかな」の正体について問われた別役は「わからない」と答えているが、一方で引揚者にとって生の魚は見慣れぬ気持ち悪いものだと断っている。満洲では川魚が主で、それも調理されて出てくるのを目にするくらいだったが、内地にきてみたら魚屋の店先に嫌というほど生の魚があって面食らったという話を私は本人から聞いたことがある。「涙にブラ下ったおさかな」は日本への違和感が消えない引揚者の、くぐもった心の徴でもあっただろうか。サカサマにされたおさかなは、わけもなく悲しくてしくしく涙する……。

その後に傑作という評価が定着したにもかかわらず、別役はながらく『象』を読み返すことが苦痛で仕方なくなった。モノローグに感情移入が強すぎ、セリフがべたついていると感じてしまうのだった。いわば自己嫌悪。ただ気に入っている場面もあった。

第一幕二場。病室に見舞いにきた妻がおにぎりを食べている。梅干しとカツオブシのどちらがいいか、タクアンは辛口と甘口のどちらが好きか、と話が進んで、妻のおにぎりの食い方が無造作すぎると夫の病人はなじりはじめる。

……教えてやるよ。まず、テッペンから、モクモクやるだろう。おかずが出て来る。ひっくり返すんだよ。わかるかい。今度はお尻の方からパクパクやるんだ、ね。最後におかずの所が残る、それを最後の一口にするんだ。

これが順序っていうもんだ。つまり計画だよ。作戦さ。最後まで楽しいってわけだ。そうだろう。

友人の有馬弘純に味噌汁の作法を教えた別役実その人がここにいる。全体に重く沈みがちな『象』にあって、観客をなごませるシーンである。おにぎりをめぐる会話の妙には心なしか落語の味がある。

「早稲田の学生時代の終わりごろから東京土建につとめたころ、落語にかよいました。人形町の末広が主です。週一くらいかな、末広の寄席へ。ホール落語は邪道だと軽蔑していましたね。僕は文楽が好きでした。志ん生は天才、文楽は理詰めといわれていた。志ん生が天才なのはわかったが、才能のない人間は文楽みたいにやらないといけない。三木助、可楽が好きで、よく見ましたね。古典落語は一人で演じるでしょう、宇宙的なんです。扇子と手ぬぐいだけであらゆるものを表現して、すがれる、そのすがれにある感じが出てくる。芸だけで、すべての生活状況が出てくるでしょう。

電信柱の下にゴザを敷いて、お茶の間を出現させる芝居は実は古典落語からきている面があるんだ。すがれた感じを出したい、それが不条理空間に通じている。らくだ、富久、船徳、四万六千日、黄金餅。寄席に座って噺をきくのが好きでした。落語の感覚は得体がしれないでしょう。のちに三木のり平さんに芝居に出てもらいましたが、あっこれは落語だな、宇宙的だなと思わせられた」

実のところ、別役がそのころ参照していたのは翻訳言語だけではなかった。浅草のストリップ小屋カジノ座に照明係で雇われている早稲田の友人がいて、その縁で照明室に何度か入れてもらい、ショーの合間のコントを観ていた。同じころ三つ上の井上ひさしはフランス座の文芸部でコント台本の修業をしていた。別役はフランス座でもコントを観ていたから、それと知らずすれ違っていたかもしれない。一九六〇年代演劇の源流には浅草のコントもあったのだ。別役の場合、井上ほど浅草には深入りしなかったが、落語にははまった。政治とわかれ、日本語の不条理劇を誕生させるそのとき、落語の笑いが接ぎ木されたのである。

ところで、別役戯曲にとっての風も『象』が初出であった。「私は涙にブラ下ったおさかなです」とつぶやく謎の男は、こうつづけていた。

いいお月夜です。

ノビノビとオシッコをしてみたくなるような……あるいは、何処か遠い所へ落ちてゆくような……。

あたたかくもないし、かといって、寒くもない……。

風が吹いています。

もちろん、ごくソヨソヨした奴に違いない。

別役実の風はそよそよと吹くのである。

第六章　言葉の戦術

劇作家の登竜門といわれる岸田戯曲賞（第十三回）をとったときのことだ。主催する白水社は山の上ホテル（その後、日本出版クラブ）で授賞パーティーを開くのをならわしとしていたが、別役が『マッチ売りの少女』と『赤い鳥の居る風景』で受賞した一九六八年一月当時は社長室で簡単な式があるだけだった。受賞作と選評を載せる雑誌『新劇』の編集長だった演劇評論家の石澤秀二がポケットから祝儀袋を取りだし、手渡した。

「間違ってるといけないから、数えてみて」

石澤は冗談のつもりだった。ところが別役は素直に「はい」と答え、律儀に一万円札をその場で数え

「確かにあります」と答えた。

「その顔が忘れられない。なんて純真な青年だろうと思った」

石澤から聞いた話である。ちなみにそのころ賞の名は「新劇」岸田戯曲賞といった。もともとは白水社が新劇戯曲賞として一九五五年にはじめ、六年後に新潮社の岸田演劇賞を吸収して「新劇」岸田戯曲賞になった。いまのような岸田國士戯曲賞になったのは一九七九年からである。雑誌自体はもうないが、名門の賞として存続している。

候補になったのは『象』、『門』につづいて三年連続、三度目の正直だった。受賞を機に仕事をやめ、

筆一本で食っていこうと決意していた。社長室に集まっていた選考委員にその旨を告げると、反応は予想外のものだった。審査員が全員反対したのである。

「審査員があわてて全員反対した。宮本研さん、福田善之さん、矢代静一さん、八木柊一郎さんとか全員が。働きながら書いた方がいい、経済的になんの保障もないんだよ、と。研さんは青年芸術劇場に書いていたとき、劇団が朝昼晩とおにぎりとおかずをとどけてくれたらしい。それくらい食えなかった。僕も仕事をやめたころが一番苦労した。失業保険を半年もらえるんだけれど、食えるほどはもらえない。行くたび希望職種を申しこまないといけないのに、わざと斡旋されないようにしないといけない。あんまり断ると、あんた職業につく気があるのか、となる。それが大変でしたね。姉は結婚していたし、弟は大学を卒業した。妹も就職して踏ん切りがついたんですが、いつどうなるかわからない。

夜なかにぱっと目がさめる。大丈夫だろうかと。一年半くらい、そういう状態でした。岸田賞をとったとき、唐十郎から電話をもらいました。あんたの方が先にとると思っていたよ、と。唐とはどう知り合ったか覚えてないんですが、喫茶店で会話してお互いホンを見せ合ったりしていた。高円寺のネルケンで唐が何とかの塔の下という作品を書いていた。ガリ版印刷でポエティックな芝居だった。面白いというか異常感覚、でも才能は感じたな。雰囲気がポエジーなんです。その場で『へえ、君こういうもの書いてるの』と言った覚えがある。僕はそのころ『象』を書いていた。唐とは何回かネルケンで会っていると思いますが、ナイーブな詩人、中原中也みたいな感じでした。ああいうスキャンダラスな男になるとは思わなかったな」

唐十郎が名曲喫茶ネルケンで書いていたのはたぶん処女作『24時53分「塔の下」行は竹早町の駄菓子屋の前で待っている』だろう。唐が詩人としてすでに名をなしていた寺山修司に送ったところ、下町的な不条理劇だとほめられたという戯曲だ。

唐の方は別役の才におどろき、ひそかに文体を研究していたふしがある。第二作『月光町月光丁目三日月番地』はそうしてできた作だった。のちに「特権的肉体論」をかかげ、状況劇場の紅テントで李礼仙（のち李麗仙）、麿赤兒、大久保鷹、根津甚八らと肉体の叛乱ともいうべき猥雑なエネルギーを発散する唐十郎はその実、内向的な詩人の面影をもっていた。演劇的に対極に位置するとみられた二人は、詩人の資質において生涯心をかよわせる間柄となったのである。唐は『少女仮面』で一九七〇年、第十五回岸田戯曲賞の受賞者となった。

劇作家が戯曲だけで食っていくことはいまなお大変だ。大規模興行が可能な商業的演劇ならともかく、東京の中小劇場で一か月に満たない公演しかできない集団の場合、台本の対価はせいぜい百万円を少し超えるくらい、もっと安い例がほとんどだ。一九九三年に日本劇作家協会ができたとき、書き下ろしの報酬を上げることが大きな課題になった。

「協会が戯曲の書き下ろしについて組合の協定賃金のようなものをつくったんですが、僕はそれまで随分安売りしていたみたいで、後輩から怒られたものですよ」

別役は苦笑していたが、著名な劇団であっても上演料は協会ができたあとの相場からいえば三分の一ほどだったのではないか。新劇の劇団なら二、三十万というところだった。日本劇作家協会が協定をつくってから、ようやく百万内外に上がったという。上演料にくわえ、雑誌に掲載されたときの原稿料、本にしたときの印税を足しても、商業演劇やテレビの脚本ほどには実入りがない。食っていくために多産を強いられたともいえる。

新劇の上演料が労力に見合わないほど安いことに秋元松代などは憤ったことが知られている。大学教授のような定職に一切つかず、物書き専業で暮らしてきた別役の「劇作家ぶり」には余人にないすごみがある。酒のつきあいはないし、電動化が進む前のパチンコを楽しむくらいで、喫茶店をめぐりながらラジオのドラマ、エッセイ、童話などを横書きの原稿用紙にせっせと書きまくる日々。黙々と多産をこなす、勤勉でつつましい、文字どおりの小市民的劇作家となるのである。

先輩演劇人たちは、いろいろな助言をした。研さんの愛称で親しまれた宮本研は岸田賞を受賞したばかりのとき、真っ先に忠告した。

「仕事をもらったら必ずカンヅメを要求したまえ。一流ホテルに入っている間に栄養のあるものをいっぱい食べておくんだ」

ところが、別役はこのカンヅメが大の苦手で喫茶店でないと書けない。貴重なアドバイスが生かされることはなかった。実行したのは「保険に入っておきたまえ」という忠告だった。カンヅメの最中に腹膜炎で倒れた研さんは大学病院にかつぎこまれたことがある。退院後、親切に教えてくれた。

「劇作家は病気をすると、いきなり無収入になる。入院したとき日当のつく保険に入っておかないといけないよ」

さらに、こんな会話もあった。

「ホンがあがって、上演料が示されたらね」

「はい」

「金額を見ずに大声で『安い！』と叫ぶんだ」

「なんで金額を見ないんですか」

「俺たちはもらいなれてないだろう、こんなにもらえるのかと思っちゃうからね」

宮本研は法務省の職場演劇サークルから頭角を現した劇作家で、戦後三部作や革命四部作で知られる。戦後三部作の『日本人民共和国』は二・一ゼネストの内幕を末端組合から活写した喜劇だが、上演中に怒った日本共産党員が次々退出したという逸話がある。党上層部の欺瞞を揶揄し、民衆の視点に徹した硬骨の研さんは、社会主義リアリズムを乗りこえる一九六〇年代演劇の一つの支柱であった。大正期の革命運動を生き生きとした人間模様にまとめた革命四部作の『美しきものの伝説』はくりかえし再演をかさねる名作である。

初期の別役戯曲を上演した劇団の一つに俳優小劇場があった。俳優座養成所を出た千田是也の教え子たちが一九六〇年に結成し、小劇場運動の先駆けともなった集団だ。主宰は演出家の早野寿郎、創立メンバーには新劇寄席などでともに活躍した怪優小沢昭一や別役夫人となる新劇のスター楠侑子らがいた。

忠臣蔵の早野勘平をもじってカンペイさんと呼ばれていた早野は、新進の別役をあるとき「無勉強派」と名づけた。なにしろ「私は、戯曲を書くために資料を必要としたことなど一度もない」（「『そよそよ族の叛乱』創作ノート」『言葉への戦術』）と書く劇作家なのである。しょうちゃんこと小沢昭一とともに世におくりだした井上ひさしが調べ魔の「勉強派」だとすれば、その対極にあると早野はみたのだ。

実際、想念のなかから固有名詞をもたない男1や女1が動きはじめるのを待ち、あとは「手が書いてくれる」という別役実式自動筆記には資料や文献がほとんど必要ない。カンペイさんはNHKで仕事を一緒にしたとき、嘆息した。

「別役さんて取材もしないし、資料も必要としないし、カンヅメもしたがらないから、お金の出しようがない」

カンペイさんはNHKだと台本料そのものは安いから、取材費やカンヅメ代で埋め合わせさせようと思っていたのである。

第一戯曲集を出そうとしたとき、最初に話があったのは現代詩を扱う思潮社だった。ところが世話焼きの福田善之が聞きつけ、自作『真田風雲録』を出していた三一書房の方が印税が高いと口利きしてくれた。以降、別役の戯曲集は三一書房から刊行されることになった。

さて、物書きとして退路を断った別役は岸田戯曲賞受賞の感想をこんな一文にして『新劇』(一九六八年三月号)に寄せた。

私のたましいは久しく貧しかった。もしかしたらその貧しさを正当化するためにのみ、前衛劇であり、小劇場運動であり、そして新劇であろうとしていたのかもしれない。

私はどちらかと云えば、或る内部からの情熱がもり上ってはじけるニキビでなく、むしろ、風を頼りに運ばれてたまたま住みつく疥癬である。だから私にとっては居留地を得る事こそが至上命令であった。私の芝居が、しばらく新劇の中で異端視されたのは、むしろ私が、余りに新劇的であろうとしすぎたからかもしれない。私は今、この受賞により、さり気なく新劇人である。それが先ず嬉しい。(中略)

私の次の野心は、さり気なく新劇人であり得たように、さり気なく日本人であり得る事であり、次いでさり気なく、人間である事に他ならない。

(「第十三回岸田戯曲賞受賞によせて」)

満洲から引き揚げてきたデラシネのたましいは、ようやくにして新劇という居留地に着き、劇作家別役実になったのである。なんとか新劇人になってこの外国のような「日本」で自立しなければならなかったから、ふつうの日本人以上に新劇的に、新劇の純化を推し進めなければならなかった。自身をそう顧みていたのである。

だが、日本人であって日本人でないという在日「日本人」のイロニーは劇作家の深奥に刻印され、消えずに残った。この宿命的ともいえる故郷喪失者は言葉をめぐって、はじめから透明なかなしみをかかえていた。師ともあおいだ劇作家、田中千禾夫に『劇的文体論序説』というすぐれた戯曲論がある。『竹取物語』から一九七〇年代の劇作家にいたるまで精細に戯曲文体を考証した大著だが、別役実は「無調演劇」に分類され、その登場人物は舶来の無国籍人と指摘されている。無国籍人は固有の言葉をもたない。伝統や習俗も知らず、倫理的な経験も真っ白で、自分が善人であることも知らないように素朴で思いやりがあって優しい。

「だから、折り目正しく丁寧である、と云うより、寧ろ、そうであることで相手を警戒させることを怖れるように丁寧である」（田中千禾夫『劇的文体論序説　下』）

ときとして異様なまでにへりくだる、ていねいな言葉づかいには「日本」という共同体に入ろうとするときの微妙なためらいがふくまれていただろう。湯の熱さを何度も確かめてから風呂につかるような慎重さ。そうした言葉の所作にはどこか淋しく、ものがなしい調べがある。根を生やすことのできない喪失感の響きとでもいおうか。

あの黒いコーモリ傘も「隠れる」というおびえの意識と結びついていると自身、語ったことがある。家にこもるのと同じ感覚で街頭に出ていくのである。コーモリ傘は英国紳士にとってそうであるように、いざとなれば護身のための武器ともなる。

「何か陰に隠れるとか、独立したある空間を自分自身で保とうとする、そういうふうな意識なんじゃないか」（岩波剛のインタビュー『別役実の世界』）

あるとき、音楽面の協同者だった小室等にこんな話をしたことがある。

「外国からきた人が片言でおはようと言うとき、自分のすべてをかけたかのように言葉を発する。外国からきた人には、その言葉しかつながるものがないからだ。はたして僕たちはそのように言葉をしゃべっているだろうか」

おはよう、こんにちは、さようなら。

そうした日常の約束事をさりげなく歌詞にする別役フレーズには「劇作家の深い思いがこめられていたことがわかったんです」と小室は回想していた。

別役には満洲育ちならではの、避けがたいコミュニケーションの不全感があった。評論集『言葉への戦術』にこんな告白を記している。一九七二年の稿である。

私は日本語を知らない。つまり私は、満州に生まれ、高知、静岡、長野、東京と移り住み、そうした中で私自身の言葉を、極めて中性的なものにしてしまったらしいのである。言葉が中性的なものになるということは、それが本来もつエネルギーを見失うということである。現在、日本語が本来もつエネルギーは、いわゆる方言というものの中にしかない。もちろん方言も、様々な場を通じて戯画化され、それぞれ一つの形骸になりつつあるのだが、それでも、民族の主体的な表現としてのエネルギーを、そこに探り出すことは可能である。

劇作家でありながら方言を知らないということが、どれほど致命的なことか、私は最近ますます考えざるを得なくなってきた。（中略）

本来劇作家というものは、言葉を決定し、さらに持続的に決定しつづける才能によって劇作家たり得ている。私はそうではないのである。私の使うことのできる言葉は、既に決定された言葉だけだ。言うならば言葉の死骸である。

（「日本語について」『言葉への戦術』）

言葉の死から出発した劇作家、それが別役実なのだった。

久保田万太郎にとっての浅草、秋浜悟史にとっての岩手、井上ひさしの山形、清水邦夫の日本海といった言葉の故郷をもっていなかった。言葉の体温はあとから次第につけくわえられるものだった。あいさつ言葉のようなフレーズで織りあげられる無色の劇世界に、歌の響きや慣用句の音感といった絵の具でかろうじて色をつける。ふつうの劇作家とは道筋が逆なのだ。「だからおそらく逆からきている。逆をいってるんじゃないか」(岩波剛のインタビュー『別役実の世界』)とはっきり自覚していた。

いわば演劇の逆コースである。私は『象』の冒頭をふたたび思い起こす。

「私の涙は、細い白い糸のように、暗い深い方向へ、私をサカサマにする方向へ、流れています。だからもしかしたら、私は涙にブラ下ったおさかなです」

ケロイドの原爆一号を訪ねる「男」のセリフだ。いっときは読み返すのも嫌になったというが、この詩のようなセリフには劇作家を封じこめる酷薄なイロニーがある。

書くはしから言葉が死体となってゆく。そのことを自覚する、かなしみ。別役実の「日本語」はたとえていえば、大海を自由に泳ぐことができない淋しいおさかなだ。

六〇年安保と青春がかさなった演劇人の多くは若くして脚光を浴びている。

四歳年長には慶応大学に進んだ演出家の浅利慶太がいる。付属高校からはじめた演劇活動がめぐりめぐって慶応と東大の合同劇団に発展し、やがて劇団四季を創設した。二つ上の寺山修司は早稲田入学のころ『チェホフ祭』五十首で『短歌研究』新人賞を受賞し、次いで処女戯曲である詩劇『忘れた領分』を書いた。劇団ガラスの髭を組織し、大隈講堂でこの『忘れた領分』を上演している。一九六〇年七月に寺山の『血は立ったまま眠っている』を初演で演出したのは四季の浅利慶太である。

一つ上で早稲田の演劇科にいた清水邦夫は一九五八年、処女作『署名人』で早稲田演劇賞とテアトロ演劇賞を同時受賞し、学生劇作家としてすでに注目を集めていた。戯曲の初上演（蜷川幸雄が出演した青俳公演『明日そこに花を挿そうよ』）はその二年後、これも一九六〇年七月のことである。青俳の清水番だった蜷川は、早く世に出たいと気持ちをはやらせていた。

ちなみに東大生、大江健三郎が『飼育』で芥川賞を受賞したのも別役入学と同じ一九五八年のできごとで、この年には浅利、寺山、大江にくわえ石原慎太郎、江藤淳、谷川俊太郎、永六輔、黛俊郎、福田善之らが安保反対を旗印に「若い日本の会」を結成している。

日本の文化各界は青春の輝きを放っていた。学生劇団は新しい演劇を生みだす力の源であった。早稲田でいえば、自由舞台の隣に部室があった演劇研究会（劇研）に役者の村松克己、編集者から作家になった津野海太郎、NHK副会長から世田谷パブリックシアター館長になる永井多恵子がいた。東京大学演劇研究会には劇作家、演出家になった山元清多や演劇評論家の菅孝行にくわえ、学外からも別役作品の演出家となる古林逸朗や末木利文、学習院大学戯曲研究会で末木と一緒だった演出家の太田省吾、演劇評論家の佐伯隆幸が参加していた。明治大学の実験劇場にいた大鶴義英はすなわち唐十郎である。

彼らは盛んに研究会や試演会をくりかえし、互いに行き来していた。六〇年安保世代は所属する大学、集団、ジャンルを超えて、どこかで知り合っていることがとても多い。開成高校を出て大学に進まなかった蜷川も一九六〇年代の一時期、津野、佐伯、村松らと深い交流を結んでいる。このような若き演劇人たちの森から、やがて既成劇団に飽き足らない集団が次々と旗を揚げる。

別役実もまた、二十代で頭角を現した新世代の旗手であった。演劇評論家や演劇記者がその名をことに意識するようになったのは、一九六五年に劇団青芸（青年芸術劇場）が観世栄夫演出で上演した『象』からである。東京新聞の演劇記者だった森秀男は「無意味とも思える日常的なことばを反復しながら、その透明であると同時に肉感的でもある文体によって根源的な人間の存在を掘り起こしていた」と文体の目新しさにいちはやく注目している。

その青芸は安保後の演劇青年をもっとも惹きつけた集団だった。一九五九年の創立。能役者、観世栄夫とともにくわわった福田善之は『真田風雲録』(一九六二年)で時代の最前線に躍り出た俊英で、別役たちにとっては兄貴分ともいえる存在だった。『真田風雲録』は大坂の陣を題材にしながら、安保闘争の党派的構図をパロディにしたミュージカル仕立て(林光音楽)。勇士たちは「わッわッわッ ずんぱぱッ」と歌い、躍動する。安保後にそれぞれの道をいく若者の姿がかさなって見える軽快な喜劇だった。

青芸は劇団の垣根を越えて若い演劇人たちを出会わせる結節点となった。唐十郎や佐藤信にくわえ、自由舞台で別役や鈴木忠志の一年後輩にあたる演出家、古林逸朗もいて、『象』では演出助手をつとめている。が、この青芸は一九六六年、あえなく解散する。古林は役者の常田富士男らと演劇企画集団66を結成し、渋谷にあった地下劇場ジァン・ジァンを拠点に別役作品を連続上演することになる。

こうした演劇界の趨勢のなかで、鈴木忠志率いる新劇団「自由舞台」はこれも一九六六年、名を早稲田小劇場と改める。旗揚げ公演は別役の第三作『門』だった。毎朝欠勤届を投函する公務員が靴ミガキの門番と奇妙な会話をする不条理劇である。靴ミガキが鼻毛を抜いたり魚の目をさわらせたりし、やがて公務員に自らを殺すよう仕向ける。原型となったのは、決して通れない門をめぐるカフカの小編『掟の門前』だった。欠勤しつづける男は、このあとくりかえし別役劇に登場することになる。

上演先は時代を牽引していたアートシアター新宿文化だった。支配人の葛井欣士郎は話題づくりのため、劇団員に劇場前で靴ミガキのサービスをさせた。新宿街頭で舞台にならって役者が靴ミガキをすれば記事になるだろうと考えたのである。

芝居の宣伝は当時、新聞が頼りだった。早稲田小劇場の創立メンバーでチャダの愛称で親しまれた制作担当、斉藤郁子は大手紙の記者に邪険にされた。唐十郎や寺山修司のところはすぐ見出しになるキャッチフレーズをつけて資料をもってくるのに、お前らは地味すぎるとしかられたという。無名の劇団が世に出るには、内容以上のハッタリも必要な時代であった。地下演劇を意味するアングラ演劇（アンダーグラウンド演劇）がスキャンダリズムを一つの特徴とした一因はそんなところにもあった。

アートシアター新宿文化は一九六二年四月、『尼僧ヨアンナ』で開場した芸術映画の専門館で、翌年から映画がはねた時間帯に新劇も上演していた。客席数四百。文学座から脱退した俳優の芥川比呂志、劇作家で評論家の福田恆存らが結成した劇団雲が演劇では最初のにない手となった。アメリカ演劇の最新潮流だったエドワード・オールビーの『動物園物語』（荒川哲生訳・演出）は公演のベンチで奇妙な会話が繰り広げられる一種の不条理劇で、蜷川幸雄ら若い演劇人は競って観にいった。

同じ深夜帯で現代人劇場の蜷川が清水邦夫の『真情あふるる軽薄さ』で演出家デビューを飾るのは『門』初演の三年後。早稲田小劇場や状況劇場の新進演劇人にくらべ遅咲きだった蜷川は面識のなかった葛井をいきなり訪ね、遅れてならじとこの劇場で演出させてほしいと直談判したのである。

この映画館は不条理劇という新しい演劇を紹介する窓でもあった。当時もっとも輝かしい存在だった雲はその後も荒川演出でハロルド・ピンターの『殺し屋（ダム・ウェイター）』や『恋人』を取りあげ、三劇団の一つ民藝も気鋭の渡辺浩子が宇野重吉主演で『ゴドーを待ちながら』を演出した。自由舞台の先輩である渡辺が『ゴドー』を手がけたすぐあと、いわば日本語不条理劇のトップバッターとして登場したのが別役の『門』なのであった。社会主義リアリズムを基調とする古い「体制」が崩壊し、新しい演劇を目指す同時多発的な動きが広がっていたのである。

そのよりどころとなったのがアートシアター新宿文化をはじめとする、従来にない小劇場であった。中小の劇場といえば三越劇場や俳優座劇場があるばかりで紀伊國屋ホールの開場が一九六四年、それらをのぞけば多目的ホールを用いるほかなかった時代である。山本安英のぶどうの会にいた竹内敏晴らが演劇集団変身を結成し、代々木小劇場を設けたのは一九六五年。竹内はのちに難聴の経験をよりどころに「からだとことば」のレッスンを手がけ、演劇ワークショップに先鞭をつける異能の人である。

この代々木小劇場に刺激され、早稲田小劇場はアトリエを設立する。『門』上演半年後の一九六六年十月、たまり場だった喫茶店モンシェリの二階に稽古場を兼ねた小劇場をつくったのである。翌月には佐藤信、串田和美らの自由劇場が六本木に客席数六十のアンダーグラウンド自由劇場を開場している。さらに一九六七年には早野寿郎、小沢昭一らの俳優小劇場が渋谷のジローで喫茶店劇場を開始し、状況劇場の紅テントが新宿の花園神社に登場した。一九六九年には寺山修司が渋谷の並木橋に天井桟敷館を開設している。

こうした動きを総称して小劇場運動という。高度経済成長期の東京では、都市空間が目に見えて激変した。あちこちにできたクラック（裂け目）に演劇人たちが侵入し、自立した演劇の空間をつくる、そんな高揚感が演劇界を満たした時代だった。街を歩く未組織の（演劇鑑賞会などとは無縁の）観客が劇場の入り口で行列をつくった。都市の爛熟が小劇場を次々と生み、非商業的な実験演劇がそこから立ち上がってきたということだろう。

早稲田大学が二〇一五年四月、早稲田小劇場のあった場所に早稲田小劇場どらま館を新たに建設したが、それは一九六〇年代演劇の記念碑的な拠点をたたえる意味をもっていた。開場公演でロボット演劇を演出した平田オリザが別役実の大きな影響を受けた演劇人であったことに私は因縁を感じないわけにはいかなかった。

商業的な演劇のプロデューサーたち（たとえばのちに演劇評論家、渡辺保になる東宝演劇部の渡辺邦夫や、帝国劇場支配人から銀座セゾン劇場支配人に転じた大河内豪）も小劇場にかよい、大劇場へと移行できる才能を鵜の目鷹の目で探していた。蜷川幸雄の商業演劇デビューはそうした機運に乗ったものである。

さて早稲田小劇場の面々は『門』の公演を終えると、アルバイトに精を出した。工事費さえ出せば喫茶店の二階を使っていいというモンシェリ主人の好意にこたえるため、二百十四万円をかき集めた。別役も「十万円出した」とよく覚えている。

このあたり、鈴木の腕力には並々ならぬものがあった。後年、富山県利賀村で合掌造りの古民家を劇場に替え、過疎の地を本拠とするとき河川の改修工事や山林の下枝刈りなどで金を稼ぎ、演劇の難事業をやり遂げた挿話をふと思い出させる。

八十人も入れば満杯になる早稲田小劇場アトリエは一九六六年十月に完成し、翌月の杮落としに『マッチ売りの少女』を上演した。『象』初演から四年。アンデルセン童話のイメージを借りた、老夫婦の家を侵食していく貧しい姉と弟の話であった。

老夫婦の夜のお茶の時間に突然やってくる「女」は二十年前、戦争で壊滅した「あの街」でマッチをすり、スカートのなかを見せていた。あのときのマッチ売りの少女は自分だと告白し、あなた方の実の娘だと執拗に主張する。一人娘を事故で失っていた小市民の夫婦は否定するのだが、「女」は家の所有権までもちだす。

開高健がエッセイに書いていた、大阪の焼け跡でスカートを上げて見せる少女がヒントになった。とともに岸田賞の対象となった翌年の『赤い鳥の居る風景』同様、安逸な暮らしに染まっていく安保後の世相に違和感を覚えた別役による、怖い大人の童話でもあった。「童話的世界の叙情的優しさ、美しさと敗戦後の現実が担った過酷さ、醜さが二重映しになっている」（石澤秀二）作品であった。政治では救うことのできない孤独なたましいの問題が舞台にたちこめた。そこには、なれあいの優しさへと「戦後」

が溶けていくことへの警告があった。戦後演劇を観つづけた演劇評論家の江森盛夫はこの舞台に強烈な印象を受けた。

「戦後、お茶の時間をもてるようになった小市民の夫婦は戦時中に人に言えないことをした記憶にさいなまれていて、貧しい姉と弟が訪ねてきたとき、そのことが即座に脳裏に浮かんだのだというように見えてきました。それは別役さんの満洲での生活の記憶に通じていたのではないか。確かにあったことへの罪悪感による暗さが戯曲の底流にあったでしょう」

ところが岸田賞受賞につながる秀作が書けたにもかかわらず、この上演のあと待っていたのはスランプだった。どうにも戯曲が書けなくなってしまったのである。言葉を書くはしから自己嫌悪に襲われたというから、手ひどいものだった。

内奥にある恨みつらみの感情を吐き出そうとすると、言葉が生々しくなりすぎ、自己嫌悪におちいる。中性的な言葉によっては内側から言葉をつむぎだせない。それは言葉の死骸がもたらした疎外状況でもあっただろうか。詩から出発した別役は、いまだ演劇という器になじめないものを感じていたのかもしれない。内面に名状しがたい憎悪の情念を秘めていたが、同時に小市民としてつつましく生きようとする天与の生活感覚をもっていた。相反する内面と外面の間で引き裂かれていたかにみえる。

そんな折も折、別役の才に注目したのが既成劇団の雄、文学座である。脱退組が劇団雲をつくり、アートシアター新宿文化でさっそうとアメリカ現代演劇を上演していたのを横目に、若手の木村光一や藤原新平が座内に創作劇研究会を組織して新しい才能を探していた。文学座のような老舗劇団の内部でも、若い世代が新しい演劇運動を開始したのである。木村は別役より六つ、藤原は九つ年長だった。

文学座は『象』の評判を聞きつけ、処女作『AとBと一人の女』を実験的な上演で取りあげ、早速アトリエ公演のため新作を依頼した。『マッチ売りの少女』初演の翌年、一九六七年七月に上演された

『カンガルー』である。演出した藤原新平は以降、一貫して文学座で別役戯曲を演出する。

内なる声を引き出す詩の文体に行きづまった別役は、この作で会話文体を試みた。波止場で船に乗ろうとする男がなぜかカンガルーに見たてられ、乗せられないとこばまれる。やはりカンガルーと呼ばれる娼婦なども出てきて、奇妙な笑劇が展開する。藤原が別役にカンガルーとは何かと尋ねても答はなかったが、イヨネスコの謎の徴が不気味な犀なら、別役にとってのそれはカンガルーだったのである。

象からカンガルーへ、それは不条理劇が喜劇へと進展する可能性を示した最初の作であった。のちにピーター・ブルックの劇団で中軸俳優となる笈田勝弘が出演している。藤原はこのときの演出を新しい文体を生かせなかったものと失敗を認めていた。


「文学座の創作劇研究会は僕と木村光一と女優の荒木道子でつくりました。アトリエも岩田豊雄さんや矢代静一さんがいらしたときは良かったし、三島由紀夫さんもおられた時期があるんですけれど、そのころは停滞していた。もう少し若手の作品をやりたいという話を三人でしていた。別役さんと清水邦夫さんの名がまずあがった。それで『AとBと一人の女』を岸田森と笈田勝弘とで朗読劇ではなく、一応立ってやってみた。ちょっと、それまでの戯曲にはない新しさを感じましたねえ。ひねくれているというか、前向きになる芝居が多いのにマイナーな感じ、自閉的なところがあって。彼はそのころ土建につとめていたので、勤務先に近い田町駅前の喫茶店まで会いにいった。何か書いてくれと頼んだ。

それでできた戯曲を読んでみても、カンガルーが何か、よくわからなくてね。ああいうことを書くについては、彼の心の奥になにかがあったはずなんだけれど、それが当時はよくわからなかった。カンガルーってなに、と訊いてもなにも言わないいんですよ。どこかカンガルーという言葉、感覚が喜劇っぽいですよね、ある種のたとえではあるんでしょう。まあ、彼は新島闘争とか政治運動でだいぶダメージを受けていた。それで屈折した精神状況がある。あのころ挫折感にとらわれた青年は多かったんですよ。いま考えれば主人公をはなれたところから見ると、ある種の喜劇的な感じは出てくる。笑い？　受けることは受けました。外へ脱出したい、インドへ行ってじりじり焼かれたい、そういう六〇年安保のあとの青年の挫折感があったんだろうと思います」

カンガルーとはなにか。これについての答はどこにもない。だが後年、嘘でかためた小話集『虫づくし』の総論に、カンガルーについての考察がひょいと出てくる。

いわく「カンガルーが自分達のことをカンガルーだと思っているのは、単にそう呼ばれているからであり、それ以上の如何なる意味をも、そこから見出そうとはしていない」というのだ。自分がカンガルーだと思っているからカンガルーなのであり、たとえばカンガルーは人間であってもいい。ある人にとっては相手がカンガルーだと思うからカンガルーなのである。つまりカンガルーという言葉には内容も実体もない。自分が自分をどう思うか。人は自分をどうみるか。

会話のすれ違いがそのまま不条理喜劇となる。別役はこの戯曲で笑いをとることができたことをとても喜び、スランプを脱ける出口が見えたような気がした。

別役実のスランプについて、もう少し考えてみよう。演劇を知らずに演劇に出合ってしまった少壮の詩人劇作家を追いつめたものに、言葉の戦術を求める時代の空気というものがあった。別役によれば、一九六〇年代の文体の挑戦とは、次のように難解で晦渋なものだった。

物語の枠内で演劇が完結する「構造内体験」で終わるのは、古い芝居でしかない。そうではなく、新しい芝居はストーリー性を排除し、劇場外の社会にもつながる「構造外体験」を用意しなければならない。だから演劇的発想そのものを重視し、ストーリー性をしりぞけるのだ……。

別役はそうした演劇純粋化の議論をまともに受けとめた。早稲田小劇場をともにつくった鈴木忠志も演劇の演劇たるゆえん、演劇でしか発せられない言葉を純化しようとした点では同じだった。違いはそれを文体で試みるか、身体で構築するか、というところにあった。やがて、それは決定的な溝となる。

つまりは別役も鈴木も一九六〇年代演劇の申し子であり、演劇に対してあまりにラディカルだったのである。演出家がそれだけで作家であろうとすれば、テクストを肉化する手つきの独創性を打ちださなければならない。時に戯曲は切り刻まれる。そうなれば鈴木が求める言葉を別役は書けなくなる。

一九六七年六月に早稲田小劇場が『象』の後日譚ともいえる『マクシミリアン博士の微笑』を上演したときには、鈴木忠志とつちかってきたモノローグ文体に行き詰まりがはっきり見えてきた。笑いというオアシスを発見した『カンガルー』を文学座が上演したのは翌月のことだ。二か月後には、後年の作品群につながる演劇のイメージが開花する『赤い鳥の居る風景』を演劇企画集団66が上演している。

鈴木と別役の方向性の違いは一九六八年十一月の早稲田小劇場公演『どん底における民俗学的分析』(ゴーリキー原作、関口瑛と共同翻案)で隠しようがなくなり、すでに距離をおいていた別役は上演を待たずに退団している。鈴木忠志との別れには経済的な事情もあった。『別役実の世界』という特集本の自筆年譜には退団の理由がこう記されている。

「鈴木忠志と、舞台創造上の方法が相違してきたことと、私自身が劇作家として経済的な安定を目指さなければならなかったからである」

劇作家として自立するためには、早稲田小劇場の座つき作家をしていたのではおぼつかない。他劇団にも書き、ラジオドラマの仕事やエッセイなどもこなさなければならないから、劇団の雑務にかかわっている時間もない。退団は物書きとしての必然でもあった。

しかし、二人の別れはまちがいなく一九六〇年代演劇の分水嶺といえるできごとであった。ともに演劇に対して純粋であるがゆえの避けられない運命であった。

チュウこと鈴木忠志は早稲田小劇場旗揚げの年に入団した白石加代子の憑依する演技を得たことにより、演出だけで作品を構成する試み『劇的なるものをめぐって』シリーズを手がけることになる。別役は自分が必要とされなくなったと感じていた。

「チュウが台本がなくても芝居ができる体制を早稲田小劇場でつくった。それじゃあ僕は要らないな、と。僕のホン（台本）が遅れたとする、そうするとチュウは全部自分で仕切らないと気がすまないから、要らないや、となる。こちらは注文どおり書くわけじゃない。チュウは自分の思いどおりにいかないと気がすまない。そういうことで共同作業がうまくいかなくなる。

チュウは僕が嫌になっていた内面から出てくる声がほしかったんでしょう。『カンガルー』のように対話文体になってからの僕の作品は気に入らなかったんじゃないかな。チュウは一言でいえば才能がありすぎ、そのせいか遊びがない。僕はコメディが演劇の根底にあるんじゃないかと気づきはじめていた。『カンガルー』を文学座のアトリエでやったら、観客がどっと笑った。観客を笑わせることができたとき、背筋がぞくっとするほどの快感があった。これが演劇なんだと。作者と観客の共有感覚、それが演劇なんだ。俳優が煙草の吸い殻を捨てる、外にいる男が踏んでくれた、これが友情というものじゃないかと娼婦に説明する場面があるんだけれどね、どかーんと笑いが来た。クスクスとした笑いは『象』のおにぎりの場面でもあった。けれど、どかーんとくる笑いがいかに演劇的にすごいか。どかーんとくる笑いをいかにつくるか、それが演劇の最終的な衝動のかなり大きなものだろうと思えるようになった。どうしておかしいかわからないけれど、おかしい。そういうものを見つける。それを見つけると、人間性の不可思議さを言いあてることができる。

僕はチュウと別れても一人で生きていく気持ちがあったから何とかなった。一人を選んだんです。僕とチュウとオノちゃん（小野碩）の三人でやっていたときはけんかもしたけれど、いいトリオだった。その意味ではオノちゃんが犠牲になった気がする。いつだったか、ラジオドラマで出会ったことがあってね、また一緒にやらないかと誘ったことがあった。もうしばらくチュウとやってみると断られ、まもなく亡くなった。ああいう役者はその後いない。知的で説得力もあってカフカの『変身』の主人公、毒虫になるグレゴール・ザムザをデコレーションなしにできるのはオノちゃんだけでしょう。チュウとの別れは必然です。歩み寄ることもなかった。当時、演劇は文学のしもべではない、演劇的直接性を発揮しないといけないという主張が非常に強かった。チュウのヒントになったのは暗黒舞踏の土方巽だったんじゃないかな。ホンがなくても演技だけで芝居ができるという挑戦だった。そのころ演劇雑誌が、あなたは台本派ですか戯曲派ですかという劇作家アンケートをしたことがある。戯曲派は文学性を尊重する、台本派は俳優の肉体の直接性を重視しているというわけです。僕を戯曲派にして古いと決めつける意図が見え見えなのであえて台本派と答えた。実際にはそれほど違わなかった」

別役は早稲田時代の話になると、鈴木、小野との三角形だったから、うまくいったと決まって強調したものだ。不思議なことに小野と二人だけだと話がはずまず、鈴木がいないと、どうしていいかわからなくなったのである。

あるとき鈴木に「二人で旅行してこいよ」とうながされ、実行したことがある。金がないから乗り物を使わず、千葉の方へ歩いていった。農家の小屋のようなところに泊まったりする野宿同然の旅で、野球の巨人を嫌いだとかいうなんでもない話をしながら歩いたそうだ。別役は「やっぱり鈴木がいないと駄目だなあ」と思ったという。一人欠けただけで微妙な均衡が崩れるガラス細工のような関係だった。別役の離脱で早稲田小劇場の草創期は終わる。

別役との演劇的な別れについて鈴木の方はどうみていただろう。現代演劇史において自分が別役と対立する肉体派という文脈で語られることに強い拒絶反応を示し、このように話していた。

「おれを肉体派とかいうのはあんたたちの誤解なんだよ。唐十郎や寺山修司がそういう方向を強調したから、そうなった。鈴木忠志のところのセリフはクリアで強い、そういうことで世界に評価されているんです。おれは文学青年だから、いい戯曲しかやっていない。チェーホフでしょう、ベケットでしょう、シェイクスピアでしょう、ギリシャ悲劇ですからね、日本では谷崎、三島でしょう。別役がセリフ派でおれが肉体派なんて気楽な、ためにする議論。別役は生活の安定を目指さなければならないから文学座とかの方がいい、お金が出るでしょう、それは当然のことなんですよ。我々はむしろ自分でお金を出して芝居をやってたんだから。これはね、ある年齢になると、なかなかかたえられない。演劇理念なんかじゃない、人間そんなことで動かない。あのころおれは親分だから子分たちをどうまとめていくか、考えなきゃならなかったんだ。白石加代子みたいな女優が出てきちゃったら別役だけやってるわけにはいかないじゃない」

早稲田小劇場をやめた別役は模索の日々をおくった。文学座が上演した『カンガルー』を改作し、自ら新宿のピット・インで演出したのはその顕れだろう。一応、演出にも手を出してみたのである。が、演出はこれが最初で最後、二度はしなかった。「リズムがない。だらだらしてしまう。だめだと思ったね」と不向きを思い知らされた。

今日からみれば、やはり別役実の歩みは戯曲の言葉をもとに鈴木忠志への対抗軸をつくったとみなすほかない。退団から四年たった一九七二年、山崎正和、末木利文らと手の会を結成するが、山崎の命名は台本派（身体派）への対抗心をはっきりと示したものだった。そりが合わなかったにもかかわらず、演劇企画集団66の古林逸朗に作品を提供しつづけたのも、早稲田小劇場で鈴木と衝突した古林を支えようとの義侠心からである。

ちなみに古林は一九九七年の青山演劇フェスティバル「別役実の世界」で『スパイものがたり』を再演出しているが、本拠とした渋谷のジァン・ジァンが二〇〇〇年四月に閉館したのをしおに演劇界から身を引いた。東北の故郷に逼塞し、電話が通じても声を聞かせてくれることはなかった。またジァン・ジァンの劇場主だった反権威の硬骨漢、高嶋進は「自分は二十世紀の人間」との思いから、閉館後はぷっつりと消息を絶った。『ジァンジァン狂宴』などの本は出していたから出版社を通じて連絡をとろうとしてみたが難しかった。あるときふいに電話がかかってきて懐かしい思い出話をしたが、自己処断するかのような引退だった。この二人にみられるような、表だって何もしないという沈黙の抵抗、それは六〇年安保世代ならではの晩節を思わせるのである。

他方、鈴木忠志は地方自治体の文化政策と連携して水戸芸術館、静岡県舞台芸術センターで芸術総監督をつとめ、富山県の利賀村でスズキ・トレーニング・メソッドの道場をたもちつづけた。能の探究から築かれた鈴木のメソッドは実践的で、ロシアや中国で高く評価されるにいたっている。別役実はといえば、手の会（のち木山事務所）、文学座、演劇企画集団66、演劇集団円、かたつむりの会といった複数の集団に淡々と書き下ろしを提供しつづけた。一九九三年に創立された日本劇作家協会の支柱となり、演出家の時代といわれた一九七〇年代以降の趨勢をセリフの時代へ再転換させる原動力ともなった。二人は最後まで屹立する一九六〇年代演劇の強靱な孤塁だった。

小野碩の死は一九七四年、別役三十七歳の年のことであった。それは演劇の青春を葬送する事件だった。追悼文にこう記した。

鈴木忠志の才能の大きさは「憎悪」の大きさと等量であり、小野碩の才能の深さは「寂寥感」のはてしなさと等量である……。

鈴木忠志と小野碩と私は、常に貪欲な好奇心をもって相手を観察していたが、特に仲が良かったとは、私は思わない。心を許しあっていた時間よりも、いがみあっていた時間の方が、はるかに多かったように思う。話が通ずるということと、仲が良いということは別なのである。特に切羽詰って作業をしている時には、たいてい、いがみあっている。「象」の時がそうだった。私は、毎日顔を合せる度に、ムカムカした。だから、いい仕事が出来たのかもしれない。

私は、作業をする関係が、「友情」に裏打ちされて成立する、などということは信じない。それよりはむしろ、それに耐え切れるなら、「憎悪」に裏打ちされていた方がいい。どちらかと言えば、我々三人の関係は、それだった。その意味で、極めて清潔だったと言えるだろう。もっとも私は、それに耐え切れなくなって逃げ出したのだが、しかし少くとも、以後、あれほど手触りの確かな関係を、確かめたことはない。

（「小野碩を悼んで」『劇的なるものをめぐって—鈴木忠志とその世界』）

表面的な優しさをこばむ別役ならではの弔辞であろう。

一九六〇年代、演劇人たちは出会いと別れをくりかえした。演劇は一人でははじめられない。どこに位置するか、どこをよりどころとするか、どの旗のもとによるか。立ち位置こそが大切だったから、演劇観の違いをめぐって離合集散が起きたのである。

演劇人たちは酒場でも喫茶店でもよるとさわると議論ばかりしていた。新宿のゴールデン街は演劇論のメッカであった。難解な評論が雑誌に盛んに掲載され、それがまた演劇状況をつくっていった。あちこちの集団に顔をだし、そのどこにも落ち着く先がなかったのが一九六〇年代の売れない役者、蜷川幸雄である。蜷川は鈴木忠志や唐十郎を強烈に意識しつつ、現代人劇場という旗を遅れて掲げ、自ら意を決していきなり演出家になった。

そうした時代であればこそ、別役は文体の急進的な探究をかさねなければならなかった。ずっとあとになって、そうした文体研究が演劇のごく小さな領域しか言いあてていなかったことに気づかされるのだが、通らなければならない道ではあった。その難解な演劇論を読みこむのは骨が折れる。が、パンフレットや戯曲集に寄せられたそれらの文章をいま再読すれば、こんなにも真摯に、しかも深く演劇を研究した時代があったのだということに必ずや感銘を受けるであろう。別役実のナンセンス喜劇はそうした難解な言葉たちの先にうっすらと浮かび、少しずつ輪郭をはっきりさせてくるものだったのだ。

早稲田以来の友人、喜多哲正や有馬弘純とともに一九六九年に創刊した文芸評論誌『季刊　評論』で、別役の評論は練りあげられた。戯曲そのものを発表することはついぞなかったが、はじめは文体論、次いで犯罪評論などを旺盛に発表した。それらのうち初期評論は『言葉への戦術』にまとめられている。本人でさえ「あのころは随分難しいことを書いてたなあ」とため息をもらすほどで、一九六〇年代から七〇年代にかけての時代がもっていた息苦しいまでに濃密な空気を伝えている。

たとえば、創刊号では「天皇制下の空洞」という論考を書いている。それは渋谷の宇田川町に一九六五年に建立された二・二六事件の碑から説き起こされる。そこは昭和維新をとなえて決起し、政府要人を襲撃した青年将校たちが暮らした東京陸軍刑務所の跡で、碑文は殺した者、殺された者一切を犠牲者として「霊を合せ慰め」るとしていた。

碑文への違和感を反芻した別役は、歴史への対し方は「記憶を探る」のに似ているとしたのだ。見知らぬ人が現れ、その人に会ったことがあると教えられたとき、我々は顔つきの変化の法則性、ゆがみを探ろうとする。それと同様、民族的な歴史体験も現在の「ゆがみ」をもとにその法則性を明らかにしなければならない。現代は「ゆがんだ鏡」だ。この「ゆがみ」の法則をとらえたとき、はじめて歴史を描くことができるというのである。

三十二歳の年に書かれた、いささか性急な認識論とはいえ、ここには別役劇の謎を解く鍵がある。この劇作家にとって、演劇とはゆがみの法則性を解き明かす方法という一面をもっているからである。

それちょっと取って。向こうへやって。

そうした何気ない言葉、ふとしたしぐさ、そのときの人間の居場所。人間がそこに「ある」というだけで成り立つ芝居を築きあげること。

唯物史観の上部構造、下部構造になぞらえれば、歴史的記憶が下部構造、現在の何気ない言葉やしぐさが上部構造であり、別役劇はその上部構造の上澄みにある、さやかな気配をとらえようとする。観客はその気配を舞台から感じとり、現代の「ゆがんだ鏡」を演劇的に感じとる。そのような交感から、あり得ただろう過去の体験を幻視する。そうした複雑な演劇的メカニズムを探究していたのではないか。

いってみれば、別役実の不条理劇にあっては上部構造こそが下部構造を規定する。下部構造が上部構造を規定する社会主義リアリズムの逆だ。近代演劇をいっとき支配した社会主義リアリズムは、劇作家のイロニーの精神によってサカサマにされたのである。それは別役にしてみれば、観客ひとり一人を覚醒させようとする、非常に迂遠な「政治運動」でさえあったかもしれない。安保闘争後の内向を象徴するたった一人の運動であり、小劇場にたてこもって、静かに、しかし波状的に社会を揺さぶる、永久運動としての小劇場運動がこのとき考えられていたと思う。

別の言葉によれば、それは「局部感覚」を目指した演劇ということになる。舞台で示せるのは全世界の部分でもなければ縮図でもない、それは局部だ。部分は集合して全体になる。縮図は拡大すれば全体になる。ところが局部は集合しても拡大しても全体にはならない。たとえば昆虫の足の細密画でいえば、集合しても拡大しても昆虫にはならない。けれど細密であればあるほど昆虫であることを予感させることができる。

演劇と世界との関係は、細密画の局部と全体の関係に似ていると別役は考えた。舞台の立場は局部なのであり、得体のしれない局部を通じて全体を予感するところにある。別役実の不条理劇を支配しているのは、一言でいえばこの「予感」である。

自らの演劇観を確かめるため、別役は同じ『季刊　評論』に寄せた「演劇における言語機能について」で苛烈な安部公房批判を展開した。なぜ安部公房だったかといえば、戯曲の感覚が似ていたからだ。やはり引揚者で、日本の湿潤な風土に同化せず、日本的ではないフィクショナルな空間を構想した安部公房の前衛劇は一見、別役劇の近縁にある。だが、似たところから出発しながら向から先が違ったから、批判すべき対象と考えたのである。

別役は安部の『棒になった男』三部作のうち『鞄』（一九六九年五月）を観てがっかりした。夫が鞄を先祖だといってブツブツつぶやくので妻が気味悪がるという芝居だ。その鞄を人間が演じていたことに唖然とした。それでは文学的な趣向を演劇で説明しているにすぎないし、演劇固有の価値をおとしめている。それとは逆に古びた鞄が人間に見えてくるのでなければ、演劇的には意味がないと考えた。

私は同じ感想を蜷川幸雄から聞いたことがある。青俳で演劇理論を学んだ師であり、その作『快速船』で初舞台を踏んだにもかかわらず、蜷川は「人間が鞄を演じてなにが面白いんだ」と反発し「やる気がしない」と一度たりとも安部公房作品を演出しなかった。一九六〇年代演劇にとって、安部公房は演劇に対する文学の優位を疑わない文学者という共通の仮想敵だったのである。ただ当の安部公房はそうした批判もなんのその、演劇人のよく行っていた六本木のバーで別役の姿を見かけると「おーい、こいこい」とまるで弟子あつかいだったというから、一枚上手だったのかもしれない。

一九七〇年代に入るころ、安部公房はすでに高名な文学者だった。別役は築地小劇場以来の演劇による文学への近親憎悪を引き合いにだし、演劇が「文学の下女」に甘んじている現状を安部公房の作品、とりわけ『友達』を通じて徹底批判した。アラバールの不条理劇を引きながらの論旨はこれまた観念的だが、演劇から文学という不純物をとりのぞく試みではあった。

この難解な安部公房批判は装置やセリフの具体的な分析になると、がぜん面白くなってくる。たとえば、誰かの死を問題にするセリフ。

ウソつけ、死んだのはBさ
本当だよ、Aは死んだんだよ
まさか、Aが死ぬわけない
Aが死んだそうだね

これはお互いの食い違いを納得する場合だ。ところが落語などでは、次のようなやりとりになることがあるという。

Aが死んだそうだね
何だって、Aが死んだって?
違うよ、Aが死んだんだよ
そうか俺はまた。Aが死んだのかと思ったよ

いうまでもなく、別役劇は落語風の後者を採る。

くわえて不条理劇の装置についても検証された。一つのポストが舞台にあった場合のありようは、こう考えられた。

俳優が一人登場し、観客に向きながらポストを指さして「これはポストです」といえば、ことは明快だ。観客は俳優の眼をみて言葉に導かれ、指さされた先のポストに関心をもつ。だが、二人の俳優が出てきて、こうしたらどうか。一人がポストを指さし、もう一人の俳優の眼をみて「これはポストです」という。観客の関心はポストそのものに向かわず、この場の二人の特殊な事情に向かうだろう。

さらに、こんな流れもありうる。ポストが一つあり、俳優が一人現れ、ポストを指ささず、誰をみるともなく「これがポストです」という。観客はそのとき不安に駆られるはずであり、言葉としてのポストとモノとしてのポストが確実な手ごたえ、実在感をもって観客にせまってくるに違いない。

別役劇は最後の選択肢を採ることが多い。こうした絵画的演劇論はのちには『別役実の演劇教室　舞台を遊ぶ』(二〇〇二年)でリンゴを核にさらに展開され、フェルメールの絵画になぞらえ語られることになる。人間も、電信柱も、ベンチも、ポストも、ただ、そこに、ある。「ある」ことによって浮かびあがってくる「ゆがみ」を予感すること、それこそが絵画的な別役劇の眼差しとなる。

ここで私は、一九八六年に末木利文演出で上演された『白瀬中尉の南極探検』を思い起こす。それは

明治時代の末、南極探検に旅だった白瀬中尉のイメージを借りつつ、南極という「得体のしれない方向」（新天地）へ向かう日本人の心性を描いた不条理劇だった。出演者の一人だった林次樹によれば、稽古場に現れた別役は舞台に三本の線を横に引いた。客席側から順に近景、中景、遠景とし、俳優がセリフごとに立つべき位置を示した。袖に引っ込む際の方角も厳密に指定した。

ふつう、そういうことは演出の領分だ。さりげない別役戯曲にはその実、セリフごとに立ち位置のイメージが厳格に埋めこまれていたのである。主演の中村伸郎は「面倒くさいねえ」とぼやきつつも、大回りして退場したりするのを楽しんでいたそうだ。のちに演出も手がけるプロデューサーの木山潔（演出家K・KIYAMA）は「別役さんの芝居は場面場面が写真のようにできている。それをつなげるように演出しないとうまくいかない」とうめいていた。この劇作家はやはり画家の精神を捨てず、増殖さえしていたのである。その演劇は生身の人間による立体絵画でもあったのだ。

文体探究の時節について、本人はこうふりかえっている。

「一九六〇年代によくいわれていたのは、日常性に埋没するなということ。代々木（日本共産党）の青年たちが、日常的な要求を反抗の手がかりにしようと主張したのに対して、日常性に埋没するなというのが一九六〇年代演劇のスローガンだった。日常性への反発には共産党への反抗意識が入っていた。だから日常性を重視する僕の行き方はかなりの冒険だった。日常性は時代の趨勢に対するアンチテーゼみたいなものだったから。日常的な用語を使うことが冒険になったのね。僕らが言っていた日常性とその後の平田オリザたちのいう日常性はちょっと違う気がする。僕らの日常性はイロニッシュな感じがするんですが、そのイロニーの部分が消えてしまった。

はじめは無自覚だったんですが、局部をどうやって感覚したらいいか考えました。そのことはずっと変わっていない。不条理劇の位置におかれた僕らは社会主義リアリズムをはじめとする近代主義にすごい反発があったんです。たとえば家に侵入するのでも力ずくでは近代になってしまう、そうではなく得体のしれないかたちでいつのまにか入るようにしたい。近代主義的体質を改善しなければならなかったんですね。

一九六〇年代は多様な価値観がせめぎ合っていたから、独自の価値観をつかみやすかった。前の世代との連続性もあった。福田善之さんの『真田風雲録』なんて大きい影響力があった。研さん（宮本研）の作品も。それからハマさん（秋浜悟史）の『英雄たち』とか、さかのぼると木下順二さん、田中千禾夫先生にどうしてもいきつくし、そういう連続性があったんです。僕らはその連続性から離脱しようとしていたんですが、ふりかえってみると改めて連続性を感じます。

早稲田小劇場をやめたあと、僕は自分のモノローグ文体が嫌になった。それから田中千禾夫、木下順二、岸田國士と一生懸命読みはじめた。それまでのお手本はベケットとアラバールで、演劇的発想の重視とストーリー性の排除が二大テーマでしたが、自己告白文体に行きづまって千禾夫先生の『おふくろ』を読んだり、岸田國士の『チロルの秋』のような短編を読んだりして、会話文体はすごいなと思ったんです。

ストーリー性を排除して書くのは、なかなか大変なんですよ。アリスものから従来と同じかたちで戯曲を書いてもいいんじゃないかな、と思いはじめた。ストーリー性があってもいいんじゃないかと。独白文体を対話文体にし、ストーリー性を持ちこんだ。それから近代主義の象徴だった劇場の額縁、プロセニアム・アーチからはなれることに当時の演劇はこだわっていたんですが、取りはらえばそれで新しいかというとそうでもない。ストーリーがあってプロセニアム・アーチの向こう側だけで終わるドラマは古い芝居だというので、客席から役者が出てくるとか、最初から幕が開いていたりとか、舞台上で登場人物が必要なことを全部用意して出たり入ったりするとか、そういうのがはやった。だけれどもね、プロセニアム・アーチがあることで芝居の内と外の区別がはっきりするということもあったんですよ。その意味を見なおした方がいい」

別役は自らが「アリスもの」と呼ぶ二作によって、さらに推し進めた。それは別役にとって、実演劇の逆コース——その歩みを否定していたはずの物語性を受けいれ、むしろ取り入れようとしたのである。田中千禾夫や岸田國士を学びなおし、近代演劇の象徴だったプロセニアム・アーチも再評価する。

私はそうした演劇的転回について何度もインタビューで聞いているのだが、本当のところ「なんで、そんなに物語を否定しなければいけなかったんだろう」といつも感じていた。いまもその否定の強度をちゃんと理解できてはいない。近代演劇、ひいては近代そのものへの憎悪がいかに強かったか。一九六〇年代演劇に通底する説明不能な否定のエネルギーは在日「日本人」として社会の周縁を生きたデラシネにとって、とりわけ宿命的な情念となったのだろう。同じ引揚者で別役の影響を強く受けた太田省吾は物語の否定を純化し、ついには完全な沈黙劇にいたっている。

別役にとって物語のはじまりとなったアリスものとは、一九七〇年に俳優小劇場が連続上演した『不思議の国のアリス』と『アイ・アム・アリス』である。ルイス・キャロルの原作童話では、白うさぎを追いかけて不思議の国に迷いこんだ少女アリスが、しゃべる動物や動くトランプと出会いながら冒険をする。これが別役版の『不思議の国のアリス』になると「幻想の砂漠」を移動するサーカスの家族の話に切り替わる。別役作品はしばしば絵から受けたインスピレーションを創作の源としているが、『不思議の国のアリス』もピカソの『旅芸人の家族』（一九〇五年）から想を得ていた。砂漠をいく旅芸人の姿をとらえた名画だ。ピカソは「青の時代」のあと軽業師や道化師を盛んに描く「バラ色の時代」とか「サーカスの時代」といわれる数年を迎える。『旅芸人の家族』はそのころの代表作であり、初期の別役作品に大いなる霊感をあたえた。

『不思議の国のアリス』では父が処刑されるのだが、お別れにきた家族たちを前にしても、当の父は死刑が冗談だという思いがぬぐえない。誰かがこれは冗談だといえばあっさり終わりそうなのに、誰も止められない。権力が放浪者を排除する恐ろしさが戯画化された戯曲なのだ。娘のアリスは最後に「私は探偵のたましいと結婚して、マボロシの共和国を支える子供達をたくさん生む」と決意する。

その後の『不思議の国のアリス』ともみえる『アイ・アム・アリス』では、動機不明のハイティーンの叛乱が相次ぎ、皆アリスを名のっている。いわばアリスの子たちである。彼らは別役に啓示をあたえた絵画の恩師、上原正三が描いた『赤い鳥の居る風景』のカラスのように街に警告を発するのである。

別役の戯曲に欠かせない音楽についても触れておこう。一九七〇年に上演された『スパイものがたり』は別役が早稲田小劇場をやめたあと最初に書いた戯曲であり、高校生新聞の依頼で小室等にあてて書いた詩「ヒゲのはえたスパイ」から書き起こされたミュージカルだ。電信柱が舞台にはじめて登場した作でもある。フォーク歌手、小室等にとっても劇音楽を手がける最初の作となった。フォークソングは難解になりがちな別役劇になんともいえない艶をあたえるものだった。演劇と音楽が触発し合うのは一九六〇年代演劇の忘れてはならない特質であった。小室の言葉がそのことを裏づけている。

「松岡正剛さんが高校生向きの読書新聞の編集長をしていたとき、言葉の専門家に詩を依頼して毎号それに六文銭が曲をつけて楽譜を載せる『六文銭挽歌集』という企画があったんです。それでできたのが『ヒゲのはえたスパイ』というタイトルの曲でした。あの町でこの町で日が暮れて……という歌です。その詩は『スパイものがたり』のシノプシスみたいなもので、それがもとになって芝居ができたんでしょう。たぶん、別役さんは音楽を大きく考えていた。やっぱりブレヒトのように音楽が軽妙に入ってくるということを実現させたかったんじゃないですか。フォークと演劇が同時並行だった時代でした。それまでは黒テントにかかわった林光さんの牙城があって、横の方からフォークやロックが入ってきた。ブレヒト劇におけるクルト・ヴァイルの位置を林さんがしっかりもっていて、光さんに対峙するようにフォークだロックだという人たちがいて、しかも光さんはアカデミックでありながら、フォークだロックだという側に立つ曲作りをしていた。

『スパイものがたり』は二十五曲くらいあるお芝居でしたから、やみくもにつくった。自分のフォークソングの引き出しにあるものを米櫃でいえば、もうないのに米櫃の隅に一粒残っているお米を取り出すような感じで。でも、それだから良かった。ああだこうだ考えず一気に一曲目から最後まで書いてしまいましたから。唐さんの詩の場合は、唐さんの声が聞こえてくる。だから唐さんはこう歌いたいんだろうというメロディーをとりだしてくる。別役さんの場合はメロディーはすぐには聞こえてこないんです。風景が見えてくるだけで。でも、それが面白い。『雨が空から降れば』はまさに言葉に導かれた。歌いはじめると、すーっとできた。自分のなかで聞こえていた。

ローマでのことです。日本の伝統音楽を研究しに日本に来ていた知り合いの男と再会したんですが、ローマの若いアーティストや友達連中をつれてきてくれた。三日間、いつも彼の友達が入れ替わり立ち替わりきてくれた。石畳の路地の片隅で一升瓶のようなワインをみんなで飲みながら、ローマで買ったギターで自分の歌を歌った。それで『雨が空から降れば』を歌ったらね、受ける。いい、それは、と。日本語はわからないのに、コムロ、あれをやれ、とリクエストされる。それでイタリア語に直してやろうと知り合いが頭から訳した。そしたら、言われました。『コムロ、おまえは東の国からやってきたからわからないだろうけれど、ローマでは思い出は地面にしみこまない』彼が言いたかったのは、訳せない、イタリア語にならないということでしょう。『しょうがない、雨の日はしょうがない』ならイタリア人にもわかる。そこだけイタリア語にすると、カンツォーネみたいになる。皆で大合唱になりました。別役フレーズは翻訳不能ということなんですね」

別役劇は全体が一つの詩でもあり、音楽によって肉づけされる面があった。その文体はいまや新しい演出家との出会いを求めていた。文学座の藤原新平や大学の後輩、古林逸朗と仕事をしてはいたが「ぜひこの人に」という意中の演出家が別にいた。アリスものを演出した、あのカンペイさんこと早野寿郎である。

私は一九八三年に亡くなったこの演出家の舞台を観たことがない。ただ盟友だった小沢昭一からブレヒトばりのその才についてよく聞かされた。小沢は私の俳句の師であり、放浪芸や戦後新劇の豊かさについて伝授してくれた、かけがえのない先達であった。俳優座養成所で同じ二期生だった小沢の早野への思いはとりわけ深く、ともに師と慕う千田是也の近代俳優術を肉づけする仕事に心血を注いだ演劇人生だったといえる。

千田是也といえば、国際共産主義運動にかかわり、戦前のドイツでブレヒトの舞台に接した近代演劇の巨人である。本物のブレヒト劇はすさまじくエネルギッシュで、サーカスや奇術など大衆の関心をひく要素が満載されていたとくりかえし強調していた。千田の演技そのものも社会主義リアリズムの教条主義をはるかに突きぬけ、変幻自在だったといわれる。落語をこよなく愛した怪優、小沢は同志の早野ともども千田是也的ブレヒト劇の後継をもって任じていたのである。

まさに早野寿郎はサルトルやジャン・ジュネから新劇寄席まで縦横無尽、アートシアター新宿文化では荒川哲生とともにもっとも精彩のある演出家であり、ともに小劇場運動の先駆けをなす存在だった。別役はそんなカンペイさんひきいる俳優小劇場を女学生が宝塚にあこがれるように仰ぎみていた。アートシアター新宿文化で『カーブ』（タンクレット・ドルスト作、一九六五年）などを観て、演劇が本来もっている華やかさにしびれたのだという。自分の文体に芝居の血をかよわせたい。そのためにはカンペイさんに上演してほしい。その一心から、台本を持ちこんだ。

「カンペイさんに『不思議の国のアリス』を直接もちこみました。いきなりです。古林（逸朗）の知り合いのつてだったかな。読んでください、ともっていった。そしたら、ちょっとねえといわれた。一本じゃだめだ、もう一本書いたらな、ともいわれた。婉曲に断られたのかもしれないんですが、僕は大急ぎで書いてもっていった。だから『アイ・アム・アリス』は半月で書いた。カンペイさん、さすがにびっくりした。それで、やらざるを得なくなったんでしょうね。

カンペイさんには二つの路線があった。一つはバタ臭い翻訳劇で、サルトルやジャン・ジュネ。あのころ翻訳劇は赤毛ものといわれ、向こうの芝居を付け焼き刃でもってきました、という感じになりがちでした。ところが、カンペイさんが演出すると、つくりものっぽくならない。鼻をつけたりカツラをつけたりする感じがないまま翻訳劇をできた最初の人だったんじゃないかな。高田一郎さんの美術の力もあった。壁をつくるのでも、ペンキをぬって壁に見せる感じじゃなくて、本物の質感を大切にしていた。それまでの翻訳劇の嘘っぽさを取りはらって、芝居は芝居というナマの部分を出していた。もう一つの路線は日本的な情感への関心からやっていた新劇寄席とかで、小沢昭一さんと組んでいた。小沢のしょうさんはカンペイさんに大人の芝居をやってほしい。ところがカンペイさんはより新しいキッチュな演劇、まがいものの舞台を若者とやりたがる。僕の芝居をやるくらいですからね、二つの路線の間で分裂があった。ただ才能は抜群でした。

キッチュといえば、その先駆けは田中千禾夫先生です。まがいものこそ芸術であるという考え方は千禾夫先生が実際に舞台でやっていたことなんです。デモ隊が出てくるとき、一人が三人くらいの人形をもってワッショイワッショイとやって本隊に躍りかかるとか。表彰するシーンで、表彰台を舞台に出して、その装置が動いて表彰するとか。千禾夫先生なら、ここで人形を出すだろうなあ、とか皆が意識して話していた時代です。

カンペイさんは千禾夫先生を神様みたいに思っていましたから、先生が面白がってやっていたことをよく理論化していたんですね。千禾夫先生は無名だった僕の作品をはじめて認めてくださった人です。『象』が岸田戯曲賞の候補になったとき、選考委員じゃなかったと思うんだけれども『新劇』でほめてくださった。それから親しくなった。奥さんの澄江先生の尻に敷かれてたという面もふくめ、愛せる人でした。体系はなかったが、カンが鋭い。

『不思議の国のアリス』の砂漠？　あのころはイメージの原型にピカソのサーカスの時代の絵があるんです。アリスのときも意識はしていないが、あったと思う。サーカスから追放された芸人たちがスペインの砂漠で村をつくったという話があった。あれは実話だよ。それとピカソの絵とがかさなった。アリスもので僕が女王陛下とかを出したのは、ハリボテ的なお遊びにしたかったから。そう話していたにもかかわらず、カンペイさんは政治性を強調した。我々の安保世代を深読みしすぎたんじゃないかな。ただ、やってみて、お互いわかったところもあって『移動』はとても良かった。楠侑子と僕とカンペイさんとで成果を出せた。カンペイさんへの信頼感、それが僕と楠の間で共通していたことは確かですね」

別役は演劇雑誌『悲劇喜劇』の座談会で早野寿郎と会った際、次のような演劇観に完全に共鳴した。

「太陽光線と沃土と人糞によって花を咲かせるのではなく、化学肥料とオガクズとセメントクズによって巨大な仇花を咲かせる」

演劇はしょせん本物ではない。まがいものだ。別役は、カンペイさんの「キッチュ演劇論」に非常な感銘を受けた。鈴木忠志との別れをへて、別役が精神的な支えとしたのはこの早野寿郎と彼の心酔する田中千禾夫なのだった。

別役は戦後の三大戯曲に三島由紀夫の『サド侯爵夫人』、田中千禾夫の『マリアの首』、秋元松代の『常陸坊海尊』をあげている。とりわけ千禾夫への敬愛の念は深かった。独学で劇作家になっただけに、数少ない師といえる存在でもあった。

千禾夫が考えたのはこういうことだった。現代の劇作家は「物語」から解放されることにむなしく腐心しているが、劇作において「物語」が有効であることに変わりはない。「物語」からの解放は分解と分裂を生むにいたっているが、それらを再構成するとき劇的文体が改めて問題になってくる（「口上のこと」『劇的文体論序説　上』）。

六〇年安保のあと政治的には新左翼が生まれ、過激化していった。政治の影響をまともに受けた演劇の世界にあっては、反体制の気分が反近代の情念ともなって物語の解体をラディカルに推し進めた。その両面はあるところまで併走していた。そこから特異な一九六〇年代演劇というものが生まれた面があった。むろん、別役もその潮流のただなかにいた。ところが、田中千禾夫は解体ではなく再構築を、と物語復権をいちはやく唱えたのである。

別役は中野ブロードウェイの北側にあった千禾夫邸をたびたび訪ねている。敬愛する先輩と過ごす時間は別役にとって、かけがえのないものだった。スランプ脱出の糸口ともなっただろう。岸田戯曲賞の選考委員をともにつとめた時期もながく、別役はそのぼそっとした語り口で話される先輩の話を聞くことを無上の喜びとしていた。

自分を「風を頼りに運ばれてたまたま住みつく疥癬」（岸田賞受賞の言葉）にたとえていた詩人は、演劇の岸辺にようやく漂着した。それだけではない、物語のはじまりとなったアリスもので主役を演じた女優と、なんと電撃的に結婚することになったのである。カンペイさんを兄とも慕う俳優小劇場の女優、楠侑子である。別役を知る多くの人がびっくりした。藤原新平などは「驚倒した」という。

そういえば、あのアリスは劇中で「探偵のたましいと結婚する」と宣言していた。演じた女優は、探偵（スパイ）のたましいにあこがれる劇作家と本当に結ばれたのだった。「アリスと探偵」ならぬ「女優と劇作家」のカップルは、戦後演劇史の一隅を照らすことになる。

第七章　童話のように

「結婚ねえ。あまり秘密めいたこともなかったからね」

この話題をふっても、返ってくる言葉は素っ気ない。友人知人をおどろかせたわりには淡々とした話に落ちつくのである。いわゆる姉さん女房となった楠侑子に訊いても、

「私はそのころ役柄からか悪女とみられていたんです。イメージができてしまって辛かった。実さんはまったく先入観なく対してくれた。私としてはそれで十分でした」

そんな具合である。結婚は一九七〇年十二月、アリスものの上演が五月だったから出会っておよそ半年のスピード結婚だった。楠が吉田喜重監督『エロス＋虐殺』に出演し、黒澤明監督『どですかでん』で強いオーラを放ったのは同じ年のこと。ただ実際の本人は破天荒な人というより、別役劇に出てくるような小市民なのだった。

俳優小劇場の関係者によると、別役は「演劇人は浮き名を流さなきゃいけないんだよ」と冗談めいたことを口にしていたが、それが本当になった。

「楠と出会ったのは俳優小劇場ですが、その前から見知ってはいた。葛井欣士郎さんのアートシアター新宿文化で何回か芝居を観ているんです。チェコの『線路の上にいる猫』という芝居で主演

していたし、放送局でも歯切れよく長ぜりふをしゃべっていたのが印象的だった。僕らもその前、葛井さんがなんかやれというので『門』を上演していましたからね。『線路の上にいる猫』は葛井夫人になる村井志摩子さんの訳だから、そのころから村井さんも知っていました。広島出身で、東京女子大出の才女。チェコ帰りで勇ましかったね。二人が『かたつむりの会』をつくります。

結婚は俳優小劇場のアリスがきっかけです。みんなびっくりした。楠は日活なんかで悪いイメージができていたんです。本人は望んでなかったんだけれどね。石澤秀二さんたちが『最近結婚したなかで誰が一番最初に別れるか』という賭けをしてね、そりゃあ別役夫妻だということになった。合わないとみられていた。そしたら、ほかは皆離婚した。唐十郎も佐藤信も。僕らは異色のカップルとみられたんだけれども、家内は意外と普通の人でね。お父さんが小さな出版社をやったりしていた。生活力のない小市民、うちの親父に似たロマンチストでした。それで僕と義父は話が合った。何となく生活感覚が似ていたんですよ。家内の親父は浅草に一緒に遊びにいっても、僕らが観音さまにお参りしているのに外で待っている。神仏に頼らないんです。近代市民、大正モダニズムの人でした。戦前の小市民は家は買わず借家を移り住む。借家を転々としているうちに西荻窪にもいたらしい。それで楠も家がほしいとは言わなかった。助かったね。江戸に住んでいた町っ子は割とそう。よく芝居に出てくれた中村伸郎先生なんかも大正モダニズムでしょう。平穏無事で別れないのは横着なせいだと言われてる（笑）。面倒くさいからだろうって」

楠侑子は時代の先端を行く女優であった。別役にとってあこがれの劇団だったカンペイさんこと早野寿郎ひきいる俳優小劇場の輝けるスター。

「内田君は知らないけど、あのころエヴィの楠さんは颯爽としていたのよ」

演出家の村井志摩子から、そう聞かされたものである。エヴィとはアートシアター新宿文化で一九六八年に上演された『線路の上にいる猫』のヒロインの名。村井が訳して日本に紹介した作者ヨゼフ・トポルは別役の二歳上、当時の社会主義国家チェコスロヴァキアの不条理劇作家だった。駅の待合室、線路、ベンチという舞台空間でエヴィとヴェーナ（男）が延々とおしゃべりをする。エヴィはヴェーナの隠し妻らしく、猫と呼ばれている。村井の留学先だったチェコでは体制を倒すベルベット革命を大統領になるヴァーツラフ・ハベルら演劇人たちが主導したが、トポルにしろ『存在の耐えられない軽さ』のミラン・クンデラにしろ、カフカ以来ともいえる不条理劇的手法で体制の矛盾をついていた。アートシアターを差配する葛井欣士郎の妻でもあった村井は楠に時代の熱を一身にまとわせたのである。

別役が最初に彼女を眼にしたのは早稲田小劇場が登場する前年のアートシアター新宿文化で、演目は同時代のアメリカ演劇、リロイ・ジョーンズの『ダッチマン』だった。アートシアターを牽引していた荒川哲生の演出で、山崎努との共演だった。地下鉄で出会った礼儀正しい黒人青年に白人娼婦が下卑た言葉でからみ、その存在を揺るがし、最後には殺してしまう話である。黒人のアイデンティティーを赤裸々に問う作で、別役は「キチガイみたいな女優だと思った」とのちに本人にもらしている。

別役はあるとき、こんなふうにふりかえったものだ。

「悪女というのは魅力的だった、割とね。僕は小市民的だったから。女優と結婚して最初はきつかった。とくに稽古場とかではね。でも、彼女のなかに小市民的な素地がだんだん出てきて、それが良かった。貧乏も苦にしないし」

女優の側からふりかえった結婚はどんなものだったか。演劇雑誌『悲劇喜劇』の別役実特集（二〇一五年十一月号）によると、こんな感じだった。最初の出会いは『線路の上にいる猫』と同じ一九六八年、別役が書いたラジオドラマでのことだった。「ひょろひょろした人」というのが第一印象だった。「芝居をしているから観にきてください」と誘われ、早稲田小劇場へ出向いたようだが、観客より出演者が多く、内容もよくわからなかった。

その後、俳優小劇場が別役のもちこんだ『不思議の国のアリス』と『アイ・アム・アリス』を上演することになるが、千秋楽の翌日、電話で「話したいことがある」と呼び出された。いきなり「結婚を前提につきあいたい」と告白される。一九七〇年五月のことだ。その年十月、アートシアターの姉妹館アンダーグラウンド蠍座で楠びいきの葛井欣士郎がプロデュースした結婚記念公演『黄色いパラソルと黒いコーモリ傘』に請われて出演し、二か月後、目黒の教会で結婚式をあげた。あれよあれよという間のゴール・インだった。

一九八〇年代半ばから九〇年代のはじめ、私は村井志摩子と楠侑子とは年一回必ず会っていた。二人が組んだかたつむりの会は毎年六月、渋谷のジァン・ジァンで別役劇を上演していたから、芝居の宣伝で新聞社を訪ねてくるのがならいだったのだ。「大きな記事にはなりませんよ」と言っても「芝居の話がしたいから」とやってくるのだった。私も元気いっぱいの女性コンビと会うのが楽しく、コーヒーを飲みながら芝居話に花を咲かせた。かたわらの楠がかつていかに凄かったか、村井は年若い演劇記者に知らせたがった。聞けば聞くほど、物静かな別役との結婚が不思議な縁に思われてくるのだった。

結婚披露宴は代々木駅前にあった理容師組合の会館で開かれ、おもに新郎側から喜多哲正たち『季刊評論』の仲間、新婦側から小沢昭一ら俳優小劇場の人たちが招かれた。友人代表であいさつした喜多の記憶によると、別役は「儀式が好きなので、結婚式も葬式も出るのが好きです」と奇妙なあいさつをして、居並ぶ面々を面食らわせたという。

実際、別役はこまめに葬儀に出席して皆をおどろかせていたのだが、自分の結婚披露宴で儀式好みを飄々と話すところが余人にない。新婚旅行の行き先は出雲大社で、松江に泊まり、お金が残っていたので奈良へもまわって奈良ホテルに泊まった。結婚翌年には一人娘の怜を授かる。イラストレーターとなる、べつやくれいである。

はじめ夫妻は目黒のメリーさんの家に住んだ。建て増ししたとはいえ母や弟との同居であり、手狭だったから、ほどなく引っ越すことになる。手をさしのべたのはやはりカンペイさんだった。団地に所有していた部屋に住まわせてくれたのである。六本木の北日ケ窪住宅といい、六本木交差点にある喫茶店アマンドの脇を麻布十番の方へ降りていったところにあった。けやきの大木が植えこまれた敷地に五階建ての建物が五棟ならんでいた。その敷地はいま最先端の街区、六本木ヒルズになっている。

引っ越しを手伝ったのは『季刊 評論』の同人たちだった。家庭の平穏を願い、母たちとの別居を強く勧めた喜多は「お母さんの複雑な顔、楠さんの晴れやかな顔が忘れられない」とその日を思い出す。母の夏子にすれば、あの苦しい満洲引き揚げからずっと身を寄せ合って生きてきた、宝物のような長男をついに手放す思いだったのだろう。

新居は三階にあって、六畳の洋室が二つ、四畳半の和室が一つ。エレベーターがないのは不便だったが、そのころとしては洒落た部屋だった。ふつうに借りたら結構高かっただろう。実際はカンペイさんの好意で、月四、五万円を渡すだけで済んでいた。

同じ団地には自由劇場の若き演出家、佐藤信や女優の冨士眞奈美が住んでいた。麻布十番で買い物をすると、ときどき出会う。坂をのぼれば俳優座劇場があったし、くだれば自由劇場があった。六本木はいまほどはなやかではなく、新劇人たちがよく行き交う演劇のにおいのする街だった。夫妻と幼児の怜は六本木に二年ほど住んだ。

別役は怜を乳母車にのせ、麻布十番の商店街に夫婦で出かけ、買い物をするのが嫌いではなかった。なんとなく「それらしい」市民になったと感じたからだ。それは東京に出てきてはじめて定期券をもったときの感動を思い起こさせた。ロシア料理店サモワールの住みこみになって、従業員宿舎から勤め先の支店を往復するのに渋谷・日本橋間の地下鉄定期券を手にしたとき「ほら、これだよ」と見せびらかしたくなったのと同じ心地だったのである。

銀行口座もはじめてもった。岸田戯曲賞受賞は結婚する二年前のことだったが、主催誌『新劇』の編集長、石澤秀二はまず「君は銀行口座をもっているかね」と尋ねた。「もっていません」と答えたから、授賞式当日の現金渡しとなったのである。ポケットから手渡した石澤が「銀行口座があれば小切手にしたんだが」というと、ある選考委員が「口座はもっていた方がいいよ」と助言してくれた。

たぶん研さん（宮本研）だったはずだと別役は記憶している。

「口座があると、原稿料が現金書留より早く着くからね」

六本木暮らしのある日、この言葉を思い出させるできごとがあった。制服姿の男が留守番をしていた別役のもとに現れ、いきなり告げた。

「消防署の者だが、この団地では各戸に消火器を備えてもらうことになった」

どうも押し売りだったらしいのだが、その場で四千円を払わされた。しばらくして帰ってきた楠は途方にくれた。

「それ、今月のうちの全財産よ」

原稿料が早くほしい。それで、さる銀行の六本木支店に口座を開設した。六本木といえば銀行口座を思い出すのはそのような暮らしぶりだったからで「家内が貧乏を苦にしないので助かった」というのは、そのとおりの言葉である。

食えない劇作家を経済的に支えたのは、戯曲以外の原稿料だった。なかでも柱となったのがテレビでも放送された童話である。別役実といえばまず童話を思い浮かべる人もいるほどだ。その最初の作『街と飛行船』は思潮社の詩の雑誌『現代詩手帖』の一九七〇年二月号に発表された。

それ以前から『現代詩手帖』は詩人だけでなく、演劇人や美術家に論考やエッセイを依頼し、一九六〇年代のアート・シーンを牽引する雑誌として異彩を放っていた。『街と飛行船』が掲載される以前、一九六六年から四年編集長をつとめた詩人、八木忠栄はことに芝居好きで状況劇場、早稲田小劇場、天井桟敷などの舞台を注視しつつ、劇作家たちに原稿を頼んでいた。別役もたびたび依頼を受け、アラバールの不条理劇『建築家とアッシリアの皇帝』の書評やエッセイ「あやつられた黒子達」などを書いている。八木の『「現代詩手帖」編集長日録』を読むと、たとえば早稲田小劇場の鈴木忠志演出『どん底における民俗学的分析』の千秋楽パーティー（一九六八年十一月三十日）で福田善之、佐藤信、別役らと歓談した記録がみえる。すでに退団していたのに顔を出している別役はここでも、あくまで律儀だ。

八木忠栄はその後、詩人でもあったセゾン・グループ総帥の堤清二（筆名辻井喬）の誘いもあって、池袋の西武百貨店内にあった小劇場スタジオ200、次いで銀座セゾン劇場総支配人となり、舞台の制作に携わった。ともにもうない劇場だが、一九七〇年代から九〇年代にかけ、消費文化をリードしたセゾン・グループの文化部門は『現代詩手帖』のセンスの延長上にあったともいえる。そんなわけで『街と飛行船』を依頼した編集者は八木だろうとばかり思っていたが、本人に訊いてみたら後輩の発注らしかった。ただ別役のことは懐かしがり、ある詩を私に送ってくれた。一九九六年に上演された『遊園地の思想』を観て感動した際つくった詩だ。

『遊園地の思想』は五人の紳士がベケットの『ゴドーを待ちながら』よろしく奇妙な会話をくりひろげるうち、爆弾や陰の中央委員会の話がふいに出てくるという不条理劇である。その名も「遊園地の思想」と題した詩の前半部分を引いておこう。

小さな陽だまり
お、ばくだん
さまざまな人や犬や無聊や
煙草のけむり　それらが
流れこんできて　あわただしく去って行く
まだ　さぶいなあ
いつまでも木のベンチにこびりついている
ぼろぼろの陽がこぼれおち
行き場のない鼻うたがひょっこり迷いこんできた
子どもたちはどこですかあ？
乳母車で大根や刃物を運ぶやつ
つかのまの猥褻がブランコをこぐ
湿った地面には
爆弾が埋められている

（八木忠栄「遊園地の思想」）

舞台を観て触発されたイメージを八木らしい軽快な言葉づかいでなぞっている。同じく詩人の平田俊子らと出していた『ＤＡＩＮＡＳＨＩ』という冊子に発表されたもので、八木はすぐに題名を借りたことを断りつつ、こんな詩を書いたと別役に書き送っていた。「詩のタイトルの事、どうかお気づかいなく」という、これも律儀な返事が届いている。

さて、別役とよしみを通じていた八木忠栄が編集長を退いたあとも『現代詩手帖』からの原稿依頼はつづいた。処女戯曲集を発行元の思潮社から出す話もあったくらいで、貴重な発表の場だったのである。別役の記憶では、そのころ『現代詩手帖』がさまざまな作家に童話を書かせていたそうで『街と飛行船』もいわば請負仕事の感覚ではあった。

考えてみれば『マッチ売りの少女』も『不思議の国のアリス』も童話によっているのだから、別役の不条理劇にとって童話の文体はもともと切っても切れない関係にある。童話の文体を用いることで観念が確かな形になり、詩人の感性が自然ににじんでくる。残酷さをはらんだ大人のメルヘンが静かに立ち現れるのである。自分の用いる中性的な言葉を「死骸」と感じていた別役にとって、童話は戯曲に実体を与えるものでもあった。

その街の波止場には、船が来なくなりました。その街の飛行場には、飛行機が来なくなりました。中央停車場から西と東には鉄道線路が延びていますけれど、誰も、そこを走る汽車を見たものはありません。

そのように書きだされる『街と飛行船』は、こんな話だ。

砂漠と海にはさまれたその「街」は孤立していたが、ある晴れた日、コーモリ傘をさした牧師さんが薄桃色の飛行船を発見してから様相が一変する。牧師さんはこう演説した。船や飛行機や汽車が来なくなったのは、私たちがおそろしい伝染病にかかったからだ。あの飛行船はお腹に消毒薬をつめている。皆が外に出たとき、くす玉のように割れ、白い消毒薬が舞い落ちるから、三回深呼吸しなさい、そうすれば身も心も消毒されるだろう。

けれども消毒薬は降ってこない。モールス記号の打てる老人が交信を試みるが、これもだめ。人々は飛行船にのしかかられる心地がし、息のつまる夢を見るようになった。子供の思いつきから博物館にあった高射砲でコルクの弾を撃つことになり、三発目が飛行船のお腹をこすった。飛行船のお腹がパックリと割れ、白い花粉のようなものが降ってきた。人々はありがたく深呼吸し、賛美歌を歌いはじめた。賛美歌がやむと、人々はすやすやと眠りはじめた。人々は次の日もその次の日も起きなかった。一週間後、赤十字の調査団がきて、団長が若い団員に教えた。悪い伝染病にかかってどんな薬を使っても治せなかったのだ、と。

街の滅亡をとらえた黙示録的な寓話といえるだろう。この飛行船の原イメージは一九三七年五月六日にニューヨーク近郊で爆発したドイツの飛行船ヒンデンブルク号である。当時のニュース映像はいまもインターネットで見ることができる。大西洋を悠々と横断した巨体は着陸寸前に炎上し、乗客乗員三十五人が命を落とした。同じツェッペリン飛行船製造会社のツェッペリン号が世界一周（日本でも霞ヶ浦に寄港）に成功し、人々を熱狂させてからわずか九年のできごとで、二十世紀のモダニズムを象徴する大型飛行船の時代は終わった。童話は一九五〇年代にチェコのアニメの巨匠カレル・ゼマンがジュール・ヴェルヌの原作をもとにつくった映画『悪魔の発明』に想を得ている。

別役は生まれた年に起きたこの大事故に因縁を見いだしていた。それを私なりに解いて記せば、こういうことになるだろうか。

十九世紀から二十世紀にかけ、人類は科学や技術の進歩を疑わず、画期的な発明、発見にわいた。近代文明にとって未知の世界は不安、いかがわしさ、なまめかしさをともなうものでもあった。飛行船の爆発はそうした生々しい感触をもつ発明、発見の時代に終止符をうつ。いわば近代の終焉がそこからはじまったのであり、まさにその時点で生を受けた別役実は宿命的にポスト・モダンの申し子となる……。

『街と飛行船』では、飛行船が住民を試すかのように威圧的に遊泳する。住民たちは飛行船のいかがわしさに堪えきれず、ついには惨事をすすんで引き起こしてしまう。つまり、ここで描かれているのは近代の死の瞬間だ。この「街」にあっては、いかがわしさに堪えられなくなること、それこそが崩壊を予感する近代のイロニッシュな病なのである。

この処女童話はすぐに戯曲化された。例によってコーモリ傘をもつセールスマンがやってくるという設定に変わり、彼は駅で出会った女に父親となってこの街で生活するよううながされる。終盤は童話同様の展開となり、飛行船から花粉のようなものが降ってきて街は全滅する。別役は劇団青俳の初演パンフレットに一文を寄せている。

私はいつも考えている。いつか我々の街の頭上に、音もなく飛行船の浮いている日がやってくる。その日我々は空を見上げ、ゆっくりと傾いた巨体や、風でガバガバとたわむ被膜や、優雅な船首や、奇怪な船尾に先ず圧倒され、次いでそのやゝさしさやさびしさのために、或る不安を抱くに違いない。その時こそ我々は試されるのである。その飛行船の揺曳する空間を垂直に吹き抜ける彼方にこそ、我々の疑問を限りなく吸収する方向があり、我々が我々である事を限りなく解答するものがあるのだ。

（「飛行船讃歌」『言葉への戦術』）

難解な評言ながら、飛行船ツェッペリン号を配した古賀春江の有名なシュールレアリスムの絵『海』を思わせる絵画的なイメージが戯曲にかさねられており、終末の予感を見いだす直観が冴えている。たぶん別役の脳裏には明晰な絵があり、飛行船を見上げる人々の視線にも彼方へつづく方向が定められていただろう。

この初演舞台で、東京新聞の演劇記者だった森秀男ははじめて別役戯曲を面白いと感じた。『別役実の世界』所収の論考「『街』を射抜く眼」によると、それまでの戯曲は寓意を支える構造が弱く、劇空間が拡散しがちだった。が、『街と飛行船』では童話のストーリーをそのまま使って人間関係を書きこんだ構成がすっきりまとまっていた。劇作家の「街」への志向が寓意劇よりも童話の方でよく生かされているとみたのである。

この大人の童話が別役の創作にとって重要なのはまさに「街」という匿名の舞台が、戯曲で定着するきっかけとなったからだ。男1、女1といった名前のない人間がつくりだす不条理劇に新たに「街」という社会性がくわえられた。それは高知や長野といった固有名詞をもたない、砂漠と海にはばまれ、隔離され純化された、どこかあの満洲を彷彿とさせる人工の「街」なのである。

『言葉への戦術』に収められたパンフレット原稿「街と儀式」にこう記している。

ところで「街」と「町」は明らかに違う。私は文章や戯曲の中で良く「街」と云う字を使うのだが、それが「町」と誤植されているのを見ると、ひどくがっかりする。「街」は「町」ではない。「町」と云うのは、単なる一つの行政区画の事であり「街」と云うのは、夫々に一つの独特の「息づかい」をもった単位である。この「街」とあの「街」では夫々に「息使い」が別なのであり、独自のダイナミティと、独自の哲学と、独自のメカニズムを持っているのである。そして何よりも「わが街」と云う暗黙の了解が夫々に成立しているのでなければならない。私が「街」の芝居を書きたいと考えるのは、もちろん私の「街」へのあこがれが強いせいもあるかもしれないが、この風土では余りにも「街」のための条件が稀薄だから、それが「街」であるだけで既に充分にフィクションたり得るからかもしれない。

（俳優小劇場『わが町』上演パンフレット）

この劇作家にとって「街」を描くときのよりどころとなるのは「儀式」であった。葬式や結婚式を通じて、街の手ざわりを探っていくのだ。そのときの語り口はやはり童話の文体でなければならなかった。のちに童話集『星の街のものがたり』を一九七七年に出したとき、あとがきで「私の場合はむしろ《語り口》が内容を決定することが多いのだ」とわざわざ断っている。別役戯曲はしばしば、文体によって内容が決まるのである。

新進劇作家の童話執筆は思いのほか反響を呼んだ。テレビ番組から声がかかり、大人も楽しめる異色の童話が量産される。かつてＮＨＫの長寿番組「おかあさんといっしょ」のなかに「おはなしこんにちは」という朗読コーナーがあった。一九六七年から一九七〇年代半ばにかけてのことだ。毎週金曜日、一話十五分の短い童話を女優たちが朗読した。朗読者は初代が吉行和子、二代が神保共子、三代が田島令子だった。

秋浜悟史、山元清多、佐藤信ら多くの劇作家がこれで口を糊していたが、別役は二年ほどの間、毎月せっせと書いた。『お星様の街』（一九七二年）、『みんなスパイ』（一九七三年）、『空中ブランコのりのキキ』（同）といった小品だ。それらのほとんどは処女童話集『淋しいおさかな』に収められている。戯曲は書いてもたいした金にならない。早稲田小劇場や演劇企画集団66に書いていたのでは、戯曲料も上演料もそもそも出ない。「おはなしこんにちは」なら一本書けば五万円の報酬になったといい、その収入にエッセイなどの原稿料をくわえて何とかかんとか食えるようになったのである。

番組は渡辺治美ディレクターの考えで、いかにも幼児向けという感じのコーナーにしないよう構成されていた。プペとパペという人形が朗読に反応するあたりは幼児番組風なのだが、朗読者は小道具の傘を手にとろうが寝転がろうが自由であり、即興性を生かした当時としては画期的な試みだった。ファンレターは中学、高校、大学の男子生徒からが多かった、と朗読者の田島令子はのちに語っている。

その田島が読んだ『空中ブランコのりのキキ』は別役童話の代表作といってよく、中学生の国語教科書にも載ったことがある。「おはなしこんにちは」で放映された童話でありながら、NHK出版が放送と同時に絵本にしたので『淋しいおさかな』には収録されなかった。朗読した田島は放送中、感きわまって泣いている。それはこんな話だ。

サーカスで一番人気のキキは空中ブランコの三回宙返りでいつも喝采を浴びていた。誰かが三回宙返りをするようになったら、自分は四回宙返りをしなければならなくなるだろう。練習してもできない。どうしよう。案の定、金星サーカスのピピが三回宙返りを成功させた。乞食のおばあさんに「死ぬよ」といわれても四回宙返りをやるしかない。おばあさんは「やる前にお飲み」と青い水の入った小びんをくれた。「でも一度しかできないよ」と。

ピエロや団長が心配するのも聞かず、キキは練習で一度も成功したことのない四回転宙返りにいどんだ。一回転、二回転、水からとびあがるおさかなのように三回転、お客さんはハッといきをのんだ。キキはヒョウのような手足をはずませ、たっぷりと余裕をもたせて四回転した。人々のどよめきは街中に伝わった。誰も気づかなかったが、キキはもうどこにもいなかった。翌朝、テントのてっぺんに白い大きな鳥がとまっていて、かなしそうに鳴きながら海の方へ飛んでいった。

「それが、もしかしたら　キキだったのかも　しれないと、町の　人びとは　うわさして　おりました」

芸人が「華やかさのために死ぬ」という潔さ。『象』にみられた死にものぐるいの見世物、その演劇的衝動がこの童話でも描かれるが、物語る文体の魅力が輝き、いっそうの透明感を放っている。疎外されたたましいをもつ芸人は、カフカの不条理小説がそうであるように結局は社会から追放されるのである。学生時代にスケッチブックに書きためていた詩や小説の感性が童話という場所を得て、自然に発露されたのだろう。

もうひとつ例を挙げておこう。戯曲の『スパイものがたり』を彷彿とさせる『みんなスパイ』は、お得意の題材だ。コーモリ傘の修繕をしている鈴木一郎さんが公園で弁当を食べていると、なぜか郵便がとどく。「はいけい、あなたはスパイです」と委員会が伝えてきたのだ。ところが手紙は街中の人みんながもらっているらしい。一体誰が出したのか。おまわりさんが告げた。「あなた以外の人は、もしかしたら犯人かもしれない」

別役は『淋しいおさかな』のあとがきで「おはなしこんにちは」の二年にわたる仕事が「ひどく楽しいものであった」とふりかえっている。「私は私自身、劇作家ではなくてほとんど童話作家なのではないかと思ったほどである」とまで。

> 仕事を始めるにあたって特に意図した事はない。ただ、NHKの方から、それまで続けていた民話をやめて現代の話にしたいという意向があって、その点を少し意識したという事はあるかもしれない。もっとも、私は極く単純に、民話というのは「村」の話であるから、「街」の話にすればいいのだなと、その程度に理解していただけである。「田舎は神様がお創りになりました。都市は人間が創りました」というパターンだけが、私にはあったのだ。
>
> （『淋しいおさかな』あとがき）

NHKのおかげで一息つくことのできた六本木暮らしはほどなく終わる。次の住まいは広尾だった。六本木から広尾というと、はなやかで日のあたる場所を移動したかのようだが、本人の弁では日陰から日陰へ、であった。

六本木の北日ケ窪は文字どおりの窪地であったし、広尾の家も日赤医療センターと広尾高校の間の谷間にあった。さかのぼれば目黒のメリーさんの家も目黒川に浸食された谷にあった。東京に出てきて最初に住んだロシア料理店サモワールの従業員宿舎があった渋谷も谷だから、別役はこの大都会の谷から谷へと移動していたことになる。

私が最初の別役実インタビューをおこなったのはこの広尾だった。車で行ったが、ひどくわかりにくく、都会の隠遁地のような場所だった。古びたテレビがあり、なんとなく一九六〇年代の空気につつまれていたのが不思議な感じだった。回想記『東京放浪記』のなかでも広尾のくだりはとりわけ温かみがあるが、デラシネの暮らしに妻、ついで娘の存在がくわわったからでもあろう。それをもとに広尾での暮らしぶりをたどっておこう。

六本木の北日ケ窪住宅を出ることになったとき、夫婦の頭にあったのは「芝居屋は多少家賃が高くても都心に近いところに住んだ方がいい。夜遅くなる商売だからタクシーをよく使う。結局安上がりだ」という仲間たちの話であった。それで、たまたま広尾になった。結局その仲間たちは終電がなくなっても深夜喫茶か飲み屋かはたまた公園のベンチで夜を明かし、始発に乗って帰ることが多かったというのだから、おかしい。

その家は一戸建ての二階家であり、一階部分に三人家族は住んだ。渋谷、広尾、恵比寿のどの駅からも、ひと山越えるかのように坂を登らなければならなかった。健脚だった別役も随分苦労したようだ。あるとき、ちり紙交換のアルバイトをしていた知り合いの役者が小型トラックで家の前の路地に入りこんできた。ぱったり顔を合わせ、こう言われた。

「こんなところに住んでいたのですか」

隣にある大家の庭にきていた野良猫があるときから別役家に入りこんだ。幼い怜は犬のような名のポチと名づけ、それが定着してしまった。家族の一員となり、平然と座布団に寝そべるポチに夜ひとり居間にいた別役は思わず話しかけてしまうこともあった。内田百閒の「ノラや」ならぬ別役実の「ポチや」である。永福町に転居するときも連れていくはずだったが、家のなかがあわただしくなったのを察したのか、ぷいと姿を消した。何か月かたって怜の広尾の友達がポチを見つけたという話が舞いこんだ。「ポチって呼んだらふりかえった」というので、別役家を感動させた。

広尾暮らしは性に合った。淡い近所づきあいができ、ほどほどの距離感で「街」の一員になれたからである。家の近くにあった「石川屋」という駄菓子屋のおばさんが「お宅のお嬢ちゃんも、来年は学校だね」と話しかけてくれたとき、心がなごんだ。怜は広尾で幼稚園から小学校にあがった。「石川屋」は怜おなじみの店だった。医院やパン屋といった「おなじみ」のつながりがあることは天与のデラシネにとっても「悪くはない」と思えたのである。別役劇になぞらえれば、そうしたささやかなできごとは「街」のやさしさを確かめ、入りこむためのひそやかな「儀式」だったといえようか。

舞台の世界へもどろう。女優との結婚を別役にもたらした俳優小劇場は一九七一年九月、解散を決めた。結成十年をへて研究生をふくめれば百人を超える大所帯となり、意思疎通が困難になったためだった。早野寿郎、小沢昭一ら創立メンバーが、タレントクラブ化して舞台に精彩を欠くようになった劇団の改革に乗り出したのだが、かえって反発をくらい、自主解散という予想外の結果を生んだ。テレビなどで売れている役者とそうでない大半の役者との間で感情的な軋轢（あつれき）が生まれ、収拾がつかなくなったというのが真相のようだ。

総会で四十四対三十九の評決で解散が決まった。創立メンバー七人のうちの一人、楠侑子にとっては寝耳に水だった。出産を控え、総会を欠席していたのである。劇団の若手で、早野の弟子ともいえる存在だった末木利文は一人になって、行き場を失う。そうした成りゆきから末木が別役実や山崎正和に声をかけてできたのが、手の会であった。俳優小劇場解散のおよそ一年後、一九七二年十月のことである。

そもそも別役と末木が出会ったきっかけも、もとをたどれば、あの『街と飛行船』だった。劇団青俳のプロデューサー、本田延三郎が新進劇作家の童話に目をつけ、俳優小劇場の気鋭の若手に「初演出を」と白羽の矢をたてた。そのころ青俳は英文学者の倉橋健が脱退し、演出を志向していた役者の蜷川幸雄もいなくなっていたから、演出家不在の状態だった。『街と飛行船』が最初の童話として発表された半年後、一九七〇年九月のことである。

末木演出で初演された『街と飛行船』はまた、岸田今日子と別役戯曲の運命的な出会いをもたらした。母役で出演した岸田は子供だましでない怖い童話を大切に考え、所属する演劇集団円で「円こどもステージ」を手がけることになったとき、詩人の谷川俊太郎とともに別役を書き下ろし作家に選んでいる。童話の物語性は別役の活躍の場を大きく広げたといえるが、一方で演出家になりたての末木利文をじりじりと悩ませた。文学座の藤原新平と同じく、別役戯曲と最初に対した演出家は別役実式自動筆記に戸惑い、産みの苦しみを味わうのである。

私は二〇一六年一月、「別役実フェスティバル」の一環として劇団昴ザ・サード・ステージが鵜山仁演出で上演した『街と飛行船』を東京芸術劇場シアターウエストで観た。コーモリ傘をもつセールスマンが「街」にからめとられる話が終局に向かって飛行船幻想を増殖させる。六文銭の音楽に妙味があったが、はじめて別役戯曲と向き合った鵜山の演出にはやはり戸惑いが感じられた。演出家は戯曲のセリフを読みこみ、解釈したい。しかし、謎が謎を呼んで解釈をこばむのが別役の不条理劇なのである。

このときの公演パンフレットに末木は「別役版『セールスマンの死』」という一文を寄稿し「右往左往していた記憶しか残っておりません」と初演の苦さを反芻している。実際、本人に会っても、悔恨の念が縷々話されるばかりだった。

「僕は俳優小劇場にいて、アリスものを演出した早野寿郎さんの弟子みたいなものでしたが、二人とも古い新劇をひきずっていて、別役さんの戯曲はちんぷんかんぷん。それでも早野さんは強引にねじ伏せて見世物にしていましたが、僕にはそういう手練手管がない。劇団青俳が別役実さんの戯曲を手に入れたから、やらないかと言ってきたのが『街と飛行船』でした。僕には古くさい新劇の残滓があるので役者の演技に対する解釈とか、いたるところでずれる。これに決めた、という別役さんが不条理劇にこめた志や演劇観に思いがいたらなかった、申し訳ないという忸怩たる思いをいまでもひきずっています。十年くらいホンはもらえないなとそのとき思ったんですが、別役さんは厳しいというのかやさしいというのか、三回失敗してもつきあうよと言ってくださって。

手の会の名づけ親は山崎正和さん。俳優小劇場が解散して一人でやっていくことになったとき、田中千禾夫さん、山崎さん、別役さんの短編を一本ずつやる企画をまずつくった。千禾夫さんが僕みたいな古い者が入ってもしょうがないだろうと抜けました。関西にいた山崎さんは東京に拠点が欲しかったんだろうと思いはじめ、月に一度くらい上京してきた。一方、山崎さんは三人で研究会をやろうと言いはじめ、僕があちこち声をかけ、役者を集めはじめた。小山田宗典、内藤武敏、小池朝雄、小川真由美たちです。山崎さんが理論武装しました。あのころ新劇は左翼が強かったから、そういうものとは無縁のものを山崎さんと別役さんが交互に書いて、適材適所でやろうということになった。山崎さんはアングラ演劇に対抗しようとしていた。セリフも抑制をきかせるようにとおっしゃっていた。山崎さんは不条理劇をなんとか世に知らしめたい。けれども一人十万円を集めてはじめるとき、プロデューサーがいない。それで解散した俳優小劇場のプロデューサーにやらせていたんですが、二、三本やったらいなくなり、ある人の紹介で木山潔がきたんです。

手の会で俳優養成所をつくってから、日常の諸経費くらいは出るようになった。意外だったのは別役さんのほうが神経質だと思っていたのに、実際は山崎さんのほうがずっと神経質だったことです。別役さんのほうが男っぽい。全然逆でした。スタッフ会議で、ここ、どうやったら面白くなるかな、なんて話していると山崎さんは傷つくんです。別役さんからもらったホンはすべて書き下ろしなんですが、最初の十年は地獄でした。どれだけ悩んだか、どんだけ死ぬ思いをしたか。確信をもてない演出はいかにお客の迷惑か。手の会は山崎さんと別役さんが競うように、新劇とはなんぞや、みたいなものを書いたんですが、別役さんが僕にくれたホンはことごとく難解だったです。悩まされましてねえ……」

このとき末木利文は「別役地獄」という言葉をもらした。二〇一七年四月、日野市の自宅を訪ねた折、がんの闘病生活でやつれた姿だったが、かすれがちな声で誠実にそんな言葉を発したのである。地獄の苦しみを脱し、悩みを払拭できたのはずっとあと、一九九五年の『この道はいつか来た道』からだというので、おどろいた。が、たとえそうだとしても、ひたむきに戯曲と向き合った末木利文の名は別役実とともに演劇史に刻まれるだろう。淡々と死を迎え入れる風だった演出家はインタビューしたその年の暮れ、静かに息をひきとった。

実験の場という趣のあった手の会で、別役が心から拍手したのは一九七三年初演の『移動』であった。出産後に「女」役で出演した楠侑子は新国立劇場の公演パンフレットの企画「私の好きな戯曲」（二〇一三年）で、舞台の様子をこう描いている。

私はこの「女」を演りました。家財道具を山のように積んだ荷車を引く「男」を内藤武敏、「父親」を中村伸郎、「母親」を村瀬幸子。この一家が、食事をしたり、ティタイムを楽しんだりの日常生活を営み乍ら、目的もなく、唯々移動し続ける、敢えて言ってしまえば、それだけで進行する芝居です。途中、若いヒッピー風の男に追い越されたり、逆方向に移動する夫婦に出会ったりしますが、何事も起こりません。やがて「父親」が、次いで「母親」が死に、荷物もだんだん少なくなっていきます。二人だけになって疲れ果てた「男」を襲ったのは「道具達」への狂暴な憎悪、「女」に忍び寄ったのは秘やかな狂気。終幕は、買い物籠をさげ、パラソルをさし、死んでしまった赤ん坊を背負った「女」と、僅かに残った道具を乗せた車を引く「男」が、ゆっくりと舞台を通り過ぎて行きます。と、ホリゾントには延々と連なる電信柱の列が映し出されて……。

（新国立劇場『効率学のススメ』公演パンフレット）

演出は俳優小劇場を解散したあとのカンペイさん、早野寿郎だった。電信柱のある別役実空間を決定づけた舞台であり、本人は転々と移動しつづけた戦後の日々を投影したと明かしている。満洲引き揚げの実体験を思わせる不条理劇の傑作であった。別役はこの舞台でカンペイさんと真にわかり合えたと思った。巨大な徒花を咲かせる見世物の演劇と別役の不条理劇とが、ようやくかみあったのである。

『移動』はまず書籍として発表された。俳優小劇場がアリスものを上演した翌年、一九七一年の刊行だった。むろん、アリスものにつづいて早野演出を想定していたが、肝心の劇団が解散してしまったため『移動』は店ざらしになり、手の会による上演にこぎつけるまで二年もかかったのである。

一九七〇年代はじめ、「書下ろし新潮劇場」という新潮社のシリーズがあり、そのために書かれた戯曲であった。一九五四年に岸田演劇賞を創設していた新潮社は戯曲刊行に積極的な出版社だった。書下ろし新潮劇場のラインナップをみると、別役は『移動』のほか『椅子と伝説』を刊行している。刊行目録をみれば安部公房、遠藤周作、山崎正和、清水邦夫らがこのシリーズで盛んに発表している。一九六〇年代から七〇年代にかけては戯曲の一大興隆期でもあったのである。

あこがれの演出家だった早野寿郎との縁は長くつづかなかった。『移動』上演の翌年、新たに劇団俳小を結成したカンペイさんは森光子主演の『おもろい女』(小野田勇作)をはじめ、ますます幅広い作品を手がけるようになり、別役とは異なる道を行くのである。俳優小劇場以来の関係は手の会(のち木山事務所からPカンパニー)の末木利文に受けつがれることになり、別役はくわえて複数の集団に書き下ろすようになる。文学座では藤原新平、楠侑子が主演するかたつむりの会では村井志摩子、小室等の音楽をともなう演劇企画集団66では古林逸朗、中村伸郎のいる演劇集団円では高橋昌也、岸田良二、小森美巳が演出する。決まった集団、定まった演出家との仕事は淡々と持続した。

本人が認めるとおり『マッチ売りの少女』以来、戯曲を書いていると、どういうわけか姉と弟の物語になる傾きがあった。姉の力に呪縛される感覚は深層心理に兆すものでもあっただろうか。ちなみに電撃的に結婚した楠侑子は四つ上の姉さん女房だった。かたつむりの会では悪女のイメージを受け継ぐかのような「魔女もの」の芝居がつづき、劇作家の夫は女優で年上の妻に、おそるべき姉のイメージをかぶせていた。観ていて不思議な感じがしたものだ。同じ劇作家では清水邦夫や鄭義信が姉と弟のドラマをたくさん書いており、清水夫人の女優、松本典子もやはり姉さん女房だった。

営々と不条理劇を書き継ぐにあたって、ものをいったのは、やはり劇作家の「手」であった。まさに手の会は別役実にこそ、ふさわしい名であったのだ。

「僕には手で書こうという気持ちがある。手に書かせよう、それが一番、物書きとしての正しいありようだという考えがある。語り口があれば、思いとは関係なく手が書く。戯曲は職人の手細工みたいなところがある。それで手にまかせる。だから何も書くことがなくて行きづまったりするとね、原稿用紙を出して、とにかく書きはじめる。男1、上手から入る、とか、電信柱がある、とか何でもいいの。頭でなく、手で書く。つかこうへいが口立てで芝居を書きましたが、あれは手で書くのと同じですね。僕は口立てで書かないけれども、頭で考えて言葉にするんじゃなくて、手で書きあげている。芝居書きをなかなかやめられないのは、そういう要素があるから。

不思議なんですが、無意識に手に書かせていると、どうしても姉と弟の物語になる。兄と妹にならない。それは世の中へ突っこんでいく姿勢みたいなもので、手が探りだしてくる。どうしようもない弟と生活力のある姉という感じになります。物語への力の入れ方みたいなものがそうさせる。僕は昔の歌や唱歌をよく引用しますが、それは言葉の記憶を引っ張りだすとき、有効なんです。

手が書いていくとき、言葉の質感が手がかりになる。満洲の荒野にあった虚空、宇宙感覚は宮沢賢治の童話に通じている。賢治は空気の組成がね、構成分子がほかの作家と違う、宇宙的な空間感覚、それで書いている感じがある。賢治の本は満洲時代、親父がもっていたと思う。内地ではまだ詩人として認められていませんでしたが、『注文の多い料理店』とか『セロ弾きのゴーシュ』とか、そうした童話を子供のころ読んだおぼろげな記憶がある。大学に入って『銀河鉄道の夜』を読んで、これはいいな、と思った。自分が童話を書くようになったとき、賢治が一番刺激的だった。ただ『銀河鉄道の夜』を映画にしたとき、ジョバンニとカンパネルラを猫にしたら評判悪かった。猫にしたのはお手柄と思っていたんですが……」

アニメ映画『銀河鉄道の夜』は一九八五年に公開された。静謐（せいひつ）で透明感のある映画であり、子供向けとはとてもいえない玄妙な詩情が醸しだされていた。別役は犬派ではなく猫派である。人物を猫に置きかえたこの異色のアニメを監督したのはテレビの「まんが日本昔ばなし」を手がけた杉井ギサブローだった。「まんが日本昔ばなし」といえば、市原悦子とともに味のある語り口を聴かせた常田富士男の声が思い出される。常田は演劇企画集団66の創立メンバーであり、別役役者としても知られた存在であった。映画でも灯台守の役で語っている。別役にとって童話はこんなふうにして仕事の幅を広げる役割を果たしたのである。

童話作家としても知られるようになった別役は、子供のための芝居にも手を染めることになった。岸田今日子の「円こどもステージ」に最初に書いた『《不思議の国のアリス》の帽子屋さんのお茶の会』はアリスや魔法を使えない魔法使い、眠りネズミたちが帽子屋のお茶会でくりひろげる珍騒動で、いまも名作の一つとして上演されつづけている。「教訓がない」のが別役童話の特徴だが、岸田今日子は「それで、いい」と請け合ったという。

「円こどもステージ」にそのあと書き継がれた芝居は白雪姫、シンデレラ、ドン・キホーテなどの有名なお話をもとにしながら、原型をとどめないほど改編されている。「づくしもの」のエッセイがそうであったように、嘘でかためられていた。岸田今日子と話し合って、おなじみのヒーローやヒロインを登場させ、劇中で「遊んでしまおう」と考えたのである。

頭のかたい親からクレームがつくかもしれなかった。が、「白雪姫って、こういうお話だったの？」と戸惑う子がいてもいいと開きなおった。

「玩具は、手に触れてみなければその楽しさが理解出来ないように、童話だって、いじくりまわしてみなければ、その真のよさは理解出来ない」（『風に吹かれてドンキホーテ』あとがき）

そんな反論の言辞まで用意していたのだが、結果的に親たちから責められることはなく、むしろ拍子抜けだったという。こどもステージを観た少女が母親になり、子供をつれて劇場に足を運んでくれることに別役は言いようもなく、なぐさめられた。上演に際し、円は子供たちだけ前にすわらせ、親とはなれさせた。岸田今日子が子供の純粋な反応を大切にしようとしたためだ。そうしたら、作者をびっくりさせることになった。子供たちは理屈や教訓を超えた不条理な笑いに鋭く反応したのである。

一九八六年に上演された『赤ずきんちゃんの森の狼たちのクリスマス』でのことだ。駄目な魔法使いが雪を降らせる場面。まず長靴が落ちてくる。次は間違えないから、とおまじないを唱えると、うんこがボンと落ちる。子供たちからギャーという、うねるような笑いが起こった。「子供の感覚に乗せて書いたら、生理的に意表を突いた感じがあった」という。ナンセンスな笑いは子供たちにこそストレートに伝わる。たとえば『風に吹かれてドンキホーテ』は食べることをめぐるブラックコメディだ。人は生きていくために生命を奪って食べる。では、人が人を食うことは愛の行為なのか。こんな厳しいイロニーを「児童劇」にする劇作家はほかにいない。

その二場は荒野だ。こんな劇中歌も、別役実にしか思いつかないだろう。

神様
おなかがすきました
神様
風も吹いてます
神様
どちらかだけにして下さい

第八章　喜劇の精神

デラシネとして生きる別役実はだんだんと小市民の暮らしに溶けこんでいった。喫茶店を転々とし、紀伊國屋製の横書き原稿用紙の枡目を埋める暮らしを淡々とつづけたのである。たとえば、戯曲とエッセイの締切が迫っていたとする。はじめに戯曲を書き、気分をかえてエッセイにとりかかる。ふたつの仕事の間になくてはならないものがパチンコだった。一九七〇年代から八〇年代、おもに六本木、広尾時代のことだったようだ。手打ちから電動へと機種が切りかわるころの話である。

お気に入りは渋谷の井の頭線ガード下にあったタイガーだった。新宿に出て、武蔵野館近くの店に立ち寄ることもあった。一時間ほど喫茶店で書きものをし、三十分パチンコをして頭のなかを空にする。そしてまた喫茶店で書く。壁に向かって座禅を組むと精神の集中がもたらされるというが、ただ盤面に対している時間というのは頭のなかをリセットする効果があるのかもしれない。「手が書く」別役実式自動筆記にとっては欠かせない、手のための散歩のようなものだった。

ギャンブルが目的ではなく、ただの時間つぶしだからほとんど成果はなかったが、一度大当たりして時間がかかったことがある。夜中まで打って五万円になった。「釘を読むなんていうのは神話じゃないか。やってみないとわからない」という、いきあたりばったりの打ち方だったが、そういう時間をへて別役はそろりそろりと日本の市民社会に侵入していったようにもみえるのだ。

女子美術大学を出てイラストレーターになった長女の怜は中学、高校を付属の一貫校にかよった。杉並の和田に学校があったから、中学三年になったころ通学に便利な借家に家族で移ることになった。妻の楠侑子が探しあてた。緑濃い大宮八幡神社近くの永福町の家だ。一九八六年ごろのことである。

いざ広尾から引っ越しとなったとき、家から姿を消したままもどらない猫のポチを別役はずっと待っていた。「猫を待つばかりで、ろくに手伝わなかった」と楠は愚痴っぽく思い返すが、かけがえのない友を失った思いだったのだろう。

私は引っ越して間もない永福町の家にエッセイの連載を頼みにいったことがある。広尾の家がどこか都会の隠れ処風でひっそりとしたたたずまいだったのに比べ、瀟洒なテラスハウスだったのが意外な感じだった。中学生の怜がそのうち帰ってきて、その場でくつろいでいた姿がかわいらしかった。高校生になったころギンギンのロックに夢中になった怜と音楽記者でもあった私はレコードのやりとりを通じ、ささやかな交流を結んだ。

中学時代のいっとき、怜は演劇部に入った。オリエンテーションで楽しそうと感じたからだが、おおいに両親をあわてさせた。ところが、じきに肌合いが合わずやめた。「跡継ぎにはならないよ」といわれた楠は「ありがとう」と言葉を返している。そんな逸話が演劇雑誌『悲劇喜劇』(二〇一五年十一月号)の別役実特集号で、母娘の対話という形で紹介されている。それをもとにもう少し、娘の目で別役実の像をたどってみよう。

これは永福町に移る前、広尾時代のことになるが、別役家ではハムスターを飼ったことがある。小学生の娘と一緒になって、お菓子の箱などを組み合わせ、ハムスターの迷路を作りだした別役は夢中になり、次々と箱を継ぎ足し管までつけて巨大迷路に仕上げた。さあ、とハムスターを入れても、大きすぎたのか、複雑すぎたのか、まるで遊ばなかったという。手先が器用で工作好きの別役は小学館の子供向け雑誌があると、目をはなしたすきに付録を勝手に作っていたそうだ。

むろん目に入れても痛くないほど娘を溺愛していた。怜のはじめての絵本が出たとき、ていねいな手紙つきで送ってくれたものだ。が、アーティストになる怜の方はシニカルに父親を観察していた。永福町に転居したころ「お父さん、嘘は書かないでよ！」とむくれたことがある。エッセイで家に姉妹がいると書いてあったため学校で「なんで一人っ子なんて嘘つくの」と責められてしまったのである。なにしろ別役は確信犯的な嘘つき名人で、エッセイも創作だと考えるから、家族にはいうにいわれぬ負荷がかかるのである。偶然、別役の娘に生まれただけだから「納得いかないところがある」と娘は思った。

その観察眼は「父はたぶん自分のこと、天才だと思ってるよね」と言わしめる。五十歳になったとき「まだ死なないなあ」とすごく残念そうだったのは、天才なら早死にするはずだという気持ちがあったからではないか。家のなかでは、いつも上の空、クロスワードパズルかなにかをしている。資料のたぐいはあまり買わず、推理小説のようなものばかり読んでいる。家のなかでは面倒くさくない父親なのに、頭のなかでは面倒くさいことばかり考えている……。

別役怜こと、べつやくれいはネット上のサイトでイラストやエッセイを発表している。猫になれる手袋を作ったり、スターバックスの店員の格好をして店を訪ねたりして、それらをネタに意表をつく話をまとめるのである。日常の意外な側面を発見していくセンスはやはり父親ゆずりの何かを感じさせる。怜は母親の愚痴の聞き役だったようだが、なかでも多かった愚痴の種は帰宅の早さだった。

昼間は井の頭線に乗って渋谷か吉祥寺に出て、喫茶店で仕事をし、合間にパチンコをする。吉祥寺駅前のルノアールがお気に入りだった理由のひとつは階下がパチンコ屋だったことだ。書きものが終われば、酒を飲まない別役はさっさと帰宅する。大体は夕方の四時くらいだったらしいが、母娘には「早すぎる」と不評だった。夕餉の買い物もすんでいないのに、とあわてさせることになるからだ。ただ飄々とした別役は家族を困らせる無理難題を言いつのることはなく、帰宅時間だけが問題なのだった。

永福町の住人になってから、それまでにない日課がくわわった。自転車による「散歩」だ。坂の多い六本木、広尾では自転車に乗らなかったが、新しい土地は平らなところが多かったのである。目黒以来、谷から谷へと居を転じてきただけに新鮮な出合いとなったようだ。神田川と善福寺川の川べりが格好の散歩道になった。どちらも川沿いが遊歩道になっていて犬の散歩をしたり、ジョギングをしたりする人がひきもきらない。別役は気分転換に二つの川のどちらかを選んで川端を散歩するように自転車で走った。しばらく走るとベンチで休み、煙草をくゆらせる。それは微風と紫煙を楽しむ至福のときだった。

家々の灯りをいわば裏から眺めていると「ああ、みなさん暮らしておられますね」という気分になった。「当り前のことに当り前に感動させられる何かが、そこには漂っていた」と『東京放浪記』に記している。大陸からやってきたデラシネはいわば男1としてこの永福町に碇(いかり)をおろそうとしていた。そして、この「ああ、みなさん暮らしておられますね」という感覚から書き継がれたのが、文学座の小市民シリーズであった。こう書いていた。

「私は、私自身の『小市民性』に、いやというほど気付かされ、持て余していたから、それをどうにかしたかった、ということもある」(『東京放浪記』)

第六章で触れたとおり、文学座の藤原新平がはじめて別役実に書き下ろしを頼んだのは一九六七年の『カンガルー』からだ。が、藤原は『カンガルー』の底流にある青年の鬱屈を受けとめきれなかったと悔い、次の作を頼むまで七年の時を要している。生活の現実にもとづくリアリズムから出発した演出家だと自らをみていたが、その眼からは『不思議の国のアリス』のような観念的寓意が遠く感じられたという面もあったようだ。

たまたま旅先の大阪で別役がシナリオを執筆した吉田喜重監督の映画『戒厳令』を観て、藤原は歴史劇に切りこむセリフにつりこまれた。それで久しぶりに別役に面会を求め、「二・二六事件の芝居を書かないか」と持ちかけた。すると「ほかに書きたい題材がある」と逆に提案された。それが一九三〇年代のカルト教団「死のう団」（日蓮会殉教衆青年党）に想を得た『数字で書かれた物語』であった。以降、藤原と別役は劇作家、演出家のコンビとして二〇一五年九月の『あの子はだあれ、だれでしょね』まで新作を毎年のように上演しつづける。『カンガルー』を入れてその数は二十四本にもおよんだ。

『数字で書かれた物語』は実に奇妙な作である。日蓮を崇拝する江川桜堂の日蓮会が官憲の弾圧によって追いこまれ、青年部の通称「死のう団」が餓死殉教の行から服毒自殺をとげるまでの実録が解説者によってくりかえし報告されるのだが、舞台で起こるできごとはいたって些細なことなのである。風船で遊んだり、沢庵とのりを食べ比べたり、一から数字をどこまで数えられるかという狂気じみた試みにとりつかれたり。危機の進行とは裏腹に、表層的なゲームのようなできごとだけがたどられる。

それはあの『ゴドーを待ちながら』のように大状況を局部から描いていく作劇上の実験だっただろう。藤原はまたしても意表をつかれたが、この上演は作家に非常な刺激を与えることになった。杉村春子に象徴される文学座の役者がものを食う場面がそれ自体で演劇的であることにおどろいたのである。別役は文学座の自然な演技は、小道具を手がかりにした所作から生活のたたずまいをにじませていく。その意味では新派的であり、西洋演劇の翻訳からはじまった新劇のなかでは異端的でもあったのだが、局部をなぞる別役劇に不思議なぬくもりをもたらした。『象』のおにぎりの場面で手にした喜劇性が具体的な手ざわりとなって顕れたと感じさせたのだ。

別役は『数字で書かれた物語』の上演後、教団風の白い衣装をつけたのは失敗だったといい、自分の芝居は日常そのままの行き方が合うのだと力説した。実現はしなかったが、杉村春子の出演を望んだのは自然な成りゆきからである。

ただそこに「ある」ということ。

その演劇性をつかまえようとする別役の不条理劇は、文学座という共鳴板を得て大いなる実りをもたらす。『数字で書かれた物語』のあと一九七六年に書き下ろされた『あーぶくたった、にぃたった』と翌年の『にしむくさむらい』は作品系列のなかでも代表作といえる充実ぶりを示したとされる。初期に差別と疎外を生々しいモノローグでえぐりだしていた戯曲は小市民の変容を映しだすさりげない喜劇へと、静かに、だが確かな手ごたえをもって転回したのである。

『あーぶくたった、にぃたった』という題名は米をたく湯が吹きこぼれるさまをさす言葉だ。竈(かまど)にかけた釜の米が下からは火であぶられ、上からは蓋で押さえつけられ、わずかな隙間から湯がこぼれでる。劇中で歌われるわらべ歌「あーぶくたった、にぃたった、にえたかどうだかたべてみよ」はその光景を歌っている。詩人の資質をもつ別役はこの時期以降、唱歌の一節や慣用句をしばしば題名にとりこむことになる。それは言葉の実在感、響きの触感それ自体を劇の起動力にするためであった。劇団側が宣伝のため早めに題名を欲したという実際的理由もあったのだが、先に決めた題の語感が劇の内容を導くこともあった。スケッチブックにデッサンを描きためるように気に入った歌やことわざがメモとしてストックされ、そのつど直観的に選び出される。それらの言葉の質感が別役実式自動筆記の、あの「手」を動かしたのである。自身で論述しているように、言葉は意味というより、絵画的なフォルムなのだった。

さて『あーぶくたった、にぃたった』は、婚礼の支度のととのったむしろの膳部で男1と女1が夕方の風の匂いをかぐところからはじまる。子供が生まれ、その子がひどいいたずらをしたり、女の子を孕(はら)ませ殺してしまったりという不幸な将来を話しだす。やがて時間軸はあいまいになり、婿のこない結婚式、夫婦の食事、会社に行っていない夫の告白、放浪した男女が定住を考える会話、娘を殺されたか息子が殺したかした男と女による自殺未遂と場面がつづく。最後、生きてきた痕跡を雪が消してくれるよう願って二人は息絶える。夕方の風の匂いと雪のイメージが鮮烈なこの劇は、流浪するほかない小市民の運命をはかない幻影として照らしだしていく。

第六場。鞄とコーモリ傘をもった男1と買い物かごをもった女1が現れる。それは失踪した夫と妻との再会のようでもあるが、確からしいことは何もわからない。

男1 だからね……。だからもういいじゃないか……。住もうよ。ここに住みつこうよ。許して、それから愛するんだ。愛するということはそういうことだよ。まず、住むことからはじまるんだよ。

女1 ここに……?

男1 ここにさ。近所の人たちとも仲良くなって、たとえば朝、お洗濯ものを干しながら、おはようって言うんだ。いいお天気ですねって……。ね、その時僕たちは、いいお天気というものが、本当にいいものだってことがよくわかるよ……。住むということはそういうことなのさ。

広尾時代に書かれたこの戯曲には定住への志向が垣間見られる。もとより放浪するたましいは定住者によって暗黙のうちに排除される。それが古今変わらぬ宿命なのだ。満洲から引き揚げ、地方都市や東京のあちらこちらを転々としたデラシネにとって、定住は敬虔な「ゆるし」を象徴する行為に映ったのだろうか。ゆるして、愛して、とたたみかける言葉の用心深さには別役実ならではの、繊細な手の動きが感じとれる。「おはよう」と発語するとき、共同体から排除されたアウトサイダーはどれだけ必死の思いをかかえているか。ようやっと小市民として「住まうこと」ができたとしても、行く末には放浪という酷薄な結末が待っていないか。デラシネはそもそも「住まうこと」ができるのか……。

藤原新平は別役劇の演出に迷うと、この『あーぶくたった、にぃたった』に立ち返った。生きた痕跡を消したいという無名の存在の原型となった作だからである。独立したそれぞれの場面が別役実のイメージの結晶であり、藤原は「生活に即した僕のリアリズムが文学座のアトリエという空間で手ごたえをもった」と述懐している。『スパイものがたり』ではじめて姿を現した電信柱は『あーぶくたった、にぃたった』にいたって、文学座の自然な演技と幸せな出合いを果たした。日本家屋の木の質感をもったアトリエの空間で、木の電信柱が詩的な幻想空間をもたらすことになった。

次に文学座に書き下ろした『にしむくさむらい』では、会社に行かなくなった男の挿話が発展した。第一章で触れたが、この作で犠牲となって殺されるホームレスをキリストにみたてた評があった。その話題をもちだすと、別役はきっと語気を荒らげたものだ。

「そういう陳腐な解釈は面白くない。あれは不特定多数の小市民の一人なんだ」

珍しく強い調子でまくしたてたものである。文学座に書きつづけた小市民シリーズはどれも淡々とした世界ではあったけれども、無名の存在たちによるドラマという一点において断固とした心棒があったのだ。実のところ、このあとの別役劇の多くに『あーぶくたった、にぃたった』や『にしむくさむらい』の痕跡は認められる。いくつかの戯曲は音楽にたとえれば、同じ動機の変奏曲とさえいえた。佳編『この道はいつか来た道』は『あーぶくたった、にぃたった』の雪の場面が転じたものといえるだろうし、自分を消してしまいたいという小市民の不可解な衝動は『諸国を遍歴する二人の騎士の物語』や『はるなつあきふゆ』にも顕れてくる。

文学座は二作で当たりをつかんだ作者にこたえ、固定メンバーでほぼ毎年、新作を上演しつづけた。

座内で自分も出たいという不満の声があがっても、小林勝也、角野卓造、田村勝彦、吉野佳子、倉野章子らのコアメンバーを崩さなかった。男1や女1は生々しい存在ではなく、同時に確かなたたずまいを醸しだしていなければならないから、立ち方からして独特なものとなる。共通の理解がないと作者との共同作業が難しい。

藤原によれば、別役劇は最初に読み合わせしたときが一番面白く、稽古をかさねると往々にして精彩がなくなってくる。それをどうやって最初の新鮮さに近づけるか。

「芝居をべたべたにはしないが、かといって人物に感情がないことはありえない。通常の感情のあり方じゃない。感情を蹴るかというとそれとも違う。キャラクターに依存せず、つくろうとせず、一回やって二回やって、だんだんわかってくる芝居でした」

小道具を手がかりに自然な生活感をにじませることにたけた文学座の役者たちは、電信柱だけのなにもない空間でどう立ち、どう発声するか、手探りで試行錯誤をかさねた。藤原は文学座がつちかってきた自然な演技がもつ力を改めて実感することになった。やってもやっても「わからない」ところは残ったが、だからこそ挑戦しつづけたくなったと藤原は連作がつづいた理由を明かしている。

信濃町の文学座アトリエへは別役自身も訪れて稽古につきそい、セリフのニュアンスについて「そこは、こういう感じなんだけどなあ」などと助言を惜しまなかった。それらの言葉は原稿用紙に書かれて渡されることもあった。役者たちはそのコピーを手に稽古にはげんだ。その一人、小林勝也は「別役さんは頭のなかに絵があった」と回想する。原稿用紙に書かれていたのは、こんな文章だった。

「私が巨大なマンモス象を描くとき、まずその皮膚にバクテリアを描いて絵にする」

まさに全体の姿を局部からとらえる演劇を目指していたのだ。「坂本繁二郎や高橋由一の絵をイメージしてください」「私の芝居はフェルメールです」といった指示もあった。

こうした謎めいた指示に役者たちは相当面食らったようだ。私もあるとき絵画論を聞かされ、おそらくは文学座の役者と同じような思いをいだいた。それは病室でいきなり前触れもなくはじまったルネサンス絵画論だったが、文明にとってルネサンスこそ堕落のはじまりだという一般常識がサカサマにされた解釈なのだった。

それはこういうことだった。リアリズムはある時間をとらえるが、はじまりから終わりまでが短い。本来、長い時間をふくめて描けば人格はぼやける。ミケランジェロよりもフェルメールの方が人格がぼやけて見えるのは、時間が作品の中に描かれているからだ。

「一言でいえばルネサンスからリアリズムがはじまり、そこから病気がはじまるんだ。リアリズムのよりどころは存在感だが、東洋では存在感より、たたずまいを大切にする。たたずまいは存在感よりもさまざまなものを含んでいる……」

たぶん別役は時間の推移をふくんだフェルメールの絵のように、ぼやけた人格として男1や女1にたたずんでほしかった。かのベケットはヴラジーミルとエストラゴンが月を見上げるシーンをドイツの画家カスパー・ダーヴィト・フリードリヒの『月を眺める二人の男』から思いついたというが、別役もまた絵から舞台を幻視していたのである。くわえて、西洋では行きづまってしまった不条理劇を東洋的な「たたずまいの演劇」に変換し、独自の表現にしようともくろんでいただろう。

別役は稽古場にくると、この舞台のへそはここだ、と場所を示した。その位置は少し真ん中からはずれたあたりだったようだ。

小林勝也はそんな時間をかけがえのないものだったと考えている。

「別役さんはものを対象化して見る、と盛んに口にしていた。お互いがお互いを対象化したとき、人間はどう見えるか。役者は悩みましたが、別役さんとそういう時間を過ごせたので、僕は対象化して人を見るという感覚を獲得できたんです」

セザンヌがリンゴを凝視するときのような眼差しを役者にも求めていたということだろうか。

別役フレーズと格闘していた文学座のチームは集まって合宿をしたこともあった。『にしむくさむらい』の次の公演となった一九七八年の『海ゆかば水漬く屍』でのことだ。熱海にあった藤原の知人宅で合宿がおこなわれた。錦ヶ浦に遊びにいったとき、絶壁から皆が下をのぞいてガヤガヤやっていると別役は一人だけ遠くはなれてブツブツつぶやいていた。藤原によると「もう、お前らの無神経さには堪えられない。無警戒にのぞいたりして。どうしようもなく鈍感だ」と怒っていたという。別役はこの一件をよく覚えていた。

「高所恐怖症と病気のようにいうけれど、それは人間の自然な感覚であって病気じゃない。恐怖を感じない方が病気なんだ。君たちは高所不感症の病気だと言いたかった」

別役はホテルのカンヅメが苦手で人の気配のする喫茶店でないと書けない、いわゆる閉所恐怖症だったが、この一件から知れるとおり高所恐怖症でもあったのだ。後年になって老人ホームに入所する際、高さは三階が限界ともらしたほどだ。

熱海の合宿では、出演者の一人だった二宮さよ子の父親がやっていたとんかつ屋へくりだし、敬礼の仕方を教わった。二宮の父は軍隊経験者だった。なんとか敬礼がさまになったのは、そのおかげだった。そのように生活の次元から演技をそろえて、文学座の小市民シリーズは緻密なアンサンブルを熟させていったのである。別役は文学座グループの面々を「戦友」と呼んでいる。

そのころ文学座以外にも上演拠点はあった。が、末木利文の手の会では方法論の探究——局部のゆがみで全体像をとらえる演劇の試行——が意識的にかさねられたから、別役劇の観念性が際だってしまった面がある。その舞台が膨らんでくるのは手の会が木山事務所に継承される一九九〇年代以降のことである。古林逸朗の演劇企画集団66は常田富士男の柔らかい演技が抜群だったが、こちらの舞台も難解さで知られた。別役は古林、常田との共同作業にはもう一つ手ごたえを得られないもどかしさを覚えていた。いかめしく難渋な仕事になってしまい、芝居それ自体の楽しさがなかったと思い返している。『海ゆかば水漬く屍』上演の五か月後には、アートシアター新宿文化以来の知り合いだった演出家の村井志摩子と妻の楠侑子が「かたつむりの会」を旗揚げし、渋谷の地下劇場ジァン・ジァンで連続上演をはじめるのだが、大半が小品だった。

他方、藤原組の室内楽的な喜劇には不思議な温かみがあり、全国どこでも評判になった。「別役地獄」にはまっていた末木利文はわが劇作家が文学座という「強力な武器」を手にしたことに焦りすら覚えたという。創始されつつあった日本語の語感による日本の不条理劇は文学座の自然な演技によって生命力を得ようとしていた。

別役の「手」はようやくにして演劇の手ざわりを探りあてた。

「主題などなくても、芝居は芝居として独立できる。これが芝居だよと体が安心するように。文学座と一緒に芝居をやって、そのことが確かめられたんです。演劇的安定というベースをつかめた。文学座の『にしむくさむらい』とその前の『あーぶくたった、にぃたった』の二本が決定的だったと思う。文学座の役者のイメージがあると、書くときも手が早く動く感じがあった。メンバーが角野君、小林君、倉野君、吉野君、田村君と決まっていたので、文学座アトリエから違う役者も使えと文句が出たんですが、シンペイちゃん（藤原新平）がしつこくおなじメンバーを使った。それではじめてマンネリというものができた。マンネリというと非難されるけどね、日本ではマンネリをつくる前に書くのをやめちゃうことが多い。僕は『象』ほどじゃないという批判を十年くらいやられたけれど、日本人は文学にしろ詩にしろ、処女作から青年期までは才能があるのに中年にかかるころマンネリだと集中的に非難される。日本の作家はだから中年が成熟しないんだ。晩年はまた枯れすすきで良くなるけれど、中年に大作が出ない。

僕はマンネンリをおそれなかった。アトリエの仕事のなかで不条理劇と喜劇とを混ぜることに成功した。アトリエで仕事をはじめたころ、唐十郎と話したことがある。評論家が初期の作品に比べていまの作品をマンネリと非難するけれど、あれはないよなあ、と。唐も同じことを考えていた。作家にとっては、マンネリをくりかえすことで作品ができていく。それで電信柱を立て、ござを敷いて、という芝居を断固としてやろうと決意したんです。電信柱も最初のうちは仕方なくやっていたんだけれども、そのころからあえてパターンにした。そう、セザンヌのリンゴみたいなもの。アトリエで信念になったわけね」

観念的な別役劇はともすると熟練した演技力を必要としないかにみえる。高校演劇やアマチュア演劇で盛んに上演されることも実際、多かった。だが、私が三十年あまり実地に観てきた経験からいえば、その舞台は名優がいてこそ味わい深くなるのだった。

その名を二人挙げるならば、中村伸郎と三木のり平である。観念の森に踏みまよった末木利文の演出に精彩が出てくるのは、この二人と息を合わせて舞台づくりを手がけてからのことだっただろう。末木は演出家の名が前面に出る舞台を嫌い、舞台は役者のものだという考えに徹した演出家だった。

一九九一年に亡くなった中村伸郎は私のもっとも好きな役者だった。文学座を杉村春子らと創設した新劇人で、劇団の三幹事だった岸田國士ゆかりの自然な演技をこの人ほど確かに感じさせてくれた役者を知らない。三幹事のもう一人、岩田豊雄ばりのフランス喜劇のエスプリはきっとこういう風だったのだろうな、と感じさせたのは飄々としたセリフが絶妙だったからだ。「純粋新劇」という耳慣れない言葉を口にし、新劇ならではのアマチュアリズムをつらぬいて、大衆演劇的に下卑ていくことを厳しく斥けていた。その演技は今日むしろ小津安二郎の数々の映画のなかで実感することができる。

文学座を去ったのは一九六三年、三島由紀夫の問題作『喜びの琴』上演中止がきっかけだった。三島は反共的な内容を踏み絵として文学座に提出し、共産党勢力をあぶりだそうと試したとされるが、結果的には杉村春子体制に反発する者たちが大量脱退することになった。なかでも大物だった中村伸郎は新劇の重鎮としてグループNLT（新文学座の意）の結成にかかわり、さらには福田恆存らの劇団雲をへて芥川比呂志、橋爪功らと一九七五年、演劇集団円を結成した。

中村は一九七三年に手の会が上演した『移動』ではじめて別役劇に出た。演出した早野寿郎が頼みこんだ。演劇集団円も一九七六年の旗揚げ公演で『壊れた風景』を上演してから継続的に別役劇をとりあげるようになるから、中村は押しも押されもせぬ別役役者になる。文学座の「藤原組」とならぶ自然な演技による別役劇の拠点が中村伸郎という役者を軸に生まれた。手の会、その継承集団の木山事務所、それから演劇集団円である。

文学座には本来、マルセル・パニョルの『マリウス』をはじめとするフランス喜劇の芸脈が伝統としてあった。その遺産をもっともよく受けついだ中村との出合いがなければ、別役劇が現代演劇のなかで強固な位置を占めることはなかったとさえいえるだろう。

一九八〇年代の半ばごろ、私は中村伸郎にたびたびインタビューし、エッセイを依頼した。舞台そのままの語り口は実に魅力的で上品な皮肉の数々は忘れられない。なにしろエッセイ集『おれのことなら放っといて』の著者のこと、勤め先の新聞社の企画「私の履歴書」を依頼したときも、自慢話は書けないと即座に断ってきた。中野坂上にあった演劇集団円のアトリエで、芝居が終わったあとの楽屋を訪ねたとき、傍らに別役もいて「口述にしたら」と口添えしてくれたのだが、断りの意志はかたかった。杉村春子の芝居は商売だとこきおろし、二週間ほどステージ円で公演してわずかなギャラ（確か二万五千円）にしかならない自分たちの芝居は「お仕事」ではないと自虐的にみていた。けれど、これぞ「純粋新劇」だという矜持（きょうじ）をもっていた。小劇場ジァン・ジァンの深夜公演（10時劇場）でイヨネスコの不条理劇『授業』をロングランしたのは、そんな高踏的姿勢の顕れだった。その中村が岸田國士、三島由紀夫をへて惚れこんだのが別役のテキストなのであった。

このように書いてきて、私はあの飄々とした声をいままた聞いている心地がしてきた。「ん？　で、なんだって？」と問いかける微妙に混濁した声色、生活の作法を諄々と語っていくときの断定的な調子とその口跡。それらのセリフににじみでるユーモアが忘れられない。一九八五年の『窓を開ければ港が見える』で、淡谷のり子の「別れのブルース」の一節をゆっくり、かんでふくめるように発した語調もまざまざとよみがえる。俳優座劇場で上演されたその舞台で中村は二日目の朝、脳血栓で倒れた。ところが、周囲の心配をよそに二十日間休まず出演しつづけた。本当に舞台で死んでもいいと思っていたのである。

そのころ役づくりを絵になぞらえ、こんな言葉を残していた。

> 絵で言うと、具象から抽象に移ってきたみたいに、写実、デッサンを離れて、立体感を失くした裸婦が倒れやしないかと思わせるような不安の面白さ、そんな演技スタイルをつかまえたいな、なんて考えてるんですよ。（中村伸郎「築地座から別役実まで（質問に答えて）」『おれのことなら放っといて』）

中村伸郎と別役実の接点には、やはり絵があったのだ。私が一九八五年四月にインタビューした折も、七十六歳の中村はこう話していた。

「長く生きてるとね、舞台でわざわざ悲しそうな顔しなくていいんですよ。ハラのなかでそう思ってね。ただ悲しがっている人間がそこに存在してればいいんですよ」

二〇〇〇年に亡くなった劇作家、如月小春はそんな役者ぶりを畏敬し『俳優の領分』という優れた演劇評論をまとめている。中村伸郎の演技をこのように評していた。

「限りなく小さくもの静かでありながら、茫漠とした空間をわたりあい、その中に屹立し、屹立しているそれのよるべなさをも見つめ続ける、そういった特異な〈存在感〉を提出しているのだ」

人間がただそこに「ある」ことをつかまえようとする別役の演劇観と中村の求めていた「そこに存在していればいい」という演技はぴたりと符合していた。末木の回想によると中村が『移動』ではじめて別役劇に出たとき、こんなことがあった。老人夫婦と赤ん坊を背負った若夫婦の五人家族がリヤカーに家財道具をのせて流浪する舞台で、中村は日射病を患って乳母車に乗せられてしまう役だった。稽古場で別役は短いセリフを追加した。

「出発にあたって、教訓をひとつ。セザンヌはこう言った。リンゴが美しいのではない。それが、そこに在ることが美しい」

セリフではセザンヌとしていたが、実際は中学時代の美術教師、上原正三の言葉であった。中村伸郎のたたずまいは、別役が求めていた演劇の姿そのものだったのだろう。その場はそれで暗転となり、次の場で中村は誰にも気づかれずに死んでいた。名優と劇作家が「ものの見事に劇の流れに一本の杭を打ち、それがそのままこの芝居のヘソになる」ことに末木は感嘆している（『窓を開ければ港が見える』パンフレット）。このセリフは上演前に出版された戯曲にはないが、舞台では確かに発せられた。

実にこの名優は劇作家にとって演劇の師でもあった。別役が先生と呼んだのは、劇作家の田中千禾夫とこの中村伸郎だけである。

「演劇的に教えを一番請うたのは中村伸郎先生ですね。アマチュアの演技がいかに大事であるか。型におさめず、つねにアマチュアらしく演じたいと考えていた。戯曲を書くと批評してくれる。最初はね、オレのセリフ、これでは足りないよとか注文が出る。セリフがなにより好きな人だからねえ、しゃべりたいんです。次に、ここにこういうセリフが入った方がいいよ、ここは品がよくないよとか指示される。

とにかく品がないのはよくないというのが中村先生の美学。『一軒の家・一本の樹・一人の息子』で、主人公の男がある女の子のストッキングのにおいをかぐシーンがあったんだけれどね、これはだめです、と断固としてやらなかった。これはよくない、品がないと。人間、よくやることだし、中年男のいやらしさを出すのだから、と説得してもダメ。それは演劇でやることではないと譲らない。でも、やってみてよくわかった。実際に靴下のにおいを役者がかぐとね、演劇的じゃない。中年男のいやらしさはあっても、それは演劇じゃない。演劇だとすれば、爽快感があるはずなんです。その演技、よく見つけたな、さすがだな、という歯切れの良さがあるはずなんですね。

それと中村先生は玄人のマンネリの芝居を嫌うんですよ。毎回戸惑いながらつくる、そのことを大事にする。中村先生と出会って、芝居にめざめた感じがします。芝居はこういう風に感じるものなんだ、我々の芝居はこういうものなんだという商品の扱い方を教わった気がしますね」

私がとりわけ印象深く思い出すのは、文学座の三津田健と二十五年ぶりに共演した一九八七年の舞台『諸国を遍歴する二人の騎士の物語』である。そのとき三津田八十五歳、中村七十九歳。ともに文学座の創立メンバーではあったが、中村伸郎が劇団を去ったことから長い間共演することがかなわなかった。なにしろ文学座の中心にいた杉村春子は脱退組とは口もきかなかったといわれているから、簡単な顔合わせではなかったのだ。

三津田はその年の五月、文学座の「藤原組」にくわわって『ジョバンニの父への旅』で別役劇にはじめて出演した。中村はもとより別役劇の常連だ。それで文学座と円の若い役者たちが共演話をかげで盛りあげ、中村が三津田に電話してなんとか実現した。劇団公演ではできないから、パルコ劇場の制作という形をとった。

新作を頼まれた別役は二人のため、ドン・キホーテの物語から騎士の設定を借り、孤独な老年を描いた。劇作家にとっても「楽屋から楽しかった」という、気持ちのいい仕事だった。殺される前に相手を殺してしまう不気味な老騎士はその実、簡易宿泊所に身を寄せる名もなき放浪者でもある。最後、荒野に取り残された二人は死を待ちながら、それがやってこない絶望をかみしめ、凍りつくような寂寥感につつまれる。鼻の大きな騎士のプラトニック・ラブを描くエドモン・ロスタンの名作『シラノ・ド・ベルジュラック』を当たり役とした三津田が、鼻で秋を感じるシーンの余韻は忘れられない。二人の騎士は地球が動く気配まで感じつつ、社会と隔絶した恐るべき冬を迎える。私はこの公演の前、稽古場で二人の老名優に別役劇の演じ方を訊いたことがある。こんな答が返ってきた。

「結局リアルに喋ればいいんじゃないかな。おかしくしようなんて考えると厭味になる」（三津田）

「うん、本当にそうだと思う。やっぱりリアルですね。そう書いてくれているんだから素直にスラスラやってね」（中村）

中村伸郎がくりかえし口にしていた「純粋新劇」というものを、演技の純粋性を説いた師、岸田國士の演劇論にかさね合わせてもいいだろう。

元来、演劇といふものは、それ自身、最も「普遍的」性質をもつた藝術であるから、いはば、誰にでも「わかる」ものなので、たまたま、「高踏的」と称せられるやうな脚本でも、俳優の演じ方次第では、ある種の魅力によつて、その「脚本」のわからないものにでも、相當、面白く見せられるといふやうな場合がある。

（岸田國士『現代演劇論』）

むろん三津田健にとっても、そうした文学座伝統の自然な演技、別役の言葉になおせば「これが芝居だよと体が安心する芝居」というものは自明のものだった。三津田は『諸国を遍歴する二人の騎士の物語』のあと、文学座で『場所と思い出』『ももからうまれたももたろう』『山猫からの手紙』『鼻』と出演をつづけ、その篤実な芸風で別役劇をいろどった。

『諸国を遍歴する二人の騎士の物語』の世評は高く、芸術選奨文部大臣賞、読売文学賞を次々と受賞した。中村伸郎、三津田健という文学座最古参の自然な演技が別役の不条理劇を大きく開花させたのである。滋味あふれる不条理劇のセリフは文学座の古層にあった伝統をよみがえらせた。

別役によると、舞台の好評を祝う席で杉村春子は中村が退座したのを見はからって三津田に祝意を伝えに現れた。脱退組との冷戦関係は徹底したものだった。別役は「さすが大女優、たいしたものだなあ」と感心したという。その杉村も三津田にあてて書かれた『鼻』では声で出演している。ちなみに文学座は二〇一七年秋、創立八十周年記念公演でこの『鼻』を鵜山仁演出で再演した。三津田の役は座の代表である江守徹が引き継いで演じ、懐かしい杉村の声もテープで流された。

さて、これが芝居だと体が安心する芝居について別役はこう語ったことがある。

つまり六〇年代に僕らが演劇論を盛んにたたかわせる中で、演劇はこうあらねばならないとか、ああらねばならないとかいうことをひねりまわしながら、方法論をかなり抽出したことがある。変えることができる部分を抽出してみて、それをできるかぎり洗練させてみて、洗練しえない膨大な演劇性みたいなものに気がついたということです。馬鹿にしちゃいけないということですね。演劇をしている、あるいは演劇を見に行くという行為の中にすら、無意識の部分、演劇はこうあらねばならないと対象化できない部分でない部分が八〇パーセントぐらい――八〇パーセントというのは何度もいうように数字的に確かではありませんから、大部分というか過半数という感じですが、そのぐらいあるのではないかということです。

（『ベケットと「いじめ」』）

演劇の逆コースをたどった別役は、遠まわりに遠まわりをして「演劇」なるものを発見する。方法論の探究を徹底的にやってみたら、それに収まらない広大な沃野が演劇にはあったのだと気づかされたのである。別役実への旅をふらふらとつづけてきた私は、それが演劇再発見の道程にほかならなかったことに改めておどろいている。

そうなると出発点で夢中になったサミュエル・ベケットから、今度は逃げ出さなければならなくなった。なぜなら、ベケットの作劇は『ゴドーを待ちながら』以降、演劇そのものの否定へと向かったからだ。『クラップの最後のテープ』は老人が過去に録音した声を聞くという話であり、これが『息』という作品になると上演わずか三十数秒、がらくたのある舞台には役者も登場せず、叫び声と呼吸音が聞こえるだけになる。

一九七〇年代以降、別役は文学座の役者や中村伸郎の力を借りて「一目散にベケットから逃げ出した」（『ことばの創りかた』）のだった。一度あの一本の木のある「ベケット空間」に魅せられてしまうと、そうでない空間でものを確かめることが難しくなる。ベケット中毒からの脱出は容易でなかったという。だが、ベケットによって骨がらみにされた演劇の姿を見せられたことで、演劇のいまだ食い荒らされていない大切な部分、これが芝居だよと体が安心する芝居を確かに見いだすことができたのである。

一九六八年に岸田戯曲賞を受賞したときの言葉をここで思い返そう。

私の次の野心は、さり気なく新劇人であり得たように、さり気なく日本人であり得る事であり、次いでさり気なく、人間である事に他ならない。

この謎めいた予言をひきとれば、宿命的なデラシネのたましいはいま、演劇の力によってようやく「人間」という居留地へ漂着したのだ。

別役実の不条理劇を大きく喜劇に転じさせた役者としてはもう一人、三木のり平をどうしてもあげておかねばならない。『はるなつあきふゆ』で初出演したのは一九九三年三月、作者本人のたっての希望によるものだった。

それは春夏秋冬の季節感を唱歌でたどりながら、小市民の家族が崩壊する情景を切り取った作だった。一九九八年には海峡の街の床屋を舞台にした『山猫理髪店』で二作目に出演、さらにその先もあるはずだったのだが、翌年、七十五歳で帰らぬ人となった。出てきただけでおかしい役者であり、ぶっきらぼうなセリフまわしが不思議と不条理劇にはまっていた。芸質が異なり、共演の機会もなかったけれど、中村伸郎とは互いに一目おく関係だったといわれている。

畑違いとみられていた商業演劇で活躍するのり平になぜ出てほしかったか。それはなんといっても、自身の不条理劇が喜劇であることをはっきりさせたかったからだ。くわえて、かのベケットがチャップリンをはじめバスター・キートンやマルクス兄弟を大好きで『ゴドーを待ちながら』にその嗜好が表れているということもあっただろう。

一方ののり平も、別役劇に出演することを栄誉と感じ、おおいに発憤した。下町の浜町で育った生粋の江戸っ子だったが、日大の芸術学科から俳優座の前身、大東亜舞台美術研究所に進んだ新劇人でもあったからだ。学生時代は築地小劇場に出入りし、千田是也が演出する舞台にかかわって留置場に放りこまれたこともある。戦後まもなくのころ千田や滝沢修とともに舞台に出演していたが、革命を起こそうとビラ貼りに邁進する新劇の雰囲気についていけず俳優座を飛び出したのだった。

セリフを覚えず、舞台のあちこちにカンニングペーパーを置いたり、小道具に書いたりしていたことで有名だったが、『はるなつあきふゆ』や『山猫理髪店』のときばかりは気張ってほとんどのセリフを頭に入れていた。めったにないことだった。

二作を演出した末木利文によると、晩年ののり平は「異常とも思えるほど新劇にこだわり、新劇人の側に身を置きたがった」（『私の花伝書』）という。俳優座養成所出身で後輩にあたる楠侑子の夫だということもあって、前々から別役の劇も観ていた。それで自分ならこうやるのに、という思いもあった。劇作家と役者との決定的な出会いであった。

『はるなつあきふゆ』で、のり平は劇がはじまってまもなく空の籠を背負ったバタ屋（廃品回収業）の格好で現れる。それだけで、おかしかった。その演技に衝撃を受けた役者がいる。別役実を深く敬愛する劇団東京乾電池の主宰、柄本明である。

私は二〇一四年夏、柄本が一人芝居『風のセールスマン』を新潟で上演した際インタビューしにいったが、別役劇は演じようとすればするほど「手から水がこぼれるように逃げていってしまう」ともらしていた。ところが柄本によれば、のり平のバタ屋はゴミをえりわけ、背中に入れるだけのシーンで、もう人物になりきっていたという。演技しているのに、していないように見えたのである。ただそこに「ある」という役者ぶりだった。

末木利文も同じように感じた。

破目を外しているのでもないし、謙虚というのでもない。だから誇張の臭気もなければ控えめに自分を抑えて見せる嫌味もない。自分を卑下して観客に媚びて見せるところも、もちろんない。ただそこに、そのように居る、というだけなのである。

（末木利文『私の花伝書』）

二〇一七年四月、私は末木利文と一日、芝居談義をした。食道がんで逝く八か月前、日野市の自宅を訪ねたその折、かすれ声で、飄々と、でも誠実に別役実と三木のり平について語ってくれた。

『はるなつあきふゆ』で三木のり平さんを口説きにいったら、うれしかったようですね。やっと新劇から声がかかったかと。最初に稽古場に現れたとき、どうせ自分は商業演劇役者と思われているに違いないという思いこみもあって、なるべくきちんとした芝居をしようという意識が強かった。年配者が多かったから、稽古は四時間くらいでやめにして、一日一回こっきりみたいなペースで稽古しました。そのうち、のりさんは残るようになった。出演していた林次樹君たちに酒を買いにやらせて稽古場で飲みながら、ああでもない、こうでもないと雑談風に芝居を反芻するので、若い連中には勉強になった。この人、本当に芝居が好きなんだと思い知らされました。

あの人は台本に書かれた言葉を自分の言葉にしないと言えないんですよ。別役さんの書いた言葉でも、ふだんしゃべっている言葉と同じにしないと体に入らない、口から出てこない。だから、めちゃくちゃ努力して、それでも、どうしてもオレの言葉じゃない、というのが何か所か残る。道具の後ろにあんちょこで書いたりしていた。Tシャツを下において、これが爆弾だとたたく芝居があるんだけれど、Tシャツにもセリフが書いてある。でも、これがうまい。シュールな絵になっているんです。目の端にそれが入ると、自分のセリフでしゃべれる。最後に一人きりのシーンで上から雪が降ってくる。斜め後ろをむく。『格好良すぎないか、商業演劇みたいだろ』と私に訊いてくるので『いやいや、あそこは商業演劇だから。その格好良さがいいんですよ』と答えました。すてきでしたねえ。そういうところから、私は別役地獄の呪縛から解放されていったんです。

『はるなつあきふゆ』では、モク拾いがお通夜の席に上がりこむ場面があるんですが、地方公演を観にいったら、それまでと違う。膝をちょこっと曲げて、後ろに脱いだ靴をちょこっとそろえるだけのしぐさなんですけれど、微妙に変えていた。楽屋へいくと『わかったかい?』ときた。『わかりましたよ』と返すと『あんたが来るってんでサービスしたんだよ』やっぱりプロですね。ところが、俳優座の一部の役者になると、ここですわりますか、とか、このセリフで立ちますか、とか訊くんですよ。のりさんにそんなこと言ったら怒りますもんね。そういう点では、若い世代の方が別役さんのセリフを生かしている。青山円形劇場で観たケラリーノ・サンドロヴィッチ演出の『病気』は面白かったですね。林君の演出した『会議』もすばらしかった」

出演者だった林次樹によると『はるなつあきふゆ』の稽古場では、若手役者とのり平が連日居残るようになった。のり平が「一杯やろうや」と言いだしのがきっかけだ。林たちを買い出しに走らせ、ほろ酔い気分で放課後の稽古のような時間がはじまる。のり平は森繁久彌や森光子と丁々発止で鍛えてきた演技のエチュードを開陳した。たとえば、平らなところで膝を曲げ、階段を降りていく形を林たちに「やってみろ」とやらせる。

「ヘタクソだなあ。頭を揺らすからダメなんだ。揺らさずやってみろ」

のり平は相手の役者と間合いが合わないと、本当に芝居が止まった。間や呼吸が体のなかにできているのである。林たちと演技をおさらいしていても、ところどころで止まってしまう。「ダメじゃないか」とは言わず「もう一回やろう」となった。

のり平自身、語り下ろしの著書『のり平のパーッといきましょう』（小田豊二聞き書き）で「最近の新劇役者のレベルが低い」とこきおろしていた。「日常会話が下手だよな。生活感のある言葉が表現できない」とさんざんだった。おそらくは実感だったのだろう、同じような言葉は私も直接耳にしている。新劇を支えてきた硬派の演劇評論家は「新劇が商業演劇に手取り足取り教えてもらっている」とひどく嘆いたものだ。

私は新聞で森光子の「私の履歴書」を担当したから、のり平がいかに商業演劇の世界で信頼され、敬愛されていたか何度も聞いている。森が『放浪記』の菊田一夫台本を上演時間の関係から短縮しなければならなくなったとき、カットと演出を「のり様しかいない」と頼みこんだのはよく知られた話だ。森によると、菊田の親父が精魂こめた台本をカットするのはしのびないと涙ながらに手を入れていたが、どこを切ったのかわからないほど見事な新台本ができあがった。芝居のツボを知りぬいていたのだ。

のり平は別役実との共同作業を気に入って三作目『青空・もんしろちょう』にも出るつもりだったのだが、その前に惜しくも病没した。中村伸郎を失っていた別役にとって、のり平にあてて書くことが大いなる励みとなっていただけに、その死がもたらした喪失感は大きかった。のり平との日々をこうふりかえっている。

「のり平さんは最初からフィクションみたいな人でした、中村伸郎先生はフィクションになるために、いろいろやるんだけれども、のり平さんはいきなりフィクションになる妖精のような人。『はるなつあきふゆ』は日本劇団協議会の公演で補助金が確か一千万出た。別役さんの芝居は金がかからないから、お金を何に使おうかとなったとき、僕がのり平さんとやりたいと言ったんです。そうしたら、のり平さんだけでギャラが一千万かかるという。ところが、制作の木山潔さんが相談にいって値切った。四百万だったと思う。あとの六百万で芝居をつくった。このときの稽古場が良かったんです。商業演劇のスターがあれだけ稽古につきあってくれたんだから得がたいよ。森塚敏さんとか金井大ちゃんとか、三谷昇さんとか取り巻くのに十分な役者がいて、のり平さんも気持ちよく、新派ならこうだ、新劇だったらこうだ、とみせてくれる。それが稽古の間中つづいたので、みんな乗っちゃった。もう少し早く組んで、のり平さんと新劇とが歩み寄っていれば『ゴドーを待ちながら』をやっても、ああ、なるほどこれがヴラジーミルか、これがエストラゴンか、とよくわかったと思う。

台本に文句は出なかったけれど、セリフが多すぎるとは言っていました。のり平さんと喜劇集団をつくろうとして、井上ひさしさん、筒井康隆さん、ケラリーノ・サンドロヴィッチ、いとうせいこうも乗ったことがある。札幌の劇作家大会にのり平さんに来てもらって発表するつもりだったんですが、入院したので行かれないと電報がきた。喜劇の常設館をつくって我々が交代で台本を書くということで、のり平さんもオーケーだった。空飛ぶ雲の上団五郎一座の前の段階。喜劇の学校を作って年一回喜劇祭りをやろうと考えていた。のり平さん、ケラ、いとうせいこうは大阪の吉本興業に対抗して、てんぷくトリオのような東京の喜劇をやろうとしていた。残念ながら実現できなかった。のり平さんは入院してから、あっけなかった。もっと仕事したかったですよ」

ちなみに「空飛ぶ雲の上団五郎一座」は、舞台や映画になったエノケン、榎本健一主演の『雲の上団五郎一座』と英国の喜劇番組「空飛ぶモンティ・パイソン」をかけた名だ。三木のり平をかつぎだす喜劇常設館は頓挫したが、別役たちはその構想をなんとか受け継ごうとした。菊田一夫らがやっていたアチャラカ喜劇を再生させるもくろみで、文芸部には別役のほか井上ひさし、筒井康隆も名をつらねたが、いとうせいこう、ケラリーノ・サンドロヴィッチが脚本、演出を主導した『アチャラカ再誕生』(二〇〇二年)、『キネマ作戦』(二〇〇四年)が上演されただけで、この企画ははかない命を閉じた。別役がのり平の啓示によって手にしかけた、ナンセンスな不条理喜劇は未完となった。

けれど、この幻のプロジェクトははからずもケラリーノ・サンドロヴィッチという継承者を産み落とすことになった。KERAの愛称で呼ばれる小林一三は一九六三年生まれ、ジャズ・ミュージシャンを父にもち、有頂天というバンドを率いた音楽家でもある。高校時代に別役実の戯曲に笑い転げていた。ところが、その戯曲がしんねりむっつり上演される趨勢に失望してもいた。不条理劇の笑劇性を前面に出す演出は、KERAの演劇人としての根幹をつくり、末木利文をおどろかせたのである。

KERAは二〇一四年十二月、青山円形劇場で別役の書き下ろし『雨の降る日は天気が悪い』(仮題)を演出する予定だったが、病気療養中だったため結局新作はできなかった。急遽、旧作の『夕空はれて——よくかきくうきゃく——』を上演することになったのだが、これがなんとも素晴らしい舞台だった。

セールスマンが空の檻の前を通ると、人々が寄り集まってくる。中にはライオンが入っていたらしいのだが、人を噛み殺して逃げているという。噛まれたくないが噛まれるかもしれない、そんなスリルを味わいたい人々の奇妙な会話が次々と笑いを生む。やがて捕まった袋のなかのそれは、なんと人間の姿なんと五百三十五にもなった。「私」がテーゼは一言で答えられるものでなければいけないと注文するけた。最初のテーゼは「虫とはにょろつくもの」であった。それからというもの、テーゼは次々増えて、
　郵便局の地下に住む虫にくわしい「男」から「私」は虫とは何かを明らかにするという約束をとりつ

者には受けがよかった。「序にかえて」が人を食っていた。それはこんな奇怪な内容だった。
ないので、どんどんデタラメになっていったらしい。本人によれば、読者には評判が悪かったが、編集
　一見もっともらしい博物誌なのだが、実は真っ赤な嘘でかためられている。まじめに書いてもつまら
に、くも、精虫……。あまりぞっとしない虫たちへの不思議な考察がつづく稀代の奇書である。
九七六年に刊行された。水虫、たむし、さなだ虫、みみず、なめくじ、けじらみ、回虫、うじむし、だ
は生活を支える手だてともなった。呉服屋の業界紙に連載した「虫づくし」がその最初で、単行本は一
忘れてならない別役の仕事には戯曲や童話のほか、「づくしもの」のエッセイがある。それらの雑文

　それこそが別役実の追究する不条理劇が到達した姿だったのである。
　どうしておかしいか、わからない。けれど、おかしい。
志を力強く語っていた。
ケットの描いたことじゃないですか」「何もない演劇をつくってみたい」とナンセンス喜劇を継承する
織りあげられていたのである。公演パンフレットの対談で「本当に何もないのが、別役さんであり、ベ
った舞台では『マッチ売りの少女』『街と飛行船』『受付』などの作品をもとにした演劇的コラージュが
多劇場　二〇一七年十一月）には、さらにびっくりした。小市民の家と電信柱のある路地とがセットにな
　主宰のナイロン100℃で作・演出された別役実へのオマージュ『ちょっと、まってください』（本
形なのだ。私はセリフを軽快に音楽的につなぎ合わせ、その笑劇性を引き出す演出に舌を巻いた。

と「男」は「虫とは、我々が小さいと考えるものである」と出してきた。それが長いこと通用していたのだが、あるとき「男」は失踪した。空き巣に入って寝ていた妊婦にバットで後頭部を打たれ、市ヶ谷の警察病院で死んだのである。その手のなかにはしわくちゃになった紙があり、こう書かれていた。

「虫は虫である」

実は「男」にはユダヤ人の叔母がいた。「男」の名は木南有人、ユダヤ名ユージン・キナミといった。叔母から託された段ボール箱いっぱいの虫の著述の解読にあたった「私」は謎めいた記述が最初ヘブライ語ではないかと考えたが、実は日本語であり、かすかな日本字の言い回しを解明していった。そうしてできたのが『虫づくし』だった……。

別役はこのニセ博物誌をきっかけに、類書を書きに書いた。ことに月刊誌『アニマ』では、四部作ともいわれる『けものづくし』『鳥づくし』『魚づくし』『別役実の人体カタログ』を連作して、読者をあっといわせた。このほかに『道具づくし』というのもあって昔あった道具を記述していたが、事実と勘違いした人たちが相当数いたようだ。なかでも、江戸時代の女性が音消しのため便所に落としたという「厠団子（かわやだんご）」については、あるトイレタリー用品のメーカーがカタログに歴史的事実であるかのごとく掲載してしまい、ちょっとした騒ぎになった。それをみた便器の専門家から問い合わせが舞いこむにいたって、このときばかりは「劇作家だから嘘を書いたのです」と陳謝したという。

「づくしもの」は「無勉強派」の劇作家による妄想の大系とでもいうべきものだった。だが、寺田寅彦ばりの科学随筆を装っているから、まんまとだまされる読者が少なくなかったのである。なにしろ一人娘から「嘘は書かないでよ！」と苦情が出るくらいだから推して知るべし。

老人ホームに入居して間もないあるとき、別役とその娘の怜と私の三人で世間話をする時間があった。たまたまエッセイの話になった。私が「別役さんはデタラメを書くからなあ」と笑い話にしようとしたら、怜は「まったくね。エッセイは事実を書くものよ」と案外冷淡だった。嘘がもたらすあれやこれやで、家族はきっと複雑な思いをしたのだろう。

エッセイ執筆はもともと生活の糧を得る便法だった。けれども意外な効用があった。喜劇を書くトレーニングになったのである。嘘をつくには文体のポーカーフェイスが必要になる。過剰に積極的になってはばれてしまうし、悪ふざけもだめで、精神のバランスが大切になる。冒険をしている自分を客観的に把握する眼差しがないといけないから、ナンセンスな喜劇を書くときの参考になるというわけだった。不条理劇の文体を考えた二十代のとき、運動神経こそが重要だと気づいた経験を思わせる。

もっともらしい偽書を書き進めるうち、別役は自分の資質のなかに「気が違っているのではないかと思うくらいの明るさ」が潜んでいることを自覚するようになった。早稲田時代に書いた小説の習作『ホクロソーセージ』にあった、意味のない笑劇への志向が次第に姿をあらわにし、しかも年ごとに増殖した。不条理劇は喜劇にほかならない、そのことを自らの身体性から確信したのである。

一九八〇年代半ばから子供のための演劇をたゆまず手がけるようになったが、なぜかといえば笑劇を純粋に感じとる子供の感性がもっとも不条理劇に親和的だと思えたからだ。子供は大人のように頭では考えず、ナンセンスに対して体で反応する。演劇集団円、ついで兵庫県立ピッコロ劇団でも子供のための演劇は書かれつづけ、その反応が別役の「手」を喜劇へ喜劇へと向かわせることにもなった。

世紀を超えた二〇〇一年には、日本劇作家協会が世田谷パブリックシアターで開いた第一回劇作セミナーで七日間、コントについて講義した。それは『別役実のコント教室』という一書になる。その後も喜劇やコントについての著作が相次いだ。

これも世紀を超えるころからの話だが、別役実は「数で勝負」と広言し、戯曲の数をしきりと口にするようになった。二〇一七年の暮れ、病をおして刊行された『別役実の混沌・コント』の「あとがきに代えて」という一文には、こうある。

「コント集である」と宣言するには、いささか引け目を感ずる。それにしては、肝心のコントの数が少なすぎるのだ。コントは「数」である。やってもやっても（読んでも読んでも、ではない）「まだこんなにある」とした時、はじめて我々はコントというものの無意識の呪縛力を感じとる。

役者にとってのコントがそうであるように、劇作家にとっての戯曲も数がものいう世界となった。数字というのは「まだ終わらない」と作家を絶望させる酷薄な表徴なのである。一から数えてどこまでいくか。『数字で書かれた物語』で展開した数の呪縛力をほかならぬ作者、つまりはその「手」が味わうことになった。パーキンソン病になって執筆に困難が生じたとき、こんな言葉を発して笑わせてくれたことがある。

「定年みたいに終わりがあれば、安心できるんだけれどね」

終わりがない――それは不条理劇作家を緊縛する自縄自縛の、これもまたイロニーなのだった。現れないゴドーをヴラジーミルやエストラゴンが待ちつづけるように、訪れない終わりを待ちながら、不条理劇の作家は「手」を動かすほかなかったのである。

おかしいのは、戯曲の数でトップを目指した時期があったことだ。ところが菊田一夫のように数さえ定かでないほど書きまくった猛者の存在を批評家に告げられ、あえなく断念している。そこで手のとどく目標として江戸時代晩期の鶴屋南北に狙いを定めた。『東海道四谷怪談』で知られる大南北は年齢をかさねてから猛然と書いた狂言作者だが、その全集が三一書房から出たとき、百三十七という数字が脳裏に刷りこまれていたのだ。

二〇〇七年に上演された『やってきたゴドー』がその名も鶴屋南北戯曲賞を受賞した際、贈呈式のスピーチで「もうすぐならびます」とおきまりの話をもちだして会場をなごませた。二〇一三年の『不条理・四谷怪談』は南北を超える百三十八作目（筆者のリストでは百三十九作目）になったという触れこみであり、それゆえ代表作をパロディにしたといういわくつきの作であった。

ところが、である。私があちこち問いあわせた限りでは南北作品が百三十七だったという数字の根拠はどこにもなかった。実にそれは謎の数字であった。そもそも江戸時代のことであり、共作や代作も珍しくはないのだから、正確な数など知れるはずもないのである。

さては「づくしもの」にだまされるように、ばかされたか。

どうしておかしいのか、わからない。けれど、おかしい。

『別役実の混沌・コント』の冒頭は「夕焼け小焼けで」という小品だ。例によって電信柱が一本。カップラーメンをすする男1が現れる。

男1 （カップのラベルを見て）ヘン、夕焼けラーメンだってやがら……。胸焼けラーメンじゃないんだろうな。（いきなり、がなりたてるように歌い出す）ユーヤケ、コヤケデ……。

空が、みるみる夕焼けになる。

男1 おい、よせよ、俺は歌ってるだけなんだから……。（ラーメンをすすり）ヒガクレテ……。

と、こんなふうにコントははじまり「オテテツナイデ」の歌詞に反応したサラリーマン風の男2とじゃんけんをする。何回やっても同じものが出る。男1は「お前、人間じゃない」といい、ついには男2の首をしめる。巡査の男3が現れる。

男3 （男2の死体を示して）お前か、やったのは？

男1 そうだよ

男3 （手錠を出しながら）手を出せ。

男1 （両手を前に出し）何だい、お前さんは？

男3 カラスだよ。

二人 カラスト、イッショニ、カエリマショ。（歌いながら、上手に去る）

別役実の不条理劇はとうとうこんなナンセンスにたどりついた。

だが、この笑いにはまだ先があったのである。『別役実の混沌・コント』の「あとがきに代えて」には、こうあった。

笑いの最終目的は死を笑うことである……。

別役実は冠婚葬祭への出席や寺社への参詣をこまめにこなした。それが小市民社会に溶けこむ手続きでもあるかのように。浅草の酉の市やほおずき市に出かけ、吉原大門の土手の伊勢屋で天ぷらを食べるのを恒例行事にしていた時期もあった。初詣は永福町の自宅にほど近い大宮八幡が決まりで、元気があれば永福稲荷まで足を延ばした。

娘の怜がひろってきた猫のしげるがながらく家族の一員だったが、腹に水のたまる病気にかかって死んでしまった。遺骸は庭に埋めた。そんなこともあって、転居をくりかえした別役も永福の借家では三十年を超える歳月を過ごすことになった。

「おい、お茶にしよう」

別役がやおら楠侑子に声をかけてはじまるお茶の時間が夫婦のリズムをつくった。

「もし足りないときは言ってくれ」

家計が苦しいときはちゃんと伝えてくれ、かえってやる気が出るから、と楠によく声をかけていた。小さいころから働くことにかけてはストイックなのだった。

夜の散歩に出た帰り、家の灯が眼に入ると「ここもそろそろ引き払わなければな」と使命のように感じることはあったが、高所恐怖症で高いマンションが苦手なだけに二階建ての手頃なテラスハウスになんとなく居ついたのである。

早稲田の学生劇団でともに演劇にかかわった演出家の鈴木忠志は一九七〇年代後半、富山県の山奥、平家の落人集落ともいわれた利賀村（現在は南砺市）に本拠を移した。一九八〇年代のあるとき、鈴木が「別役も利賀にこいよ」とさそったことがある。豊かな自然のなかに築いた「演劇の王国」を見にきてほしかったのだろうが、別役は「おれはいいよ、都会が好きなんだよ」とやんわり断っている。

実際に訪ねたのは世紀を越えたあと、兵庫県の尼崎ピッコロシアター館長だった山根淑子につれていかれたときのことだった。山根は鈴木、別役の間をとりもとうとしたのである。このときの何度目かの再会をへた二〇〇七年春、鈴木は静岡県舞台芸術センターの芸術祭で『AとBと一人の女』を演出したが、実は別役が鈴木に上演を望んだのは文学座に書き下ろした小市民シリーズの代表作『にしむくさむらい』だった。ところが鈴木は「演劇的な構造が弱い」と難色を示し、最高傑作とみなしていた処女作を取りあげたのだ。

別役は別役で俳優訓練のためのスズキ・トレーニング・メソッドを利賀で目の当たりにしたとき、その有効性は認めたものの、舞台そのものは遊びがないと受けいれなかった。山奥にこもって演劇をする求道的姿勢には共感できなかったようだ。

喫茶店から喫茶店へと渡り鳥のように移動してものを書く習性からすれば、利賀のような山の集落で芝居をする感覚はかけはなれていた。現代演劇史に大きな足跡を残した劇作家と演出家、この二人の行きつく先の違いは東京と利賀村、すなわち都市と山奥という環境の差に端的に表れていたのである。

漂泊の心をもちながら定住するには、東京がもっともふさわしかった。紀伊國屋製の横書き原稿用紙を鞄に入れて、毎日のように「行ってきます」と喫茶店に出勤していた劇作家は、けれど小市民社会に安住できないデラシネのたましいを秘め、世の変遷を見すえつづけた。つつましい生活をいとおしみながらも、小市民的ヒューマニズムに回収されまいとする。白樺派嫌いの別役は友愛を遠ざけ、群れるのを避け、ひとり乾いた風に吹かれていたいのだ。漂泊の心をもった定住とは、そうしたものだろう。

税金の申告書では、職業を文筆業としていた。童話やエッセイなどから原稿料が入るから、劇作家と書くよりわかりやすかったからだ。別役実ファンというのが世の中にはいる。本人によると童話のファンが一番多く、中高年の女性が中心である。彼女たちは劇作の仕事を知らない場合が少なくない。次に多いのが『虫づくし』などのエッセイを読む「づくしもの」のファンで、これは中年男性が主流。彼らは童話はまず読まない。もっとも少ないのが演劇のファンだが、ほかと違って若者も交じってはいた。つまり、それぞれの領域の読者がかさならないのが別役実ファンの特徴なのだ。

本業はあくまで劇作家でありながら、その廃業を考えたこともあった。一九七〇年代はじめごろのことだったろうか、童話やエッセイだけの物書きでもいいかと思いはじめていたのだ。踏みとどまらせたのは、舞台稽古の魔力だった。一歳上の劇作家、清水邦夫に用事で会いにいった先が紀伊國屋ホールで、ちょうど本番前の稽古中だったのだ。作品名は定かではないが、別役は清水の演出風景を目にして胸が締めつけられるような感じを受けた。音響、照明、舞台監督といったスタッフが間合いをはかり、演出家の指示で劇がごそりと動きだす。その気のないまま早稲田の学生劇団に入り、裏方としてかかわったときの感触がよみがえったようだ。「これが芝居だよ」と告げるかのように劇が動きだす瞬間に接して「やめられないな」と思ったのである。

一人娘の怜が生まれたとき、舞台美術家の朝倉摂に言い聞かされたことがある。

「舞台稽古を見せるんじゃないよ」

朝倉がわざわざ耳に入れたのはほかでもない、つれられて稽古を見ているうちに彼女の娘（富沢亜古）が本当に女優になってしまったからだ。

戯曲は紙の上だけで自足する世界ではない。生身の役者がしゃべる姿を想像してセリフを書き、それが上演されるまでのあれこれ、経済的事情や人間関係の機微なども考慮に入れて筆をはこぶ。エッセイなどとは執筆の疲労度が比較にならないほど激しい。

別役のこうした見方を私は清水邦夫からも聞いたことがある。戯曲が立体的な演劇になるためには飛行機のように離陸しないといけないが、そのためのエネルギーをひどく消耗するというのである。だが苦労が多い分、病みつきになるほど魅力があるのが演劇でもある。なぜかといえば、人間が人間であることを証してくれるような、人間的といえばあまりに人間的な営みが、芝居を血のかよった生き物にしているからである。

なぜ戯曲を書きつづけられたのかと問われれば「飽きないから」とよく答えていた。粘土をこねるように手で確かめつつ形を組み立てる。そうするうちに「手が書いている」感覚になる。手が書いてくれるから、飽きることがないのだという。

文学座の役者や中村伸郎たちと「電信柱のある宇宙」を確立した一九七〇年代後半から、別役は作劇のよりどころを犯罪に求めることが多くなった。動機の解明が困難な事件を演劇的に解き、人間と人間の関係性の病を劇にしていったのである。『別役実の犯罪症候群(シンドローム)』をはじめとする評論は戯曲と対をなすものだった。

さかのぼれば子供のころから三面記事に載る犯罪に心をひきつけられていた。一九六八年の三億円事件のときは、探偵さながら同じ関心をもつ友人数人と犯人がたどったとみられる道筋を歩いた。現金輸送車が停められていた刑務所の塀があまりに殺風景だというので美術学校の生徒が絵で埋め尽くしたと聞き「とんでもないことをする」ともう一度見にいっている。事件を考えるには、殺風景であることに意味があったのだ。

一九六三年の吉展ちゃん誘拐事件、その三年後の千葉大チフス菌事件に関心を寄せた別役がもっとも衝撃を受けたのは、一九七二年の連合赤軍事件であった。六〇年安保のあと過激化した新左翼集団のうち連合赤軍は、拠点（ベース）を警察の目のとどかない山岳地帯に築いた。追いつめられた集団は組織の規律を守り、さらなる共産主義化を進めるため、メンバーに自己否定の総括を求めた。いわゆるリンチ殺人である。森恒夫、永田洋子ら最高幹部が引き起こした凄惨きわまりない内ゲバは若者の共産主義熱に冷水を浴びせ、燃え盛った学生運動の時代を完全に終わらせた。

けれども政治の季節が終わったあと、社会への憎悪のエネルギーは内向し、家族の形をむしばみはじめたようだ。昭和が終わる十年は西暦でいえば一九八〇年代にあたる。それは経済的な豊かさの裏側で危機が潜行し、数々の謎めいた事件が明るみに出る時代でもあった。一九八〇年には家庭を逃れた若い女たちと共同生活をおくる教祖、千石イエスが社会的に指弾されるというイエスの方舟事件、日頃の鬱憤をはらそうとした男が路線バスにガソリンをまいて火を放った新宿西口バス放火事件が起きている。いったい小市民の社会になにが起きているのか。誰もがいぶかしみ、怖れをいだいた。そんな折も折というべきだろう、一九八四年から五年間、別役はノンフィクション作家の朝倉喬司と週刊誌の『朝日ジャーナル』で犯罪季評の対談をくりかえした。グリコ・森永事件が連載のきっかけとなった。「劇場型犯罪」が社会の関心を呼び、劇作家の眼による犯罪の解読が求められたのだった。

その眼差しとは、どんなものだっただろうか。

犯罪を読む起点となったのは戦前の一九三八年、岡山県の津山で起きた都井睦雄の三十人殺し事件（津山事件）である。横溝正史の『八つ墓村』のモデルともなったこの異常な大量殺人は別役の生まれた翌年のできごとだから、その重要性に目を向けたのはのちのちのことだ。結核にかかってからの疎外感、関係をもった女への恨みなどを膨らませた都井睦雄は村人を次々と殺戮（さつりく）した。別役はそこに共同体が崩壊するさまを見いだした。

『別役実の犯罪症候群（シンドローム）』の「域内殺人事件」でくりひろげられる解析によれば、共同体というものは「邪悪なるもの」の力を儀式などで受けとめることによって健康に存続するというイロニーをもっている。この「邪悪なるもの」は外部からやってくることもあれば、内部に抱えこまれていることもある。

この見方からすれば人間はいやおうなく憎悪する存在であり、だからこそそのエネルギーを飼いならすことが共同体の役割となるのだ。ところが共同体が何らかの事情で崩壊に向かうと、内なる「邪悪なるもの」は迷走し、暴走をはじめる。津山事件は近代日本に典型的に現れた共同体崩壊のドラマだと別役は考えた。

歌舞伎の役柄にみられるように「悪」には人智を超えた力がある。それを薄っぺらなヒューマニズムで覆い隠すのではなく、直視することで共同体の存続をはからなければ危うい。そうした観点からすれば、憎悪の力を本来受けとめるべき父性の崩壊、それを増幅しかねない母性の叛乱こそが現代のドラマの要諦となるだろう。

別役実の不条理劇はコーモリ傘をもつ男が「街」に探りを入れにやってくる、という形をとることが多い。そのドラマは社会の変容を独特の仕方で映しだすのである。「街」の演劇が、犯罪による共同体の崩壊劇へと転回したのは自然なりゆきだった。その最初の作となったのが一九七八年の『舞え舞えかたつむり』である。一九五二年五月に東京で起きた荒川放水路バラバラ殺人事件を題材にしていた。むろん、別役ならではのイロニーでフィクション化されている。

実際の事件はこうだ。荒川放水路の通称日の丸プールで新聞紙と油紙に包まれた男性の胴体が発見され、その後、頭部も見つかった。遺体は板橋の警察署の巡査で、内妻の小学校教諭が犯行を自供した。

妻は勤務態度もよく、犯行を否認する言葉に捜査員も頷いていたが、夫の素行のひどさを同情されると自供をはじめた。

夫は借金まみれで酒癖も悪かった。犯人の女は暴力をふるわれたあげく、売春婦に売られるという恐怖感から将来を悲観し、殺害を決意。紐で絞め殺したあと、同居していた母とふたりでバラバラにし、自分は小学校の自転車で、母はバスで遺体をはこび、放水路に捨てた。やはり同居していた弟は親類のもとへやっていた。

別役はこの事件の枠組みを借りながら、供述とはまったく別の物語をつくった。季節は五月から三月に変えられ、捜査員の訪ねた家では雛祭りの白酒がくまれている。不在の母と弟に声をかける女は夜の幻想的な雰囲気のなかで「夫にはオンナがいて借金まみれで、ヤクザともつきあいがあった」と話すのだが、そういう事実はないのである。

捜査員はこう告げる。

「もしかしたらあなたは、御主人を、憎むためにだけ必要としていたんです……」

動機は風鈴が鳴らなかったことだ。捜査員がそう断じるのは、鉄製の風鈴が遺体の一部と一緒に捨てられていたためだった。風鈴の短冊に書かれた古歌「舞え舞えかたつむり」を女は口ずさむ。題名にもなったその曲は『梁塵秘抄』にもある室町期の今様（流行歌）であり、そのはかない語感こそが理由なき殺人の動機となるのである。

ここで描きだされたのは、憎悪することを運命づけられた女である。『マッチ売りの少女』や『赤い鳥の居る風景』に出現する女の異様な支配力、柳田國男のいう「妹の力」がやはり蠢いている。この屈折した深層心理は角田美代子を主犯とする尼崎連続変死事件（二〇一二年）を題材とした二〇一五年の文学座公演『あの子はだあれ、だれでしょね』へといたる別役犯罪劇の通奏低音となる。書こうとして書けていないという連合赤軍事件の永田洋子も、別役の頭のなかでは同じ系譜につらなる女である。

ちなみに『舞え舞えかたつむり』の雛壇の装置は女の呪力を表出する別役劇のイコンとなって、その後もくりかえし出現する。たとえば『あの子はだあれ、だれでしょね』では、題名になった唱歌を口ずさむ女（角田美代子らしい）が古い雛人形をならべていると、集金からもどった男が現れるというドラマの展開となる。

『舞え舞えかたつむり』は村井志摩子演出、楠侑子主演のコンビで別役劇を連続上演するかたつむりの会の旗揚げ公演でもあった。それからの彼女たちは文字どおり舞うかたつむりとなって、梅雨どきになるとたいがい渋谷の小劇場ジァン・ジァンに登場した。一九九九年になって、翌年にジァン・ジァンが閉館するのをしおに解散したが、二十一回の個性的な公演を打ったことは記憶されていい。高木ブーを招いた『トイレはこちら』などは喜劇の面白さを強く感じさせる佳編であった。小さいながらも独自の舞台を築いたかたつむりの会にとって、その真骨頂は劇作家、女優の夫婦による『魔女ものがたり』の連作だった。「また魔女なのよ」と楠はこぼしていたものだが、まさに「妻の力」が別役の犯罪演劇を育てたのである。

第三章で触れたとおり、荒川放水路バラバラ殺人事件で別役が発見したのは何より犯罪の喜劇性であった。犯人の女が自転車に死体の一部を積んで交番の前を通ったとき「ごくろうさまです」とあいさつしたことに注目するのである。小市民の犯罪は見方によっては喜劇になる。別役の不条理劇はそのような視点を宿すことで、さらなる進展をみせた。

その後、生々しい犯罪の感触を小市民の不条理劇に取りこんだ作といえば、一九八〇年に青年座が初演した『木に花咲く』がまず指折られるだろう。題材となったのは、前年一月に起きた朝倉少年祖母殺害事件であった。『舞え舞えかたつむり』では『梁塵秘抄』の古歌が引かれたが、ここでは梶井基次郎の『桜の樹の下には』のイメージを借り受けている。満開の桜は人を狂わせ、惨劇を予感させる。そんな直観から「桜の樹の下には屍体が埋まっている」という詩想を紡ぎだした短編小説だ。「さくらさくら……」の唱歌を遠く響かせながら、いわば現代の民俗学として現実の事件が劇化された舞台である。

朝倉少年祖母殺害事件とは、こういうものだった。一九七九年一月十四日、東京都世田谷区砧の自宅で著名なフランス文学者の祖父が隣室から悲鳴を聞き、部屋に入ると、妻である少年の祖母が血だらけになっていた。金槌で殴打され、キリやナイフで刺されており、病院に搬送されたが、死亡。少年は早稲田大学高等学院にかよう朝倉泉で、自宅から二キロほどはなれた小田急線経堂駅前のビル十四階から飛び降り自殺した。

父親は祖父の娘と結婚した元教え子だったが、離婚していた。祖母は泉を溺愛し、部屋もつながっていたことから、ノートを盗み見するなど過剰ともいえる干渉があった。大学ノートに六章仕立ての遺書が残され、そのコピーが大手新聞社に送りつけられていた。そこには愚劣な大衆への悪意、自分を支配する祖母への憎悪がつづられていた。夜食をもってきたり、ふとんを掛けなおしたりする祖母の過保護が抑圧ととらえられていた。

新聞の一面トップで報じられたこの事件は、社会の耳目を集めた。私は当時、同じ高校に通学する三年生だったから、一年生が引き起こした凶行に激しいショックを受けた。なぜかといえば、あり得ないこととは思えなかったからである。私自身、十代の鬱屈した感情をもてあまし、理由の定かでない、どこにも行き場のない憎悪の念をかかえていた。もし泉君と同じ環境にいたら、何をしでかしたかわからないと思った。

ところが、新聞の論調は少年の自分勝手な大衆蔑視を批判するばかりで、思春期の肥大した自意識がもたらす苦しみに目を向けない。それはいかにも奇妙なことのように感じられた。泉は祖母が支配する

「世界」を破壊しなければ、自分の陥った隘路から脱出できなかった。それを幼稚な世界観と片づけるのはたやすいし、大人の良識はそうすることで安心できるかもしれないが、少年の危機に対する無理解こそが事件を引き起こしたのではないか。迷える高校三年生だった私はそのように考えた。

この事件を別役はどう劇化しただろうか。エリート家庭という新聞が注目した点はむしろ関心から遠ざけられ、父親は課長になるのが遅れた市役所勤めの公務員という典型的な小市民に移しかえられていた。父と母はいさかいがたえず、ヨシオという名の少年は学校で仲間はずれにされているようだ。家庭では母親に暴力をふるっている。どうやら徹底的にクローズアップされたのは、殺される祖母の奇怪なイメージである。

舞台には満開の桜の木。その下にむしろを敷き、酒をくむ老婆はまるで謡曲『鬼塚』の鬼女のようだ。家族は洋服ダンスから出入りし、家庭の空間は虚空に溶けこんでいる。満開の桜が人を狂わせるという、あやしい春の気配を語りだす老婆は社会への憎悪を秘めていて、その点で少年とつながっていると思いこんでいる。事態を収拾すべき父親は一見ものわかりのいい善良な人間なのだが、老婆は憎悪のリアリティーを受けとめる力のない無力な人間として糾弾する。

もちろん、お前さんだけじゃない……。世の中は、私のことはいいですとか、私は軽蔑されてもかまいませんて人間で、いっぱいさ……。そいつらがみんなよってたかって、ヨシオの憎しみに肩すかしを喰わせて、逆に真綿で首を締めつけるように、あの子を窒息させる……。そうだよ、お前さん……、お前さんはそういうやり方で、ヨシオを今、締め殺そうとしているんだからね……。

そのまま父性の喪失を言いあてたセリフだが、底の浅いヒューマニズムでは、人間がかかえる憎悪の闇を受けとめ、鎮めることはできないという呪詛にすごみがある。父性の崩壊と母性の叛乱という別役犯罪劇の構造がくっきりと顕れる瞬間だ。

戦災復興から高度経済成長を達成し終えた日本社会は、豊かさのなかで曲がり角を迎えていた。都市への人口流入、核家族化の進展などがさまざまなひずみを生み、働き蜂の親をもった十代の若者の心に負のエネルギーを蓄積させたかにみえた。上の世代は憎悪の力を政治運動に解き放ったが、三無主義（無気力、無関心、無責任）といわれたその後の世代はそれを内へ内へと沈潜させていった。

過激派同様というべきだろう、内向した憎悪はやはり暴発の危険をともなっていたのだ。朝倉少年祖母殺害事件の二年前には金属バットで家庭内暴力をふるう息子を父が殺した開成高校生殺人事件、翌年には予備校生が金属バットで両親を殺害した神奈川金属バット両親殺害事件が起きている。『木に花咲く』にはそれらの事件のかげも見え隠れする。

あとで知ったが、朝倉泉の同学年には地下鉄サリン事件を引き起こすカルト教団、オウム真理教の幹部となる上祐史浩がいた。オウムは若者の変革衝動を外に向けた政治運動ではなく、内へと向かう自己改造によって解き放とうとしたニュー・エイジ・ムーヴメントのなれの果てであった。奇妙な新宗教がはびこった一九八〇年代は別役によれば、犯罪演劇の時代でもあった。小市民の崩壊と父性の喪失が並行して進んでいるとみたのである。

二〇一八年二月のある一日、私と別役は病室で話しこんだ。

「一九八〇年代は犯罪演劇の時代だった。新興宗教が犯罪を誘発し、家族の崩壊、新しい対人関係がもたらす逆説、個人の内面というドラマの崩壊といったことを演劇で解明できた。『舞え舞えかたつむり』は犯罪の手触りを生かしたという点で画期的だったと思っています。『木に花咲く』

で犯罪演劇の一応の到達点に行けた。『あの子はだあれ、だれでしょね』は犯罪演劇の形そのものへの慈しみで書いたものです。

『犯罪症候群(シンドローム)』に書きましたが、薔薇の花が好きですかという質問があったとして、かつてなら『はい』と『いいえ』の二つの回答があれば事足りていた。ところが、いつのころからか『わかりません』という第三の回答が必要になった。時代の変化がそうさせたのです。『わかりません』と答える一派はいわば社会の裏切り者であり、そのうちの一部が過激派を超えた超過激派になる。ドラマのなかでは善悪で対比するだけでなく、裏切り者の視点を発明することで、ある種の人間性がとらえられる。僕の犯罪論はそうしたものです。『わかりません』一派はいま、トランプ支持派とか右翼という形で現れてきた。かつてのナショナリズムには北一輝のようにイデオロギーがあって、理想もあったが、今はベースを失っている。この『わかりません』一派こそが現代の登場人物なのです。私がつくりだした言葉を失った人種、そよそよ族は『わかりません』一派のいわば祖先です。死ぬまでに、そよそよ族のつづきをなんとかして書きたい」

むろん「薔薇の花が好きですか」というアンケートに「わかりません」と答える人間こそが別役実の不条理劇に出てくる登場人物である。「わかりません」派のうち、ごく少数が超過激派になったのだという考え方は、新島闘争でのちに超過激派になる大学生と共同生活をした体験から導きだされたものでもあった。彼らは政治的人間というより、不条理的人間だったのである。「わかりません」派がもたらす共同体の内部崩壊——別役が描く男1、女1の不条理劇は一九八〇年代にいたって、日本社会の現実と激しく共振しはじめた。その展開について、自身こう記していた。

私はかつて、素材を「生（ナマ）」のままで使用しないこと、「舞台空間の力学」に叶うよう加工し、「全体と部分を見通す場」において位置づけ、しかも「役者の生理」になじむべく新たな「生活」感をつけ加えること、を至上命令のように、自らに課してきた。

しかし最近、私はそのことに、少しばかり疑問を感じはじめてきている。素材を「生」で投げ出すことの「強さ」というものを、無視するわけにはいかない、と考えはじめたからである。

（『木に花咲く』あとがき）


素材を「生」で投げ出す。そうした作劇手法は後続の劇作家に強い霊感を与えた。ことに劇団転位[21]を主宰し「犯罪フィールドノート」と銘打つ連作を手がけた山崎哲は、別役劇のセリフに導かれ、一九八〇年代に強烈な印象を残す劇作家、演出家となった。立教大学助教授教え子殺人事件を題材にした『うお傳説』で一九八〇年に劇団を旗揚げ、下北沢の小劇場ザ・スズナリの実質的な開場公演を打って以降、イエスの方舟、葬式ごっこのいじめ事件、宮崎勤の連続幼女誘拐殺人事件などを実録的に劇化していった。山崎にそのころインタビューすると、近松門左衛門が心中事件を即座に劇化した例を必ず引いていたものだが、実際のところセリフの文体にもっとも影響をおよぼしたのは別役実なのだった。「犯罪フィールドノート」の成果が頂点をきわめたのは『エリアンの手記』『ジロさんの憂鬱』『まことむすびの事件』の三作が上演された一九八六年である。なかでも忘れがたいのは本多劇場で観た『エリアンの手記』だ。

それは東京の中野富士見中学校で起きたいじめによる自殺を題材にした舞台だった。中学二年生の鹿川裕史君がスケートボードでけがをしたとき、いじめグループが登校前の彼の机を前に出し、写真をおいて葬式のあつらえにした。「さようなら、鹿川君」と書いた色紙に「安らかに眠ってください」などと寄せ書きされ、なかには教師の署名もあった。鹿川君は「オレが来たら、こんなの飾ってやんのー」と笑っていたという。

この「葬式ごっこ」を実録的に舞台に出した山崎哲作・演出の舞台で、私はあたかもその場に居合わせたかのような錯覚を覚えた。大人まで加担したこのいじめで、鹿川君が笑いつつどんなに苦しんだか。劇場にすすり泣きが広がった。バブル経済に向かって好況を謳歌していた日本で、社会のひずみは小さき者への暴力へと向かっていたのである。

別役にはこの事件を演劇的に解明しようとした『ベケットと「いじめ」』という優れた評論がある。「葬式ごっこ」に立ち会って参加しないでいることの難しさを説いたものだ。先生が教室で葬式のセットを前に「これ何だい？」と訊く。生徒が「先生、遊びです。冗談ですよ、やってください」と軽い受け答えをする。先生はそこに悪意があることを知っていたとしても「冗談ではないだろう」とは言えない。なぜなら、自分自身が悪意をもっていることを白状することになるからだ。事態はあくまで冗談として進行する。セリフとセリフの関係から、いじめのメカニズムを解明する劇作家は脱出しがたい、いじめのイロニーを見いだしていた。

さらに別役はいじめの構造を昭和の天皇制にもとづき、分析している。青年将校のクーデターだった二・二六事件を例に引き、天皇を神と信じる者にしか神でないことを言いあてることはできないと指摘するのである。天皇を神の座におこうと叛乱を起こしたが、天皇はこたえない。つまり神である天皇の親政を回復しようと本気で実行した人間にしか、天皇は神でないことを証明できなかった。天皇がもとから機関（天皇機関説）だと考える人間は、その存在が神であるかどうかをついに明証することはできない。いじめの悪意がなかったことを証明できるのも、自分に悪意がある者だけなのだ。戦後のヒューマニズムはそこを見誤っている。別役は天皇制のイロニーを用いて、遍在するいじめのメカニズムを解いてみせたのだった。

一九九五年一月十七日。兵庫県東南部をマグニチュード7・2の大地震が襲った。阪神大震災である。神戸市から阪神間の地域にかけ、当時としては観測史上初の震度7が記録された。六千四百三十五人の犠牲者数は十六年後に起きる東日本大震災につぎ、戦後二番目の惨状を示すものだった。普通の小市民たちが突然、体育館の避難所で暖をとる避難生活に追いやられた。仮設住宅なるものが登場したのも、この震災からである。

新聞社で入社二年目から文化記者をしてきた私は三年間だけ大阪本社で仕事をした。通勤に時間はかかるが、港町にあこがれがあって神戸のJR六甲道駅にほど近い町でマンション暮らしをした。六甲山系をのぞむ快適な都会暮らしが二年になろうとするころ、不意に震災に見舞われた。ごくごく小さな町内で四十人近い人が命を落とした。

私は半年後、その体験を演劇誌につづった。

私はこの日の神戸の人々の不思議な身体感覚が忘れられない。木造家屋のほとんどが全壊し、あちこちで人が生き埋めになっている状況だったが、取り乱したり、泣き崩れたりする人はいなかった。近所の中年の女性が「お兄ちゃんが生き埋めになってしまって――」と道ばたで助けをもとめてきたが、それはなんでもないことを頼むかのような淡々とした響きなのだった。(中略) この切実なフツーさは、私にリアリティについての修正を迫った。日常的な言葉や表情は、ある場合には途轍もない非日常を含みこんでいる。

(「震災演劇の試み」『シアターアーツ』第三号)

あいさつの言葉をさりげなく口にするとき、文化や慣習の異なる民はどれほど緊張するものか。かつて別役は自分のセリフを理解してもらうため、小室等にそう説いた。被災地では人によって心の傷の深さが異なる。被災しているかいないか、したとして被害はどれくらいか、それによって別の国の住人と話しているような感覚にさえなる。震災後の社会では、相手の心に踏みこまない（踏みこめない）ありふれた言葉こそが大切なのだ。震災は別役フレーズに意外なリアリティーをふくませたのだった。

私は演劇記者として、震災があらわにしたリアリティーの問題と格闘しなければならなかった。

「ぼちぼちいこか」「ほな、さいなら」「お達者で」

そんな言葉たちがそれ以前とは比較にならない質量をともなって胸に響いてくる。その体験は衝撃的だった。私は同じ論考で、被災した人たちの会話に通じる、ある普遍性をもった演劇として沈黙劇の太田省吾が演出した『更地』や核戦争後の廃墟で大道芸を演じる北村想の珠玉の作『寿歌（ほぎうた）』とともに、別役実の『風の中の街』をあげている。流浪する小市民の酷薄な運命を見すえた戯曲が震災の四か月後、地震の爪痕残る尼崎で上演されたとき、劇場の外の現実と舞台とが共振するのをひしひしと感じたからである。別役戯曲で内心を秘し、臆病なまでに淡々と話しかける人間たちは被災者そのものだった。

上演場所となった尼崎ピッコロシアターは一九七八年、阪急塚口駅の近くにできた全国有数の公共劇場である。開場三年後に館長に就任した山根淑子は震災前年に全国初の県立劇団となるピッコロ劇団を創立している。劇団の初代代表が別役にとっては早稲田の自由舞台で先輩にあたるハマさんこと秋浜悟史であった。ちなみに別役は秋浜が亡くなったあと、二代目代表に就いている。

秋浜は自作の『海を山に』で旗揚げしたピッコロ劇団の第二回公演には、後輩の別役を見こんで書き下ろしを依頼した。それが『風の中の街』であり、震災一週間後に初日を開ける予定だった。ところが、とても興行が打てる状況ではなく、公演延期を余儀なくされた。激震地から少し隔たった尼崎も一部の地域では被害が甚大だったし、観客が多く住む神戸や阪神間は低地一帯が壊滅状態だったからだ。鉄道は寸断され、代替バスには長蛇の列ができた。小中学校の体育館には被災者があふれかえっていた。

六〇年安保世代で砂川闘争を実地に知る秋浜は、非常の際の演劇人のあり方を熟考し「現実を体で記憶してこい」と劇団員を避難所に送りこんだ。私は避難所の校庭で若い役者たちが子供たちを呼び集め「ももたろう」などを演じ、最後はプロレスごっこで盛りあがる現場を取材しているが、そこには最前線にこだわる秋浜イズムが強固にあった。

被災地の生々しい現実をくりかえし体で感じてきた若い役者たちが延期された『風の中の街』に出演したのは、その年五月のことだった。文学座から藤原新平を演出家に迎え、金内喜久夫、松下砂稚子が客演した。ちなみに松下は長春（新京）で別役と同じ小学校に在籍していたことのある満洲からの引揚者である。

私はそのときの舞台を忘れられない。流浪する当たり屋一家の不思議な物語が電信柱の宇宙でくりひろげられるのだが、セリフがなんと関西弁だったのである。藤原新平の発案に別役が同調した。このアイデアはもとをたどれば劇団員の思いに発することだっただろう。関西弁で生活する劇団員ははじめて出合った標準語の別役戯曲に生活感をにじませるため話し合いをかさねた。一口に関西弁といっても実は多種多様だ。出身地の異なる役者ごとに細かく方言の調子をととのえたのである。

そのようにして、尼崎オリジナルの劇ができた。自作が標準語以外で語られる日がくるとは考えもしなかった別役だが、舞台に接して方言が生々しい演劇の力をもたらすのを実感した。かつて恩師の田中千禾夫が現代音楽になぞらえ「無調」と評した無国籍のセリフにはじめて方言の肉感が宿ったのである。それ以降、ことあるごとに演劇における方言の効用を説くようになり、自作についても「方言でやってもらえると安心できる」と言い換えを容認するようになった。

私はといえば『風の中の街』で震災後の現実が濃厚な関西弁から思いがけない形で伝わってくるのに鮮烈なおどろきがあった。一時的に難民状態におちいった人たちがそこかしこで話すあいさつ言葉、その生活感が舞台に立ちこめていた。なにしろ、劇場の外では行き場を失った小市民たちがまさに放浪者となって行き暮れていたのである。

『風の中の街』が上演されるのに際し、別役は尼崎界隈の被災地を歩いた。満洲で目にした開拓民の引揚者をすぐに思い浮かべたという。背中と背中を合わせ、互いの体温をかみしめることで生存を確かめ合っていた開拓民たちは、極寒の長春で次々と凍死していったといわれる。満洲の避難民と大震災の被災者がかさなったのである。

震災の五か月後、肉感をまとった新たなリアリティーを感じさせる舞台が上演された。末木利文が演出した『この道はいつか来た道』がそれだ。劇団昴の内田稔、新村礼子夫妻のために書かれたもので、末木はこの作で「別役地獄」から解放されたのだった。終末期の患者がホスピスを脱走し、過去の日々をかみしめるように夫婦でおままごとに興じる。やがて世界の終わりを思わせる雪が降りだして……。

私は二〇一七年とその翌年、文学座の金内喜久夫と本山可久子が藤原新平演出で演じた舞台を観て、震災後の神戸を思い浮かべずにはいられなかった。それは誰がいつ流浪の民となるかわからない、この国の未来の光景でもあったのだ。

野垂れ死にしたい。

パーキンソン病が進行し、暮らしの場が老人ホームへと移った二〇一八年の春、別役実はいくどとなく野垂れ死にの願望を言いたてるようになった。

それまで二度入院していたが、不自由な体なのに病室から「逃げだしたい」と一度ならず打ち明けた末のことだった。聞くたびに『この道はいつか来た道』を思い出した。ホスピスから逃げだし、雪に降りこめられ、おそらくは凍死してしまうあの舞台の男と、劇作家がみているだろうマボロシの行き倒れシーンとがだぶってしまうのだ。

「内田君、幕切れは野垂れ死ににしてくれよ」

本気とも冗談ともつかぬ言葉を投げかけてくるのだった。この人に宿ったデラシネのたましいがいかに強靱なものだったか、思いをはせずにはいられない。

そもそも、この評伝のようなものをまとめるきっかけとなったのは二〇一二年二月、第十九回読売演劇大賞芸術栄誉賞の授賞式の場で歓談したことだった。「別役実という存在を核にして時代史をまとめたいのです」とかねての思いを話したら「伝記ね」とあっさり了承してくれた。それからインタビューをかさねることになったが、はからずも病の進行をつぶさに眼にすることになってしまった。

パーキンソン病は脳が筋肉に運動を指令するドーパミンという物質が欠乏する病気である。ゆっくりと進行するが、手足がふるえ、やがて歩行に困難をきたすようになる。別役はこの難しい病に二〇一〇年ごろから苦しめられた。取材をはじめたころは神保町の白水社会議室や吉祥寺のルノアールまで出てきてくれたが、病が進むにつれ、会う場所は自宅近くの不二家になり、やがて病院に変わり、最後は老人ホームになった。

阿佐ヶ谷の河北総合病院に一回目の入院をしたのは二〇一四年七月のはじめ、炎暑の季節だった。九月半ばに退院し、その一か月後には『背骨パキパキ「回転木馬」』という書き下ろし作品を名取事務所が上演している。題材としたモルナール・フェレンツの戯曲『リリオム』は、回転木馬の呼びこみ役が事故死したあと一日だけ地上にもどってくるという話である。パキパキという擬態語は入院中の苦痛を示していた。別役は死の想念が回転木馬のようにまわる、超現実的世界をつくった。演出家のペーター・ゲスナーや三谷昇、新井純ら役者たちの苦労がしのばれるが、奇跡的になしえた舞台だったといえる。狂人の一歩手前と本人が述懐した入院の日々を当時のメモをもとにたどってみよう。

私が最初の入院を知ったのは別役の学生時代の友人、有馬正純からの電話によってだ。

「別役がね、急に入院しちゃったんですよ」

もともと痩せていたのに、病を得てからは鉛筆のように細くなってしまっていた。歩行がたどたどしくなり、杖を用いるようになっていたのである。

私はすぐ夫人の楠侑子に電話を入れた。

「どうなさったんですか」

「全身に水ぶくれが出てしまって。医師がふらつく姿をみて、これはいけないと血圧を下げる薬を増やした。それがいけなかったのかしら」

かねて別役は河北総合病院に通院して、パーキンソン病の薬をもらっていた。見舞いにいくと、体中を包帯でぐるぐる巻きにされていた。いかにも窮屈そうで、悄然(しょうぜん)としてもいたが、飄々としたユーモアは健在だった。

「ケロイドですよ、まるでね」

「別役さん、『象』で被爆したケロイドの男を書いたら、ご自身がそうなっちゃったんですねえ」

「そうなんだよ、まったく仕方ないね」

皮膚にただれが出て救急車で来院したら、そのまま入院になったという。当初は一週間もすれば退院できるという話だったが、結局二か月以上入院することになる。

数日後、本人から私の留守宅に電話が入った。要領を得ないので翌日行ってみると、

「名取事務所に戯曲を頼まれているから、締切の相談をしないと」

その芝居が十月二十二日から五日間、俳優座劇場で上演された『背骨パキパキ「回転木馬」』である。台本はまだ書けていなかった。事務所を主宰する名取敏行に電話すると、そのとき海外にいた。入院の件は楠から聞いていたらしく「帰国したらすぐ病院に行きます」とのことだった。「ぎりぎりまで待ちましょう」と伝えたそうである。

医師によると、このときの皮膚の異状は水泡性類天疱瘡だった。自己免疫の不全によって起きるという。楠は別役の病院嫌いにため息をついていた。

「とにかく医者嫌いで病院に行かない。以前、喘息が出たことがあったんですが、そのときくらい。でも、いつの間にか治った。パーキンソン病もそんなふうに治らないかしら」

暑い盛り、私はたびたび病室を訪ね、満洲や北一輝について訊いていた。九月のはじめになって、こんなことを頼まれた。

「まわってまわって、という歌があるだろう、あの曲の名を調べてくれないか。芝居で使いたいから。あとは中島みゆきの『時代』っていう歌があるでしょう、ああいうような回転木馬にかかわりそうな歌がほかにあったら、教えてくれないか」

数日後、私は調べておいた回転木馬にかかわる歌の一覧を渡し「まわってまわって」の歌が「夢想花」というタイトルだと伝え、その場でユーチューブを鳴らした。別役は頷いた。

死んだあと生きかえる話を選んだのはむろん、病室で死を意識したからだった。死を笑うことができるか。薬の副作用とみられる幻覚に悩まされながらも「死の笑劇」を考えていたとき、頭のなかで響いていたのは円広志の「まわってまわって……」や中島みゆきの「まわるまわるよ……」なのであった。

九月十七日、退院の日の別役は晴れ晴れしていた。それはまさに「死の世界」からの帰還だったのである。が、本番まで一か月しかない。名取敏行によると『背骨パキパキ「回転木馬」』の台本ができたのは初日三日前。それも口述でなんとか形にしたものだった。本人としても不本意ではあったのだが、実際の舞台は不思議な感動を覚えさせるものだった。初日を観て、私はこの夏の苦しかった別役実の肉声が聞こえてくるようで、胸が裂かれた。どうにかして目の前の死を笑おうとする、精神のぎりぎりの綱渡りがそのまま舞台に立ち現れていたからだ。

演出のペーター・ゲスナーは公演パンフレットに書いていた。

今年の4月に別役実氏の新しい作品の数行のプロット（その内容はここには書きませんが）を受け取った時には想像もしませんでした。8月の終わり、夏休みから戻った時に次のような内容の連絡を受けることになろうとは。『リリオム』を知っているかという内容でした。リリオム、ミュージカル『回転木馬』として有名な作品です。（今日、多くの人が“You never walk alone”という歌を、FC東京の応援歌として歌っています。モルナールの『リリオム』と関係があるとは知らずに）『リリオム』という作品は、リリオムという男が死後に天国で、1日だけ地上に戻るチャンスをもらうというシーンで有名になりました。

死に……生き返る……もう一度始めから……もう一度やり直すために……

別役実氏は夏の間に死を垣間見たのだそうです。今回登場人物たちはいつものような別役作品とは違い、名前があります。「今回は、随筆作品です」と彼は私に告げました。「最後には社会―責任―不足についての作品なのです」と。

作品冒頭において三谷昇さん演じる役がこのように言います。

神さま　お前さんが死ねば、誰かが後を引き継ぐよ。お前さんの財産を引き継ぐ人がね。

リリオム　そんな人はいません。

神さま　出てくるんだよ。不思議と、死んだ後にはね。じゃ、あばよ。

本当に上演できるかどうかわからなかったから宣伝もできず、客席はがらがらだった。名取敏行によると、それでも三谷昇や新井純は割り切って一生懸命やってくれたという。三谷演じるリリオムが金に困って金策に走り、最後灯籠船に囲まれてあの世へ向かうシーンはいかにも物悲しかった。それは末期の眼でみた現世への贈答歌でもあっただろうか。

かの中島みゆきの「時代」に別役は自分で詞をつけていた。はじめての入院はやはり、闇の彼方と向き合う時間だったのである。

夜を旅する人々は
その闇の彼方に真実が
浮世の大いなる悲しみが
横たわっているのを知っている

墓地に連なる死者たちよ
時代を巡る旅人たちよ
闇をも死をも怖れずに
闇と死の真実をあばき出せ

おお天長の人々よ

おお天長の人々よ
闇の奥と死の真実を探れ
闇の彼方と死の果てへ旅せよ

予想を超えたことが起こった。別役は退院後、みるみる回復したのである。仕事が途切れることなく舞いこんでいたのが幸いしたようだ。私は体調をはかりながら、西永福の不二家でインタビューをつづけた。だんだん、わかってきたことがあった。

この劇作家の作品は短編ばかりで、上演時間も一時間から二時間というものがほとんどだ。けれども作品と作品との間にはある連続性があり、同じ根をもつキャラクターが何度も登場する。きっと謎めく戯曲群をたばねる大きな物語があるだろう。そんな思いで、作品を読みなおすことになった。

たとえば、人間関係を支配する「女」というキャラクターがある。一九六六年に早稲田小劇場が初演した『マッチ売りの少女』で小市民の老夫婦宅に弟をつれ、ふいにやってくる「女」がその初出である。翌年の『赤い鳥の居る風景』では、廃品回収業者の極貧家庭に育った全盲の姉が出現し、弟を酷使したあげく、盗みを働く弱さを責めたて街へ追い出してしまう。別役自身が柳田國男のいう「妹(いも)の力」になぞらえているが、家族やコミュニティを呪縛し、過去の声を聴く巫女的な女は別役劇にくりかえし立ち現れる。

こうした「女」は『不思議の国のアリス』で幻想の砂漠を放浪するサーカス団のアリス、さらには『アイ・アム・アリス』で街に叛乱を起こすアリスたちとなって、イメージを広げていった。アリスは社会から排斥され、流浪するほかない運命をもった、寄る辺なきたましいの象徴ともいえる存在だ。霊的な力をもつ女は普遍化され『舞え舞えかたつむり』で夫を殺しバラバラにする妻、『木に花咲く』では孫を支配し、表層的な優しさを呪う老婆などに受けつがれる。新しいところでは『あの子はだあれ、だれでしょね』の雛を飾る女や『月・こうこう，風・そうそう』のかぐや姫にその痕跡がある。

別役の変わらぬ戯曲執筆の仕方をここで思い出してみよう。無明の闇にいつしか人間の姿が見えてくる。そんな瞬間が訪れるのをひっそりと待ち、姿が見えてくれば、あとは手が書かせてくれる。そういう成りゆきを私はシュールレアリズムに通じる別役実式自動筆記と呼んできた。観念のなかに一度現れたキャラクターはまるで同じ夢を見るようにくりかえし出現する。画家が一つの画題を描きつづけるように、ある人間像を飽かず言葉でなぞっていくのが別役実式自動筆記だった。

誤解をおそれずにいえば、その土台となったのは実在感をとらえる絵画の技法であり、ひとたび浮かんだ人間像はセザンヌがリンゴを凝視したときのような眼で写しとられる。いってみれば言葉は絵の具であり、淡彩の画面に強い色をあたえるのが唱歌やフォークソングであったと考えることができる。舞台上の人物の構図も絵画的な別役劇の重要な要素となる。

登場人物の実在感をとらえるには、キャラクターの把握がなにより大切になるだろう。霊的な女のほかに、もう一つその例を挙げておくなら秘密探偵Xである。早稲田小劇場の旗揚げ公演だった一九六六年の『門』ではじめて登場する。毎朝欠勤届を出す公務員がすなわちXだ。童話『夕日を見るX氏』や『そよそよ族の叛乱』のX氏であり、別役自身が「私の《永遠のポワロ》」と呼ぶ典型的人物となる。このキャラクターはおそらく『スパイものがたり』のスパイでもあり、やがてコーモリ傘をもつ男として、別役劇に定着する。

このXは私かもしれないし、あなたかもしれない小市民の名もなき男なのだが、何かのきっかけで会社や官舎に出勤しなくなり、公園でぶらぶらしている。「街」の暗黙のルールから離脱し、アナーキーな放浪者となっている。自分では探偵だと思っているらしいが、どこの誰でもない秘密の潜入者だ。味方のふりをして近づき、おずおずと言葉をかけ、いま「街」で起きている事件に探りを入れる。そのようにしてはじまるのが、別役戯曲の一貫した特徴となった。むろんXは作者の分身とみていいだろう。すでに記したとおり、そのイメージの原型には二十代で衝撃的に出合ったアーサー・ミラーの『セールスマンの死』がある。とりわけ主人公のウィリー・ローマンを惑乱させる伯父ベンの面影を彷彿とさせる。あるとき、そのことを本人に確かめてみたことがある。「あっそうか」と人ごとのように答えたあたりが、いかにも別役らしかった。幽霊のような謎の男ベンは、ウィリーがセールスマンの絶望的日常に疲れ、精神的に衰弱したとき現れる。コーモリ傘と旅行鞄をもち、影のようにしのびよって、ウィリーに社会からの離脱をささやきかけるのだ。もとより別役実にとってのヒーローはスパイ、すなわちコーモリ傘をもつ旅人なのだった。

私は確信している。スパイこそ、神様のおぼしめしにない、人間の創り上げた人間であり、考えられ得る最も自由なたましひであると。

（「スパイ礼讃」『言葉への戦術』）

あのアリスが劇中で決然とはなったセリフを思い返してみよう。

「私は探偵のたましいと結婚して、マボロシの共和国を支える子供達をたくさん生む」

女の霊的な力と探偵のたましい。この二つを結び合わせ、目に見えないマボロシの共和国を支える。別役はそんな物語を夢想するうち、いつしかマボロシの失語症種族、そよそよ族について考えはじめるのである。

沈黙、それは抵抗の形なのだった。

どこまでも無表情な別役フレーズには、沈黙が埋めこまれていた。満洲に由来する「言葉の死骸」は語るべきことを語れない喪失の演劇を形づくった。それは肝心なことを語らない（語れない）けれども、沈黙の質量によって社会の矛盾を静かに照らしだす。別役実の抵抗の演劇は、そのようにして生まれ、はぐくまれたのである。

政治闘争の挫折をへて一九六〇年代演劇に沈黙という劇的な表現が生まれたことは記憶されていいことである。世界的に評価された太田省吾の沈黙劇は六〇年安保のあとの態度表明、一切の政治性の拒絶という強靱な意志から生まれた舞台表現だったといえるが、太田は別役のセリフにとても大きな影響を受けた。ともに引揚者でもあったから、社会への違和をいだくときの眼差しに相通じるものがあっただろう。実際、私は二人から互いへの畏敬の念を聞いている。

別役実へのあてどない旅をしてきた私はいま「沈黙」の二文字にいきあたった。なにも描かれていない沈黙のカンバスにかすかに兆すもの、それこそが人間が人間であることを最初に伝える笑いであっただろう。なにもない、けれどおかしい。別役実のファルスは、深海の底に落とされたような淋しさをくぐりぬけた先にかすかに浮かぶ、ある、も、の、だった。

虚空にそよそよと風が吹くとき、ふっと幻影のように現れる木の葉のような人々、それが「そよそよ族」である。そよそよ族は風のように移動する放浪の民であり、昔々に言葉を失ってしまったから、無表情な「言葉の死骸」しか話せない。そんな風の種族がはじめて登場するのはアリスものの翌年に俳優座が初演した『そよそよ族の叛乱』である。秘密探偵（堕天使らしい）のXが「街」で起きた連続餓死事件に迫るという話だ。

Xは人形で表される女の死体を博物館の化石番人である「女」と検分し、死体処理係の男たちと奇妙な会話をする。餓死者を次々処理する「街」の動きには「そよそよ族」なるものがかかわっているらしい。どうやら、そのもとをたどれば差別された古代の失語症種族で、空腹を訴えようにも言葉がないから沈黙して餓死するしか方法がなかった。死体処理係の一人は、飢えた女の分を食ってしまったことが餓死させた原因であり、それが殺人にあたると自分を責める。相棒はそのヒューマニズムをくんで死体処理係を刺殺する。声を発することができないまま餓死する民（そよそよ族）は沈黙の力によって、やさしい「街」に犠牲者をつくり、静かな叛乱を起こすのである。

この『そよそよ族の叛乱』からわかるとおり、しばしば人形で示される別役戯曲の餓死者（死体）は貧困や差別を訴えられない失語症種族の徴なのだった。代表作の一つ『にしむくさむらい』で語られる餓死者が暗示するように、マイノリティーたちの奇妙な会話劇の多くが実のところ、そよそよ族の演劇的風景といっていいのではないだろうか。

別役の解説（『そよそよ族の叛乱』創作ノート」『言葉への戦術』）によれば、そよそよ族はかつて砂漠に実在した種族で、現代の都市にもその兆候がみられる。共同体の文明が過度に発達して「不条理」という言葉が発明されてしまうと、事実と言葉の断絶が起き、過剰言語症から失語症にいたり、そよそよ族的兆候を示す。それはしばしば犯罪によって明らかになる。「街」のかかる不治の病であり、自分たちでは気がつかない病であるという。このメカニズムは「街」の全滅を描いた処女童話『街と飛行船』で寓意化されたとおりだが、づくしもののエッセイ同様、真っ赤な嘘、どこまでも虚構の話ではある。

『そよそよ族の叛乱』では、鯨の骨の番人だった「女」が大昔の失語症民族の言葉を聴く。その言葉とは「淋しい」であった。秘密探偵Xは「女」と別れ、淋しさに堪えている、そよそよ族の伝説を探ろうと「街」を出る。「街」のなかにいたのでは「街」が望むようにしか行動できないからだ。

私は黒いコーモリ傘の下につつましく身をかくして、トランクに下着を三枚入れて、これから旅に出ます。私達はこれまで、余りにもしゃべりすぎました。街のやさしさと寛大とに、余りにも慣れすぎたのです。そよそよ族の沈黙を理解するためには、私達は余りにも沢山の言葉を知りすぎていたのでしょう。

（『そよそよ族の叛乱』）

そんな言葉を発して、黒いコーモリ傘をもつ男（秘密探偵X）は言葉のない、餓死するほかない、どこにいるかわからない、淋しくて仕方ない、そよそよ族の声なき声を聞き分けようと、舞台の虚空へと放浪の旅に出たのである。彼は優しさを拒絶する。その後の別役劇のなかで、コーモリ傘をもつ男はあの街この街のそよそよ族的兆候を探索してまわっているのだ。

別役実が河北総合病院に二度目の入院をしたのは、二〇一八年が明けた一月四日だった。前の年の十一月末には快調そのもので、不二家で二時間余りのインタビューができた。ところが、年末に体調を崩した。正月の三日には思うように動けなくなり、救急車ではこばれ、そのまま入院した。私は入院三日後に見舞いにいった。

「小便が出なくて管をいれて出したんだが、七転八倒の苦しみでね」

蚊の鳴くような声だった。十日後には少し落ちついていた。「またインタビューさせてくださいね」というと「いつでもいいよ」と変わらぬ口調で受けてくれた。日中は寝ていることが多かった。昼夜が逆転していたからなのだが、起こすとたいてい夢のつづきのようなできごとを話した。あるときの言葉はこうだった。

「さっきまで、街をさまよっていたの。いま帰ってきたところ」

先々の執筆の話になると元気になった。次の書き物を十九人が犠牲になった相模原障害者施設殺傷事件（二〇一六年）の戯曲にするか、未完の童話『そよそよ族伝説』の続編にするか迷っていた。ホテルでのカンヅメが苦手だっただけに、狭い病室に閉じこめられたのが苦痛だったようだ。思いがけず入院は長びき、三月になるとこうもらした。

「そよそよ族を完成させたいんだ。それができれば死んでもいい」

残りの仕事を一本にしぼる決意が病状を好転させたと本人はみていたが、立って足踏みできるまで回復したのにはおどろいた。三月九日、病院近くの老人ホームに入居すると、家族にまず頼んだのは「原稿用紙をもってきてくれ」であった。私はホームで同じような言葉をいくども聞いた。

「野垂れ死にの覚悟だけはもっていないとね」

部屋には『そよそよ族伝説』の三巻本が持ちこまれていた。あと三巻書けば、六巻本として完成するのだという。それは古代のそよそよ族の物語であり、童話と銘打たれているが、実際は壮大な偽史を織りあげようとした唯一の長編小説である。無明の闇に浮かぶ寄る辺なき人たちを「手」の動きで写しとってきた別役が、いつしか紡ぎだすようになった物語だ。戯曲が予感させる過去のマボロシともいえる古代世界だった。

それは要約するのが難しい複雑怪奇な物語である。筋を追えば、こんな話だ。琵琶湖のなかにその昔、浮島という大氏王朝のマボロシの都があった。三輪の葛城王朝（山からきたもの）に責め滅ぼされ、追われた末に築いた水上都市だった。その葛城王朝も南からやってきた天ノ原一族に追われ、北方の山中にこもっている。三代の王朝交代がなされたあとの時代、沼沢地に不思議な卵の乗り物（うつぼ舟）が出現する。上部が口を開け、髪の長い女と赤子が入っていた。女は意味不明の、ささやくような子守歌をうたっていた。

「アマヌヤシ、アンノ、サマヌヤシ、サンノ、ヨウ、ロウ……」

別王朝系の子を宿した女は母子で流され、夜見の国に捨てられるのだという。ハンセン病とみられる人たちを隔離する施療院島にいて伝説を知る老婆、いたずら者の生き物「あまんじゃく」といった不思議な存在が現れ、失われた歴史がわかってくる。

その昔、大氏王朝は死者の国である夜見の国のスサノオと約束を交わし、浮島の都を得た。もし浮島がなぜ浮いているか疑問に思えば、島は沈むと言い渡されていた。都はおおいに繁栄した。歌はあったが、言葉はなかった。「めくらことば」はあったが、使う必要はなく、人々は風が読め、水が読めた。死者を夜見の国におくる悲しみから、思い出を現世にとどめる言葉（古代文字）が発明された。だが、言葉でしか考えなくなった人間は言葉でしか理解できない。浮島の都はなぜ浮いているのか考えはじめてしまった。掟どおり島は沈んだ。残った人々は「言葉で考えるのをやめる」という困難な道を歩むことになり、各地に四散した。

うつぼ舟に乗っていた女の謎めいた歌は昔、浮島の都でうたわれていた子守歌だった。口の形を「めくらことば」に直すと「海の向うの子供、夜の底の子供、こちらへおいで……」となるのだった。大氏王朝につながるこの母子の因縁から大氏と天ノ原は手を結ぶ。

これが「そよそよ族」の伝説である。古代にあったかもしれない楽園追放の物語といっていいだろうか。未完のこの大河小説で別役はいったい何を描こうとしたのか。

《そよそよ族》というのは、木の葉を吹く風のように、山野を跋渉する失語症種族である。それらしい種族が日本の歴史の中に確かに存在し、それが現在の都市生活の中にも静かに流入しつつあることを、私は二十数年前、偶然の手がかりによって知ることとなった。

私は、私の知り得たことを一般のものとすべく、この二十数年間に「そよそよ族についてのうわさについて」という短文をひとつ、「そよそよ族の叛乱」という戯曲をひとつ、公表した。しかし反応はなかった。思うに、《そよそよ族》に関しての知識は、まだあまり広範に流布していないのだろう。

（「うつぼ舟」あとがき『そよそよ族伝説』第一巻）

一九八二年の文章である。そよそよ族の実在を人々に知らせるための偽書、それが『そよそよ族伝説』なのだった。現代のゆがみという「局部」を戯曲で描いてきた別役にとって、そのゆがみが予感させる大元、過去にあったユートピア崩壊の物語を完成させることは総仕上げを意味する仕事なのである。これができて、はじめて不条理劇の「全体絵画」を描ききることになるからだ。

第一巻「うつぼ舟」、第二巻「あまんじゃく」をへて第三巻の「浮島の都」が発表されたのが一九八五年。老人ホームに入った別役は三十年以上たって、最後の仕事としてそのつづきを書こうとしていた。「忘れてるので読むことから、はじめないとね」といいながら。

「僕が書こうとしているのは、政治的な争いではなく、言葉をめぐる争いなんです。それを弥生と縄文の争いのあと、古代の蘇我、物部が覇権を争うころの時代にあてて書いている。地図と系図をつくって大河小説をつくる伝統がヨーロッパにはありますが、同じことを日本の古代史で試みている。男性原理の言葉である益荒男（ますらお）ぶりと女性原理の言葉である手弱女（たおやめ）ぶりの言葉の戦争を王朝の交代になぞらえている。江戸時代に言葉にはその二つの種類があった。手弱女ぶりは政治的には敗北するが、文学としては勝つ。手弱女ぶりは歴史的には敗北するのですが、文学となって、失語症種族としてよみがえるという予感が僕にはある。これが、そよそよ族なんです。

益荒男ぶりと手弱女ぶりでは伝える文化が違う。益荒男ぶりは論理的、構造的、全体的。手弱女ぶりは感覚的、局部的でこぢんまりしている。手弱女ぶりは一敗地にまみれて公式な言語体系からは撤退するが、撤退することによって強さを出す。擬音語、擬声語が手弱女ぶりの特徴です。中学の時ね、作文で『雨がざあざあ降っています』と書いたら、国語の先生が『子供じゃないんだから、激しく降ると書きなさい』と叱った。納得できなかった。あとになって宮沢賢治を読んだら、擬音語がたくさん出てくる。近代という時代は手弱女ぶりの文化を破壊してきた。ほとんど益荒男ぶりは擬声語、擬音語を使わない。僕には手弱女ぶりへのあこがれがある。題名に『そよそよ』とか『にしむくさむらい』といった手弱女ぶりの言葉を入れるのは、そういうことなんです」

そよそよ族は「沈黙」を武器として不屈の抵抗をやめないマボロシの民なのであった。餓死することでしか自己主張できない、抑圧された失語症種族の誕生秘話はどうしても書かれねばならない、沈黙の彼方の物語なのであった。

執筆に意欲を示す一方で、ホームに入った別役が見舞う友人たちに盛んに説いていたことがある。それは古代インドの四住期という考え方に沿ったものだった。人生には四段階がある。将来のため学問や教養を身につける学生期、職業をもち家族を養う家住期、勤めを終え自分を見つめ直す林住期、最後に家を捨て放浪する遊行期。いわば人生のはるなつあきふゆだ。

二度の入院をへてホームに入ったあと、自分は人生の冬、遊行期にいま立ちいたったのだというようなことを別役は何度も何度も口にしたのである。山をさまよい歩きたい、できれば吉野の奥の大峯山あたりを。そうした言葉に、私は「足腰を鍛えなければいけませんね」と答えるのが精いっぱいだった。

幕切れは野垂れ死ににしてくれよ。

書かれつつある伝記が劇作家のなかでいつしか演劇になっていたのだろうか。

私のあてどない別役実への旅は初期の傑作『象』へとかえる。「私は、いわば、お月様です」「あるいは、おさかなです。いわば淋しいおさかな」と名乗りでた、あの「男」のもとへ。

私の涙は、細い白い糸のように、暗い深い方向へ、私をサカサマにする方向へ、流れています。だからもしかしたら、私は涙にブラ下ったおさかなです。

サカサマにされてしまったかなしみ、その心は答を求めない。ただ風を招きよせる。


あたたかくもないし、かといって、寒くもない……。

風が吹いています。

もちろん、ごくソヨソヨした奴に違いない。


別役実が二度目に入院した冬は例年にない寒さだった。車いすで日当たりのいい廊下の窓際に行って、簡単なリハビリをするのが日課だったが、日だまりとなったその一角にいると、春の陽気のなかにいるようだった。あるとき、青空に月のかげがあった。

「あっ月……」

そうつぶやき、眼をつぶって、頬に何かを感じているようだった。

「いま、風が吹いたよ」

あとがき

別役実さんが読売演劇大賞の芸術栄誉賞を受けた二〇一二年三月から、本書の取材と執筆ははじまりました。それから六年、パーキンソン病と向き合う別役さんの病状は一進一退、けれど少しずつ剣呑さを増していきました。インタビューも順延になることが少なくありませんでした。それでも変わらぬ誠実さで質問に応じてくださったばかりか、談話や戯曲総覧に子細に眼をとおす労を惜しまれなかったのです。本書の刊行を後押ししてくださった別役さんに、まずは深く感謝いたします。

別役さんの談話はもちろんのこと、時代の証言といえる演劇人や関係者の言葉たちを後世に残したい。そんな願いが私のなかで日に日にふくらみ、抑えることができなくなりました。談話のうち行をあけて引いている長文は別役さん以下、発言者の了解を得たものです。藤原新平さん、石澤秀二さん、岩波剛さん、三谷昇さん、山崎正和さん、鈴木忠志さん、小室等さん、小林勝也さん、林次樹さん、長野北高校や早稲田大学時代の友人の皆さん、それから夫人の楠侑子さん、長女の怜さんの協力がなければ、本書はなりませんでした。戯曲総覧作成にあたり、多くの劇団、劇場関係者からお力を借りました。装幀に用いたポートレイトは青山演劇フェスティバル「別役実の世界」公演パンフレットのものです。演劇プロデューサー能祖將夫さん、写真家の三橋純さんのお世話になりました。機会を与えてくれた編集者の和氣元さんにも改めて謝意を表します。

別役劇を多年にわたって演出した末木利文さんは二〇一七年十月、がん闘病のさなか、自身の談話に手を入れられました。「十一月頃、年内最後の入院が待ってます。ま、ぼちぼち呑気にやってます」と手紙をくださいましたが、およそ一月のち、泉下に旅立たれました。一八年の五月になって、やはり別役劇の演出者の一人だった村井志摩子さんも命を閉じられました。こんなにも深く真摯に演劇と向き合った時代があったのか。願わくば、小さくなりはじめた過去の声たちが後世に残りますように。

内田洋一

二〇一八年七月

戯曲総覧

【凡例】ラジオドラマの舞台化、エッセイや童話の朗読上演などは作者の意向により除外した。また作者の戯曲といえない関連戯曲については0番を付し、参考として挙げた。

作品は上演順に掲載し、表題に番号を振った。以下①初演年月②初演団体③初演の演出家④初演劇場⑤収録戯曲集（表記なしは単行本未収録）⑥主な出演者を記し、作品解説を施した。

一九六〇年代

1　AとBと一人の女

①一九六一年秋②学生劇団「自由舞台」（早稲田祭公演）③鈴木忠志④早稲田大学大隈講堂⑤『不思議の国のアリス』⑥高橋辰夫、池田幸鴻

処女戯曲。本を読む家主のA、劣等感から言葉をまくしたてるBのはてしなき葛藤が独白文体でくりかえされる。アンドレ・カイヤット監督の映画『眼には眼を』（一九五七年）から着想、ベケットの『ゴドーを待ちながら』の影響もみられる。高円寺の名曲喫茶ネルケンで執筆。習作を鈴木忠志が別役宅で見つけ、早稲田祭で上演した。翌年六月、砂防会館ホールで新劇団「自由舞台」が再演した折、二場が書き足された。

2　象

①一九六二年四月②新劇団「自由舞台」（旗揚げ公演）③鈴木忠志④俳優座劇場⑤『マッチ売りの少女／象』『現代日本戯曲大系5』、『壊れた風景／象』⑥小野碩、高橋辰夫、富永由美

初期の代表作。背中のケロイドを人目にさらすことでしか自己の存在を確認できない被爆者の男はかつて浴びた喝采が忘れられず「熱烈な拍手を……」と叫ぶ。土門拳の写真集で見た被爆者「原爆一号」こと吉川清がモデル。ケロイドの肌に象を連想した。カフカの小説『断食芸人』が祖型で、見世物の衝動が描かれる。主人公はアーサー・ミラー『セールスマンの死』の主人公ウィリー・ローマンのおもかげも宿す。黒いコーモリ傘をさす男、淋しいおさかな、乾いた風など別役劇おなじみのイメージが初出。川原湯温泉にカンヅメになったが書けず、高円寺の名曲喫茶ネルケンで書きあげた。その後、青年

芸術劇場が観世栄夫演出、常田富士男主演で一九六五年に改作を再演、気鋭の劇作家として印象づけられた。二〇一八年、名取事務所がモスクワ、サンクトペテルブルクなどで上演した（「別役実　海外交流シリーズ」、眞鍋卓嗣演出）。

3　門

①一九六六年五月②早稲田小劇場（旗揚げ公演）③鈴木忠志④アートシアター新宿文化⑤『不思議の国のアリス』⑥小野碩、高橋辰夫

カフカの小編『掟の門前』が原案。決して通過できない門のイメージを借り、靴ミガキの門番と毎朝欠勤届を投函する公務員のやりとりが展開する。勤務先に行けない無為の男の初出。原題は『門もしくは秘密探偵X氏の冒険』であり、主人公の公務員がX氏にあたる。このX氏は童話『夕日を見るX氏』や『そよそよ族の叛乱』のX氏であり、作者自身が「私の《永遠のポワロ》」と呼ぶ、別役劇の典型的人物となる。のちにはショートショート集『探偵X氏の事件』（王国社）も編まれている。

4　堕天使

①一九六六年九月②演劇企画集団66（旗揚げ公演）③古林逸朗④草月会館ホール⑤『マッチ売りの少女／象』⑥常田富士男

学生劇団「自由舞台」の後輩で、演劇企画集団66をつくった古林逸朗の初演出となった作。天体望遠鏡をのぞく男Aとピストルをもつ男Bが裸の人形（死体）を検分し、盲目の集団が行き過ぎる。行き場のない三人が下手へ走り、また上手から現れる。永久に脱出できない、宇宙的な虚空が描かれる。『ゴドーを待ちながら』を彷彿とさせる。

5　マッチ売りの少女

①一九六六年十一月②早稲田小劇場③鈴木忠志④早稲田小劇場アトリエ⑤『マッチ売りの少女／象』、『現代日本戯曲大系7』⑥小野碩、鈴木両全、三浦清枝、宗形智子

岸田戯曲賞受賞作（『赤い鳥の居る風景』と同時受賞）。早稲田小劇場アトリエ柿落とし公演。アンデルセン童話のイメージを借り、開高健がエッセイに書いた焼け跡でスカートをまくって見せる少女がヒントになった。小市民たる老夫婦の夜のお茶の時間に突然訪問する姉と弟。「女」は二十年前、あの街でマッチをすってスカートのなかを見せていたのは自分だと告白し、この家の娘だと執拗に主張する。一人娘を事故で失った夫婦は否定するが「女」は家の所有権までもちだす。友人の有馬弘純によると、ヒュー・ウォルポールの短編『銀の仮面』が原

案と考えられる。

6 マクシミリアン博士の微笑

①一九六七年六月②早稲田小劇場③鈴木忠志④早稲田小劇場アトリエ⑤『そよそよ族の叛乱』⑥小野碩、高橋辰夫、斉藤郁子

『象』の後日談ともいえる作。マクシミリアン博士の運営する収容所に五十三人の子供がいる。看護婦ともども被爆者。博士によってケロイドは除去されている。が、表情が失われた。助手たちは原爆投下時の記憶を引きだし、表情を取りもどそうとする。助手は「当時のゆがんだみにくい表情」を引きずり出すかもしれないといい、もう一度手術をやらねばならず「あの日のこと」を「表情で耐える」ようにしなければならないという。

7 カンガルー

①一九六七年七月②文学座アトリエの会③藤原新平④文学座アトリエ⑤『マッチ売りの少女／象』⑥飯沼慧、藤田弓子、松下砂稚子

文学座がはじめて上演した別役戯曲。波止場で船に乗ろうとする男がなぜかカンガルーは乗れないといわれ、混乱がはじまる。やはりカンガルーと呼ばれる娼婦なども出て、奇妙な笑劇となる。作者によればモノローグ文体から対話文体へと転回した作。一九六八年に、演劇企画集団66が新宿のピット・インで再演したとき改作。作者はこのとき最初で最後の演出をし、寄席風の呼び込みをつけた。藤原新平は「政治運動の敗北からくる脱出願望を描いた作品だったのではないか」としている。そう見えるから、そのような存在になるという不条理的世界はこのあと断続的に書き継がれることになる。

8 赤い鳥の居る風景

①一九六七年九月②演劇企画集団66③観世栄夫④俳優座劇場⑤『マッチ売りの少女／象』⑥常田富士男

岸田戯曲賞受賞作（『マッチ売りの少女』と同時受賞）。中学時代の美術教師、上原正三の絵『赤い鳥の居る風景』から着想。カラスをトリと読み違えた。廃品回収業者の夫婦が借金を苦に命を絶ち、子供の姉弟が残された。全盲の姉は借金解消につながる同情的な求婚を断り、弟を働かせる。「自分の不幸はいつか救われる」という思いから会社に行かなくなった弟は「街」で衝動的に盗みを働き、相手を殺す。姉は不幸に堪える強さをもたない弟を責め、同情する街の人たちの優しさをもこばみ、弟は撃たれる。『マッチ売りの少女』に初出した女の支配力が濃厚。作者は青俳上演時のパンフレットに赤い鳥とは「不燃焼の『自我』が他者と対した時、意識の底辺をチラチラかすめ飛ぶ赤い危険信号の事である」と書き、

宮沢賢治『グスコーブドリの伝記』の「空洞」を空間化したものだと解説している。のちには「小市民である盲目の姉が、両親の自殺後、その弟に、小市民の弱さを感じとり、アウト・ローとして生きることを勧めるが失敗。自ら小市民として生きる決意をする」(『東京放浪記』)としている。ヒューマニズムや優しさへの強烈な拒絶の意思を確立した作といえる。

9　或る別な話（六二年作）

①一九六八年二月②早稲田小劇場（研究公演）③鈴木忠志④早稲田小劇場アトリエ⑤『マッチ売りの少女／象』⑥小野碩

一幕劇。父と母と娘が食事の時間が来たことをめぐり意味のない会話を続ける。規則正しい食事が健康に大切だと話し合っているうちに男がやってくる。実は頼まれて父と母を養老院に入れにきたというのだが、娘には覚えがなく、混乱する。

一九七〇年代

10　スパイものがたり　へのへのもへじの謎

①一九七〇年四月②演劇企画集団66③古林逸朗④アートシアター新宿文化⑤『不思議の国のアリス』⑥常田富士男、二瓶鮫一

電信柱が初登場する。不条理的音楽劇で六文銭が出演した。松岡正剛編集の高校生向け読書新聞（the high school life）で小室等の作曲譜集の連載があり、その第一回が作者の「ヒゲのはえたスパイ」であった。これをもとに舞台化。劇中歌の「雨が空から降れば」はフォークソングの人気曲となる。スパイについては初演パンフレットで「たましいの冒険家」「神を持たない信仰家」と規定している。天から降ってきたスパイが地球を占拠するという革命的事態の設定とみられる。もう一つの象徴である「おさかな」は『象』に初出する「淋しいおさかな」のイメージか。「街」にスパイが現れ、オジョウサン、オマワリサン、郵便配達夫らとおかしな会話をかさねる。最後、釣り針が上から降り、スパイは帽子やズボンをひっかけて上へ渡す。何もなくなると天に通じる電信柱をよじ登り、消えていく。天に回帰するこのシーンは二〇一四年の『背骨パキパキ「回転木馬」』にも現れる。エピローグに先生、太郎、次郎、花子の「へのへのもへじの謎」(『ジョバンニの父への旅』にも同様の場面）が独立してつく。月、石、森の図形を演習し、認識の不可知論を展開する。

11　不思議の国のアリス

①一九七〇年五月②俳優小劇場③早野寿郎④青年座劇

場⑤『不思議の国のアリス』、『現代日本戯曲体系8』⑥楠侑子

作者によれば「物語性」を取りこむ新境地にいたった作。ルイス・キャロルの童話を遠くイメージしながら、排除される放浪者の運命を描いた。幻想の砂漠を移動するサーカス団の家族はピカソの『旅芸人の家族』や追放された芸人集団の実話に想を得た。父が女王陛下に処刑されることになり、家族たちはお別れにいくが、父は冗談だという思いをぬぐえない。娘のアリスは「私は探偵のたましいと結婚して、マボロシの共和国を支える子供達をたくさん生む」と決意する。少女は『マッチ売りの少女』『赤い鳥の居る風景』の姉に通じる人間像とみられ、マボロシの民「そよそよ族」へと発展する。あこがれの演出家、早野寿郎に直接台本をもちこみ上演を頼んだが、もう一作書くようにいわれ『アイ・アム・アリス』を書いた。

12　アイ・アム・アリス

①一九七〇年五月②俳優小劇場③早野寿郎④青年座劇場⑤『不思議の国のアリス』⑥楠侑子

『不思議の国のアリス』の姉妹作。演出家、早野寿郎の要請で大急ぎで書き、連作上演にこぎつけた。この作のアリスは追放者である。父も母ももういないらしい。「街」では動機なきハイティーンの奇怪な事件（叛乱）が相次ぎ、首謀者たちは自分をアリスだといっているという。共同体から排除される「アリス」はいじめられる「たましい」の象徴でもあるようだ。アリスもの二作は主演女優、楠侑子との結婚のきっかけとなる。

13　街と飛行船

①一九七〇年九月②青俳③末木利文④紀伊國屋ホール⑤『そよそよ族の叛乱』⑥岸田今日子、金井大

同年二月号の『現代詩手帖』に発表した同名の処女童話が原作。音楽（小室等）入りの叙事詩。童話では砂漠と海にはさまれた「街」に飛行船が飛来し、伝染病にかかったと信じた住民たちが飛行船の腹にある消毒薬に救いを求め、結局全滅する。戯曲では『門』のX氏の系譜を継ぐコーモリ傘をもつセールスマンが走っていないはずの汽車に乗って駅に降り、女と出会う。女は男にこの「街」に住み、父親となるよう頼むが、その家族は本当の親子ではなかった。三人は「街」の孤立と混乱のなかでそれぞれの家族を失い、身を寄せ合いながら生活してきた。やがて飛行船をめぐる童話の展開が繰り広げられ、つつましい生活は崩壊する。近代の終焉をとらえた寓意劇で、孤立した「街」のイメージを定着させた作。自滅する住民はマボロシの民「そよそよ族」の萌芽か。原作

童話は一九五〇年代のアニメの巨匠、チェコのカレル・ゼマンの映画『悪魔の発明』に想を得る。飛行船の原イメージは一九三七年五月六日にニューヨーク近郊で爆発したドイツのヒンデンブルク号。

14 黄色いパラソルと黒いコーモリ傘

①一九七〇年十月②演劇企画集団66③古林逸朗④新宿アンダーグラウンド蠍座⑤『そよそよ族の叛乱』⑥楠侑子、常田富士男

劇場支配人の葛井欣士郎がプロデュースした別役実、楠侑子の結婚記念公演。小道具の電話を用いて会話のすれ違いを印象づけ、傘で雨のイメージを出している。夫の電話を待つ女は、その死を夫の行商人仲間から聞く。コーモリ傘をもつ行商人仲間は妻の死を知らされる。死と丘の上の風をつなげる詩想が核となる。

15 そよそよ族の叛乱

①一九七一年七月②俳優座③安井武④俳優座劇場⑤『そよそよ族の叛乱』⑥東野英治郎、栗原小巻、村瀬幸子

秘密探偵X（『門』で初出、堕天使らしい）が「街」の連続餓死事件に迫る。人形で表される女の死体を博物館の化石番人である「女」と検分し、死体処理係と出会う。「街」の動きには「そよそよ族」がかかわっているらしい。それは古代の失語症種族で、空腹を主張できなかったため沈黙して餓死するしか訴える方法がなかった。死体処理係の一人は飢えた女の分を食ったことが彼女を死なせた原因だと自分を責める。相棒はその同情の思いをくんで刺殺する。そよそよ族の子孫たちの無言の叛乱はそのようなメカニズムで行われる。別役劇に特徴的なこの「女」は自分の盗みを安易に赦す「街」に敵意を抱き、縛られることを望む。砂漠のような「街」で、そよそよ族の伝説を探ろうとXは「女」に別れを告げ「街」を出る。『言葉への戦術』所収「『そよそよ族の叛乱』創作ノート」によれば、そよそよ族はかつて砂漠に実在した種族で、現代の都市にもその兆候がみられる。共同体の文明が過度に発達して「不条理」という言葉が発明されると、事実と言葉の断絶が起き、過剰言語症から失語症にいたり、しばしば犯罪から明らかになる「そよそよ族的兆候」を示す。自分たちでは気がつかない「街」のかかる不治の病だという。栗原小巻が「女」役で紀伊國屋演劇賞個人賞を受賞。横浜の高級ホテル、ニューグランドでカンヅメになったが書けず、街の喫茶店で執筆。伝説の震源を古代に探る未完の童話『そよそよ族伝説』が三冊ある。

16　ポンコツ車と五人の紳士

①一九七一年十二月②群像座③飯島岱④群像座スタジオ⑤『数字で書かれた物語』

五人の紳士がどこからともなく現れ、不思議な会話を展開する「五人の紳士シリーズ」がこの作からはじまった。『カラカラ天気と五人の紳士』『ピンクの象と五人の紳士』『遊園地の思想』がこのあと書かれる。待ちつづける男たちが靴のにおいを議論し合い、誰が誰に出したかわからない手紙を推測し合ったりする。作者によると、劇団の都合でヴラジーミルとエストラゴンを五人に増やそうとしたもので『ゴドーを待ちながら』を模倣した作。

17　獏　もしくは断食芸人

①一九七二年一月②五月舎③末木利文④紀伊國屋ホール⑤『そよそよ族の叛乱』⑥小沢栄太郎、常田富士男、山谷初男

カフカの『断食芸人』より、と断りがつく。コーモリ傘とトランクをもった調教師の呼びこみ風の長ぜりふがつづく。「街」はカーニバルになり、獏の見世物がはじまるが、調教師は「見られているから見える」という奇妙な理屈をまくしたて、檻には何もいない。疑似家族の子供が死んだので街を出なければならないという赤帽が、何日も食べないでいられるから一緒につれていってくれと懇願する。今度は断食芸人の見世物がはじまる。彼はかげで食べていると思われているが、断食が真実であると証明するため死ぬ。アリスもの同様、ピカソの『旅芸人の家族』のイメージが投影され、上演パンフレットにはスパイや裏切り者と同じく芸人にも魂があると書く。挿入歌に「眠っちゃいけない子守歌」（小室等作曲）。この劇中の詩はのちに池辺晋一郎作曲の混声合唱曲「六つの子守歌」にもなる。

18　青い馬

①一九七二年四月②人形劇団プーク③渡辺治美④スタジオ・ノーヴァ⑤『数字で書かれた物語』⑥人形、池内芳子

人形劇。演出した渡辺治美はNHKディレクター。作者も作品を提供した「おかあさんといっしょ」のなかの「おはなしこんにちは」コーナーで名をはせた。ぶら下がった死刑囚が風に吹かれる不幸せな街に、不幸せな子供たちに贈り物をとどける善意の夫婦が現れる。リンゴを贈ろうとしたが、落としてしまう。松葉杖をつく姉と盲目の弟という不幸せな二人のうち弟が盗んだのではないかと「街の人」が騒ぎだす。姉は弟を包丁で刺し、お腹を裂いてリンゴはあるかと詰め寄る。姉は処刑用のやぐらにつるされ、風に吹かれる。『赤い鳥の居る風景』

に通じる、街の優しさに対する姉の拒絶が際だつ童話といえる。

19 移動

①一九七三年九月②手の会③早野寿郎④紀伊國屋ホール⑤『移動』⑥中村伸郎、内藤武敏、村瀬幸子、楠侑子

手の会の別役戯曲第一作。中村伸郎の別役劇初出演作(早野寿郎の懇請による)。家財道具を積み上げた家族の移動を描く。一家が食事をしたり、お茶の時間をとったりしながら、目的もなく移動している。途中、ヒッピー風の男に追い抜かれたり、逆方向に移動する夫婦に出会ったりする。移動するうち荷物は一つ二つと捨てられていき、父親が死に、母親が死んで、荷物も少なくなっていく。女と二人になった男は道具に憎悪をつのらせ「こんなもん。こんなもん」と荷をたたき、地面にぶちまける。やがて男と女と赤ん坊だけが黙々と移動していく。舞台には無数の電信柱が現れて……。稽古中、作者は「リンゴが美しいのではない。それが、そこに在ることが美しい」という恩師、上原正三の言葉をセザンヌのものとして書き抜きにし、中村にセリフを追加した(第八章参照)。手の会で作者が目指したのは「局部的な対人関係の個々のメカニズムを確定し、それを通じて、それが綜合化されてそうなるであろう共同体の幻影を垣間見ようというもの」(『にしむくさむらい』あとがき)という実験であった。

20 海とうさぎ

①一九七三年十一月②俳小スタジオ・ノーヴァ③早野寿郎④プーク人形劇場⑤『数字で書かれた物語』⑥人形劇。早野寿郎の提案で劇団俳小とノーヴァが「別役シリーズ」で合同公演をもった。密告者の「街」を訪れた男がヒモ男の案内でうさぎをもたらされる。男は「街」の密告を赦すが、うさぎがヒモ男の妹にかみついたことから、その首をしめて街を去る。

21 椅子と伝説

①一九七四年八月②手の会③末木利文④西武劇場⑤『椅子と伝説』⑥内藤武敏、高木均

バス停と椅子五脚のある街角に正体不明の受付ができ、女が消しゴムがないと言いだす。傍若無人な振る舞いをする男が居並ぶ者たちに目を刺される。その男に仕返しを頼まれたコーモリ傘をもつ男は逆に横暴な男を殺してしまう。善良そうなコーモリ傘の男はなぜか皆に憎まれ、そこがつかのまの「解放区」だったと知らされる。「主題と関係なく、演劇そのものがどういうメカニズムで動いているかを書きはじめた」と作者は解説する。

22　数字で書かれた物語　死のう団顚末記

①一九七四年十月②文学座アトリエの会③藤原新平④文学座アトリエ⑤『数字で書かれた物語』⑥小林勝也、角野卓造、田村勝彦、吉野佳子、斎藤みどり

『カンガルー』初演から七年、文学座による二作目。作者がシナリオを書いた映画『戒厳令』（吉田喜重監督）を観た藤原新平が二・二六事件の戯曲を書かないかと持ちかけたが、異なる素材になった。一九三〇年代に江川桜堂の創立した日蓮会の「日蓮会殉教衆青年党」（死のう団）が題材。「死のう死のう」と叫びながら行進するカルト教団の推移を解説者が述べ、登場人物は風船遊び、数を無限に数える試み、のりや沢庵の食べ比べなどに追いたてられる。「一から数えてどこまで行くか」という行為の不気味さが怖いと藤原は作品を分析した。作者は俳優がものを食べるシーンで文学座の自然な演技に眼を開かされた。

23　死体のある風景

①一九七四年十二月②歌手リリィのコンサート③古林逸朗④文学座アトリエ⑤『数字で書かれた物語』⑥リリィ、常田富士男

歌手リリィのために書かれた歌入りの短編。常田富士男がリリィの知人だったことから、寸劇を依頼された。自殺の受付をめぐる男と女の奇妙な会話劇。最後立場が入れ替わる。

24　正午の伝説

①一九七五年三月②グループ・ナック③末木利文④池袋シアターグリーン⑤『数字で書かれた物語』

男と女の間で千円紛失事件が起こる。男は座布団に全財産を入れ、蜜柑箱に置いていたが、そこに女が座った。女は疑いを晴らさねばならず、傍らの傷病兵をナイフで刺す。傷病兵は終戦による「ゆるし」に罪悪感を覚え、戦争責任を引き受けるかのように排便を我慢していた。傷病兵は刺されることを自らうながす。作者は「天皇制の問題を政治状況でなく喜劇として笑いのめそうと考えた」という。傷病兵は『ゴドーを待ちながら』のヴラジーミルが「最後の瞬間」まで放尿を我慢している挿話を思い出させる。

25　壊れた風景

①一九七六年三月②演劇集団円（旗揚げ公演）③高橋昌也④西武劇場（のちのパルコ劇場）⑤『あーぶくたった、にぃたった』、『壊れた風景／象』⑥中村伸郎、岸田今日子、文野朋子、高木均

高橋昌也の別役劇初演出で、以降、円への書き下ろしが続く。軽快な不条理喜劇。舞台にはござの上にハイキ

ングのセットがなぜか置かれている。自転車をひく女とその母親が通りがかり、地図を手に道順を確認していると、蓄音機があるところでつかえ、くりかえしをはじめる。コーモリ傘をもった男が現れ、次いでマラソンランナーが登場し、無責任な彼らはいつしか、ござに上がり、勝手に飲み食いしはじめる。最後、ハイキングのあつらえは車のなかで一家心中した家族のものだったことがわかる。家族は幸福そうだったといい、なぜ心中しなければならなかったのか、誰にもわからない。ビートルズを使うなど観客の心をつかむ演出であり、作者も自分自身に備わる喜劇性を意識した。

26　あーぶくたった、にぃたった

①一九七六年四月②文学座アトリエの会③藤原新平④文学座アトリエ⑤『あーぶくたった、にぃたった』⑥角野卓造、小林勝也、田村勝彦、吉野佳子、斎藤みどり

『にしむくさむらい』とともに文学座小市民シリーズの代表作。題名は飯をたく湯が沸騰し、吹きこぼれるさまを表す言葉で、わらべ歌「あーぶくたった、にぃたった　にえたかどうだかたべてみよ」が劇中で歌われる。むしろの上に婚礼の支度があり、男1と女1が夕方の風の匂いをかぐところからはじまる。子供が生まれ、その子がひどいいたずらをしたり、女の子を孕ませ殺してしまったりという不幸な将来を話しだす。その後、時間軸はあいまいになり、婿の来ない結婚式、夫婦の食事、会社に行っていない夫の告白、流浪した男女が定住を考える会話、娘を殺されたか息子が殺したかした男女の自殺未遂と場面がつづき、生きてきた痕跡を雪が消してくれるよう願って二人は息絶える。夕方の風の匂いと雪のイメージが鮮烈。藤原新平は別役劇の演出に迷うと、この作品に立ち返った。

27　バス停のある風景

①一九七六年十二月②グループ・ナック③末木利文④シアターグリーン⑤『あーぶくたった、にいたった』

バス停でバスを待つ男と女が互いの弟や妹の話をし、その間、内ゲバの犯人を追う警察の無線指令の声が響く。のち『別役実のコント検定』(白水社)でも「バス停のある風景」というコントがあり、バス停は別役劇に欠かせない場となる。コントは『「バス停のある風景」コント集』としてPカンパニーが二〇一一年に上演している。

28　にしむくさむらい

①一九七七年五月②文学座アトリエの会③藤原新平④文学座アトリエ⑤『にしむくさむらい』、『現代日本戯曲体系10』⑥角野卓造、田村勝彦、小林勝也、倉野章子、吉野佳子

『あーぶくたった、にぃたった』と対をなす文学座小市民シリーズ代表作。題名は一年のうち二十八か三十で終わる小の月、二、四、六、九、十一の月を指す言葉から。題名は執筆前に決まっていた。両側からはけるサンダル、味の素をしみこませた楊枝、それぞれを思いつきながら特許をとれず、仕事に行かれない無為の男二人と妻たちが出会う。一方の夫婦は家賃滞納でホームレス化し、赤ん坊を餓死させるという絶望的状況に立ち至っている。その危機を知るのは公園のホームレスだけだと告げられると、彼は乞食捕獲装置にすすんでかかる。犠牲者をキリストにみたてた評があるが、作者は不特定多数のひとりだと主張した。登場人物たちには、餓死を運命づけられたそよそよ族のイメージが投影されていよう。小市民劇の執筆手法について作者は、小市民的傾向を示す現象を採集し、表皮をつなぎあわせ人間の顔に似せると書いている(『にしむくさむらい』あとがき)。

29　場所と思い出

①一九七七年七月②手の会③末木利文④紀伊國屋ホール⑤『にしむくさむらい』⑥中村伸郎、岸田今日子、文野朋子

コーモリ傘をもつ男が乳母車を押す女にベンチに案内され、バスをここで待つよう言われる。女は死んだ夫がインドからきたガンジス河の絵はがきからコレラがうつったと話し、やがて集まってくる親切な人たちが死んだ肉親の思い出などを語る。男は「誰を思い出すのか」と訊かれる。バスはこない。バス停は昔バスが走っていたという思い出のために存在しているだけだった……。

30　海ゆかば水漬く屍

①一九七八年二月②文学座アトリエの会③藤原新平④文学座アトリエ⑤『天才バカボンのパパなのだ』⑥小林勝也、田村勝彦、仲恭司、二宮さよ子

うんこを我慢するという行為から天皇制を戯評する作。『正午の伝説』に通じる作意だ。傷病兵二人の会話からはじまり、傷病兵1は我慢し、苦しんで「生きているみたいな気がしない」といい、やがて「海ゆかば」を歌う。無意味な会話のくりかえしをへて、傷病兵1は息絶える。小林勝也によると、文学座はアトリエでベケットの『勝負の終わり』を上演する計画だったが、それを耳にした作者が『勝負の終わり』をもとにオリジナル作品を書きたいと申し出た。『勝負の終わり』では車いすの盲目の男が死を決意し、嘆き終え、家来がハンカチをかけて幕となるが、この作ではシーツをかけて終わる。

31　一軒の家・一本の樹・一人の息子

①一九七八年三月②演劇集団円③高橋昌也④紀伊國屋

ホール⑤『にしむくさむらい』⑥中村伸郎、岸田今日子、高木均

コーモリ傘をもつサラリーマンとベンチでストッキングをはきかえる看護婦が出会う。仁丹と絵はがきの奇妙な交換のやりとり。絵はがきのうち昼の景色と夜景とで取り分に差がついて、ややこしい話になる。結婚相談所で相手を探す女に男は一軒の家を建て、木を植え、男の子を育てるという小市民の理想を語るが、彼も会社の寮を追い出され、ござに家財道具を並べる放浪者だった。奇妙な「家」が現れるが、警官に追い立てられる。

32　**舞え舞えかたつむり**

①一九七八年七月②かたつむりの会（旗揚げ公演）③村井志摩子④ジァン・ジァン⑤『天才バカボンのパパなのだ』⑥楠侑子、鈴木完一郎、小林勝也（声）

現実の事件を題材にした最初の犯罪演劇。一九五二年五月に起きた東京の荒川放水路バラバラ殺人事件に触発された。放水路で見つかったバラバラ死体とその顚末がナレーションで織りこまれながら、舞台では雛祭りをする女が不在の母や弟に話しかけている。刑事に対し、巡査の夫には女がいて借金があり、ヤクザともつきあいがあったと主張するが、そういう事実はなかった（事件と逆）。途中、死体切断を思わせる場面があり、刑事は「もしかしたらあなたは、御主人を、憎むためにだけ必要としていたんです……」と告げ、風鈴が鳴らなかったことが殺人の動機だと告げる。鉄製の風鈴は遺体の一部と一緒に捨てられていた。その風鈴の短冊に書かれた古歌「舞え舞えかたつむり」を女は口ずさむ。題名にもなった曲は『梁塵秘抄』にもある室町期の今様（流行歌）で、このあと楠侑子主演、村井志摩子演出のユニットは「かたつむりの会」と称し、六月に定例公演を行うことになった。

33　**天才バカボンのパパなのだ**

①一九七八年十月②文学座アトリエの会③藤原新平④文学座アトリエ⑤『天才バカボンのパパなのだ』⑥田村勝彦、小林勝也、角野卓造、高原駿雄、二宮さよ子、倉野章子

赤塚不二夫のギャグ漫画から名とキャラクターを借りた笑劇。木の枝にトイレットペーパーをつるした奇妙な公衆便所と電信柱のある一角で署長と巡査が「交番」を設営する。バカボンは雨が降らないからといって傘をさし、手に下駄をはいて猫になったつもりのパパが現れる。バカボンに傘の柄で尻をたたかれた署長は「逮捕しろ」と騒ぐ。のぞきに悩む女が青酸カリで相手を殺そうとする訴えを聞いた一同は毒物を分け合い、集団自殺する。

満洲時代の籠城体験を思わせるが、むしろ『マザー・マザー』の前史といえる作か。主筋をはなれた伏筋が際限なく膨らんでいく赤塚漫画のドラマトゥルギーは近代劇の常套を破壊する力をもつと評価していた（『天才バカボンのパパなのだ』あとがき）。

34　小さな家と五人の紳士

①一九七九年七月②グループ・ナック③末木利文④ジァン・ジァン⑤『マザー・マザー・マザー』

段ボール箱をめぐって紳士たちがとりとめない会話をし、母だという女を鎖につないだ女が現れて不条理的な時間が立ち現れてくる。五人の紳士シリーズ。

35　虫たちの日

①一九七九年七月②ジァン・ジァン③岸田良二④ジァン・ジァン⑤『天才バカボンのパパなのだ』⑥中村伸郎、佐々木すみ江

老夫婦の夕餉の情景を切りとった二人芝居。作者によると、エッセイ『虫づくし』のなかの「くもについての考察」を形にしようとしたラジオドラマを元に書かれた。トイレットペーパーが切れているといった話から始まり、お醤油はどこか、味噌汁の味噌を変えたのに気がつかないのか、ウニの瓶のふたが開かないので困ったとかいう会話がつづく。「しあわせでしたよ」「本当はしあわせだったのかもしれないなあ……」と夫婦は歳月をかみしめる。

36　マザー・マザー・マザー

①一九七九年九月②手の会③末木利文④紀伊國屋ホール⑤『マザー・マザー・マザー』⑥橋爪功、井川比佐志、高木均、佐々木すみ江、楠侑子

新宗教をもとに父性の喪失を描いた作。南米ガイアナのジョーンズタウンで起きた集団自殺事件が題材。「パパとその街」という教祖と信者が登場する。病人であるというパパの自覚とその病気のなかで生きている信者たちとの奇妙な関係性で集団は維持される。作者によれば新宗教は父権の代替物として登場したもので、ジョーンズタウンの教祖が服毒自殺で死ぬ寸前に口にした題名の言葉は「『父親』であることに失敗した言葉」（『東京放浪記』）である。

37　天神さまのほそみち

①一九七九年十月②文学座アトリエの会③藤原新平④文学座アトリエ⑤『マザー・マザー・マザー』⑥小林勝也、角野卓造、田村勝彦、本山可久子、八木昌子

大学をやめて帰郷した青年が境内で無責任な商売人たちに巻きこまれる。「家の前を虎が通りましたか」と何でも鸚鵡返しに訊く男と口論になった青年ははずみで刺

してしまう。「通りゃんせ」の唱歌が聞こえて……。

一九八〇年代

38　受付

①一九八〇年六月②かたつむりの会・日高企画③村井志摩子④ジャン・ジャン⑤『マザー・マザー・マザー』⑥楠侑子、可知靖之

かたつむりの会の第二回公演。不条理コントで、作者の自信作。精神科の受付を訪れた男が女の奇妙な対応に翻弄される。募金を求められ、アイバンクに登録させられ、死後の献体まで了承させられる。作者は「小品だけれども喜劇的な作品としては一番完成度が高くて清潔な感じがする」と話す。

39　木に花咲く

①一九八〇年六月②青年座③石澤秀二④青年座劇場⑤『木に花咲く』⑥久世龍之介、高宮淳子、湯浅実

別役犯罪劇の代表作。父性の崩壊から小市民家庭の歪み、家庭内犯罪の様相をとらえる。一九七九年一月に起きた朝倉少年祖母殺害事件が題材。エリート家庭に生まれた早稲田大学高等学院生、朝倉泉が自分を溺愛する祖母を自宅で刺殺し、小田急線の経堂駅前ビルで投身自殺した事件である。支配、拘束する祖母への憎悪がノートに書かれていた。作者は満開の桜の下で酒をくむ老婆を出現させ、梶井基次郎の「桜の樹の下には屍体が埋まっている」というイメージのなかで演劇化した。泉少年はヨシオという名になり、父は市役所勤務の小市民、家庭内暴力や学校のいじめなどの挿話もくわえられる。同時期に起きた金属バット殺人事件の要素も取りこまれる。気弱な父に父性の崩壊、奇怪な老婆に初期作品以来書き継いだ女の支配力が投影される。青年座の五人の作家による連続公演の一つ。戯曲集あとがきで「生」の素材をそのまま投げ出すことの強さを再認識していると書いた。

40　赤色エレジー

①一九八〇年九月②文学座アトリエの会③藤原新平④文学座アトリエ⑤『木に花咲く』⑥関輝雄、菅生隆之、田村勝彦、向井薫、八木昌子

新左翼の終焉を描いた異色作。林静一の劇画から題名とイメージを借りる。内ゲバの恐怖におびえる主人公は生活に困窮、田舎の父は死に母は入院し、カンパを横領する。同志の恋人は去り、親友のもとへ走る。虚無に陥る主人公はドストエフスキーを読むだけが救い。親友は内ゲバに襲われ、自殺。その子を宿す元恋人が同志の花見の宴にきて自殺の件を伝える。主人公は電信柱によじ登ってワルシャワ労働歌を歌い、全員の合唱となる。

41　雰囲気のある死体

①一九八〇年十一月②演劇集団円③高橋昌也④ABC会館ホール⑤『木に花咲く』⑥中村伸郎、高木均、岸田今日子

男が手術するため地下の病室に入院し、妻と父親らしき人物がつきそう。空きベッドの患者は執刀前に逃げ、雑木林でつかまって処置室へ送られる。なぜか靴をはいた死体が廊下に運ばれ、怪しい医師は手術したくてしかたがないが患者がいない。看護婦も異常。手術が目的化した病院の雰囲気に男はさいなまれる。中村伸郎は「セリフが少ない」と増やすよう求めた。

42　その人ではありません

①一九八一年六月②かたつむりの会・日高企画③村井志摩子④ジァン・ジァン⑤『足のある死体・会議』⑥楠侑子、大塚国夫

妻をなくした男が結婚斡旋所で紹介された女と公園で待ち合わせをする。婚期を逃した女が代理で現れるが、写真で見た本人なのだった。話題は結婚を避け、ベンチの話などにそれつづける。

43　病気

①一九八一年十月②文学座アトリエの会③藤原新平④文学座アトリエ⑤『足のある死体・会議』⑥金内喜久夫、田村勝彦、富沢亜古、二宮恵利

応急救護所のデスクで煙草をふかす看護婦に呼び止められたサラリーマンが病人にさせられ、病気マニアの浮浪者に背広も靴も鞄も傘も、ついには妻子まで盗まれる。看護婦も医師もとりあわない。神様が出てくるが、無力をぼやくだけ。二〇一〇年、名取事務所がモスクワとパリで公演（「別役実　海外交流シリーズ」、K・KIYAMA演出）。

44　会議

①一九八二年二月②手の会③末木利文④紀伊國屋ホール⑤『足のある死体・会議』⑥可知靖之、三谷昇、高木均、大橋芳枝、楠侑子

研究者が人間の「会議本能」を研究するため、告知ビラで集まってきた人たちの言動を隠しマイクと映像で記録しようとする。道具を運びこんだ作業員の高級ライターがなくなったことから、その場は紛糾、包帯でぐるぐる巻きになった男がライター盗みの犯人に仕立てられたと研究者を指弾、出ていこうとした研究員の書類からライターが転げ落ちる。

45　足のある死体

①一九八二年六月②かたつむりの会・日高企画③村井志摩子④ジァン・ジァン⑤『足のある死体・会議』⑥楠

侑子、鈴木完一郎

踏切待ちの男女のブラックコメディ。袋から足の出た死体を引きずって歩いてきた女と結婚式の引き出物を出席できなかった友人に届ける途中の男。奇妙な会話から、死体の正体が明らかになり、相手の運ぶものを自分が運ぶことになる。

46　太郎の屋根に雪降りつむ

①一九八二年十月②文学座アトリエの会③藤原新平④文学座アトリエ⑤『太郎の屋根に雪降りつむ』⑥田村勝彦、角野卓造、松下砂稚子、たしろ之美子、龍岡晋

戦前の五・一五事件、二・二六事件が題材。五・一五事件で動かなかった北一輝を愛郷塾の刺客が襲い、天皇親政を目指す二・二六事件の磯部浅一らは処刑される。天皇は彼らが考えるような神ではなかったのだ。銃殺場面の「天皇陛下……なんというザマです」の叫びが悲痛。「天皇を神であると信ずることができる者しか神でないことを言い当てることができない」(『ベケットと「いじめ」』)というメカニズムを劇化した。題名は三好達治の詩「雪」から。映画『戒厳令』のシナリオと対をなす戯曲だ。

47　そして誰もいなくなった——ゴドーを待つ十人の小さなインディアン

①一九八二年十二月②本多企画③藤原新平④本多劇場⑤『太郎の屋根に雪降りつむ』⑥中村伸郎、南美江、神保共子、西岡徳馬

本多劇場開場記念公演。「アガサ・クリスティのサミュエル・ベケット的展開による悲劇的・喜劇的・不条理劇的推理劇、モンティー・パイソン風ドンデン返し付き」と銘打つ。「ゴドー」から招待状を受けた面々がゴーエンとかゴードンとか取り違えつつ招待主を待つが、突然「声」が罪状を読み上げ、銘々に死刑宣告する。薬剤を投与しなかった医師、ハンカチを返さなかった元警部、皿を割った元大尉などだ。彼らはハンカチを返そうとし、皿を割るまいとするのだが、果たせず殺される。原因と結果が逆転し、最後に真犯人を名のる男が出て終わりかと思いきや、その上に一〇トンと書かれた巨大な分銅が落ちてくる。実在しないゴドーの実在を暗示してしまったためだった……。作者は「日本的な喜劇と不条理劇としての喜劇を混合、総合化し、トリックもまた喜劇的である作品」という。

48　うしろの正面だあれ

①一九八三年三月②演劇集団円③高橋昌也④俳優座劇

場⑤『太郎の屋根に雪降りつむ』⑥中村伸郎、三谷昇、岸田今日子、文野朋子

古びた家具が積まれた家に中年姉妹が父親と呼ぶ男が住んでいる。姉妹はどちらかに結婚を申しこむのだと一人の男を招き入れる。彼は本を返しにきただけであったのだが、生きて出ることはできない。高橋昌也演出の別役劇を代表する舞台。三谷昇はこの作の好演をきっかけに中村伸郎の指名を受け、別役劇に連続上演することになる。「別役さんのポエジーが大好き」と語り、二〇一四年の『背骨パキパキ「回転木馬」』まで出演しつづけた。交通事故で片目を失いながらも芝居に専心した、別役小市民劇を体現する役者だった。

49　星の時間

①一九八三年六月②かたつむりの会③村井志摩子④ジァン・ジァン⑤『メリーさんの羊』⑥楠侑子、織本順吉

飼い猫のたまを捜す男が粗末なテーブルのある場所にやってきた。乳母車を押す女が現れるとレストランに。それは男のためだけのレストランでメインディッシュは、たまだった。男は厳粛な星の時間を過ごす。宮沢賢治の『注文の多い料理店』を思わせる世界。

50　メリーさんの羊

①一九八四年一月②ジァン・ジァン10時劇場③岸田良二④ジァン・ジァン⑤『メリーさんの羊』⑥中村伸郎、三谷昇、井出みな子

中村伸郎の依頼で書かれた。駅長姿の男がテーブル上の玩具の汽車が走ると笛で停める。お茶に砂糖を入れるかどうか、ポケットの煙草の行方はどこかとつぶやきながら人形を駅に並べ、メリーさんとトム坊やの物語をはじめる。メリーさんの夫は信号切り替えのミスで事故を起こした汽車に乗っていた。その死の秘密とは何か。やがて主人公が信号手だとわかる。メリーさんを愛していた信号手はわざと事故を起こし、厄介者の彼女の夫を消したのではないか。そう思われているかもしれないと考える信号手は、故意ではなかったと言うためだけに告発者トムの来訪を待ちつづけていた。故意でなかったと証明できるのは故意だと信じる者だけだからだ（天皇を神と信じる者しか天皇が神でないと証明できないという天皇制のイロニー）。ところが、やってきたトムは夫と不和だったメリーさんは事故を故意（信号手の愛）と解釈し、感謝していたのだと伝える。実ることのなかった幻の愛。その来訪も幻影のようで、主人公は「メリーさんのひつじ……」と歌うばかり。テネシー・ウィリアムズの『ガラスの動物園』を思わせる詩情がにじむ作。中村没後、三谷昇らの「メリーさんの羊を上演する会」（の

ち山の羊舎）が上演しつづけた。

51　眠っちゃいけない子守歌

①一九八四年七月②かたつむりの会・日高企画③村井志摩子④ジァン・ジァン⑥楠侑子、中村伸郎

題名は『貘　もしくは断食芸人』の挿入歌（眠っちゃいけない、坊や……）を引く。話し相手となることを職業とする福祉サービスの女と奇妙な独身男の対話劇。孤独な男の観念的な話は空転し、会話はかみ合わないが、次第に女の心は変化する。テーブルの上にある街の模型に雪が降り、うつぶした男は死ぬ。女は別れた男に会いにゆく。『メリーさんの羊』に通じる、ミニチュアと生きる男の絶対的孤独。

52　街角の事件

①一九八四年十月②手の会③末木利文④紀伊國屋ホール⑤『メリーさんの羊』⑥中村伸郎、三谷昇、高木均、楠侑子

不特定多数をねらった毒物混入事件に触発された犯罪演劇。七人の男女が偶然、白昼の街角で出会うが「彼女は彼を夫と考えているが、彼は彼女を妻と思っていない」といった奇妙な関係で結ばれている。事件が起き、全員が目撃し、指紋も凶器も実在しているのに動機だけがない。事実は一向に明らかにならない。全員が目撃者であり、犯人でもあるという奇妙な関係性が浮かびあがる。

53　ハイキング

①一九八四年十一月②文学座アトリエの会③藤原新平④文学座アトリエ⑤『ハイキング』⑥角野卓造、松本修、富沢亜古、松下砂稚子

電信柱に登ってセミになるナンセンスな男の話から、これはハイキングなのか、惨劇なのか、ハイキングとは一体何かと会話のずれが笑いを生んでいく。

54　《不思議の国のアリス》の帽子屋さんのお茶の会

①一九八四年十二月②演劇集団円（こどもステージ）③小森美巳④ステージ円⑥南美江、高木均、橋爪功、三谷昇

岸田今日子のはじめた大人と子供がともに楽しむ「こどもステージ」シリーズに書き下ろした最初の作。これを皮切りに円で童話あそびシリーズがはじまる。森のなかの大きな木の下の大きなテーブルで帽子屋がお茶会を開く。うまくいくだろうか、盛りあがるだろうかと気が気でない。お茶会に集まってきたのはアリスとその通訳、東の国の使者、あやしい公爵夫人、ロープにくくられた眠りネズミ、自意識過剰な市長、魔法の使えない魔法使いといったおかしな面々。給仕役のチシャ猫と三月兎が

お茶会をはじめ、東の国の使者が文化を伝えにやってくる。

55　窓を開ければ港が見える

①一九八五年一月②俳優座劇場・木山事務所③末木利文④俳優座劇場⑤『ハイキング』⑥中村伸郎、文野朋子、小島りべか、林次樹

天幕がはられ、古い家具の山に囲まれた空間。トランクをもつ男がおじいさんの日記を見つけると「朝は何処から来るかしら」と書いてあった。虫を追う男や鳥を探す女もくわわり、お茶の時間がつづく。いつのまにか老夫婦二人だけに。日記を取り読むと「窓を開ければ、港が見える」。結婚記念日の祝宴の場面のあと、夫の老人が一人残り「人はただ生きて、何も言わずに死んでゆく」と言う。作者は淡谷のり子の「別れのブルース」の一節を反芻して書き、物語の終わった時代に言葉の断片だけが残るノスタルジーを描いた。

56　部屋

①一九八五年六月②かたつむりの会・日高企画③村井志摩子④ジァン・ジァン⑤『ハイキング』⑥楠侑子、二瓶鮫一

古いテーブルのある部屋に女が帰ってくる。十三年暮らした男と別れて家出し、男が餓死したと聞いて帰ってくる。見ず知らずの男が「僕だよ」と声をかけ、女は不審に思いつつ「あなた」として受けいれる。その後、餓死して発見された女は一人暮らしの思い出のない女だったことがわかる。そよそよ族の一情景といえる短編。

57　おたまじゃくしはかえるの子

①一九八五年十一月②演劇集団円③高橋昌也④紀伊國屋ホール⑤『ハイキング』⑥中村伸郎、三谷昇、岸田今日子、立石涼子

夜の公園で、女（売春婦のようだ）が、実は死んでいるらしい不在の息子にブランコはいけない、あれは揺れるから、と話しかける。マネキンをもった男が通りがかり、巡査が尋問する。歴戦の勇士であるがゆえに葬式を知らない「将軍」はそれを体験したいという奇妙な欲望にとりつかれている。葬送曲にのって「私達にお葬式を出してもらいませんか」と呼びかける奇妙な一行が通り過ぎる。作者は表題曲を口ずさむうち、葬儀屋がこの歌の調べとともに棺桶をかついでやってくる情景が見えてきたという。

58　夕空はれて——よくかきくうきゃく——

①一九八五年十一月②文学座アトリエの会③藤原新平④文学座アトリエ⑤『白瀬中尉の南極探検』⑥角野卓造、三木敏彦、田村勝彦、稲野和子、松下砂稚子

セールスマンが空の檻の前を通る。中にはライオンが入っていたらしいのだが、人を噛み殺して逃げているという。もうすぐ捕まるから見ていけといわれたセールスマン、噛まれたくないが噛まれるかもしれないスリルを味わいたい人々の珍妙な会話が喜劇になる。やがて捕まったそれは人間の大きさで声を発するのだった。上演時のタイトルは『よくかきくうきゃく』だったが、単行本収録時に改題された。

59　湯たんぽを持った脱獄囚——求むな、されど与えられん——

①一九八六年六月②かたつむりの会③村井志摩子④ジァン・ジァン⑤『白瀬中尉の南極探検』⑥楠侑子、高木ブー

終バスが出たあとのバス停で男とトランクをもった女が出会う。男は興信所員で、女の知る湯たんぽをもつ男の消息を調べていた。実は女は殺人を犯した上で待ち伏せしていたのであり、事情を明かし、興信所員を撃つ。上演時のタイトルは『求むな、されど与えられん』だったが、単行本収録時に改題された。

60　白瀬中尉の南極探検

①一九八六年九月②手の会③末木利文④紀伊國屋ホール⑤『白瀬中尉の南極探検』⑥中村伸郎、林次樹

明治時代末、南極探検を敢行し、日本中を熱狂させた白瀬中尉の逸話を引きつつ、青空や椅子をめぐるとりとめない話題から、日本人の新天地を目指す心性を浮かびあがらせていく。稽古時、作者は床に三本の横線を引き、近景、中景、遠景と位置を決め、俳優の立つ位置をセリフごとに説明したという。

61　さらだ殺人事件

①一九八六年十一月②文学座アトリエの会③藤原新平④文学座アトリエ⑤『ジョバンニの父への旅』⑥角野卓造、中村彰男、田村勝彦、吉野由樹子

保険金殺人が題材。疑われないよう努めて普通に暮らそうとする夫婦の物語で、妻は夫が引きこもらないよう郵便局で知り合った男をつれてくるが、彼はある日、玉音放送を流したという古い真空管ラジオをもってくる。修理すると、買ってきたサラダが頼んだのより少ないという理由で妻に包丁で刺された夫のニュースが流れる。ニュースほどの理由もなく娘を殺したと苦しむ夫に対し、妻は誰も殺さなかったみたいに保険金がおりるのを「待つ」のだと諭す。この妻にもアリス的な面影がある。

62　赤ずきんちゃんの森の狼たちのクリスマス

①一九八六年十二月②演劇集団円（こどもステージ）③小森美巳④ステージ円⑤『音楽劇　赤ずきんちゃんの

森の狼たちのクリスマス』⑥中村伸郎、南美江、橋爪功

片目の森番が渡したラブレターを魔法使いはサラダにして食べてしまい、狼は赤ずきんをくすぐるが、くすぐったがらない。親のない赤ずきんはくすぐられたことがなかった。

63　ジョバンニの父への旅　「銀河鉄道の夜」より

①一九八七年五月②文学座③藤原新平④紀伊國屋ホール⑤『ジョバンニの父への旅』⑥三津田健、角野卓造、田村勝彦、小林勝也、吉野由樹子、荒木道子

芸術選奨文部大臣賞受賞作（『諸国を遍歴する二人の騎士の物語』と同時受賞）。宮沢賢治の『銀河鉄道の夜』を下敷きとする。原作ではジョバンニの同級生カムパネルラが星祭りの夜に川に落ちたザネリを救い、自分は溺死する。別役版では、放浪の旅に出たジョバンニが二十三年後に帰還、自分をいじめていたザネリに何もしなかったにもかかわらず、川に突き落としたのは自分だと解釈し、憎悪の自覚によって「息子」であることをやめ「父親」となる。父の役割は死にゆく者に「死んでいい」と言ってやることだという。初期戯曲以来の、憎悪を直視する重要性とそれを引き受ける父性の問題が顔をのぞかせる。冒頭の「子供たちは天文学を学ぶ」のシーンは『スパイものがたり』の「へのへのもへじの謎」とほぼ同じ。作者によれば、その挿話は『銀河鉄道の夜』をもとにした戯曲に用いるため作りおいていたもので、この作で本来の形で利用できたという。

64　トイレはこちら

①一九八七年六月②かたつむりの会・日高企画③村井志摩子④ジァン・ジァン⑤『ジョバンニの父への旅』⑥楠侑子、高木ブー

首つり自殺をしようとする女とトイレの道を教えて百円もらう商売をはじめようとする男の軽快な喜劇。上演一時間に満たない小品。

65　諸国を遍歴する二人の騎士の物語

①一九八七年十月②パルコ・プロデュース③岸田良二④パルコ・スペース・パート3⑤『諸国を遍歴する二人の騎士の物語』、『現代日本戯曲体系14』⑥三津田健、中村伸郎、高木均、田村勝彦、三谷昇

文学座の創立メンバーながら分裂以来、共演機会のなかった三津田健、中村伸郎が二十五年ぶりに顔を合わせた。ホームレスがつどう移動式簡易宿泊所に医師と看護婦らが現れる。騎士のなれの果てらしい老人は敵を倒す習性から次々と人を殺してしまう。二人は「死」をひそかに待っているのだが、それが訪れることはない。恐るべき食欲をもち、殺される前に相手を倒してしまう。荒

野に取り残された老騎士たちは死ねない絶望を凍りつくような寂寥感の中で語り合う。シラノ役者として知られた三津田が鼻で秋を感じ、中村が「そいつは秋じゃない」「愛だよ……」と返すあたりの呼吸が絶妙だった。生きるのに飽き、殺しにくる相手を待つ。地球が動いているのを二人は感じ、冬を迎える。読売文学賞、芸術選奨文部大臣賞（『ジョバンニの父への旅』と同時受賞）を受賞。

66　もーいいかい・まーだだよ

①一九八八年四月②演劇集団円③岸田良二④ステージ円⑤『諸国を遍歴する二人の騎士の物語』⑥中村伸郎、高木均、岸田今日子、三谷昇

街のなかに家があり、首つりのロープがある。長女、長男、次男の家族はかくれんぼをくりかえし、父を待っている。三十年ぶりに父は帰還するが、どう受けいれていいか、わからなくなっている。父は少しずつ「いる」ような気がしてくる。

67　向う横丁のお稲荷さん

①一九八八年六月②かたつむりの会③村井志摩子④俳優座劇場⑤『諸国を遍歴する二人の騎士の物語』⑥楠侑子、杉山とく子、田村勝彦、内山森彦

赤い鳥居のあるドブの臭う街へ内ゲバで重傷を負った革命家が思い出の街を求めてやってくる。彼がいた病院の看護婦は革命家を「私の災い」といい、母親を石油で焼き、革命家をつれ、次の思い出の街へと表題曲の調べとともに去っていく。『赤い鳥の居る風景』の変奏ともいえる作。

68　すなあそび

①一九八八年十月②演劇企画集団66③古林逸朗④ジァン・ジァン⑤『金襴緞子の帯しめながら』⑥常田富士男

砂浜に謎の考古学者が現れ、何かを掘り出そうとしている。水着のカップル、救世主を求めるシスター、フィアンセにとんでもないものを掘らせようとする医師たちが集まってくる。ケラリーノ・サンドロヴィッチが注目し、演出している（二〇〇五年）。

69　卵の中の白雪姫

①一九八八年十二月②演劇集団円（こどもステージ）③小森美巳④ステージ円⑤『風に吹かれてドンキホーテ』⑥中村伸郎、南美江、三谷昇、高木均

街の倉庫で三百年眠っている「白雪姫の卵」を自称魔法使い、市長、乞食、泥棒などが取り囲む。「生まれておいで　白雪姫」とうたうと歌に誘われ、別のところから白雪姫を名乗る少女が現れる。広場にはまた別の白雪姫がいるらしい。本当の白雪姫はどこに。

70　ももからうまれたももたろう

①一九八八年十二月②文学座アトリエの会③藤原新平④文学座アトリエ⑤『ドラキュラ伯爵の秋』⑥三津田健、田村勝彦

なくした片方の靴の臭いを風のなかにかぎ、それをたどれば「ももからうまれたももたろう」であることがわかると思っている男。待っていた女とは昔夫婦だったが、男はお茶に薬を入れられ死ぬ。オーイと女を呼ぶ声は二人の息子。男は「ももからうまれたももたろう」であり、もう少しで靴の山を見られるところだったという。難解で晦渋な寓意ながら、安保闘争の国会突入の日にあった靴の紛失にかかわる作劇か。

71　いかけしごむ

①一九八九年六月②かたつむりの会③村井志摩子④ジァン・ジァン⑤『ドラキュラ伯爵の秋』⑥楠侑子、和田周

イカを原料とする消しゴムという世紀の発明をした男が命を狙われていると訴えるが、女は取り合わない。消すとイカのにおいがするとかいう珍妙な会話がつづく。

72　アカイツキ

旧真空艦に書き下ろされたが、未上演⑤『ドラキュラ伯爵の秋』

うどんをすする二人の女は電球に足の皮をはるといった話をし、なるとをめぐってけんかする。男をまじえ、うどんの食い方でもめる。タタカイのタイコの音とともにアカイツキが昇る森でけものと戦っていた記憶が兆す。が、食べ終わって、ごちそうさまと言って、奇妙なしじまは終わる。革命の夢が去ったあとの小市民の日常を描いたのだろうか。

73　ドラキュラ伯爵の秋

①一九八九年十一月②パルコ・木山事務所③末木利文④パルコ・スペース・パート3⑤『ドラキュラ伯爵の秋』⑥中村伸郎、高木均、三谷昇、楠侑子、林次樹

中村伸郎がドラキュラ伯爵を演じた。バス停とベンチのある街角でコーモリ傘をもつ訪問販売員が魔女や眼帯をした執事、ついで三百年生きている血を吸わないドラキュラ伯爵と出会う。販売員の家にもドラキュラ一族が来ていた。秋の風が吹き、老伯爵は秋の中に「いればいいんだ」とつぶやく。末木はこの作を「世紀末の廃墟」ととらえた。

74　青ひげと最後の花嫁

①一九八九年十二月②文学座アトリエの会③藤原新平④文学座アトリエ⑤『山猫からの手紙』⑥角野卓造、田村勝彦、富沢亜古、福田裕子

グリム童話やペローの童話にもなった青髭公伝説をもとにした不条理劇。

一九九〇年代

75　招待されなかった客（魔女ものがたり・その1）

①一九九〇年六月②かたつむりの会③村井志摩子④ジァン・ジァン⑤『山猫からの手紙』⑥楠侑子、内山森彦

楠侑子主演の魔女シリーズ第一作。魔女と教会から追放された神父による二人芝居。ソーントン・ワイルダー『わが町』とアーサー・ミラー『るつぼ』を下敷きとする。間違いの招待状を手に現れた神父も、街のミニチュアを部屋におく魔女も『わが町』でつながっており、しかも神父は魔女裁判で火あぶりを命じてきた『るつぼ』の世界の住人でもあった。

76　眠れる森の美女

①一九九〇年九月②演劇集団円③岸田良二④シアター・サンモール⑤『山猫からの手紙』⑥中村伸郎、岸田今日子、三谷昇

婚約者の見舞いにきた男は部屋を間違い、安静時間にはばまれ、いつまでたっても病室にたどりつけない。カフカの『掟の門前』や『城』のように。やっと会えたが、眠りからさめた彼女は花束をもらって絶命した。最後の血を流して。男はそのためだけに来訪し、婚約者はそうでなければ死ねなかった。

77　山猫からの手紙　イーハトーボ伝説

①一九九〇年十一月②文学座③藤原新平④紀伊國屋ホール⑤『山猫からの手紙』⑥三津田健、高原駿雄、北村和夫、角野卓造、田村勝彦、吉野由樹子、長岡輝子

宮沢賢治の童話『注文の多い料理店』と『グスコーブドリの伝記』を底流においた作。山猫亭にくる人たちが生贄として消えていく。ブドリが飢饉から民を救うため命をささげ賢治の理想郷イーハトーボへ到達したように、それは飢饉に対する抗議であるようだ。山猫が人々を意識させることなくイーハトーボへ誘いこむ物語として構成された。

78　歌うシンデレラ

①一九九〇年十二月②演劇集団円（こどもステージ）③國峰眞④シアター・サンモール⑤『風に吹かれてドンキホーテ』⑥高木均、南美江、三谷昇、高林由紀子

森のよろず相談、長靴をはいた猫事務所で、助手の兎を従えた猫が待っている。シンデレラたちがやってくるが……。

79　寝られます（魔女ものがたり・その2）

①一九九一年六月②かたつむりの会③村井志摩子④ジ

ァン・ジァン⑤『はるなつあきふゆ』⑥楠侑子、内山森彦

「寝られます」の看板をみて魔女の部屋を訪ねてきた男は左足を失っていた。元過激派で公民館爆破を試みたものの子供が集まっていると聞き、信管を抜こうと引き返し難に遭った。子供たちはいなかったのだが、殺したかもしれなかった子供たちが部屋の人形だと魔女はいう。死ぬために街にもどってきたのだと男に教えた魔女は死をみとる。

80　続・ポンコツ車と五人の紳士

①一九九一年一月②俳優座劇場プロデュース③岸田良二④俳優座劇場⑥三谷昇、田村勝彦、豊川潤、楠侑子、野中マリ子

俳優座劇場が倉林誠一郎プロデュースで「別役実の空間と時間シリーズ」の上演を開始、その第一作。五人の紳士シリーズ。『ポンコツ車と五人の紳士』の続編。

81　猫ふんぢゃった

①一九九一年十一月②文学座アトリエの会③藤原新平④文学座アトリエ⑤『猫ふんぢゃった』⑥大原康裕、大滝寛、山崎美貴

赤電話にアメリカ大統領の身代金要求がかかってくる。金額は八十四億円。たまたま電話をとった夫婦はアパートの立ち退きを要求されていた。表題曲に乗って立ち退きを待つ夫婦と珍妙なやりとりをし、金をとりにきた男は用意された六万円をみて目をまわす。

82　とうめいなすいさいが

①一九九二年六月②演劇企画集団66③古林逸朗④青山円形劇場⑤『猫ふんぢゃった』⑥常田富士男

息子が家出した老夫婦は五月の空の下にいる小学校時代の息子の友人英二を思い出す。記憶をなくし、パンツに書かれた英二の名だけを頼りに流浪する男は浮浪者に声をかけるが、知らないといわれ落胆する、その男こそ家出した老夫婦の息子だった。

83　死のような死（**魔女ものがたり・その3**）

①一九九二年六月②かたつむりの会③村井志摩子④ジァン・ジァン⑤『はるなつあきふゆ』⑥楠侑子、林次樹、うえだ峻

死刑制度の是非を背景におく作。ギロチン台で大根を切り、刃に湿りを与える魔女が人形の首を切る。廃止された死刑制度を復活できるのは、正義ではなく不条理だけだという。

84　わが師・わが街（**中村伸郎追悼公演用台本**）

①一九九二年七月②演劇集団円③岸田良二④シアタ－・サンモール⑤『猫ふんぢゃった』⑥三谷昇、高木均、

岸田今日子、南美江

中村伸郎の愛したソーントン・ワイルダーの『わが町』を枠組みとし、三場の情景はそのままともいえる。中村が下北沢の駅前劇場で出演したときの進行係の声がそのまま聞こえてくる。その教授が思い出の街に案内する。

85　カラカラ天気と五人の紳士

①一九九二年十月②俳優座劇場プロデュース③岸田良二④俳優座劇場⑤『カラカラ天気と五人の紳士』⑥三谷昇、田村勝彦、豊川潤、楠侑子、野中マリ子

「別役実の時間と空間」第二作の五人の紳士シリーズ。礼服の男たちが懸賞のハズレ一位であたった棺桶をかついでくる。なかに入る人間を探す紳士たちはいかに意識せず死ねるかを議論する。電信柱に登って落ちるのではなく街灯で感電死すれば痛くないという話に。本当の懸賞一位で青酸カリにあたった女二人が現れるが、手違いで重曹だった。

86　はるなつあきふゆ

①一九九三年三月②日本劇団協議会・木山事務所③末木利文④俳優座劇場⑤『はるなつあきふゆ』⑥三木のり平、森塚敏、楠侑子、高木均、滝田裕介、新村礼子、三谷昇

三木のり平の初出演作。「さくらさくら」「夏は来ぬ」「旅愁」「冬の星座」と春夏秋冬の唱歌とともに進行する。花見の場所取りからはじまって、娘の望まない妊娠、息子の大学受験失敗、流浪する家族と葬式。場面が四季の季節感とともに展開する。『あーぶくたった、にぃたった』に通じる小市民の家族崩壊の物語。演出の末木利文は「移り行く日本の四季と不条理劇とが、少しの違和感もなく溶け合って、現代の日本の生活が丸ごと描かれているといった、墨絵のような、俳画のような傑作である」（『私の花伝書』）と評した。籠を負ったバタ屋（廃品回収）で現れた三木のり平のモク拾いの演技は柄本明に衝撃を与えた。

87　魔女の猫探し

①一九九三年六月②かたつむりの会③村井志摩子④ジァン・ジァン⑤『カラカラ天気と五人の紳士』⑥楠侑子、うえだ峻

猫を探す魔女が「猫探しの男」の探す猫を猿、ワニなどといって混乱させる二人芝居。

88　窓から外を見ている

①一九九三年十二月②文学座アトリエの会③石川耕士④文学座アトリエ⑤『カラカラ天気と五人の紳士』⑥仲恭司、飯沼慧、富沢亜古、七尾伶子

回数券を置き忘れた男がバス停で捜していると乳母車を押す女が現れ、一緒に捜しはじめる。彼女の家族が一人また一人と現れ、奇妙な家族の秘密が明らかになっていく。

89　風に吹かれてドンキホーテ

①一九九三年十二月②演劇集団円（こどもステージ）③小森美巳④シアター・サンモール⑤『風に吹かれてドンキホーテ』⑥三谷昇、高木均、南美江

本を読む中年夫婦がドンキホーテ一行となって遍歴の旅に出る。狼の鳴く荒野をさまよい宿屋につくと結婚式。「愛しているから　食べる／愛されているから　食べられる」と歌と踊りの輪ができる。

90　ピンクの象と五人の紳士

①一九九四年二月②俳優座劇場プロデュース③岸田良二④俳優座劇場⑤『遊園地の思想』⑥三谷昇、田村勝彦、豊川潤、楠侑子、野中マリ子

「別役実の時間と空間」第三作の五人の紳士シリーズ。ベッドの上に死体があり、五人の紳士が空き缶で何かをしながら次々現れる。缶蹴りや竹馬をしたくなった男、缶を用いて水を入れたり、花をさしたり、音色を楽しんだりする男。心臓のドナーを探す看護婦もやってきて、喜劇が展開する。

91　消えなさい・ローラ

①一九九四年六月②かたつむりの会③村井志摩子④ジァン・ジァン⑤『金襴緞子の帯しめながら』⑧楠侑子、林次樹

テネシー・ウィリアムズ『ガラスの動物園』の後日談。出ていった兄のトムを待ちつづけるローラの家は悪臭に満ちている。葬儀屋になった探偵が母親の死を探りにやってくるが、待つ女たるローラは母になりすます。ローラはトムの死を告げられる。

92　森から来たカーニバル

①一九九四年十一月②演劇集団円③岸田良二④俳優座劇場⑤『森から来たカーニバル』⑥岸田今日子、南美江、三谷昇、高木均

春風に乗って森から象をつれたカーニバルがやってくる。象はなぜこんなに大きいのか。象をめぐるてんやわんやの騒動が描かれる。

93　鼻

①一九九四年十二月②文学座アトリエの会③藤原新平④文学座アトリエ⑤『森から来たカーニバル』⑥三津田健、中村彰男、高原駿雄、山本道子、杉村春子（声）

『シラノ・ド・ベルジュラック』のシラノを当たり役とした九十二歳の名優三津田健のために書かれた。シラ

ノ役者の老境ともみえる作。修道院の経営する老人専門の病院が患者へさりげない嫌がらせをして転院させ、入れ替えによって儲けようとしている。けれど一向に動じず、木のつけ鼻をぶら下げる奇怪な「将軍」に手を焼く。転院してきた老婦人が娘に「ロクサーヌ」（シラノのマドンナ）と呼びかけると「将軍」の体はかすかに動く。

94　風の中の街

①一九九五年五月②兵庫県立ピッコロシアター⑤『森から来たカーニバル』⑥④尼崎ピッコロシアター⑤『森から来たカーニバル』⑥藤原新平金内喜久夫、田村勝彦、松下砂稚子、平井久美子

ピッコロ劇団による別役劇初上演。劇団代表だった秋浜悟史の依頼だった。同年一月十七日の阪神大震災のため公演が延期され、劇団員は被災地の子供たちのため出前公演を敢行した。上演時、セリフを関西弁に直している。以降、作者は方言の再評価を進めた。父、母と三人の子が家財道具をリヤカーに積んで旅している。行く先々で追い立てられる父は「いつかきっと、その街に着く」といいながら。家族は当たり屋（損害賠償を目的に故意に交通事故を起こす稼業）をしている。刑事が追尾し、同情をつのらせる。家族は「その街」にもう一歩というところで最後の当たりを敢行する。

95　六月の電話

①一九九五年六月②かたつむりの会③村井志摩子④ジァン・ジァン⑤『金襴緞子の帯しめながら』⑥楠侑子、和田周

雑居ビルで電話の取次業をしている女のもとにアリバイ屋なる稼業の男が現れる。誰のアリバイをどうしようというのか。不思議な会話から、女の過去が明らかになっていく。

96　この道はいつか来た道

①一九九五年六月②木山事務所③末木利文④俳優座劇場⑤『遊園地の思想』⑥内田稔、新村礼子

ホスピスから抜け出してきた老夫婦が電信柱の下で、ひろってきたものを出しながら、おままごとのような時間を過ごす。刺すことで愛を確かめようとし、やがて死を待つしじまに雪が降ってくる。『あーぶくたった、にぃたった』の死を待つ場面が独立して膨らんだ作ともみえる。末木利文はこの作で手ごたえを感じ、積年の「別役地獄」から抜け出ることができたと話していた。作者は新村礼子にあてて書いたと話している。

97　雛

①一九九五年十二月②文学座アトリエの会③杉本正治④文学座アトリエ⑤『遊園地の思想』⑥三津田健、坂部

文昭、高原駿雄、吉野由樹子

姉妹をめぐるさまざまな人たちの物語で、そこには雛人形がある。芥川龍之介の『雛』から着想した。

98　ねこ・こんさるたんと

①一九九五年十二月②演劇集団円（こどもステージ）③村田大④シアターX⑥南美江、高木均、三谷昇

99　遊園地の思想

①一九九六年二月②俳優座劇場プロデュース③岸田良二④俳優座劇場⑤『遊園地の思想』⑥三谷昇、田村勝彦、豊川潤、楠侑子

「別役実の時間と空間」第四作の五人の紳士シリーズ。チキンカツ弁当をもった男たちが公園に集まり、買い物カートを押す女と奇妙な会話が交わされ、かげの中央委員会や爆弾をめぐるテロ騒ぎに発展する。詩人、八木忠栄が観劇後、詩を献呈した。

100　クラムボンは笑った

①一九九六年六月②かたつむりの会③村井志摩子④ジァン・ジァン⑤『金襴緞子の帯しめながら』⑥楠侑子、高原駿雄

表題は宮沢賢治の詩「やまなし」からで、詩中で蟹が見たクラムボンは謎の存在。公園で死に瀕した女と葬儀屋らしい男が不思議な会話をかさねる。ナイフや死者の記憶をもち、死を確かめたい女から葬儀屋がそれらを奪うと、女は彼を毒殺する。

101　金襴緞子の帯しめながら

①一九九七年三月②文学座アトリエの会③杉本正治④文学座アトリエ⑤『金襴緞子の帯しめながら』⑥関輝雄、外山誠二、田村勝彦、吉野由樹子、塩田朋子

当時、戯曲百本記念上演と銘打たれた。花嫁親子が結婚式場に現れるが、死の予言をめぐる不吉な会話が交わされる。やがて結婚式は葬式に、衣装を脱いだ花嫁は喪主になってしまう。

102　春のうららの隅田川

①一九九七年五月②演劇集団円③岸田良二④紀伊國屋ホール⑥三谷昇、岸田今日子、南美江

息子を探して東国にたどりついた母親を描く謡曲「隅田川」の世界と現代の隅田川をかさね合わせた作。

103　もうひとりの飼主

①一九九七年六月②かたつむりの会③村井志摩子④ジァン・ジァン⑥楠侑子

滑稽でせつない女の一人語りの世界。

104　さらっていってよピーターパン

①一九九七年八月②兵庫県立ピッコロ劇団③秋浜悟史④尼崎ピッコロシアター⑤『さらっていってよピーター

パン』⑥福島栄一、藤田朋子、平井久美子

音楽劇。ピーターパンは年とってみすぼらしく、やる気のない冒険家になっている。子供たちにせがまれ、ネバーランドの冒険に向かう。「眠っちゃいけない子守歌」が流れる。

105　雨が空から降れば

①一九九七年十月②文学座③藤原新平④紀伊國屋ホール⑥中村彰男、高原駿雄、田村勝彦、金内喜久夫、倉野章子、富沢亜古

『スパイものがたり』の劇中歌を題名とし、用いる。スパイではなく、作者好みの葬儀屋の物語。首つり用の縄がさがる電信柱の街角に流しの葬儀屋が現れ、商売熱心さから病院で殺人しようとする者まで出て、てんやわんやとなる。

106　いぬもあるけばぼうにあたる

①一九九八年二月②俳優座劇場プロデュース③岸田良二④俳優座劇場⑥三谷昇、田村勝彦、豊川潤、楠侑子

「別役実の時間と空間」第五作で、いろはかるたシリーズの第一作。講演をはじめようとする男に別の男が演題変更を告げ、口論になる。ベッドが運ばれ、そこはいつのまにか怪しい病院になる。

107　月と卵

①一九九八年六月②かたつむりの会③村井志摩子④ジァン・ジァン⑥楠侑子、花王おさむ

机の上に卵が置かれた部屋に女が旅行から帰ると、定年退職後に地球防衛計画なる奇妙な会社に勤める男が現れる。地球外生命を捕獲すれば給金がもらえるといい、UFOを見たことのある女を訪ねたのだという。あくまでも会社にすがる男は電話が不通になったのをはかなんで飛び降りる。女はやはり苦しんでいる恋人に地球防衛計画を紹介する。

108　山猫理髪店

①一九九八年九月②木山事務所③末木利文④俳優座劇場⑥三木のり平、新村礼子、高木均、楠侑子、三谷昇、林次樹

海峡の街の古ぼけた理髪店。親方は昔、カミソリでおかみさんを切ったという噂があり、地元の人間は寄りつかない。が、海峡の彼方の国へ密航しようとする者がそこを通過する、不思議なたたずまいを醸しだしている。借金で店が競売にかけられると、親方たちは「えーい、さんぱつ、ひげそり、シャンプーに、せんがん……」と流して歩く理髪屋になる。朝鮮人強制連行の歴史を背景においた作とみられる。

109　ホクロのある左足

①一九九八年十月②兵庫県立ピッコロ劇団③藤原新平④尼崎ピッコロシアター⑥石本興司、平井久美子

尼崎近く、ポンコツ車のある空き地でトーキョーに行きたいが、手がかりをつかめない若者が集まってくる。女を妊娠させた男が駆け落ちついでに上京する話が出る。フェリーニの映画『青春群像』を彷彿とさせる作。関西弁上演。

110　帰ってきたピノッキオ

①一九九八年十二月②演劇集団円（こどもステージ）③小森美巳④シアターX⑥三谷昇、南美江、高木均、吉見一豊

ピノキオ二世の人形をもつ人形遣いとお供は人間になったピノキオを探している。街にくると、人形遣いは待ち構えていた人たちにピノキオとして迎えられる。コオロギの亡霊が「ピノキオではない」と人形遣いに言わせると鼻が伸び、本当のピノキオになる。爪楊枝を作った発明を思い、流れ星をみて失われた命を思うのだった。

111　猫町

①一九九九年七月②演劇集団円③國峰眞④紀伊國屋ホール⑥三谷昇、高木均、岸田今日子、南美江

萩原朔太郎の『猫町』に想を得た作。「猫町」を旅する二人の女と三世代にわたる家族の不思議な物語。

112　十六夜日記

①一九九九年九月②かたつむりの会③村井志摩子④ジァン・ジァン⑥楠侑子、伊藤惣一

かたつむりの会最終公演。ジァン・ジァン閉館にともなう解散だった。朽ち果てた家に紙袋をもつ女とコーモリ傘をもつ夫婦らしい男女が現れるが、会話はすれ違い、記憶ははっきりしない。中世の紀行文「十六夜日記」（阿仏尼）の「身をえうなき（要なき）ものになし果てて、ゆくりもなく、いさよふ月にさそはれ」の無常観が漂う作。

二〇〇〇年代

113　青空・もんしろちょう

①二〇〇〇年三月②木山事務所③末木利文④紀伊國屋サザンシアター⑥三谷昇、新村礼子、高木均、楠侑子、林次樹

三木のり平のために書いた戯曲だったが、前年に死去したので追悼公演となった。もんしろ蝶を追って北上する男と弟子が道づれを増やし、彼らの起こす事件に巻きこまれながら旅をする。北のはてまで着くと、木の粗末な墓標がたつ土まんじゅうがあった。もんしろ蝶は海峡

を越えて消えていく。「てふてふが一匹韃靼海峡を渡って行つた。」という安西冬衛の有名な詩の風景を演劇化しようと試みた作。

114　最後の晩餐

①二〇〇〇年五月②文学座③藤原新平④紀伊國屋ホール⑥飯沼慧、田村勝彦、関輝雄

食べることをめぐる不条理喜劇。大きなテーブルにトレイに食物をのせた男が「ここ、いいんですか」と次々現れる。キリスト一派のキリストとユダたち（作者のいう「わかりません」一派だろうか）が、じゃがいも一個、肉一片でけんかする。誰が救世主か誰が裏切り者かはわからず、ただのルンペンかもしれない。最後、舞台はレオナルド・ダ・ヴィンチのフレスコ画『最後の晩餐』の構図になる。

115　おままごと

①二〇〇〇年十月②兵庫県立ピッコロ劇団③藤原新平④尼崎ピッコロシアター⑥孫高宏、平井久美子

電信柱の下にゴザを敷いて座りこんだ男が通行人に声をかける。「おままごと、せえへんか？」声をかけられたのはリストラされて失業中のサラリーマンだった。そこへ彼の妻もやってきて、大人三人の奇妙なおままごとがはじまる。関西弁上演。

116　ちりもつもれば

①二〇〇一年四月②俳優座劇場プロデュース③岸田良二④俳優座劇場⑥三谷昇、田村勝彦、楠侑子

「別役実の時間と空間」第六作で、いろはかるたシリーズ第二作。生活ゴミの問題を描く。岸田はパンフレットで別役劇の特徴をコオカ（コワイ、オカシイ、カナシイ）の三位一体とした。

117　当世風雨月物語

①二〇〇一年九月②演劇集団円③國峰眞④紀伊國屋ホール⑥岸田今日子、南美江、三谷昇、高木均

上田秋成の『雨月物語』の「浅茅が宿」を題材とする。南美江の最後の舞台となった。

118　はごろも

①二〇〇二年二月②木山事務所③末木利文④俳優座劇場⑥森塚敏、高木均、新村礼子、楠侑子、林次樹

羽衣伝説が題材。作者は天女が羽衣をかけた松を見にいった際、あっけらかんとした風景のなかに天女の悲鳴を聞いたという。伝説の背後にある残酷なエピソード。天女の悲鳴を現代の風景のなかに描きこむ作意。

119　りんりんりんごの木の下で

①二〇〇二年十二月②演劇集団円（こどもステージ）③小森美巳④シアターX⑥三谷昇

少女は朝目がさめると表題の曲を口ずさんだ。つづきを忘れたので「思い出」に手紙を書くと、思い出の郵便配達が返事をもってくる。作者は「シャガールの絵のように」と演出の方向性を示唆している。

120　むりがとおれば

①二〇〇三年四月②俳優座劇場プロデュース③岸田良二④俳優座劇場⑥三谷昇、楠侑子、林次樹

「別役実の時間と空間」第七作で、いろはかるたシリーズ第三作。腎臓が盗まれた騒動を軸に病院の霊安室でブラックコメディが展開する。死体と臓器移植が題材。題名は「無理がとおれば道理が引っこむ」をもじる。

121　たてばしゃくやく　すわればぼたん

①二〇〇三年六月②兵庫県立ピッコロ劇団③藤原新平④尼崎ピッコロシアター⑥石本興司、平井久美子

会社が倒産したため乞食になろうと店開きする女とつれ合い。そこへ逃げる花婿を追う花嫁が現れるが、女同士は同窓生だった。離婚を決意した夫婦も混じって、結婚をめぐる狂想曲がくりひろげられる。関西弁上演。

122　千年の三人姉妹

①二〇〇四年三月②アートスフィア・プロデュース③藤原新平④アートスフィア⑥楠侑子、三田和代、吉野佳子、小林勝也、金内喜久夫、伊藤巴子、大浦みずき

チェーホフの『三人姉妹』を翻案した。片田舎の裏街道の館に雛の欠けた雛壇があり、かつて京の都で貴族だったオリエ、マツエ、イリエが都落ちした父の死後、下層民に春をひさいで暮らしていた。ある日、京で恋の中将と呼ばれたブエモンが訪ねてくるが、やがて男兄弟をばくちにそそのかす。姉妹は夜鷹となり、月見のしつらえのもと月に向かって座る。さらに月日がたって電信柱の下に三人姉妹が現れる。

123　神戸・わが街

①二〇〇四年十月②兵庫県立ピッコロ劇団③藤原新平④尼崎ピッコロシアター⑥平井久美子、孫高宏

潤色作品。ソーントン・ワイルダーの『わが町』をもとする関西弁上演。

124　賢治幻想　電信柱の歌

①二〇〇四年十月②弘前劇場③長谷川孝治④弘前スタジオ・デネガ⑥畑澤聖悟、福士賢治

青森の地域劇団への書き下ろし。妹を失った男が「いはとぼ」駅に立ち、やがて『注文の多い料理店』などの人物たちと出会う。『どんぐりと山猫』『ポラーノ広場』から山猫の存在を引き出し、独自の視点で再構成する。賢治の化身が賢治のなんたるかを確かめていく物語。賢治関連の他の作で示される賢治論が展開する。

125　トラップ・ストリート

①二〇〇四年十月②演劇集団円③國峰眞④ステージ円⑥岸田今日子、三谷昇、平木久子

表題は地図制作者がオリジナリティを示すため書きこむ偽りの路地のこと。行方不明の妻から届いた地図を頼りにやってきた旅行者は、家の女主人と家族のように過ごす人たちに振り回される。子殺しの一件などが話されるが、真相は定かにならない。

126　コント・ア・ラ・カルト当世殺人考

①二〇〇五年二月②木山事務所③末木利文④俳優座劇場⑥三谷昇、楠侑子、林次樹

殺人事件をコントでつづり、モヤモヤ喜劇と銘打った。老夫婦の家に訪ねてきた少年はいるはずのないタケシ君を待つと言いだす。

127　飛んで孫悟空

①二〇〇五年八月②兵庫県立ピッコロ劇団③石本興司④尼崎ピッコロシアター⑤『さらっていってよピーターパン』⑥平井久美子、吉村祐樹

音楽劇。いやがる三蔵法師とやる気のない一行が天竺を目指して旅をする。

128　青い鳥ことりなぜなぜ青い　チルチルとミチルの冒険

①二〇〇六年十二月②演劇集団円（こどもステージ）③小森美巳④シアターX⑥三谷昇、佐藤せつじ、大門真紀

青い鳥を探しにチルチルとミチルが魔法使い、案内人、猫と一緒に森へ旅する。

129　やってきたゴドー

①二〇〇七年三月②木山事務所③末木利文④俳優座劇場⑤『やってきたゴドー』⑥山崎清介、内田稔、楠侑子、三谷昇

俳優座劇場の「別役実祭り」のため書き下ろされた。ベケットの『ゴドーを待ちながら』に決定的影響を受けた作者が一種の回答として、現れないはずのゴドーが来てしまう劇を書いた。コーモリ傘をもつ男が目的不明の受付で「ゴドーです」と名のるが、誰もおどろかない。待っていたことすら忘れてしまい、事態が把握できないベケットの作中人物らしき人たちの笑劇がくりひろげられる。不条理ドタバタ喜劇と銘打つ。鶴屋南北戯曲賞受賞。名取事務所が二〇一二、二〇一四、二〇一七年にパリ、ベルリン、シビウなど欧米十一都市で上演した（K・KIYAMA演出、小笠原響演出補）。

130　犬が西むきゃ尾は東　「にしむくさむらい」後日譚

①二〇〇七年六月②文学座アトリエの会③藤原新平④文学座アトリエ⑤『やってきたゴドー』⑥小林勝也、角野卓造、田村勝彦、吉野佳子、倉野章子

『にしむくさむらい』の後日談。マイナーな月のマイノリティーたちは今やホームレスと化し、記憶を失って「だるまさんがころんだ」と数え歌をうたわないと旅をつづけられない。冒頭から棺桶。死を待っているようなのだが、首をしめたり刺したりしつつも、何のためにどう死んだらいいか、もうわからなくなっている。西方には進んでいるらしいが、死に方すらわからなくなっている混沌とした世界だ。

131　三匹の子ぶたのトンチンカン

①二〇〇七年八月②兵庫県立ピッコロ劇団③眞山直則④尼崎ピッコロシアター⑤平井久美子

古地図と絵本を手がかりに自分の家を探しにきた子豚のトンが巡査や狼と出会う。

132　夜と星と風の物語　「星の王子さま」より

①二〇〇八年七月②THEATER1010③藤原新平④THEATER1010⑤『さらっていってよピーターパン』⑥毬谷友子、金内喜久夫、小林勝也、富沢亜古

サン＝テグジュペリの童話『星の王子さま』を題材にした音楽劇。王子がキャンプする砂漠に飛行機が墜落、届けられなかったピエールのラブレターをもつ夜間飛行士と王子は宛先のフィアンセを探しに旅に出る。砂漠の真ん中でフィアンセと出会うが、それと気がつかない。

133　風のセールスマン

①二〇〇九年五月②トム・プロジェクト③柄本明④紀伊國屋ホール⑤『やってきたゴドー』⑥柄本明

柄本明にあてて書いた一人芝居。風に吹かれる紙くずのように街から街へさまようセールスマンが水虫よけの靴底シートを売り歩く。電信柱に鎖をつけるセールスマンは会社をクビになった例の無為の人物で、妻の自殺を自分のせいだといって警察がくるのを待つ（天皇制のイロニー）。作者によれば「流れる」のをやめ「住まおう」と悪戦苦闘する男の物語。

134　らくだ

①二〇〇九年十月②民藝③山下悟④紀伊國屋サザンシアター⑥大滝秀治、内藤安彦

民藝にはじめて書き下ろした。大滝秀治にあてた作。落語の「らくだ」「粗忽長屋」などを下敷きとする。長屋の大家が店子に落語を聞かせようとすると電信柱が立

ち、息子が借金のかたに家財道具を運びだす。屑屋に零落し、死体と出会う。大家は死体にカンカン踊りをさせ、息子に借金させたやくざに復讐する。江戸のおかげ参りが行きすぎる。

二〇一〇年代

135　花のもとにて春死なむ　本朝・櫻の園・顚末記

①二〇一〇年十一月②兵庫県立ピッコロ劇団③佐野剛④尼崎ピッコロシアター⑥孫高宏、今井佐知子

満開の桜の下に表題の西行歌のように、旅の遊女が現れる。死に場所を求めてやってきたのだが、さまざまな人とのやりとりによって、なかなか死ねない。

136　にもかかわらず　ドン・キホーテ

①二〇一一年六月②文学座アトリエの会③藤原新平④文学座アトリエ⑥金内喜久夫、三木敏彦、飯沼慧、田村勝彦、塩田朋子

朝、目覚めた男は自分がドン・キホーテらしいと気づくが、それはサンチョ・パンサがそう呼んだから。しかもサンチョ・パンサは前の晩そう呼ばれたから、そう思っているにすぎない。かくして何者でもない二人は、どこへ何をしにいくのか確かめるため旅に出る。

137　同居人

①二〇一一年十月②名取事務所③K・KIYAMA④俳優座劇場⑤三谷昇、森尾舞、吉野悠我

叔父の遺産をあてにする借金苦の男とDV夫をベランダから突き落として裁判中の女。ぼろアパートをルームシェアする同居人二人のもとに、ホスピスから里帰りした付き添い付きの老人が訪ねてくる。二人はそれぞれの叔父と勘違いするが、他人の家に入りこんで衣食をせしめる詐欺老人だった。本当の叔父は遺産を大震災の義援金にしてしまい、男は唱歌「俵はごろごろ」よろしく取り立て人に転がされる。

138　魔女とたまごとお月様

①二〇一二年十二月②演劇集団円（こどもステージ）③國峰眞④シアターX⑥西本裕行、谷川清美、高橋理恵子

意地っ張りで孤独な魔女は卵からかえったひな鳥ノンノを育て、親子ごっこを演じるうち家族愛を知る。しかしノンノは成長すると渡っていってしまう。渡り鳥の「渡り」の本能に人間の「流れる」習性をかさねた作である。

139　不条理・四谷怪談

①二〇一三年六月②兵庫県立ピッコロ劇団③佐野剛④

尼崎ピッコロシアター⑥孫高宏、吉江麻樹

鶴屋南北の『東海道四谷怪談』を不条理劇仕立てにした。伊右衛門が川のほとりで釣り糸を垂らすと、宅悦が赤穂浪士の連判状をもってくる。それをもとに立身をはかろうとする伊右衛門はお岩が邪魔になる。川辺の下層民の世界。

140　背骨パキパキ「回転木馬」

①二〇一四年十月②名取事務所③ペーター・ゲスナー④俳優座劇場⑥三谷昇、新井純、森尾舞

パーキンソン病で河北総合病院に入院中に構想した死の笑劇。題材としたモルナール・フェレンツの戯曲『リリオム』は、回転木馬の呼びこみ役が事故死したあと一日だけ地上にもどってくるという話である。擬態語パキパキは入院中の苦痛を示す。死の想念が回転木馬のようにまわる超現実的世界で中島みゆき「時代」、円広志「夢想花」が用いられる。体調不良から口述でまとめられた「随筆作品」（作者）という。

141　あの子はだあれ、だれでしょね

①二〇一五年九月②文学座アトリエの会③藤原新平④文学座アトリエ⑥寺田路恵、関輝雄

二〇一二年に起きた尼崎連続変死事件に想を得た作。死者行方不明者十人以上、主犯の角田美代子の異様な支配力をもとに複数の家族の間で虐待、死亡が相次いだ事件である。『舞え舞えかたつむり』以来の雛壇のある場で、奇怪な犯罪模様が描かれる。作者は「犯罪演劇の形式への愛着で書いた」としている。

142　月・こうこう，風・そうそう

①二〇一六年七月②新国立劇場③宮田慶子④新国立劇場⑥和音美桜、竹下景子、花王おさむ、瑳川哲朗、山崎一

新国立劇場で初の書き下ろし。竹取物語伝説の裏面を読む。かぐや姫が月から追放され、赦されて帰る物語とするならば、姫はどんな罪で追放されたのか。その謎を風の道である竹林でたどる。死に場所を求める翁と媼が現れ、かぐや姫をかくまうと、盲目の月読みのゴゼが、姫は兄と結ばれると不吉な予言をする。眠っている間に人殺し（眠り遊び）をしてしまう風魔の三郎と姫は結ばれる。三郎は実の兄でないことを証すため「弱い者に強い」という伝説の強者に成り代わろうとする。その力を得るため姫のお腹の子に矢を射ようとするが、逸らす。近親相姦の予言はやはり避けられなかったのか、姫は目をつぶす。新たなゴゼが誕生し、目に見えない権力としてのミカドも登場する。作者は『マッチ売りの少女』の後日談と語ったが、『赤い鳥の居る風景』の全盲の姉、

アリスもののアリスとつづく呪術的「女」の発生メカニズムに迫った作といえよう。優しさを拒絶する「女」の力、雰囲気として存在する天皇制の権力構造などを史劇に織りこもうとしたこともうかがわれる。「そよそよ族」の発生にさかのぼる集大成的な意味があった。

143　オズのオジさんやーい

①二〇一六年八月②兵庫県立ピッコロ劇団③平井久美子④尼崎ピッコロシアター⑥樫村千晶

竜巻に吹き飛ばされた少女ドロシーは故郷に帰りたい。オズの魔法使いに頼みにいくため、エメラルドの都を目指す。

144　ああ、それなのに、それなのに

①二〇一八年十月②名取事務所③眞鍋卓嗣④下北沢小劇場B1⑤内山森彦、吉野悠我、森尾舞、内田龍磨

芸者歌手、美ち奴の戦前の流行歌「ああ　それなのに」に想を得た作。期待が裏切られた状態を劇化した。副題に「注文の多い料理昇降機」とあるように宮沢賢治の『注文の多い料理店』、ハロルド・ピンターの『料理昇降機（ダム・ウェイター）』を引用する。洗濯物を干す男とテルテル坊主を名乗る男が出会い、天気の話をしていると『足のある死体』を思わせる足の出た袋をもつ男が通る。豚コレラの流行で豚肉の流通が禁じられていることから、それが豚の肩肉なのか人間の足なのかで混乱がはじまる。手榴弾騒ぎ、山猫亭の動きがかかわり、賢治由来のポラーノ広場も設定されるが、展開は混沌とする。宙空のまなざしなど、賢治になぞらえた作者の末期の眼がそこはかとなく死の予感を漂わせる。一部は口述でまとめられた。

番外

0―1　貸間あり

①一九五九年十一月②学生劇団「自由舞台」（早稲田祭公演）③鈴木忠志④早稲田大学大隈講堂

翻案ものながら、初台本。自由舞台同期の鈴木忠志が依頼。別役、鈴木とも中国人劇作家の原作とする。未亡人が下宿人をおこうと「貸間あり」の広告を出すが、相手が独身男だから貸さない。女は年下の男と結婚した中年女性の例を持ちだし、喜劇が展開する。

0―2　舌切雀（太宰治原作、潤色）

①一九六七年四月②早稲田小劇場③鈴木忠志（構成・演出）④早稲田小劇場アトリエ⑥小野碩、白石加代子

構成芝居で内容不詳。太宰は昔話を翻案し『お伽草子』に瘤取り、浦島さん、カチカチ山とともに舌切雀を収めたから、その潤色とみられる。

0—3　どん底における民俗学的分析

①一九六八年十一月②早稲田小劇場③鈴木忠志構成・演出④早稲田小劇場アトリエ⑥小野碩、白石加代子

ゴーリキー原作、セリフを関口瑛と共同で提供。構成台本を志向する鈴木忠志と演劇的方向性の相違が露わになり、上演前に退団した。

0—4　ふなや　常田富士男とふなとの対話

⑤『別役実の混沌・コント』

ミュージカル・ファンタジー。『淋しいおさかな』収録の童話をもとに演劇企画集団66の役者、常田富士男と共作した。ふなと会話させるという奇妙で淋しい流しの商売を描く。常田がライフワークとした。出版権は別役実、上演権は常田富士男に属する。

0—5　アチャラカ再誕生

①二〇〇二年八月②空飛ぶ雲の上団五郎一座③ケラリーノ・サンドロヴィッチ、いとうせいこう④ラフォーレ・ミュージアム原宿⑤いとうせいこう、三谷幸喜

空飛ぶ雲の上団五郎一座文芸部の井上ひさし、筒井康隆らとコントのオムニバスを構成した舞台で、作者は落語をもとにした「らくだ」のパートを執筆。らくだと呼ばれた男の死体がフグをのどに詰まらせているのをとって食おうというてんやわんや。

＊

別役実は観念のなかに浮かんでくる詩想、絵画的イメージから戯曲を執筆する劇作家である。その筆は決まったキャラクターを探りあてる。呪術的な力を発する女。社会の規範から外れた小市民のコーモリ傘をもつ男。それらが代表的な例だ。前者は『マッチ売りの少女』の少女にはじまり『赤い鳥の居る風景』の全盲の姉、アリスもののアリスと継承され、一四二作目の『月・こうこう，風・そうそう』のかぐや姫にまでいたる太い線をつくる。後者は『門』の公務員で初出する無為の人間（探偵X）で、黒いコーモリ傘をたずさえ「街」の異変、そよそよ族的兆候を探る旅をつづける。作者によれば、そよそよ族は過去に実在した失語族で、その末裔が餓死事件などを「街」で起こしているのである。なぜ失語族が生まれたかについては未完の童話『そよそよ族伝説』で古代のユートピア崩壊、種族離散の物語として展開される。謎めいた戯曲群はそよそよ族の女王国という、過去と現在を行き来する壮大な偽史を織り上げる部分（局部）であるといえよう。

この劇作家は画家が同じ画題をくり返し描くように、同じキャラクターをさまざまな状況下で書き継ぐ。過去の作品に伏線がはられていることが多い。たとえば『獏

もしくは断食芸人』で調教師が街を出る理由は、実の子ではない子供を死なせたことだ。これだけでは意味不明だが、その二年前に上演された『街と飛行船』でコーモリ傘をもったセールスマンが駅で出会った女に父親になるよう懇願されたことを思い出すべきであろう。その女は街の混乱によって家族が離散せざるを得なかった過去のできごと、他人と身を寄せ合う疑似家族をつくって生きてきた酷薄な運命を語っている。『獏　もしくは断食芸人』の調教師には、そうした前史がありそうだ。むろん読者は家族離散の運命に満洲のかげをみることもできるだろう。

試みとして戯曲の基準作をあげ、それら七つの系ごとに主要作を挙げてみた。

一『象』見世物の劇
1、2、17、58
二『赤い鳥の居る風景』巫女の犯罪劇
5、11、12、32、39、48、61、79、91、101、141
三『そよそよ族の叛乱』失語族の劇
3、7、8、10、13、21、22、25、33、40、44、72、77、94、99、124、133、142
四『にしむくさむらい』流浪の劇
19、25、26、28、29、31、36、52、53、63、66、68、71、82、86、108、113、114、130、133、134
五『病気』病院劇
38、41、43、76、106、120
六『太郎の屋根に雪降りつむ』天皇制劇
22、24、30、46、142
七『諸国を遍歴する二人の騎士の物語』待つ劇
16、23、47、50、51、55、57、65、73、85、93、96、105、129、140、142

死の予感をともなう見世物の衝動はしばしば流浪の発端となり、呪術的な力（柳田國男「妹の力」）をもつ巫女的女の介在によって、失語族の兆候を引き寄せる。女には古代王国から転生した女王の面影があり、往々にして犯罪を誘発する（『木に花咲く』）。「街」の病は病院という場や死体という異物から浮き上がってくるし、死を待つという孤独な行為に映りでる。目に見えない権力としての天皇制は、そよそよ族的兆候を治める不思議な力でもあるようだ。

そのように一応の整理ができたとして、だが、である。別役実の不条理劇には解がない。どこまでいっても謎めいて、果てというものがないのである。

別役実略年譜

一九三五年ごろ　父憲夫、銀行員をやめ、中国東北部の「満洲国」へ渡る。国務院総務庁で宣撫工作にあたる官吏となる。

一九三七年

四月六日、首都、新京（現在の長春）で長男として誕生。父憲夫、母夏子、二歳上の長女に咲枝、二歳下の次女に杏、四歳下の三女に雪、六歳下の次男に東。

一九四三年

一月、憲夫、雑誌『藝文』に随想「白系露人點描」発表。

一九四四年

四月、春光小学校入学。

一九四五年

三月三十一日、肺結核で憲夫死去（三十九歳）。八月九日にソ連が参戦。十一日夜、一家は満映社屋に籠城。十三日、満映理事長、甘粕正彦の指示で奉天（現在の瀋陽）に待避。同十五日、敗戦。月内に新京に引き返し、官舎に戻る。九月、順天小学校に通う。

一九四六年

七月、コロ島から佐世保へ引き揚げ、高知の曾祖母宅（現在の寺田寅彦記念館）へ身を寄せる。九月、高知の小高坂小学校に編入。学年を一年遅らせ、二年生に。

一九四七年

三月、母の実家のあった静岡県清水市大手町へ転居。江尻小学校三年生に編入。

一九四八年

八月、長野市に転居。城山小学校四年生に編入。

一九五一年

四月、柳町中学校入学。美術教師、上原正三と出会う。

一九五四年

四月、長野北高校入学。美術班に入る。十二月、同校文芸班の出していた雑誌「いづみ」に処女小説『足袋』を発表。同校在学中、清水栄一主宰の英語塾「柏与」に通い、プロテスタント長野教会の小原福治牧師が指導する聖書研究会に通う。

一九五五年

春、同級生の小笠原昌夫と同人詩誌「河童」を出す。

一九五六年

二月、同詩誌第二号に『満洲記』を発表。

一九五七年

春、上京。東京外語大などを受験するが失敗、浪人生活に。渋谷の円山町にあったロシア料理店「サモワール」の従業員宿舎に母と住む。サモワール日本橋支店で働く。

一九五八年

四月、早稲田大学第一政治経済学部政治学科入学。目黒の祖母かずえ、叔母メリー宅に住む。自由舞台に入部、制作担当。

一九五九年

秋、自由舞台公演『浮標』でポスターと評論を書き、演出助手。早稲田祭で初台本、翻案戯曲『貸間あり』を手がける。

一九六〇年

春ごろ、授業料未払いで大学抹籍となる。秋、自由舞台『セールスマンの死』（鈴木忠志演出）で舞台監督。

一九六一年

三月、新島基地反対闘争に参加。自由舞台の数名が一緒だった。春、日本経済新聞社労働組合内にあった中央区の松川事件対策協議会（松対協）支部に勤務。八月、松川事件、仙台高裁判決で無罪。松対協解散。十一月、東京土建一般労組港支部の書記となる。六八年まで六年五か月勤める。自由舞台の先輩、喜多哲正が仲介した。秋、自由舞台が早稲田祭で処女作『AとBと一人の女』上演。十二月、新劇団「自由舞台」結成。

一九六二年

四月、新劇団「自由舞台」旗揚げ、『象』を鈴木忠志演出で俳優座劇場にて初演。一九六〇年代半ば、一時、東久留米の都営住宅に住む。

一九六五年

六月、青年芸術劇場（青芸）が観世栄夫演出で『象』を上演、話題を呼ぶ。七月、『象』が第十一回「新劇」岸田戯曲賞の候補となる。

一九六六年

三月、早稲田小劇場を旗揚げ。五月、『門』をアートシアター新宿文化で初演。七月、『門』が第十二回「新劇」岸田戯曲賞の候補となる。九月、自由舞台後輩の古林逸朗が演劇企画集団66を旗揚げ、『堕天使』を書き下ろす。古林とのコンビがはじまる。秋、広島を初訪問。十一月、早稲田大学キャンパス近くの喫茶店モンシェリを改装、早稲田小劇場アトリエを開場。柿落とし公演は『マッチ売りの少女』。

一九六七年

七月、文学座の依頼で『カンガルー』を書き下ろす。文学座の演出家、藤原新平とのコンビがはじまる。

一九六八年

一月、『マッチ売りの少女』『赤い鳥の居る風景』で第十三回「新劇」岸田戯曲賞を受賞。四月、東京土建一般労組港支部退職。八月、早稲田小劇場退団。新宿ピット・インの演劇企画集団66の『カンガルー』公演で最初で最後の演出を手がける。

一九六九年

七月、第一戯曲集『マッチ売りの少女／象』を三一書房から刊行。

一九七〇年

二月、処女童話『街と飛行船』を思潮社の『現代詩手帖』二月号に発表。十二月、俳優小劇場の女優、楠侑子と結婚。目黒に住む。

一九七一年

一月、第五回紀伊國屋演劇賞個人賞を『街と飛行船』『不思議の国のアリス』で受賞。春ごろ、六本木の北日ケ窪住宅に転居。八月、NHK「おかあさんといっしょ」の童話コーナー「おはなしこんにちは」に書き下ろしを開始。二年間で二十作余を発表。十二月、長女怜（イラストレーターのべつやくれい）誕生。

一九七二年

三月、第二十二回芸術選奨文部大臣賞新人賞を『そよそよ族の叛乱』、『街と飛行船』などで受賞。井上ひさしと同時受賞だった。十月、山崎正和、末木利文、内藤武敏らと「手の会」を結成。このころ広尾に転居。

一九七三年

七月、脚本を担当した映画『戒厳令』（吉田喜重監督）が公開される。八月、処女童話集『淋しいおさかな』刊行。

一九七四年

十月、早稲田小劇場時代の友人で俳優の小野碩が自殺。

一九七七年

文学座公演『にしむくさむらい』が第五回テアトロ演劇賞を受賞。

一九七八年

七月、「かたつむりの会」が旗揚げ。村井志摩子演出、楠侑子主演による上演がはじまる。第一作は『舞え舞えかたつむり』。

一九七九年

ジァン・ジァン開場十周年記念で「別役実シリーズ」として六作が連続上演された。

一九八二年

十二月、本多劇場開場記念公演で『そして誰もいなくなった――ゴドーを待つ十人の小さなインディアン』を上演。

一九八五年

七月、脚本を担当したアニメ映画『銀河鉄道の夜』(杉井ギサブロー監督)が公開される。

一九八六年ごろ、杉並区永福に転居。

一九八八年

二月、第三十九回読売文学賞を『諸国を遍歴する二人の騎士の物語』で受賞。三月、第三十八回芸術選奨文部大臣賞を『諸国を遍歴する二人の騎士の物語』『ジョバンニの父への旅』で受賞。

一九九五年

五月、阪神大震災後、ピッコロ劇団が『風の中の街』を関西弁に直して上演。この舞台をきっかけに方言の意義を再認識する。

一九九七年

十月、青山円形劇場の第11回青山演劇フェスティバルで「別役実の世界1997」の特集上演。『スパイものがたり』などが連続上演される。

一九九八年

一月、毎日芸術賞特別賞を『雨が空から降れば』など百本の戯曲で受賞。秋、三一書房で労働争議が起こり、組合側を支援。「三一書房の良心の灯を守る会」に名をつらねる。

一九九九年

九月、かたつむりの会が『十六夜日記』で最終公演。常打ち小屋のジァン・ジァンが翌年四月末で閉館するためだった。

二〇〇三年

四月、兵庫県立ピッコロ劇団の代表となる、秋浜悟史に次ぐ第二代。第三代の岩松了が二〇〇九年四月に就任するまでつとめた。

二〇〇七年

三月、俳優座劇場で「別役実祭り」と題し『やってきたゴドー』などが連続上演される。七月、ピッコロ劇団、モスクワのメイエルホリド・シアター・センターで『場所と思い出』(松本修演出)を上演、随行する。

二〇〇八年

一月、第四十二回紀伊國屋演劇賞個人賞を『やってきたゴドー』『犬が西むきゃ尾は東』で受賞。三月、第十一回鶴屋南北戯曲賞を『やってきたゴドー』で受賞。

二〇〇九年
一月、第七十九回朝日賞受賞。
二〇一二年
二月、第十九回読売演劇大賞で芸術栄誉賞を受賞。
二〇一三年
十二月、日本藝術院会員となる。
二〇一四年
七月、パーキンソン病による体調悪化で阿佐ヶ谷の河北総合病院に入院。九月に退院後、自宅療養。
二〇一五年
三月、連続上演企画「別役実フェスティバル」が二〇一六年七月まで開かれる。二十一作品を十九団体が上演した。
二〇一六年
七月、『月・こうこう，風・そうそう』で新国立劇場で初の書き下ろし。
二〇一八年
一月、正月に体調を崩し、河北総合病院に再入院。三月、阿佐ヶ谷の介護付き有料老人ホームに入居。

参考文献

堀真理子『改訂を重ねる「ゴドーを待ちながら」』（藤原書店　二〇一七年）
扇田昭彦編『劇的ルネッサンス　現代演劇は語る』（リブロポート　一九八三年）
大笹吉雄『同時代演劇と劇作家たち』（劇書房　一九八〇年）
『つかこうへいによるつかこうへいの世界』（白水社　一九八一年）
『定本　八木重吉詩集』（彌生書房　一九五九年）
藤原書店編集部編『満洲とは何だったのか』（藤原書店　二〇〇四年）
国際演劇評論家協会（AICT）日本センター関西支部編『阪神大震災は演劇を変えるか』（晩成書房　一九九五年）
『舞台をまわす、舞台がまわる――山崎正和オーラルヒストリー』（中央公論新社　二〇一七年）
『安部公房全作品10』（新潮社　一九七二年）
沢村貞子『貝のうた』（新潮文庫　一九八三年）
川村湊『満洲崩壊―「大東亜文学」と作家たち』（文藝春秋　一九九七年）
山口淑子　藤原作弥『李香蘭　私の半生』（新潮社　一九八七年）
満洲文化総合雑誌『藝文』（一九四三年二月号）
大島幹雄『満洲浪漫――長谷川濬が見た夢』（藤原書店　二〇一二年）
川崎賢子『彼等の昭和』（白水社　一九九四年）
長谷川元吉『父・長谷川四郎の謎』（草思社　二〇〇二年）
『文藝春秋』（一九四六年十二月号）
山室信一『キメラ―満洲国の肖像』（中央公論新社　一九九三年）
興安街命日会編『葛根廟事件の証言―草原の惨劇・平和への祈り』（新風書房　二〇一四年）
安岡章太郎『流離譚』（新潮社　一九八一年）
小宮豊隆編『寺田寅彦随筆集第一巻』（岩波文庫　一九四七年）
若槻泰雄『戦後引揚の記録』（時事通信社　一九九一年）
奥村芳太郎編『在外邦人引揚の記録』（毎日新聞社　一九七〇年）
石原莞爾『最終戦争論・戦争史大観』（中央公論新社　一九九三年）
蜷川幸雄『演劇の力』（日本経済新聞出版社　二〇一三年）
『桝』36号（寺田寅彦記念館友の会　二〇〇三年）
谷崎終平『懐しき人々――兄潤一郎とその周辺』（文藝春秋　一九八九年）
島村恭則編「戦争が生みだす社会Ⅱ『引揚者の戦後』」（新曜社　二〇一三年）

『清水邦夫　全仕事』（上・下　河出書房新社　一九九二年）
『上原正三展』（図録　八十二文化財団　二〇〇四年）
『上原正三画集』（桜華書林　一九九一年）
『現代日本戯曲大系1』（三一書房　一九七一年）
渡辺浩子遺稿集『わたしのルネッサンス』（カモミール社　二〇〇〇年）
「自由舞台記録集」編集委員会編『早大劇団・自由舞台の記憶1947―1969』（同時代社　二〇一五年）
菅孝行『増補　戦後演劇――新劇は乗り越えられたか』（社会評論社　二〇〇三年）
菅孝行『戦う演劇人―戦後演劇の思想』（而立書房　二〇〇七年）
藤川夏子『私の歩いた道　女優藤川夏子自伝』（劇団はぐるま座　二〇〇三年）
石田郁夫『新島　工作者の伝説』（未来社　一九六二年）
内田洋一『現代演劇の地図』（晩成書房　二〇一〇年）
『別役実の世界』（新評社　一九八二年）
安堂信也『ゴドーを待った日々』（晩成書房　二〇〇四年）
鈴木忠志『鈴木忠志対談集』（リブロポート　一九八四年）
田中千禾夫『劇的文体論序説』（上・下　白水社　一九七八年）
葛井欣士郎・平沢剛『遺言　アートシアター新宿文化』（河出書房新社　二〇〇八年）
斉藤郁子『SCOTの軌跡を語る』（二〇一二年　SCOT）
扇田昭彦『日本の現代演劇』（岩波書店　一九九五年）
早稲田小劇場＋工作舎編『劇的なるものをめぐって　鈴木忠志とその世界』（工作舎　一九七七年）
八木忠栄『「現代詩手帖」編集長目録1965―1969』（思潮社　二〇一一年）
『悲劇喜劇』（二〇一五年十一月号　早川書房）
中村伸郎『おれのことなら放っといて』（早川書房　一九八六年）
如月小春『俳優の領分』（新宿書房　二〇〇六年）
岸田國士『現代演劇論』（白水社　一九三六年）
末木利文『私の花伝書』（作品社　二〇一一年）
三木のり平　聞き書き小田豊二『のり平のパーッといきましょう』（小学館　一九九九年）
第11回青山演劇フェスティバル「別役実の世界」（公演パンフレット　一九九七年）

※このほか別役実作の戯曲、童話、評論、演劇書、公演パンフレットを参考にしました

（編集＝耕書堂）

著者略歴

一九六〇年東京生まれ。

八三年早稲田大学政治経済学部政治学科卒業後、日本経済新聞社入社。

八四年から文化部で舞台芸術を中心に美術、音楽などを幅広く取材、二〇〇四年から編集委員。

著書に『あの日突然、遺族になった　阪神大震災の十年』（白水社）、『風の天主堂』（日本経済新聞出版社）、『現代演劇の地図』『危機と劇場』（いずれも晩成書房）、編著書に『日本の演劇人　野田秀樹』（白水社、ＡＩＣＴ演劇評論賞）がある。

風の演劇　評伝別役実

二〇一八年八月二〇日　印刷
二〇一八年九月　五日　発行

著　者 © 内田洋一（うちだよういち）
発行者　及川直志
印刷所　株式会社　理想社
発行所　株式会社　白水社

東京都千代田区神田小川町三の二四
電話　営業部〇三（三二九一）七八一一
　　　編集部〇三（三二九一）七八二一
振替　〇〇一九〇―五―三三二二八
郵便番号一〇一―〇〇五二
www.hakusuisha.co.jp

乱丁・落丁本は、送料小社負担にてお取り替えいたします。

株式会社松岳社

ISBN 978-4-560-09650-5

Printed in Japan